Knaur®

Von Ashley Carrington sind außerdem erschienen:

»Jessica oder Das Ziel aller Sehnsucht« (Band 1388)
»Jessica oder Was bleibt, ist die Hoffnung« (Band 1653)
»Jessica oder Die Insel der verlorenen Liebe« (Band 2834)
»Jessica oder Die Sehnsucht im Morgenrot« (Band 2835)
»Jessica oder Unter dem Kreuz des Südens« (Band 2836)
»Jessica oder Im Sturmwind der Leidenschaft« (Band 2837)
»Valerie – Erbin auf Cotton Fields« (Band 2021)
»Valerie – Herrin auf Cotton Fields« (Band 2022)
»Valerie – Flammen über Cotton Fields« (Band 2839)
»Valerie – Rückkehr nach Cotton Fields« (Band 2840)
»Valerie – Wolken über Cotton Fields« (Band 2963)
»Valerie – Gefangen auf Cotton Fields« (Band 2964)
»Hickory Hill – Das Vermächtnis der Alice Shadwell« (Band 2962)
»Belmont Park« (Band 3135)
»Die Gefangene der Sonneninsel und andere Geschichten« (Band 60020)

Dieses Buch wurde auf chlor- und säurefreiem Papier gedruckt.

Originalausgabe Mai 1992

Umschlaggestaltung: Manfred Waller, Reinbek
Umschlagsillustration: Steve Assel/Agentur Luserke, Friolzheim
Satz: MPM, Wasserburg
Druck und Bindung: Elsnerdruck, Berlin
Printed in Germany 5 4 3 2 1
ISBN 3-426-02838-7

Ashley Carrington

Jessica oder Alles Glück hat seinen Preis

Roman

Knaur®

Prolog

Es war seine letzte Nacht und seine letzte Chance, und er wußte es. Wenn es ihm diesmal nicht gelang, das Glück auf seine Seite zu locken und auch zu halten, stand es schlechter um ihn bestellt als vor anderthalb Jahren, als er seinen seidenbestrumpften Fuß auf australischen Boden gesetzt hatte, und das wollte etwas heißen. Die lange, fast fünf Monate währende Überfahrt mit dem Ostindiensegler hatte er wahrlich nicht aus Abenteuerlust oder aber aus einer exzentrischen Laune heraus angetreten. Es war eine Tat der Verzweiflung gewesen, auch wenn er sich das damals so nicht eingestanden hatte.

Henry Thornton verdrängte die trüben Gedanken und sah sich im Hotelzimmer um, von dem aus man einen herrlichen Blick auf die schnell wachsende Stadt Sydney, ihren geschäftigen Hafen und die weite Bucht hatte, die unter Seeleuten und weitgereisten Kaufleuten als der schönste Naturhafen der Welt galt.

Er hatte Angst vor dieser Nacht, doch er war ein Gentleman und so erzogen worden, sich derart gewöhnliche Gefühlsregungen nicht anmerken zu lassen, schon gar nicht, wenn es sich um etwas so Profanes wie Geld handelte.

Vor dem Spiegel über der Waschkommode prüfte er eingehend sein Erscheinungsbild. Er sah einen äußerst attraktiven Mann von zweiundvierzig Jahren in einem eleganten mandelfarbenen Sommeranzug aus bestem Tuch. Die Krawatte war perfekt gebunden und das Rüschenhemd makellos weiß. Die goldenen Manschettenknöpfe mit dem eingravierten Familienwappen der Thorntons funkelten im Licht der Lampe, wie auch die Kette seiner Taschenuhr, die einen Bogen aus schimmerndem Gold über die linke Seite seiner Seidenweste beschrieb und in einer der Seitentaschen verschwand.

Er drehte den Kopf leicht zur Seite, um sein Profil zu begutachten, und ihm war, als wäre er im Gesicht in letzter Zeit etwas schmaler geworden, und das Grau an seinen Schläfen schien tiefer in sein schwarzes Haar vorgedrungen zu sein. Doch alles in allem war er mit dem, was ihm im Spiegel entgegenblickte, sehr zufrieden. Wie es *in* ihm aussah, ging niemanden etwas an.

Wenige Minuten später verließ Henry Thornton das neu errichtete Hotel ROYAL YORK, das mit seinen geräumigen und komfortabel eingerichteten Zimmern der zahlungskräftigeren Kundschaft vorbehalten war. Es stand am Ostufer von Sydney, der besseren Wohngegend, wo auch der Gouverneurspalast und die Häuser der wohlhabenden Kaufleute und mancher Offiziere zu finden waren. Besonders letztere hatten es verstanden, rasch und skrupellos zu einem Vermögen zu kommen, indem sie kurzentschlossen die Macht an sich gerissen und die Kolonie zu ihrem Dukatenesel gemacht hatten. Es gab kaum ein Geschäft, an dem die Offiziere nicht profitierten, doch das einträglichste war das mit Rum, und sie besaßen das Monopol.

Henry Thornton verzichtete auf die unnötige Ausgabe für eine Kutsche und machte sich im schwindenden Licht des scheidenden Tages auf den Weg zu BETSY'S PLACE. Dieses Etablissement hatte sich nicht nur den Ruf erworben, das geschmackvollste Bordell mit den exquisitesten Freudenmädchen der ganzen Kolonie zu sein, sondern es war auch Treffpunkt derjenigen leidenschaftlichen Glücks-

spieler, die ihre Einsätze in Pfund machten und nicht in Pennies wie die Kartenspieler in den verräucherten Tavernen.
Forschen Schrittes, aber ohne Anzeichen von Hast, ging er die Straße hinunter und überquerte die Brücke, die über einen Bach führte. Dieser kleine Wasserlauf trennte das ruhige und vornehmere Ostufer vom bedeutend geschäftigeren und dichter bebauten Westufer.
Henry Thornton war immer wieder überrascht, wie schnell diese Sträflingskolonie in den letzten Jahren gewachsen war, ganz besonders Sydney. Wo vor nicht einmal einem Vierteljahrhundert die ersten Seeleute, Soldaten und Deportierten ihre Zelte aufgeschlagen und damit begonnen hatten, primitive Hütten aus Lehm und Flechtwerk zu errichten, fanden sich nun ganze Straßenzüge stattlicher Häuser, die solide gebaut waren, sowie eine immer rascher wachsende Zahl Lagerhallen, Speicher, Geschäfte, Werkstätten und öffentlicher Gebäude. Und waren in den Anfangsjahren Häuser aus massiven Ziegelsteinen eine Seltenheit gewesen, so traf man nun überall in der Stadt auf rote Backsteingebäude.
Sydney war nicht länger ein elender, von verheerenden Naturkatastrophen und schrecklichen Hungersnöten heimgesuchter und vom Rest der Welt vergessener Ort, sondern das pulsierende Herz einer aufstrebenden Kolonie, in die nicht nur Sträflinge strömten; es kamen schon seit vielen Jahren auch geschäftstüchtige Kaufleute und freie Siedler, um in diesem neuen Land ihr Glück zu machen. So war Sydney zu einer geschäftigen, lärmenden Hafenstadt geworden, durch deren staubige Gassen und Straßen hochbeladene Fuhrwerke und Ochsengespanne rumpelten. Und die vielen Kutschen und offenen Wagen verrieten, daß es in Sydney und in den umliegenden

Ortschaften viele vermögende Farmer und Kaufleute gab. An den Anblick von Sträflingen in Ketten und zerlumpter Kleidung und Aufseher, die mit Peitsche und Stock nicht gerade zimperlich umgingen, mußte man sich dagegen erst gewöhnen. Manchen gelang es jedoch nie, dieses tägliche Elend als normalen Alltag einer Sträflingskolonie zu betrachten und gar nicht mehr bewußt wahrzunehmen.

Kleine Werften, Bootsausbesserer, Segelmacher und Schiffsausrüster sowie Handelskontore waren auf der Westseite der Bucht zu finden – und auch das Lasterviertel der Stadt, das *The Rocks* genannt wurde, weil es sich gleich unterhalb vom Fort und den Unterkünften der Soldaten auf der felsigen Landzunge ausbreitete. Es war ein Labyrinth aus schäbigen Lehmhütten, Bretterschuppen, Zelten und vereinzelten Ziegelhäusern. In diesem Gewirr enger Gassen, die von Unrat, Exkrementen und Erbrochenem stanken, und verwinkelter Hinterhöfe reihte sich eine zwielichtige Taverne neben der anderen an Rum-Spelunken und Opiumhöhlen. Und wen es nach fleischlichen Genüssen gelüstete, fand in den *Rocks* jede Art der Befriedigung, wie ausgefallen die Wünsche auch sein mochten.

Henry Thornton zog es vor, sich den schmutzigen Gassen fernzuhalten und einen Bogen um die *Rocks* zu schlagen. Glücklicherweise lag BETSY'S PLACE ganz am Rand dieses quirligen, sündigen Viertels und in unmittelbarer Nähe des Forts.

Das letzte Tageslicht erlosch jenseits der Cockle Bay, und die Nacht legte ihr schwarzes Tuch über die Küste, als er das solide Backsteinhaus von Betsy Fodder betrat und wenig später im Spielsalon an einem der Tische Platz nahm. Man hatte ihn schon erwartet.

Getränke wurden bestellt und gebracht, scherzhafte Bemerkungen ausgetauscht, während man sich gegenseitig abzuschätzen versuchte, und Zigarren in Brand gesetzt.
Und immer wieder gingen die Blicke zu den Karten, die in der Mitte des Tischs auf dem grünen Filz lagen und darauf warteten, sich zu guten und schlechten Blättern zusammenzufügen, um gleichermaßen Glück wie bittere Enttäuschung zu bringen.
»Gentlemen, wir sind uns über die Regeln einig?«
»Sollte man annehmen, Lieutenant«, bekam der Frager spöttisch zur Antwort. »Ist ja nicht das erstemal, daß wir an diesem Tisch sitzen und die Karten darüber entscheiden lassen, wer von uns Ihre Taschen füllt.«
Fröhliches, zustimmendes Gelächter, doch nicht ohne eine Spur von Groll und Entschlossenheit, diesmal dafür zu sorgen, das Glück in dieser Nacht in die eigenen Karten zu zwingen.
Noch einmal wurden die Gläser gefüllt und dann die Geldbeutel geöffnet. Man wollte sehen, was jeder in dieser Nacht zu verspielen bereit war. Innerhalb von wenigen Augenblicken glitzerten an jedem Platz kleine Säulen von Gold und Silber.
Eine schnelle, elegante Handbewegung, und der Stapel Karten hatte sich in der Mitte des Tischs in einen halbkreisförmigen Fächer verwandelt.
»Ermitteln wir den ersten Geber, Gentlemen.«
Jeder zog eine Karte.
Kreuz-As für Henry Thornton. Er lächelte. Ja, so war es richtig. Er brauchte Glück vom Start weg. Dies mußte seine Nacht werden.
»Sie beginnen, Henry«, sagte der Lieutenant und hob mit der gesunden linken Hand den rechten, halb lahmen Arm aus der Schlinge und legte ihn auf den Tisch. Viel konnte

der Offizier mit seinem zerschossenen Arm nicht mehr anfangen, aber seine Finger waren immer noch in der Lage, ein gutes Blatt zu halten – oder mit einem schlechten beim eiskalten Bluffen nicht zu zittern.
Henry Thornton schob die Karten zusammen, begann zu mischen und teilte aus. Die Karten flogen lautlos über den grünen Filz und vor die Säulen aus Gold und Silber.
»Ihre Einsätze, Gentlemen!«
Das rauhe Gelächter aus der Bar im Nebenraum und die hellen Stimmen verführerischer Frauen traten in den Hintergrund zurück und wurden zu einer dumpfen Geräuschkulisse, die sich ihrer bewußten Wahrnehmung entzog.
Das Spiel begann.
Es wogte Stunde um Stunde wie eine Seeschlacht hin und her.
Erst gegen Morgen fiel das letzte Blatt aufgedeckt auf den Tisch. Mit brennenden, blutunterlaufenen Augen starrte Henry Thornton auf die Karten. Seine Nackenmuskeln schienen zuckende Feuerstränge zu sein, und hinter seiner Stirn pochte ein unerträglicher Schmerz. Doch in seinem Gesicht bewegte sich kein Muskel.
»Gratulation, Lieutenant«, sagte er äußerlich völlig beherrscht, während er sah, wie der Offizier mit einem spöttischen Lächeln auf den Lippen die Gold- und Silbermünzen einstrich – und seine goldene Taschenuhr an sich nahm.
»Schätze, es war nicht ganz Ihre Nacht, Henry.«
Scheinbar ungerührt zuckte Henry Thornton mit den Schultern und erhob sich. »Es wird auch wieder andere Nächte geben. Gentlemen, es war mir ein Vergnügen«, sagte er, blickte mit einem leichten Nicken in die Runde und verließ den Spielsalon.

Die Sonne warf ihr erstes Licht auf die spiegelglatte Oberfläche der Bucht. Wie goldene Lanzen bohrten sich die Sonnenstrahlen in das Dunkel über dem Wasser.
Er ging zum Fort hinauf, atmete die frische Morgenluft tief ein und fragte sich, was nun werden sollte. Er hatte nicht nur sein letztes Geld verloren, sondern auch noch seine goldene Taschenuhr.
Henry Parcival Gaylord Thornton war erledigt, in Sydney, am Ende der Welt, bis auf den letzten Penny abgebrannt.
Ein selbstironisches Lächeln trat auf sein Gesicht. Viel hatte er in diesen anderthalb Jahren, die er sich in der Kolonie herumgetrieben hatte, wahrlich nicht erreicht. Aber er war sicher, doch immerhin für sich in Anspruch nehmen zu können, daß er der einzige Lord war, der in Australien gestrandet war.

AUSTRALIEN

November 1809

1

Meile um Meile zog sich die sandige Straße, von den eisenbeschlagenen Rädern klobiger Siedlerfuhrwerke mit tiefen Spurrillen durchzogen und von sintflutartigen Regengüssen ausgewaschen, durch das australische Buschland nach Nordwesten. Die Sonne brannte noch immer mit scheinbar unverminderter Kraft vom Himmel. Dabei stand sie doch schon tief über den zerklüfteten Bergzügen der Blue Mountains, die der britischen Strafkolonie New South Wales nach Westen hin eine natürliche Grenze setzten. Zumindest vorläufig noch. In den einundzwanzig Jahren, die seit der Gründung durch die erste Sträflingsflotte vergangen waren, war es keinem noch so Wagemutigen gelungen, diese schroffe Bergkette zu überqueren. Doch früher oder später würde einer Expedition schon der Erfolg beschieden sein, einen Weg über die Blue Mountains zu finden, und dann würden die Siedler nicht mehr nur nach Norden und Süden, sondern auch tiefer nach Westen vordringen.

Unter den Hufen der beiden Pferde, deren Reiter die Tiere in einem zügigen Tempo über den einsamen Buschpfad lenkten, wirbelte rotbrauner Sand auf, der die Landschaft

in dieser Gegend, zwei Tagesritte von Sydney entfernt, bestimmte. Die Staubfahne, die sie wie einen Schleier hinter sich herzogen, hielt sich lange in der warmen Luft des späten Nachmittags, ehe der Staub zu Boden sank und sich auf das struppige Gras und die Dornenbüsche legte, die ihren Weg säumten.
Die weiten Ebenen und sanften Hügelketten am Hawkesbury River und die primitiven Straßen und Pfade, die durch diesen westlichen Teil der Kolonie führten, waren Jessica Brading und ihrem Verwalter Ian McIntosh so vertraut wie die eigenen Gesichtszüge.
Jessica liebte dieses noch immer wilde und im Sommer sonnendurchglühte Land unter dem Kreuz des Südens, an dessen kaum erforschte Küste sie vor zehn Jahren als deportierter Sträfling gespült worden war, mehr tot als lebendig. New South Wales war ihre Heimat geworden, ganz besonders dieses weite Buschland am Hawkesbury River, wo sich ihre Farm SEVEN HILLS über viele tausend Morgen Äcker, Weiden und Felder erstreckte.
Die Liebe zu diesem Land war keine neue Erkenntnis. Doch selten war sich Jessica der Faszination des australischen Busches so sehr bewußt gewesen wie an diesem Spätnachmittag. Ihr Inspektionsritt zu den Außenweiden hatte sie und Ian seit den frühen Morgenstunden im Sattel gehalten, doch ihr war nicht eine Minute dieses anstrengenden Ritts zuviel gewesen.
Die sandige Buschstraße führte durch ein kleines Waldstück. Jessica und Ian tauchten in den Schatten hoher, graustämmiger Eukalyptusbäume ein. Den intensiven aromatischen Duft, den diese immergrünen Bäume verströmten, hatten sie schon aus einiger Entfernung wahrgenommen. Nun hüllte er sie ein. Es war ein in der Wärme

erfrischender, belebender Duft, der die relative Kühle des Schattens nachdrücklich zu Bewußtsein brachte.

Als sie wenig später aus dem kleinen Eukalyptuswald herauskamen, schreckten sie einen Schwarm Kookaburras auf, der sich auf den Ästen einer Schirmakazie niedergelassen hatte. Mit wildem Flügelschlag und lautem Geschrei, das dem menschlichen Gelächter verblüffend ähnlich klang, so daß die Siedler sie auch Lachvögel nannten, ergriff der Schwarm vor den herannahenden Reitern die Flucht. In das scheinbare Gelächter der Kookaburras mischte sich das glockenhelle Trällern von einigen schwarzen Currawongs. Die Vogelstimmen waren weithin zu hören.

Der Weg schlängelte sich nun durch eine Hügelkette. Jessica gab einer spontanen Regung nach und lenkte Adrian, ihren prächtigen Wallach, nach links und den Hang von einem der Hügel hinauf, der alle anderen überragte und den Namen Macklin's Bulge trug.

Ian McIntosh, der die ganze Zeit mit ihr auf einer Höhe geritten war, lachte kurz auf, als hätte er damit gerechnet, und folgte ihr so geistesgegenwärtig, daß Jessica ihm gerade eine Pferdehalslänge voraus war, als sie die Kuppe der Anhöhe erreichten. Hier zügelten sie ihre Pferde.

Ian wußte, weshalb Jessica Macklin's Bulge hinaufgeritten war: Von seiner runden Spitze hatte man einen ausgezeichneten Blick auf das Herzstück von SEVEN HILLS.

»Was für ein Land!« rief Jessica unwillkürlich, beide Hände auf das Sattelhorn gelegt. Sie trug dunkelbraune, derbe Reithosen, wie sie für einen langen Ausritt in den Busch nötig waren, und eine weite Bluse aus blauem, einfachem Kattun.

Die Schlichtheit ihrer Kleidung vermochte jedoch nicht über die anmutigen Formen dieser jungen, noch nicht dreißigjährigen Frau hinwegzutäuschen. Rotbrauner Staub fand sich in ihrem blonden, lockigen Haar, das im Nacken von einem dunkelbraunen Haarband zusammengehalten wurde und ihr bis auf die schlanken Schultern fiel. Staub und Schweiß vermischten sich auch auf ihrem zartgeschnittenen Gesicht, das wenig über die Stärke ihres Charakters aussagte, dafür aber dem Betrachter das eigentümliche Gefühl vermittelte, in ein Antlitz zu schauen, das eine ganz besondere Ausstrahlung besaß, eine Schönheit, die sich nicht allein in äußeren Attributen niederschlug, sondern von innen kam. Und in ihren Augen, die so geheimnisvoll grün wie das Wasser einer stillen Lagune in tropischen Gefilden leuchteten, lagen Sanftmut und Härte zugleich.

»Was für ein Land!« sagte Jessica noch einmal.

»Ja, ein wunderbares Land«, pflichtete Ian ihr bei. »Und doch nicht für jedermann geschaffen.«

»Aber für uns.«

Er lächelte. »Mit Sicherheit, Jessica.«

Ian McIntosh war ein großgewachsener, kräftig gebauter Mann mit einem offenen, sympathischen Gesicht, das vom Leben unter freiem Himmel gezeichnet war. Seine blaßblauen Augen bildeten einen interessanten Kontrast zu seiner sonnengebräunten Haut und seinem gleichfalls dunklen Haar. Von seinen neununddreißig Jahren hatte er über ein Drittel in Australien verbracht und war beim Aufbau von SEVEN HILLS von Anfang an mit dabeigewesen. Die ersten fünf Jahre als irischer Sträfling und Zwangsarbeiter, nach seiner vorzeitigen Begnadigung dann als Aufseher und später sogar als Verwalter.

Jessica verdankte Ian McIntosh, der schon der Freund ihres Mannes gewesen war, sehr viel. Er war weitaus mehr für sie als nur ein fähiger Verwalter, dessen eigene geschäftliche Unternehmungen ihn längst in die Lage versetzten, sich selbst eine Farm zu kaufen und sein eigener Herr zu sein. Er war ein verläßlicher Freund und eine unverzichtbare Stütze. Ohne seinen moralischen und tatkräftigen Beistand hätte sie nach dem Tod ihres Mannes, der nun schon einige Jahre zurücklag, den Boden unter den Füßen verloren – und vielleicht sogar SEVEN HILLS.

Sieben sanft ansteigende und abfallende Hügel bildeten das Herzstück der Farm, das nun vor ihren Augen lag, und hatten ihr ihren Namen verliehen. Umgeben von meilenweiten Viehweiden, Feldern und Äckern, deren Bewässerungssystem vorbildlich für alle Farmen im Siedlungsgebiet am Hawkesbury war, befand sich auf der mit zweihundert Fuß höchsten dieser sieben Erhebungen, unweit des breiten Flusses und knappe drei Meilen von Macklin's Bulge entfernt, auf der ausgedehnten Kuppe der Hof mit seinen vielen Nebengebäuden und der dahinterliegenden sichelförmigen Siedlung der Farmarbeiter. Sie waren in ihrer Mehrzahl Emanzipisten, also ehemalige Sträflinge, die entweder begnadigt worden waren oder aber ihre Strafe bis auf den letzten Tag verbüßt hatten. Das Feuer, das vor über einem Jahr hier gewütet hatte, hatte das Herrenhaus und fast alle Schuppen, Scheunen und Stallungen vernichtet. Doch bis auf das Farmhaus, von dem noch immer die Fundamente aus schweren Feldsteinen sowie die Reste der beiden Kamine standen, waren inzwischen sämtliche Gebäude wieder aufgebaut – und zwar größer und solider, als sie es vorher gewesen waren. Dies war ein Gewaltakt an Arbeit gewesen und hatte viel Geld verschlungen. Für den Neubau des Haupthauses hatten ihre Finanzen jedoch nicht mehr gereicht, da ihr ehrgeiziges Unternehmen BRADING'S, das bestsortierte Kaufhaus in der ganzen Kolonie, gleichfalls enorme Summen verschlungen hatte. Nach dem Feuer hatte es

sogar eine Zeitlang so ausgesehen, als könnte sie ihren Ruin nur dadurch abwenden, daß sie BRADING'S verkaufte. Diese Krise hatte sie jedoch gemeistert, wenn der Preis auch fast unerträglich hoch war, den sie dafür hatte zahlen müssen. Jetzt endlich begann ihr Geschäft in Sydney Gewinne abzuwerfen.
Jessica versuchte nicht daran zu denken, daß ihr Ehrgeiz, sowohl die Farm wieder aufzubauen als auch ihr Unternehmen in Sydney zu retten, zu einer Kette verhängnisvoller und erniedrigender Ereignisse geführt hatte. Und das abscheulichste dieser Ereignisse, das ihr qualvolles Geheimnis war und auch ihr Geheimnis bleiben mußte, drohte alles zu zerstören, woran ihr Herz hing: die Liebe ihrer Kinder Edward und Victoria, die Achtung der anderen Siedler und, wie sie fürchtete, auch den Respekt und die tiefe Zuneigung von Captain Patrick Rourke und Ian. Vor allem Ian durfte nie, nie im Leben von diesem schrecklichen Geheimnis erfahren. Er würde zum Mörder werden, dessen war sie sicher.
Mit aller Kraft bemühte sie sich, die Gedanken an das, was sie würde tun müssen, aus ihrem Bewußtsein zu verdrängen. »Ich kann so alt werden, wie ich will, Ian, niemals werde ich es überdrüssig sein, die Äcker und Weiden und Felder und den Hawkesbury zu sehen. SEVEN HILLS ist mir so vertraut wie die Stimmen meiner Kinder, und dennoch ist mir jedesmal, wenn das Land so vor mir liegt wie jetzt, als entdeckte ich etwas Wunderbares zum erstenmal. Verstehen Sie, was ich meine?« In ihrer Stimme lagen Stolz und ein fast andächtiges Staunen. Staunen über die weite und wilde Schönheit dieses Landes sowie Staunen darüber, daß all das, soweit ihr Auge reichte, ihr Besitz war. New South Wales erschien ihr immer wieder als wildes Paradies: voller Verheißungen und Wunder,

aber auch voller Gefahren und Wildheit. Und es war diese Herausforderung, die das Leben in diesem Teil der jungen Kolonie so reizvoll machte und nie langweilig werden ließ – nämlich der nie endende Kampf gegen die Naturgewalten wie Flutkatastrophen und Buschbrände, Dürrezeiten und Stürme. Man mußte sich immer wieder aufs neue behaupten und durfte sich von keinem noch so bitteren Rückschlag beirren lassen, seinen Weg zu gehen. Gelang einem das, wurde man so hart wie das Land, und dann war auf einmal alles einfacher und klarer, wie der Himmel über einem, und man hatte das berauschende Gefühl, daß nichts im Leben mehr unerreichbar war.

»Und ob ich Sie verstehe, Jessica. Ich hätte es nicht besser beschreiben können«, sagte er und tätschelte seinen schwarzen Hengst Hector den Hals. Er war in dem Land genauso tief verwurzelt wie sie. Er konnte sich nicht vorstellen, von SEVEN HILLS wegzugehen. Zusammen mit Jessicas späterem Ehemann hatte er die ersten Morgen Land am Hawkesbury gerodet und der Wildnis die Farm Stück für Stück abgerungen. Als Steve dann Jessica geheiratet hatte und wenige Jahre später bei einem heimtückischen Anschlag getötet worden war, war ihm der Gedanke an eine eigene Farm noch viel weniger gekommen. Und in den Jahren, die diesem Unglück gefolgt waren, hatten sich seine Bindungen noch mehr vertieft. SEVEN HILLS war auch sein Lebenswerk. Doch es war nicht allein die Farm, die ihn hielt. Es war auch Jessica, die eines Verwalters schon längst nicht mehr bedurfte. Sie hatte mittlerweile bewiesen, daß sie diese große Farm ausgezeichnet zu führen wußte und es mit jedem cleveren Kaufmann aufnehmen konnte, was ihre anderen Geschäfte anging, die sie mit großem Eifer und bewundernswerter Tüchtigkeit betrieb. Nein, es war nicht SEVEN HILLS allein. Es war Jessica, die einen mindestens so großen Stellenwert in seinem Leben einnahm. Und wie sehr wünschte er sich, daß sie endlich begann, in ihm nicht nur den Verwalter und treuen Freund zu sehen, sondern auch den Mann Ian McIntosh, der sie immer geliebt hatte, ohne es sich anmerken zu lassen, und der sie immer lieben würde. Er hatte die Hoffnung noch nicht aufgegeben, daß aus ihrer Zuneigung zu ihm eines Tages mehr erwachsen würde, das sie auch als Mann und Frau zusammenbrachte ...

Die Sonne schickte ihr warmes Licht, das sich über den Bergen von blendender Helle in ein feuriges Rotgold verwandelte, auf den Hawkesbury und die Hügel von SEVEN HILLS herunter. Die Pferde schnaubten ungeduldig. Sie rochen den heimatlichen Stall, den Wassertrog und das Futter, das sie keine drei Meilen entfernt erwartete.

Jessica atmete die Luft, die vom Geruch der warmen Erde, der trockenen Sträucher und vom Duft der Eukalyptusbäume erfüllt war, tief ein. »Mein Gott, wie werde ich das alles in England vermissen!« kam es ihr unbedacht über die Lippen. Sie erschrak über ihre eigenen Worte und wünschte, sie könnte sie zurücknehmen. Doch es war geschehen.

Ian zuckte zusammen, als hätte ihn ein Insekt gestochen. Sein Kopf fuhr zu ihr herum, und in seinen Augen stand ein Ausdruck völliger Verständnislosigkeit, als er fragte: »Was sagten Sie, Jessica? *England*?« Er mußte sich verhört oder sie sich versprochen haben. Doch als er ihr betroffenes Gesicht sah, wußte er, daß nichts von beidem zutraf. Sie hatte England gesagt und auch England gemeint.

Jessica vermochte ihm nicht in die Augen zu schauen und wich seinem ungläubigen Blick schnell aus. »Ja, ich ... ich ...« Sie unterbrach sich, weil sie den Satz nicht aussprechen konnte, ohne vorher geschluckt zu haben. »Ich habe mich entschlossen, nach England zu reisen.«

»Nein, das glaube ich nicht!« stieß er mit einem heftigen Kopfschütteln hervor.
»Keine Sorge, ich habe nicht vor, in England zu bleiben, Ian«, sagte sie und bemühte sich, ihrer Stimme einen scherzhaften Klang zu geben. »Ich unternehme nichts weiter als einen Ausflug in meine Vergangenheit, und da diese alles andere als ...«
Ian ließ sie nicht ausreden. »Ein Ausflug! Was soll der Unsinn?« rief er ärgerlich. »Mein Gott, dieses gottverdammte Land, das uns nach Australien verbannt hat, liegt am anderen Ende der Welt. Es sind zwanzigtausend Meilen! Das können Sie unmöglich tun!«
»Ich habe mich aber dazu entschlossen!«
Ian sah sie eindringlich, beschwörend an. »Sagen Sie, daß es ein Scherz ist, Jessica. Sie können doch unmöglich nach England zurückwollen ... nach allem, was man Ihnen dort angetan hat und was Sie hier erreicht haben. Und ich dachte, Sie liebten dieses Land? Ist SEVEN HILLS denn nicht Ihre Heimat?«
Es tat ihr weh, ihn so sprechen zu hören. »Natürlich ist es das, und wie sehr ich dieses Land liebe, wissen Sie doch ganz genau, Ian!« antwortete sie nicht ohne Schärfe.
»Eben deshalb macht es keinen Sinn.«
»Für Sie vielleicht nicht.«
»Was treibt Sie nach England?« fragte er.
Jessica schwieg. Sie hatte all die Wochen Angst vor diesem Gespräch mit ihm und besonders vor dieser Frage gehabt, und sosehr sie sich auch das Gehirn zermartert hatte, sie hatte keine vernünftige Antwort darauf finden können, zumindest keine, die es gestattet hätte, ihren wahren Grund vor ihm geheimzuhalten.
»Ich verstehe es nicht. Also erklären Sie es mir!« drängte

er. »Vielleicht verstehe ich dann, was Sie nach zehn Jahren in einem Land wollen, das Sie unschuldig durch die Gefängnishölle von Newgate hat gehen lassen und dessen einzige Gnade darin bestand, Sie nicht zu hängen, sondern zu Deportation zu begnadigen. Ein Land, in dem Sie sich so verloren und fremd vorkommen werden wie ein Känguruh in den Straßen von London!«

Sie fühlte sich zu Unrecht angegriffen, und sie ließ sich zu einer aggressiven Antwort hinreißen. »Wo steht geschrieben, daß man immer alles erklären muß? Es reicht ja wohl, daß *ich* weiß, warum ich dieses tue und jenes lasse!« Und im selben Moment war ihr klar, daß sie nichts Falscheres hätte sagen können.

Ian erblaßte. Eine Ohrfeige von ihr hätte ihn nicht tiefer verletzen können. Sein Gesicht verlor den verständnislosen, um Aufklärung bittenden Ausdruck. Es verschloß sich wie eine schwere Tür, die zufiel und verriegelt wurde. Seine Gestalt straffte sich. Seine Hände packten die Zügel fester. Stocksteif saß er im Sattel.

»Sie haben recht, Jessica. Sie sind mir keine Erklärung und keine Rechenschaft schuldig«, erwiderte er mit kühler Reserviertheit, in der seine Bitterkeit über ihre Zurechtweisung noch deutlich genug mitschwang. »Entschuldigen Sie, daß ich mir eine Freiheit herausgenommen habe, die mir nicht zusteht.«

Die innere Hitze der Betroffenheit durchflutete sie. Das Blut schoß ihr ins Gesicht. Ihre Wangen brannten, als ständen sie in Flammen. »Ian, so habe ich es nicht gemeint ...« begann sie entschuldigend.

»Ich habe schon verstanden«, sagte er schroff und trieb Hector mit leichtem Schenkeldruck an. Willig und begierig, die letzten Meilen bis zum Stall endlich hinter sich zu bringen, setzte sich der Hengst in Bewegung.

»Ian, so warten Sie doch!« rief sie ihm nach.

Er antwortete nicht, sondern preschte den Hang hinunter und galoppierte davon.

Jessica ließ die Schultern hängen und hatte Tränen in den Augen. Ian war der letzte, den sie verletzen wollte. Und doch blieb ihr keine andere Wahl, wenn sie ihn vor sich selbst schützen und ihr Geheimnis bewahren wollte.

Sie biß sich auf die Lippen. Dann ritt auch sie weiter. Doch der Zauber dieses Tages war verflogen. Hoffentlich kam bald Nachricht von ihrem Anwalt William Hutchinson aus Sydney. Die Zeit drängte.

2

Eine sandige Auffahrt, von Natursteinen eingefaßt, führte in einem anmutig geschwungenen Bogen die Anhöhe von SEVEN HILLS hinauf.

Ian war schon längst vom Pferd gesprungen und in einem der Gebäude verschwunden, als Jessica Adrian vor den Stallungen zum Stehen brachte und aus dem Sattel sprang. Sie warf Frederick, dem blonden Stallburschen, die Zügel zu.

»Und? Wie geht es Shane und Morris da draußen?« erkundigte er sich nach den beiden Männern, die auf einer der Außenweiden von SEVEN HILLS über eine Herde von mehreren hundert Schafen wachten.

»Gut«, gab Jessica kurz angebunden zurück.

Frederick warf ihr einen verwunderten Blick zu, stellte jedoch keine weiteren Fragen, sondern führte den Wallach am Zügel in den Stall. »Auwei, das klang ja nicht so, als hätten die beiden einen vergnüglichen Tag im Sattel verbracht, alter Freund«, sagte er leise zu Adrian. »Habe mir schon so was gedacht, als der Ire mit finsterem Gesicht herangejagt kam und mich fast über den Haufen geritten hat. Ich wünschte, du könntest mir deine Version von dem heutigen Ausritt von Missis Brading und unserem Verwalter erzählen, Adrian. Aber wie ich das so sehe, wirst du deiner Herrin verschwiegen die Treue halten, nicht wahr?«

Als hätte er ihn verstanden, warf Adrian den Kopf hoch und trabte mit einem fröhlichen Wiehern auf seine geräumige Box zu.

Frederick seufzte. »Ja, das habe ich mir gedacht«, sagte er und hätte es selbst nicht anders gehalten.

Jessica ging über den Hof, nickte einigen Männern und Frauen zu und verschwand im geräumigen Verwalterhaus, das sie seit dem verheerenden Brand mit ihren beiden Kindern, ihrer persönlichen Zofe Anne Howard und ihrer Köchin Lisa Reed bewohnte. Eigentlich stand es Ian zu. Doch dieser hatte es sofort geräumt und darauf bestanden, daß sie es solange bewohnte, bis das neue Haupthaus gebaut war. Er war in eine freistehende Feldarbeiterhütte gezogen, mehr als einmal beteuernd, daß ihm die schlichte Unterkunft nicht das geringste ausmachte. Ihm war es sogar gelungen, es so klingen zu lassen, als ersparte ihm die Nähe zu den mehr als vier Dutzend Männern und Frauen, die auf SEVEN HILLS lebten und auf Jessica Bradings Lohnliste standen, eine Menge unnützer Lauferei. Es war typisch Ian.

Sie war froh, daß ihr Sohn Edward, der im nächsten Monat kurz vor Weihnachten acht Jahre alt wurde, sich noch irgendwo in einer Werkstatt oder Stallung herumtrieb. Er war ihr ganzer Stolz, ein praktisch veranlagter Junge von rascher Auffassungsgabe. Er war der geborene Farmer und glücklich, daß er und seine Schwester schon mehrere Monate lang keinen Schulunterricht mehr hatten, nämlich seit ihre gestrenge und altjungferliche Hauslehrerin Catherine Hazelwood, vom einfachen Leben auf der einsam gelegenen Farm abgestoßen, nach Sydney zurückgekehrt war.

Dagegen war Victoria, die mit ihren sechseinhalb Jahren zu Jessicas großem Bedauern sowenig zupackende Energie an den Tag legte und noch so verträumt war wie eh und je, traurig, auch wenn Catherine Hazelwood nach Allan Whitman, den sie als Hauslehrer beide respektiert *und* geliebt hatten, eine große Enttäuschung gewesen war. Denn bei aller Unzulänglichkeit der »dürren Krähe«, wie Edward Miss Hazelwood hinter ihrem Rücken abfällig zu nennen pflegte, war ihr Unterricht doch stets eine willkommene Flucht aus dem für Victoria uninteressanten, langweiligen Alltag auf der Farm gewesen, eine Flucht in die sie viel stärker faszinierende Welt der Bücher, der Gedanken und der Fantasie. So war sie sich nun meist selbst überlassen, besonders in den arbeitsintensiven Sommermonaten, die vor ihnen lagen, getröstet in ihrer Einsamkeit nur von ihren Malstiften und Zeichnungen, die ihr so wichtig waren wie ihrem bodenstämmigen Bruder die Weiden und Koppeln und Werkstätten und Scheunen der Farm.

Die Tür zu Victorias Zimmer war offen. Jessica blieb im Eingang stehen. Ihre Tochter hockte, mit einem luftigen Musselinkleidchen und sauberen Schnallenschuhen bekleidet, auf dem Boden und malte, während sie eine Melodie vor sich hin summte, die genauso ihrer Fantasie entsprang wie ihr Bild. Einen Moment lang stand Jessica ganz still da, den Blick auf ihre blonde, zartgliedrige Tochter gerichtet, die so völlig anders war als Edward und sie selbst. Sie war wie ein zarter, buntschillernder und leicht verletzlicher Schmetterling inmitten einer Herde temperamentvoller, kraftstrotzender Vollblüter.

Jessica schämte sich plötzlich, als ihr bewußt wurde, wie sehr sie sich eine Tochter nach ihrem Ebenbild wünschte und wie sehr sie es bedauerte, daß Victoria ihren hohen Ansprüchen nicht gerecht wurde und im Gegensatz zu den Töchtern anderer, befreundeter Siedler am Hawkesbury so absolut kein Interesse für das Leben auf der Farm zeigte.

Es ist nicht richtig, diese Maßstäbe anzulegen und sie daran

zu messen. Jedenfalls jetzt noch nicht. Ich muß ihr Zeit lassen. Sie ist einfach anders. Mit dem Alter wird gewiß das Interesse und die Ernsthaftigkeit kommen, die eine junge Frau in diesem harten Land braucht, um zu bestehen und einen aufrechten Mann fürs Leben zu finden.
Jessica ging dabei ganz selbstverständlich davon aus, daß dieser Mann, der ihre Tochter eines Tages zu seiner Frau machen würde, der Sohn eines der benachbarten Farmer sein würde.
Lisa Reed tauchte im Flur auf. Die stämmige Köchin, die ihr Reich mit eiserner Hand regierte und von nie erlahmender Kraft schien, strahlte über das zerfurchte Gesicht. »Die gnädige Frau ist zurück! Da kann ich ja das Abendessen richten!«
Victoria wachte beim Klang der Stimme aus ihrem Tagtraum auf und blickte zur Tür. Ihr verträumter Gesichtsausdruck verwandelte sich in ein glückliches Lächeln. »Mom! Schaust du dir mein neues Bild an?«
»Ich komme gleich, mein Kind«, sagte Jessica und wandte sich dann Lisa Reed zu. »Bitte sagen Sie Anne, sie soll sich bereithalten. Ich bin völlig durchgeschwitzt und möchte mich waschen und frische Kleider anziehen.«
»Natürlich, gnädige Frau. Ich werde höchstpersönlich dafür Sorge tragen, daß der Zuber in Ihrem Waschkabinett so rasch wie möglich mit heißem Wasser gefüllt wird!« versicherte die Köchin.
»Lauwarm reicht bei diesen Temperaturen vollkommen, Lisa. Und überlassen Sie das ruhig Anne«, trug sie ihr mit unüberhörbarem Nachdruck auf. Lisa Reed fiel es noch immer schwer, Anne nicht wie das unerfahrene, verschüchterte und völlig überarbeitete Küchenmädchen zu behandeln, das sie einmal unter ihrem herrischen Regime gewesen war. Anne hatte es bei ihr nicht länger ausge-

halten, und Jessica hatte sie von der Tyrannei der Köchin befreit, indem sie das Mädchen kurzentschlossen zu ihrer Zofe erklärt hatte, ohne zu wissen, ob Anne dazu auch nur das geringste Geschick mitbrachte. Damals war das nur eine Ausrede gewesen, um Lisa Reed nicht die Wahrheit sagen zu müssen. Und eigentlich hatte sie einer Zofe auch gar nicht bedurft. Bis dahin war sie noch immer gut allein zurechtgekommen. Doch schon bald hatte sich die spontane Entscheidung als großer Glücksfall erwiesen, denn Anne, mittlerweile eine junge Frau von achtzehn Jahren, hatte sich zu einer ausgezeichneten Zofe entwickelt und ging ganz in ihrer Tätigkeit auf. Und manchmal fragte sich Jessica, wie sie vorher bloß ohne Anne zurechtgekommen war, mit der sie ein herzliches Vertrauensverhältnis verband. Eine Zofe wie Anne war nicht nur ein Luxus, sondern ein Geschenk des Schicksals, wie ein Freund, auf dessen Treue man blindlings bauen konnte.

Jessica sah den Schatten, der sich über das Gesicht der mit Mitte Vierzig schon völlig ergrauten Köchin legte. Um ihren Worten nachträglich noch die zurechtweisende Schärfe zu nehmen, fügte Jessica mit einem Lächeln schmeichelnd hinzu: »Anne ist sehr tüchtig, und ich schätze sie so sehr als Zofe, wie ich Sie als beste Köchin zu beiden Seiten des Hawkesbury schätze. Man merkt eben doch, wenn jemand durch Ihre harte Schule gegangen ist, Lisa.«

Lisa Reeds Gesicht hellte sich sofort wieder auf. »Man muß den Baum biegen, solange er jung ist, gnädige Frau. Ich versuche immer, mein Bestes zu geben. Ich werde Anne Bescheid sagen.«

Jessica nickte ihr zu und bezweifelte, daß das jetzt noch nötig war. Anne hatte sie bestimmt schon gehört und

wußte selbst, wonach ihrer Herrin nach einem derart langen Inspektionsritt der Sinn stand. Aber das behielt sie für sich, während sie sich einen Augenblick zu Victoria auf den Boden setzte.
Ihr Interesse am Geplapper ihrer Tochter, die ihr ihr Bild erklärte, schwand jedoch schnell. Es waren Phantasieblumen, die in einem Phantasieland blühten. Sie waren Victoria recht gut gelungen, wenn man ihr Alter bedachte. Dennoch hätte es Jessica zehnmal lieber gesehen, wenn Victoria Ställe und Scheunen oder die Pferdekoppel gemalt hätte. Aber noch lieber wäre es ihr gewesen, wenn ihre Tochter statt zu malen ihre Zeit bei Edward und den Farmarbeitern verbringen würde. Mit ihren bald sieben Jahren konnte sie noch nicht einmal die zehn besten Reitpferde von SEVEN HILLS auseinanderhalten, geschweige denn ihre besten Milchkühe und die Zugochsen für die schweren Fuhrwerke. Edward dagegen hatte schon mit fünf Jahren jedes Tier im Stall und auf der Koppel beim Namen nennen können, sofern es einen Namen hatte, die Zuchtböcke eingeschlossen.
»... und das hier ist die Blume der verzauberten Prinzessin«, sagte Victoria und deutete auf eine Blume, deren Blätter wie kleine Kronen aussahen.
»Warum malst du nicht mal ein schönes Bild vom Hof, Victoria?« fragte Jessica. »Oder von der Schafschur?«
Ihre Tochter verzog das Gesicht und rümpfte die Nase. »Die Tiere stinken so, Mom, und die Männer auch.«
»Schafe stinken nicht, mein Kind, sie haben nur, wie jedes Lebewesen, ihren eigenen Geruch«, erwiderte Jessica mißbilligend. »Und bei der Arbeit zu schwitzen, ist nichts Ehrenrühriges. Man kann sich hinterher waschen. Dafür gibt es Wasser und Seife.«
»Aber nicht gegen das Geschrei und die Angst der Tiere«,

behauptete sich Victoria diesmal. »Ich finde es so gemein, wie sie die Schafe auf den Rücken werfen und so schnell scheren, daß sie ihnen immer wieder in die Haut schneiden und sie bluten lassen.«
Jessica hatte Mühe, nicht ihre Geduld zu verlieren und ihre Tochter nicht noch schärfer zurechtzuweisen. »Das sieht schlimmer aus, als es in Wirklichkeit ist. Schafe haben unter ihrer Wolle nun mal eine empfindliche Haut. Doch diese kleinen Schnittwunden heilen schnell. Und wir brauchen die Wolle, mein Kind, dafür haben wir ja die Schafzucht. Würden wir die Schafe nicht scheren, könnte ich dir nicht so hübsche Kleider schneidern lassen.«
Victoria sah an sich hinunter und strich über den herrlich glatten Stoff. »Das wäre nicht so schlimm«, sagte sie dann nach kurzem Zögern, denn sie liebte hübsche Kleider und achtete stets darauf, sich nicht schmutzig zu machen – ganz im Gegensatz zu ihrem Bruder.
»Es wäre auch kein Geld für Malstifte da!«
Victoria senkte schuldbewußt den Kopf und biß sich auf die Unterlippe, erwiderte aber nichts.
Jessica war alles andere als stolz darauf, wie sie den kindlichen Illusionen ihrer Tochter begegnet war. Aber Victoria mußte einfach lernen, mit beiden Beinen auf dem Boden der Realität zu stehen, und die hieß SEVEN HILLS. Es war ihre Pflicht als Mutter, sie darauf vorzubereiten, daß das Leben nicht durch Träumen zu bewältigen war, nicht hier in Australien, und sie mußte lernen, daß ihr als Brading-Tochter und -Erbin nicht zu Blumen verzauberte Prinzessinnen und Prinzen begegnen würden, sondern viel eher verlogene Mitgiftjäger, halsabschneiderische Händler, neidvolle Mütter und Töchter von weniger erfolgreichen Farmen als SEVEN HILLS sowie Farmarbeiter

und Hauspersonal, das jede Schwäche sofort zum eigenen Vorteil zu nutzen versuchte.
Das traurige Schweigen ihrer Tochter ging ihr dennoch ans Herz. Versöhnlich sagte sie deshalb: »Du kannst wirklich wunderbar mit den Malstiften umgehen, mein Kind. Warum malst du nicht mal ein Bild von meinem Lieblingspferd? Du würdest mir damit eine große Freude machen.«
Victoria hob den Kopf. »Ich ... ich kann es versuchen. Aber du mußt mir zeigen, welches Pferd das ist.«
»Adrian natürlich.«
»Ich weiß nicht, welches Pferd Adrian ist«, gestand Victoria ein, und in ihren Augen war ein schuldbewußter Ausdruck. »Die Pferde sehen für mich alle gleich aus.«
Jessica hielt ihren aufkommenden Unmut über die totale Unkenntnis ihrer Tochter mühsam zurück. »Du brauchst nur zu fragen, Victoria. *Jeder* auf SEVEN HILLS kann dir zeigen, wer Adrian ist. Nun ja, offensichtlich doch nicht jeder.«
Victoria errötete.
»Am besten gehst du morgen mit Edward hinunter auf die Koppel.« Jessica unterdrückte einen schweren Seufzer und stand auf. »Es wird Zeit, daß ich mich wasche. Sei so gut und such deinen Bruder. Sag ihm, daß ich nicht zulassen werde, daß er zu spät zum Abendessen kommt, und dann auch noch ungewaschen! Ich erwarte, daß er sich mit sauberen Sachen zu uns an den Tisch setzt.«
»Ja, Mom«, sagte Victoria folgsam und huschte aus dem Zimmer.
Immerhin habe ich keine Probleme mit Victoria, was Sauberkeit und adrette Kleidung betrifft, dachte Jessica, während sie den Flur hinunterging und sich in ihr Zimmer begab, wo Anne schon auf sie wartete. Der Badezuber im

Waschkabinett war bereits mit Wasser gefüllt, und sie hatte auch schon frische Leibwäsche auf dem Bett ausgebreitet.
Anne spürte, daß ihrer Herrin der Sinn nicht nach Unterhaltung stand, und verhielt sich dementsprechend. Sie half Jessica mit flinken Händen beim Entkleiden, gab etwas vom kostbaren Badesalz ins Wasser und hielt sich stumm, aber mit einem freundlichen Lächeln auf dem Gesicht zu ihrer Verfügung.
Das Bad tat Jessica gut, körperlich wie seelisch. Sie schloß die Augen, legte den Kopf in den Nacken und spürte, wie ihr Körper sich entspannte. Die Enttäuschung, die Victoria ihr bereitet hatte, schwand schnell dahin und machte der Zuversicht Platz, daß ihre Tochter sich schon noch rechtzeitig fangen und eine richtige Brading werden würde. Was jedoch Ian anging, blieb sie innerlich angespannt und voller Bangen.
Würde er sich beim Abendessen etwas anmerken lassen und sie vor ihren Kindern zur Rede stellen? Wenn er in solch einer finsteren Stimmung war, war ihm das sehr wohl zuzutrauen. Sie hoffte jedoch, daß er ihr dies nicht antat, denn noch fühlte sie sich stark genug, ihren Kindern in die Augen zu blicken und ihnen zu sagen, daß sie eine weite Reise antreten mußte und sie für viele, viele Monate von ihnen und SEVEN HILLS getrennt sein würde.
Jessica gab einen schweren Seufzer von sich. Irgendwann würde sie es Edward und Victoria sagen müssen. Nein, nicht irgendwann, sondern sehr bald schon. Die Zeit lief ihr davon.
Aber bitte nicht heute abend! flehte sie in Gedanken. Stell mich bitte nicht beim Essen vor den Kindern zur Rede, Ian! Wenn er es aber doch tat, konnte sie ihm noch

nicht einmal böse sein. Sie hatte es ja geradezu herausgefordert. Wie hatte sie ihm auch bloß diese törichte Antwort geben können. Daß sie sich zu Unrecht angegriffen gefühlt hatte, konnte sie als Entschuldigung nicht gelten lassen. Sie hatte Ian mit ihren Worten sehr verletzt. Es tat ihr leid, und sie würde sich dafür bei ihm entschuldigen. Ian hatte sehr wohl einen moralischen Anspruch auf eine Erklärung, warum sie nach England reiste. Und sie tat besser daran, sich einen einigermaßen plausiblen Grund einfallen zu lassen, warum sie diese Reise antreten wollte, ja mußte.

Ich werde das Mißverständnis aus der Welt schaffen und mit Ian ins reine kommen. Irgendwie wird es mir schon gelingen, sagte sie sich und erhob sich mit einer raschen Bewegung. Und lange kann er mir sowieso nicht böse sein.

Anne eilte mit einem großen Badetuch herbei und hüllte sie darin ein, als sie aus dem Badezuber stieg.

»Danke, Anne«, sagte Jessica, trocknete sich ab, ging ins Nebenzimmer und schlüpfte in die frische Unterwäsche, die ihr die Zofe reichte.

Als Jessica auf dem gepolsterten Hocker vor der Frisierkommode mit dem dreiteiligen Spiegel saß und Anne ihre Haare bürstete, dachte sie daran, daß sie bald auch mit ihrer Zofe sprechen und sie fragen mußte, ob sie bereit war, sie auf ihrer Reise zu begleiten. Sie hoffte sehr, daß Anne ihr diesen großen Dienst erweisen würde. Es war viel verlangt, das wußte sie, aber ohne eine Person an ihrer Seite, der sie voll und ganz vertrauen konnte, war ihr Vorhaben kaum durchzuführen. Auch mit Annes Beistand würde es noch schwer genug werden.

»Sag mal, dir gefällt es doch in Sydney, nicht wahr?« fragte Jessica.

Anne hielt verwirrt inne. Die Frage schien ohne jeden Zusammenhang. »Ob mir Sydney gefällt?« fragte sie zurück und wußte nicht, worauf ihre Herrin hinauswollte.
»Ja, du magst doch das Leben in der Stadt ...«
»O ja, für eine Zeitlang ist es wirklich sehr aufregend in Sydney. Dieses geschäftige Leben und Treiben auf den Straßen, die vielen Läden mit all den unglaublichen Sachen, die man kaufen kann, und dann das Durcheinander im Hafen und die Schiffe, das ist schon ein ganz anderes Leben als hier draußen«, gab Anne zu und fragte, wie ihre Herrin ausgerechnet jetzt auf Sydney kam. »Haben Sie dort wieder zu tun, Missis Brading? Wenn ja, dann freue ich mich schon jetzt darauf.«
Jessica lächelte leicht. »Ja, wir werden bald wieder nach Sydney reisen, Anne. Aber auch wenn Sydney die größte Stadt in der Kolonie ist, so ist sie doch verglichen mit einer richtigen Stadt kaum mehr als eine verschlafene Provinzstadt mit einem nicht minder trägen Verkehr im Hafen.«
Anne runzelte die Stirn. »Und was ist dann eine richtige Stadt, Missis Brading?«
»London natürlich, und Portsmouth und Bristol und Liverpool und wie die großen Städte in England alle heißen«, antwortete Jessica. »Ein einziges Stadtviertel von London ist schon so groß wie ganz Sydney, und in einer einzigen guten Geschäftsstraße sind mehr Läden Tür an Tür als in der ganzen Kolonie. Und in London gibt es viele Dutzend Straßen mit Geschäften.«
Anne sah sie an, als glaubte sie nicht, daß es wirklich so war.
Jessica lachte. »Ich übertreibe nicht, ganz im Gegenteil. Du kannst mir schon glauben.«

»Ich will Ihnen wohl glauben, Missis Brading, aber so recht vorstellen kann ich es mir nicht.«
»Würdest du England und London denn mal gern sehen wollen, Anne?« fragte Jessica scheinbar beiläufig, während sie ihre Haarspange von der Kommode nahm.
Anne lachte amüsiert auf. »Da könnten Sie mich auch fragen, ob ich nicht Freude daran hätte, wie ein Vogel zu fliegen. Ich bin Anne Howard, Missis Brading, und der Mond kann für mich nicht weiter weg sein als England und London. Ich bin auch mit Sydney und Parramatta ganz zufrieden.«
»Das war nicht meine Frage«, hakte Jessica ruhig und mit einem Schmunzeln nach. Anne war wirklich alles andere als eine Träumerin. Wenn doch Victoria bloß ein wenig von ihr hätte. »Ich wollte nur wissen, ob du England und London gern einmal mit eigenen Augen sehen würdest, wenn du die Möglichkeit dazu hättest. Sagen wir mal, du hättest wie in einem Märchen drei Wünsche frei.«
»O ja, ich bin ja hier geboren und kenne nichts anderes als SEVEN HILLS und Parramatta und Sydney, und deshalb würde ich mir dieses England und London gern ansehen, schon weil doch unser König in dieser Stadt lebt. Aber wenn ich nur drei Wünsche frei hätte, dann würde ich sie dennoch nicht dafür verwenden.«
»So? Und warum nicht?« wollte Jessica wissen, einigermaßen beruhigt, daß England und London eine gewisse Anziehungskraft auf Anne ausübten.
»Weil doch dann ein Wunsch verschwendet wäre, wenn ich mir wünschen würde, England und London zu sehen. Ich meine, davon bleibt mir doch nichts.«
»Doch, Erinnerungen.«
Anne schüttelte den Kopf. »Davon wird weder Mensch

noch Tier satt. Ich würde mir etwas wünschen, was Bestand hat und zu was nütze ist.«

»Zum Beispiel?«

»Land, Vieh – und einen Mann, auf den Verlaß und der ein guter Vater ist«, antwortete Anne, ohne lange überlegen zu müssen.

Jessica lächelte. »Einen Mann wie Frederick Clark?«

Die Zofe errötete etwas. »Vielleicht, ich weiß es noch nicht ...«

»Aber du magst ihn, und er mag dich, nicht wahr?«

»Sieht man uns das so deutlich an?« fragte Anne verblüfft.

»Ich schon.« Jessica tätschelte ihrer Zofe die Hand. »Es ist nichts, dessen man sich schämen müßte. Wenn sich zwei Menschen viel bedeuten, ist das etwas Wunderbares.« Eine Frage schwang in ihren Worten mit. Frederick Clark konnte ein Problem sein, wenn es darum ging, ob Anne mit ihr die Reise unternahm oder nicht.

»Ich weiß noch nicht, wieviel Frederick mir bedeutet, Missis Brading. Und es hat auch keine Eile mit uns. Er hat mir mal gesagt, daß er einer Frau erst dann einen Heiratsantrag machen wird, wenn er wieder ein freier Mann ist. Bis dahin hat er noch einige Jahre zu verbüßen, und das ist ganz gut so«, sagte sie sehr nüchtern. »In ein paar Jahren wissen wir beide mehr, was wir einander bedeuten – und ob wir dasselbe wollen.«

Die pragmatische Einstellung ihrer Zofe fand Jessicas uneingeschränkte Anerkennung, und sie lobte Anne auch dementsprechend, ohne noch einmal die Rede auf England und London zu bringen. Das hatte noch ein paar Tage Zeit. Sie war jetzt überzeugt, daß es ihr geringstes Problem sein würde, Anne zum Mitkommen zu bewegen.

Jessica wählte ein hübsches Kleid aus flaschengrünem Taft aus, das für dieses ganz normale Abendessen vielleicht ein bißchen zu schick war, doch sie wußte, daß Ian sie sehr gerne in diesem Kleid sah, das ihre anmutige Figur sowie ihr blondes Haar und ihre grünen Augen wunderbar zur Geltung brachte.

Ach, Ian ...

Als sie ins Eßzimmer trat, fiel ihr Blick sofort auf den Platz, wo Ian gewöhnlich saß. Schon seit Jahren nahm er die Mahlzeiten, wann immer möglich, mit ihr und ihren Kindern ein. Er war eben bedeutend mehr als nur ein fähiger Verwalter. Doch an diesem Abend war der Platz an seinem Tisch nicht gedeckt. Ihr Magen zog sich noch enger und schmerzhafter zusammen.

»Mister McIntosh läßt sich entschuldigen, gnädige Frau«, teilte ihr Lisa Reed Augenblicke später mit. »Er hat noch irgendeine Arbeit zu erledigen, die keinen Aufschub erlaubt. Doch fragen Sie mich nicht, um was es sich da handelt. Er hat es mir nicht gesagt, und er war sehr in Eile.«

»Schon gut, Lisa, ich weiß Bescheid«, sagte Jessica, und weder ihrer Stimme noch ihrer Miene war etwas anzumerken. Dabei tat es ihr sehr weh, daß er nicht zum Essen erschien. Daß er ihr so sehr grollte, daß er sie schnitt, machte ihr mehr zu schaffen, als wenn er seinem Ärger bei Tisch freien Lauf gelassen und sie vor ihren Kindern zur Rede gestellt hätte.

Victoria war pünktlich, während Edward wie üblich auf die letzte Minute zum Essen erschien. Doch er trug saubere Hosen, ein sauberes Hemd und war sogar gewaschen, wenn auch nur sehr nachlässig gekämmt. Aber das sah Jessica ihm großzügig nach.

Edward war ganz das Ebenbild seines Vaters. Er sah größer und kräftiger aus als acht, und neben seiner zierlichen, blassen Schwester wirkte seine tiefe Sonnenbräune noch intensiver. Seine Augen funkelten vor Leben und Tatkraft, und während er kräftig zulangte, berichtete er voller Stolz, wie er den störrischen Ochsen, der anfangs partout nicht spuren wollte, dazu gebracht hatte, seinen Befehlen zu gehorchen. Victoria stocherte wie ein Vogel in ihrem Essen herum, hörte kaum hin und freute sich vielmehr über die Wassertropfen, die von ihrem Wasserglas perlten. Sie tippte ihren Zeigefinger hinein und malte mit dem Wasser Bilder auf die polierte Tischplatte, die nur sie sehen konnte.

Jessica mußte an sich halten, um nicht aus der Haut zu fahren. Schließlich sagte sie zu Edward, nachdem sie sein beherztes Handeln hinsichtlich des störrischen Ochsen ausgiebig gelobt hatte: »Deine Schwester will mir auch eine große Freude machen. Sie hat mir versprochen, ein Bild von Adrian zu malen.«

Edward warf Victoria einen halb mitleidigen, halb nachsichtigen Blick zu, wie ältere Brüder ihn für ihre jüngeren Schwestern gemeinhin übrig haben. »Ein Bild von Adrian? Vic kann doch noch nicht einmal eine Kuh von einem Ochsen unterscheiden!«

»Kann ich doch!« protestierte Victoria.

»Kannst du nicht«, sagte Edward mit vollem Mund. »Du hast doch vor allem Angst, was mehr als zwei Beine hat und größer als ein Huhn ist.«

»Kann ich doch! Und du hast Angst vor Seife, und deshalb riechst du auch immer nach Stall – wie ein Ochse!«

»Und du riechst wie eine Schublade voll parfümierter, unnützer Kleinmädchenschleifen!« revanchierte sich Edward unbeeindruckt.

»Schluß jetzt! Bei Tisch wird sich nicht gestritten! Wie oft soll ich euch das noch sagen?« schimpfte Jessica. »Du wirst deine Schwester morgen mit zur Pferdekoppel nehmen und ihr Adrian zeigen.«

»Das geht nicht!«
»Und warum sollte das nicht gehen, junger Mann?«
»Weil ich mit dem alten Baker, Tim Jenkins und den anderen doch morgen zur Auborn-Farm fahre. Sie wollen doch da einen neuen Brunnen graben, und der alte Baker will mir zeigen, wie man mit einer Wünschelrute eine Wasserader findet!« erklärte Edward eifrig und mit ängstlichem Gesichtsausdruck, daß seine Mutter ihn vielleicht nicht mitfahren lassen würde.
»Daß Tim Jenkins morgen mit einem Arbeitskommando zur alten Auborn-Farm fährt, weiß ich. Immerhin haben Ian und ich ihn damit beauftragt. Aber daß auch du zur Gruppe gehörst, ist mir neu«, sagte Jessica mit gespielter Strenge. »Ich kann mich nicht erinnern, daß du mich um Erlaubnis gefragt hast.«
»Das hätte ich schon noch, bestimmt, Mom!« beteuerte er treuherzig.
»Ja, morgen früh, schon fix und fertig auf dem Kutschbock sitzend!« Jessica sah ihm förmlich an, daß er genau das geplant hatte, und mußte sich ein Schmunzeln verkneifen. Sie liebte Edward ja gerade deshalb so sehr, weil er so war und überall dabeisein wollte. Wie konnte sie ihm da böse sein, daß er es vorgezogen hätte, sie am Morgen quasi vom Kutschbock aus zu überrumpeln?
»Mom, bitte!« bettelte er.
Er brauchte nicht lange zu bitten. Ihm konnte sie kaum einen Wunsch abschlagen, und manchmal erfüllte sie das mit Schuldgefühl, wenn sie an Victoria dachte, die es ihr kaum recht machen konnte. War das immer so zwischen Mutter und Tochter?
»Also gut, meinetwegen fahr morgen mit. Aber übermorgen nimmst du Victoria mit hinunter zur Pferdekoppel. Du wirst dich in Zukunft überhaupt ein bißchen mehr

um deine Schwester kümmern, junger Mann!« trug sie ihm auf. »Ich möchte, daß sie mit dem Leben und den vielfältigen Arbeiten auf SEVEN HILLS besser vertraut wird, und das wird deine Aufgabe sein, bis ich Ersatz für Miss Hazelwood gefunden habe. Victoria ist deine Schwester, und ich erwarte von dir, daß weißt, was ich damit meine!«

»Ja, versprochen, Mom!« Er grinste jedoch dabei.

Jessica war vollkommen klar, daß er ihr in diesem Moment alles versprochen hätte, aber nicht ernsthaft daran dachte, mit Victoria im Schlepptau auch nur einen Tag zu verbringen. Doch sie hakte nicht nach. An diesem Abend hatte sie andere Sorgen.

3

Das Klappern von Geschirr und Töpfen in der Küche und die scharfe Stimme von Lisa Reed, die ihr Küchenmädchen Nellie auf Trab hielt, waren längst verstummt. Die Kinder lagen in ihren Betten, und bis auf die Lampe in Jessicas Schlafzimmer waren alle Lichter im Haus gelöscht. Auch Anne hatte sich schon in ihre Kammer zurückgezogen und zu Bett begeben.

Jessica saß an ihrem kleinen Sekretär. Vor ihr lagen die Bücher, in denen sie all ihre geschäftlichen Transaktionen eintrug, die nichts mit SEVEN HILLS zu tun hatten. Im Rechnungsbuch, das ihrem kleinen Kaufhaus in Sydney gewidmet war, fanden sich schon mehrere Dutzend Seiten, die mit Zahlen und Notizen in ihrer gestochen scharfen Handschrift gefüllt waren. Es lag jetzt aufgeschlagen vor ihr.

Das zweite Rechnungsbuch, das den Geschäften der BRADING RIVER LINE vorbehalten war, wies immerhin noch neun beschriebene Seiten auf. Die BRADING RIVER LINE war zwar ein sehr hochtrabender Name für ein Flußschiffahrtsunternehmen, das nur über eine Schaluppe mit dem Namen SHAMROCK verfügte, die von Captain Patrick Rourke geführt wurde. Doch das Geschäft auf dem Hawkesbury war profitabel, und mit ein bißchen Glück und viel harter Arbeit würde es nicht bei diesem einen Boot bleiben, darin stimmten sie und Patrick überein. Er hielt schon jetzt die Augen nach einem zweiten Boot auf. Sein sehnlichster Wunsch war es, bald wieder die Planken eines soliden Schoners unter den Füßen zu haben, der seetüchtig war und ihn befähigte, auch die Siedlungen an der Küste anzulaufen sowie Van Diemen's Land.

»Wir werden wieder einen stolzen Schoner haben, Patrick«, sagte Jessica leise vor sich hin. »Und er wird so solide und hochseetüchtig sein, wie es die COMET war. Bald, Patrick. Und sollten wir keinen finden, der zum Verkauf steht, werden wir einen auf Kiel legen lassen!«

Das dritte Rechnungsbuch hatte sie für die PACIFIC angelegt, an der sie sich mit zweitausend Pfund beteiligt hatte. Dafür hatte sie eine zwanzigprozentige Beteiligung an diesem stolzen Dreimaster erworben, einem Walfangschiff, das erst vor wenigen Jahren vom Stapel gelaufen war. Wenn die Kredithaie damals nicht so scharf darauf gewesen wären, Captain Samuel Morgan für ein Butterbrot um sein Schiff zu bringen, hätte sie nie die Chance erhalten, für so wenig Geld ein glattes Fünftel an einem Schiff wie der PACIFIC zu erwerben. So gesehen hatte sie ein blendendes Geschäft getätigt – vorausgesetzt, die PACIFIC machte einen guten Fang und wurde nicht das Opfer eines Sturms. Bis dahin waren die zweitausend Pfund nichts weiter als eine höchst riskante Spekulation. Und zweitausend Pfund waren ein Vermögen, nicht nur in der Kolonie, wo die Arbeitskraft eines Mannes im Monat nicht viel mehr wert war als ein paar Gallonen Rum.

Patrick Rourke, mit dem Jessica eine langjährige Partnerschaft und Freundschaft zugleich verband, hatte sie einmal gefragt, warum sie denn ihre Beteiligung an der PACIFIC nicht zur BRADING RIVER LINE zählte, sondern als eigenständiges Unternehmen ansah. Daß ein Walfänger mit dem Transportgeschäft auf dem Fluß nichts gemein hatte, konnte nicht der Grund sein. Und den Schoner, den sie früher oder später kaufen wollten, würden sie ja auch nicht allein auf den Flüssen der Kolonie einsetzen.

»Weil die PACIFIC nicht meinem Befehl untersteht, Patrick«, hatte sie ihm geantwortet.

»Haben Sie vergessen, daß Sie mich, wenn auch gegen meinen Willen, an der BRADING RIVER LINE beteiligt haben?«

»Das ist etwas völlig anderes, Patrick. Wir waren Partner, von Anfang an, und so wollen wir es auch weiterhin halten. Wir bestimmen den Kurs der BRADING RIVER LINE gemeinsam. Keine wichtige Entscheidung geht an mir vorbei. Doch an der PACIFIC halte ich nur eine stille Beteiligung, und Captain Samuel Morgan tut und läßt, wie es ihm beliebt. Ich habe nicht den geringsten Einfluß.«

»Aye, aye, das paßt natürlich zu Ihnen und der BRADING RIVER LINE so schlecht wie Ketten an den Füßen eines Känguruhs, das bekanntlich eine besondere Leidenschaft für weite Sprünge hat«, hatte der rotbärtige Ire gesagt und über ihren verblüfften Gesichtsausdruck schallend gelacht.

Jessica lächelte in Erinnerung an diese Szene. Er hatte es, wenn auch sehr drastisch, auf den Punkt gebracht. Sie hatte England mit Ketten an den Füßen verlassen. Wie Vieh hatte man sie behandelt, erniedrigt, gedemütigt und den Willen zu brechen versucht. Und die schlimmste von allen Demütigungen lag noch gar nicht so lange zurück – und drohte nun ihr Leben völlig aus der Bahn zu werfen.

Nie wieder durfte so etwas passieren! Nie wieder sollten irgendwelche Ketten ihre Freiheit behindern! Das hatte sie sich geschworen, als sie sich aus den Fängen scheinbar hoffnungsloser Verzweiflung befreit hatte. Deshalb gab es für sie auch keine Alternative zu dieser Reise nach England. Sie mußte die Kolonie für eine Zeitlang verlassen – und sie mußte zurück in ihre alte Heimat, um einen anderen Schwur einzulösen: Vergeltung für das, was man ihr angetan hatte! Ein jeder sollte seinen Preis für das zahlen, was er begangen hatte. Auch und gerade Sir Wesley Forbes!

»Ja, wir werden den Schoner bekommen, Patrick«, murmelte Jessica mit grimmiger Entschlossenheit. »Und mehr als das. Dies ist ein heiliges Versprechen!«

Ihr Blick richtete sich wieder auf die letzten Eintragungen im Rechnungsbuch von BRADING'S. Doch die Zahlen konnten sie nicht dazu bringen, sich auf sie zu konzentrieren. Ihre Gedanken wollten sich einfach nicht zwischen die geraden Linien zwingen lassen. Ihr Kaufhaus war in den Händen ihres Geschäftsführers Glenn Pickwick bestens aufgehoben. Die Zeiten, da sie sich Sorgen um BRADING'S hatte machen müssen, gehörten endgültig der Vergangenheit an.

Sie war innerlich auch zu aufgewühlt, um sich mit nüchternem Zahlenwerk zu beschäftigen. Es gab so viel anderes zu bedenken, so viele andere Probleme zu lösen, und einige erschienen sogar gänzlich unlösbar.

Jessica verspürte den heftigen Drang, der Enge ihres Zimmers zu entfliehen. Ihr war, als verhinderte die räumliche Begrenztheit ihrer vier Wände auch jede gedankliche Entfaltung. Und an Schlaf war sowieso noch längst nicht zu denken.

Ein wenig frische Nachtluft wird mir guttun, sagte sie sich, schlüpfte in ihren gesteppten Morgenmantel und drehte den Docht ihrer Lampe auf dem Sekretär so weit herunter, daß der Lichtschein nur noch schwach war. Sie war großzügig, haßte jedoch Verschwendung. Verschwendung war Gedankenlosigkeit. Gedankenlosigkeit war der beste Nährboden für eine grenzenlose Vielfalt von Fehlern, und Fehler verzieh einem dieses Land nicht. Zeigte man Schwäche, dann schlug es unerbittlich zu und zerbrach einen. Jessica hatte es mehr als einmal erlebt, und es hatte immer mit kleinen Schwächen angefangen, die andere nachgezogen und später zum Scheitern geführt hatten. Nein, menschliche Schwächen wie Gedankenlosigkeit und Nachlässigkeit verzieh einem dieses Land nicht, das noch weit davon entfernt war, gezähmt zu sein.

Jessica verließ das Haus durch die hintere Küchentür, die auf die kleine rückwärtige Veranda führte. Über dem Buschland am Hawkesbury stand an einem leicht bewölkten Himmel der Vollmond. Er verwandelte die lautlos dahinströmenden Fluten des Flusses in flüssiges Silber.

Das silbrige Licht des Mondes hob auch die überdachte Veranda aus der nächtlichen Dunkelheit – und den Mann, der auf einem der Korbstühle reglos vor der Hauswand saß.

Jessica zuckte zusammen und blieb stehen, die Klinke der Küchentür noch in der Hand.

»Ian.« Es war keine Frage, sondern eine Feststellung, die mit Schuldgefühl und banger Erwartung einherging.

»Ich hoffe, Sie haben nichts dagegen, daß ich mir die Freiheit genommen habe, hier einen Teil der Nacht zu verbringen«, sagte er, ohne in ihre Richtung zu blicken.

»Nein . . . nein, natürlich nicht, das wissen Sie doch. Und außerdem ist es doch Ihr Haus, Ian«, erwiderte sie beklommen, schloß die Küchentür leise und setzte sich ebenfalls auf einen der bequemen Korbstühle. Das Knarren des trockenen Geflechts wirkte laut in der Stille der Nacht.

»Die Weidehüter werden heute nacht alle Hände voll zu tun haben«, sagte Ian mit ganz normaler Stimme, als hätte es diesen verletzenden Wortwechsel auf Macklin's Bulge nicht gegeben. »Es ist eine Nacht für Dingos. Vollmond und Wolken – ideale Bedingungen für eine erfolgreiche Jagd.«

Jessica nickte, obwohl er weiterhin starr geradeaus zum Fluß blickte. »Wir haben die besten Männer draußen auf den Außenweiden. Sie wissen, was sie erwartet.«

»Dingos sind schlau und schnell, und die Männer können nicht überall sein. Wir werden schon einige Tiere verlieren.«

»Was schätzen Sie, Ian?«

»Ein halbes Dutzend, wenn wir Glück haben und die Wolkendecke noch weiter aufreißt. Ein gutes Dutzend, wenn die Bewölkung noch zunimmt.«

»Wir können es verkraften. Die letzte Katastrophe hat uns mehrere *tausend* Schafe gekostet«, sagte Jessica und fragte sich insgeheim verstört, was sie da bloß für Banalitäten austauschten, obgleich sie beide doch viel wichtigere Dinge zu bereden hatten als die Zahl der Tiere, die die Dingos in dieser Vollmondnacht reißen würden.

»Jeder Verlust ist ein Verlust zuviel und schmerzt«, erwiderte er zweideutig.

Jessica wollte nicht über Schafe reden. »Wir haben Sie beim Abendessen vermißt, Ian.«

»Mir fehlte der rechte Appetit.« Seine Stimme hatte einen leichten Anflug von Sarkasmus.

»Es tut mir leid, Ian.«

»Keine Sorge, der Appetit kommt schon wieder.«

»Das meinte ich nicht, und das wissen Sie. Es tut mir wirklich aufrichtig leid.«

Zum erstenmal, seit sie auf die Veranda gekommen war,

gab er seine starre Haltung auf und wandte den Kopf. Skeptisch sah er sie an. »Ja, tut es das?«

Jessica nickte. »Ja, das tut es, Ian. Sehr leid sogar, und ich bitte Sie um Entschuldigung, daß ich so etwas Dummes gesagt habe.«

»So dumm war es gar nicht.«

»Bitte machen Sie es mir nicht noch schwerer, Ian. Was mir da auf Macklin's Bulge über die Lippen gekommen ist, war dumm und verletzend. Aber Sie wissen, daß ich es nicht so gemeint habe, wie es geklungen hat. Ich wollte Sie nicht verletzen. Ich wollte nur, daß Sie aufhören, mir mit Ihren Fragen zuzusetzen. Und in meiner Not habe ich zu dieser Dummheit Zuflucht genommen«, gestand sie ein. »Wir sind Freunde, Ian, seit vielen Jahren. Und Sie sind der beste und kostbarste Freund, den ich habe. Aber auch die besten Freunde können in der Erregung einmal etwas Dummes sagen und sich in die Haare geraten, ohne dadurch jedoch die tiefe Verbundenheit in Frage zu stellen.«

Ian biß sich auf die Unterlippe, sonst wäre ihm jetzt vielleicht ebenfalls eine Dummheit entschlüpft, und die wäre im Gegensatz zu ihrer wirklich unverzeihlich gewesen, nämlich daß es ihm längst nicht mehr reichte, ihr Vertrauter und bester Freund zu sein. Er wollte mehr von ihr. Er wollte ihre Liebe als Frau, ihre Zärtlichkeit und Leidenschaft, die bisher anderen Männern gegolten hatten. Männer, die ihr nichts als Kummer und Unglück gebracht hatten. Er wollte, daß sie in seinen Armen lag und seinen Namen sagte. Nichts auf der Welt wünschte er sich mehr als das. Aber gerade weil er sie so liebte, seit Jahren schon, konnte er ihr seine Liebe nicht so offen zeigen, wie er es gern getan hätte. Zu groß war seine Angst, sie könnte ihn zurückweisen und sich von ihm zurückziehen. Dann hatte er alles verloren –

auch ihre tägliche Nähe und Freundschaft, die ihm in seinem brennenden Wunsch nach ihrer Liebe all die Jahre zumindest doch ein Trost gewesen waren.
Nein, er wollte sie nicht verlieren. Noch war es zu früh, sich ihr offen zu erklären. Er mußte ihr noch Zeit lassen, über Mitchell Hamilton hinwegzukommen. Ihm hatte ihre ganze Liebe gegolten, seit sie in New South Wales war. O ja, sie war Steve Brading eine gute und hingebungsvolle Frau gewesen und hatte ihn mit den Jahren wahrhaftig lieben gelernt, doch auf eine andere, nicht so verzehrende Art, wie sie Mitchell Hamilton geliebt hatte. Alles hatte sie für ihn getan, sogar ihm zur Flucht vor den korrupten Offizieren des Rum-Corps nach Van Diemen's Land verholfen. Und als Dank hatte Mitchell Hamilton in einer schwachen Stunde der Versuchung nachgegeben und die blutjunge Tochter des Töpfers geschwängert, bei dem er Unterschlupf gefunden hatte. Und er hatte Sarah geheiratet und war Vater eines Sohnes geworden. Wie es hieß, war er mit seiner jungen Familie in den tiefen Süden der Kolonie gezogen, um dort in der Wildnis jenseits vom Sutton Forest am Wolondilly River eine Farm aufzubauen, der sie den Namen BURRINGI gegeben hatten.
Mitchell Hamiltons Verrat an Jessica lag nun schon gut zwei Jahre zurück. Und wenn ihre Wunden auch zu heilen und sich zu schließen begannen, so waren sie doch noch immer zu frisch, als daß er, Ian McIntosh, ernsthaft um sie hätte werben können. Aber er hatte gelernt, zu warten und Geduld zu haben. Er würde ihr alle Zeit der Welt lassen, die sie brauchte. Doch das hieß nicht, daß er mit seiner Meinung hinter dem Berg hielt, wenn sie im Begriff stand, einen seiner Ansicht nach verhängnisvollen Fehler zu begehen.

»Warum sagen Sie nichts, Ian?« fragte Jessica mit bangem Unterton. »Grollen Sie mir noch immer so sehr, daß Sie meine Entschuldigung nicht annehmen können?«
Sein Körper entspannte sich ein wenig. »Nein, Ihnen kann ich gar nicht lange grollen, Jessica. Das ist ja gerade das Dilemma, in dem ich manchmal stecke. Mir ist nur einiges durch den Kopf gegangen.«
Sie atmete dankbar und erleichtert auf. »Wollen Sie mich daran teilhaben lassen?«
Nicht daran und nicht jetzt, dachte Ian traurig und antwortete herausfordernd: »Ich weiß nicht, ob Ihnen meine Gedanken gefallen werden. Zumal Sie doch wollten, daß ich endlich aufhöre, Fragen zu stellen.«
»Es sind nicht immer die Fragen, Ian, manchmal ist es die Art, wie man sie stellt, die unerträglich ist und einen Dinge erwidern läßt, die man hinterher bereut.«
Das ließ er gelten, und er nickte. »Also gut, vergessen wir erst einmal die Fragen, Jessica, und lassen Sie uns über das reden, worüber wir uns einig sind.«
»Wir sind uns über sehr vieles einig«, sagte Jessica mit einem befreiten Lächeln.
Er sah sie an und erwiderte ihr Lächeln. »O ja, vermutlich sogar mehr, als Ihnen bewußt ist.« Er machte eine Pause. Jessica sagte nichts und wartete, daß er fortfuhr, was er Sekunden später auch tat.
»Wissen Sie, als ich vor fünfzehn Jahren nach New South Wales kam und Steve Brading als Zwangsarbeiter zugewiesen wurde, war ich ein Niemand. Ich meine, nicht nur, weil ich wegen angeblicher Unterstützung irischer Rebellen gegen die britische Krone verhaftet, verurteilt und nach Australien deportiert worden bin. Ich war auch vorher ein Niemand. Ich habe mich für einen Hungerlohn auf dem Gutshof eines feinen englischen Herren abgeschuftet. Ich hatte

nie genug Geld, um anständige und im Winter warme Sachen mein eigen nennen zu können, und ich ging nur deshalb meist nicht hungrig zu Bett, weil ich mir das, was ich brauchte, um meinen Hunger zu stillen, zusammenstahl. Hier ein paar Forellen aus dem Bach meines Gutsherrn, dort ein gewildertes Kaninchen und gelegentlich Kartoffeln und Eier – und für jeden einzelnen Diebstahl hätte man mich hängen können.«

Jessica nickte. »Ich weiß, in England arm und hungrig zu sein ...«

»Was ein und dasselbe ist«, warf Ian ein.

»... ist schrecklich und bedeutet, daß man ständig mit einem Bein schon im Gefängnis ist«, führte sie ihren Satz zu Ende. Im Gefängnis von Newgate war sie Frauen begegnet, die tatsächlich wegen solch eines geringen Diebstahls zuerst zum Tod durch den Strang verurteilt und dann zu Deportation begnadigt worden waren, und es waren keine seltenen Einzelschicksale gewesen.

»Sehr wahr. Damals ist mir das nicht so richtig bewußt gewesen, doch dafür sehe ich es heute um so klarer. Ich war arm und hatte von der Zukunft nichts zu erwarten. Und wie sah es bei Ihnen aus, Jessica?«

Sie überlegte kurz. »Wenn ich es recht betrachte, hatte ich auch nichts zu erwarten, bestenfalls ein Leben als Gesellschafterin.«

»Also ein besseres Dienstbotenleben, was bei den englischen Hungerlöhnen völlige Abhängigkeit und Schutzlosigkeit vor Willkür durch die Herrschaft mit sich bringt«, stellte er nüchtern fest.

»Ja, das hätte mich wohl erwartet«, räumte Jessica ein.

»Und dann Deportation nach Australien!« Er lachte kurz und trocken auf. »Was habe ich diese Sträflingskolonie anfangs gehaßt und verflucht. Aber nicht lange, was natürlich auch damit zusammenhing, daß ich einem freien Siedler wie Steve Brading zugeteilt wurde. Schon nach dem ersten halben Jahr wußte ich, daß mir nichts Besseres im Leben hätte widerfahren können als die Deportation. Sie war ein Segen. Hier am Hawkesbury River spürte ich, daß ich für dieses Land geschaffen war und daß ich hier mein Glück machen konnte, wenn ich meine Jahre erst verbüßt hatte und wieder ein freier Mann war.«

»Die Deportation ein Segen?« wiederholte Jessica überrascht. »Ich hätte nie gedacht, daß ausgerechnet Sie jemals so etwas sagen würden, Ian. Tausende sind während der Überfahrt in den Zwischendecks der Sträflingstransporte elendig krepiert, und niemand hat die armen Kreaturen gezählt, die hier in der Kolonie bei Arbeitskommandos in den Steinbrüchen, auf den Kohlefeldern und bei hartherzigen Siedlern als Zwangsarbeiter ihr Leben unter dieser Sonne gelassen haben.«

»Ich weiß«, sagte Ian gleichgültig.

»Mein Gott, ich liebe dieses Land, und ich hätte nie geglaubt, daß mir irgendein Stück *Erde* jemals soviel bedeuten würde, und ich meine damit nicht allein den Grund und Boden von SEVEN HILLS, der mein persönlicher Besitz ist«, erregte sich Jessica. »Und dennoch käme es mir niemals in den Sinn, die Deportation und die Besiedlung dieser Kolonie durch Sträflinge einen Segen zu nennen!«

»Aber das genau ist es doch, worauf ich hinauswollte, Jessica!« erwiderte er mit demselben Eifer, und sie meinte, seine Augen vor Begeisterung sprühen sehen zu können. »Sie haben nur nicht aufmerksam genug hingehört. Natürlich ist die Deportation und die Art, wie wir Sträflinge allgemein behandelt wurden und werden, ein großes Unrecht. Aber für eine gar nicht so geringe Zahl hat sich dieses himmelschreiende Unrecht, das uns an diesen Ort gebracht hatte, *nachträglich* als Segen herausgestellt. Sie und ich, wir gehören zu diesen Deportierten, die ihr Glück hier gefunden haben.«

»Wir haben hart darum kämpfen müssen und unseren Tribut gezollt«, schränkte Jessica ein. »Der Natur und nicht zuletzt dem korrupten Pakt vom Rum-Corps, das die Kolonie kontrolliert.«

»O ja, Sie haben recht, Jessica, uns ist nichts in den Schoß gefallen. Ganz im Gegenteil. Wir haben uns alles erkämpfen und für das, was wir erreicht haben, hin und wieder einen hohen Preis zahlen müssen«, pflichtete er ihr mit bitterem Unterton bei. »Doch hier hat man uns die Möglichkeit gegeben, um etwas zu kämpfen und etwas zu erreichen! Wir haben die Chance bekommen, einen neuen Anfang zu machen. Vergessen Sie einmal die Offiziere, die mit ihrem unseligen Rum-Monopol die Kolonie strangulieren und unter dem Siegel der Legalität ausplündern. Sie werden ihr dreckiges Spiel, sich die Taschen auf Kosten der Siedler zu füllen, nicht mehr lange treiben. Aber sogar unter der Herrschaft des Rum-Corps hat jeder Sträfling nach Verbüßung seiner Strafe das Recht in Anspruch nehmen können, sich einige hundert Morgen Land zuteilen zu lassen und sein eigener Herr zu sein.«

»Ja, das stimmt zwar, doch wie viele scheitern kläglich, und aus dem eigenen Herrn wird dann rasch genug wieder der Lohnarbeiter, der mit einer schäbigen Hütte, karger Kost und einer Gallone Rum zum Wochenende bezahlt wird!« erinnerte sie ihn.

»Aber das ändert doch nichts an der Tatsache, daß sich hier jedem zumindest die *Chance* bietet, eigenes Land zu besitzen und zu bewirtschaften. Wenn man letztlich nicht die richtige Einstellung, den eisernen Durchhaltewillen und ein gewisses Gefühl für die Landwirtschaft mitbringt, so bedeutet das doch nicht, daß mit dem Angebot etwas nicht stimmt, Jessica!« erwiderte Ian mit Nachdruck.

»Da haben Sie recht.«

»Ich gebe ja zu, daß ich Glück gehabt habe, schon viel von Land- und Viehwirtschaft zu verstehen, als ich nach New South Wales kam. Hätte man mir gesagt: Ian McIntosh, versuchen Sie nun, ihren Lebensunterhalt als Schneider zu verdienen! Herr im Himmel, ich wäre vermutlich auch gescheitert.«

Jessica lächelte. »Das wage ich zu bezweifeln.«

Er lachte leise auf. »Wer weiß ... Aber worum es mir geht, ist folgendes: Für Sie und für mich ist die Deportation im *Rückblick* ein Segen gewesen. In England wären wir beide ein Niemand geblieben. Ich hätte nie die Möglichkeit gehabt, einen kleinen Hof auch nur zu pachten, geschweige denn wirklich zu besitzen. Niemals hätte ich die Chance gehabt, mehr als das mit meiner Hände Arbeit zu verdienen, was ein Mensch braucht, um mehr schlecht als recht sein Auskommen zu finden. Ein eigenes Pferd? Ich hätte nicht mal davon zu träumen gewagt. Hier bin ich ein anderer Mensch geworden. Wenn Sie so wollen, habe ich mich erst in diesem Land selbst kennengelernt und die Kraft gefunden, an mich zu glauben. Ich habe mich diesem Land mit ganzer Seele verschrieben, so wie auch Sie es getan haben, Jessica, und es hat sich ausgezahlt. Wenn mir der Sinn danach stände, wäre ich jetzt in der Lage, mir eine Farm mit viertausend Morgen fruchtbaren Acker- und Weidelandes zu kaufen sowie Pferde, Schafe und Rinder. Sie wäre nicht ganz so stattlich wie SEVEN HILLS ...«

»Sie würden es mir schwermachen, von Ihnen nicht bald

an Gewinn pro Morgen überrundet zu werden«, war Jessica überzeugt.

»... aber es wäre doch ein Besitz, für den sich auch ein englischer Nobelmann nicht zu schämen brauchte«, fuhr Ian schmunzelnd fort. »Und Sie, Jessica? Was wäre aus Ihnen in England geworden? Vielleicht hätten Sie ein bißchen mehr Glück gehabt und eine gute Partie gemacht, wären die Frau eines Butlers oder Hausdame geworden. Doch da hätten ihre Träume geendet – und die Wirklichkeit vermutlich schon weit vorher. Niemals hätten Sie die Möglichkeit erhalten, herauszufinden, was alles in Ihnen steckt.«

»Und was steckt in mir, Ian?« fragte sie mit ein wenig herausforderndem Spott.

»Das Zeug zu einer ausgezeichneten Farmerin und einer noch besseren Geschäftsfrau, die es mit jedem noch so cleveren Kaufmann aufzunehmen weiß und die sich in dieser Welt so wohl fühlt wie ein Fisch im Wasser«, sagte er voll unverhohlener Bewunderung und Respekt – und mit einem Hauch von Zärtlichkeit.

Jessica atmete tief durch. Wenn er so zu ihr sprach, dann berührte er etwas in ihr, worüber sie eigentlich nicht nachdenken wollte. »Ach, Ian ...«

»Ja, so verhält es sich!« bekräftigte er. »Ich bin ein Mensch, der mehr eindimensional ausgerichtet und dabei in dem, was er tut, gut ist.«

»In der Tat, sehr gut sogar.«

Er neigte bei ihrem Lob leicht den Kopf. »Sie dagegen stecken voller Talente und Unternehmungsgeist – und nicht eines dieser kostbaren Talente wäre in England zu voller Entfaltung gekommen. Hier aber sind Sie Missis Jessica Brading, Mutter von zwei prächtigen Kindern, gebieten über eine der größten und ertragreichsten Farmen von ganz New South Wales, besitzen BRADING'S, die erste Adresse unter allen Geschäften in der Kolonie, und die Schaluppe SHAMROCK und halten dazu noch eine Beteiligung an einem Walfänger. Und der Teufel soll mich holen, wenn Sie sich damit zufriedengeben und nun die Hände in den Schoß legen.«

»Ja, das dürfte eher unwahrscheinlich sein«, sagte sie mit scherzhafter Untertreibung.

Ian beugte sich zu ihr hinüber und ergriff ihre Hand. »Jessica, ich flehe Sie an: Vergessen Sie England! England zählt nicht mehr. Hier haben Sie Ihr Glück gefunden. Hier ist Ihre Welt. Kehren Sie ihr nicht den Rücken zu. Und lassen Sie die unselige Vergangenheit ruhen!«

»Ich weiß, Sie meinen es nur gut, Ian«, erwiderte sie mit belegter Stimme. »Aber ich kann nicht anders. Ich habe meine Gründe.«

»Über die Sie nicht sprechen wollen.«

»Ich kann nicht, Ian.« In ihrer Stimme lag das Flehen, ihr zu glauben und nicht weiter in sie zu dringen. »Ich kann wirklich nicht. Bei allem, was uns verbindet, es wäre zuviel verlangt.«

Er ließ ihre Hand los und schwieg.

Verzweifelt spürte Jessica, wie sich die Mauer wieder zwischen sie schob. Das Schweigen wurde immer länger – und tiefer wie ein Abgrund. »Es sind sehr ... persönliche, private Gründe, die nichts mit Ihnen zu tun haben«, log sie hastig, um das lähmende Schweigen zu brechen. »Ich ... ich würde mich schämen, müßte ich sie Ihnen sagen, und könnte Ihnen hinterher nie wieder in die Augen sehen.«

»Wir alle haben unsere privaten Gedanken, die wir mit keinem teilen möchten. Das ist unser gutes Recht«, entgegnete er ihr grimmig. »Aber in diesem Fall will und

brauche ich Ihre Beweggründe auch gar nicht zu kennen. Ich weiß von vornherein, daß es keine plausiblen Gründe sind. Denn es gibt keine auch nur halbwegs vernünftigen Gründe, die Ihre Reise nach England rechtfertigen könnten! Keine, Jessica! Absolut keine!«
»Sie wissen viel, aber nicht alles, Ian!« trotzte sie ihm und bemühte sich dabei doch um einen um Verständnis bittenden Tonfall.
»Mein Gott, was kann es schon für Gründe geben?« Seine Stimme wurde erregter, verriet seine starke Mißbilligung. »Heimweh? Ganz sicher nicht. Familie? Sie haben dort keine, jedenfalls keine richtige. Also was bleibt da als einziger Grund noch übrig? Natürlich nur das Verlangen nach Rache. Und das paßt nicht zu der Jessica Brading, die ich kenne!«
»Und wenn Rache der Grund wäre, Ian, wäre das nach all dem, was Sir Forbes mir angetan hat, so unverständlich und unverzeihlich?« wollte Jessica wissen.
»Ja«, antwortete er schroff, »und zwar alleine schon wegen Ihrer Kinder! Sie wissen doch, wie lange eine Reise nach England und zurück nach Australien dauert. Sie werden nicht vor einem Jahr zurück sein, im besten Fall. Anderthalb Jahre Abwesenheit sind jedoch realistischer. Edward wird es verkraften, aber haben Sie auch an Victoria gedacht?«
»Ja, das habe ich, Ian, auch wenn Sie das nicht glauben wollen. Sie wird leiden, sehr leiden, doch sie wird es überstehen und nicht daran zerbrechen.«
Sein Schweigen war Vorwurf genug.
»Mein Gott, halten Sie mich für herzlos? Kennen Sie mich so schlecht? Ian, richten Sie nicht über mich, sondern glauben Sie mir, so schwer es Ihnen auch fallen mag! Ich habe alles Für und Wider unzählige Male gegeneinander

abgewogen. Ich habe lange mit mir gerungen, und das sind jetzt keine hohlen Worte, Ian. Ich habe tatsächlich mit mir gerungen. Glauben Sie wirklich, ich trenne mich leichten Herzens für so lange Zeit von meinen Kindern? Ich werde von allen vermutlich am schwersten darunter leiden, aber ich habe keine andere Wahl«, brach es in einer Mischung aus leidenschaftlichem Plädoyer und mühsam beherrschter Verzweiflung aus ihr heraus. Wie nahe stand sie davor, ihm die Wahrheit zu sagen. Doch sie konnte nicht, sie durfte nicht! »Ich bitte Sie noch einmal bei unserer Freundschaft und allem, was wir in den vergangenen Jahren zusammen erlebt und erlitten haben: Fällen Sie kein vorschnelles Urteil über mich, vertrauen Sie mir – und glauben Sie mir, wenn ich ich Ihnen hoch und heilig schwöre, daß ich nur nach England reise, um ... weiteres Unglück von meinem Leben abzuwenden.«

»Jessica, ich ...«

»Bitte, Ian! Keine Beweise, keine Gründe!« flehte sie leise. »Sondern vertrauen Sie mir!«

Verständnislos schüttelte er den Kopf. »Ich werde es versuchen. Aber ich verstehe es nicht, Jessica. Nichts davon macht Sinn.«

»Nicht für Sie.«

In der Ferne, jenseits des Flusses, heulte ein Dingo. Ein Artgenosse antwortete ihm vom diesseitigen Ufer.

Ian fuhr sich mit der Hand über die Augen und stand dann auf. »Ich werde mal zur Südweide reiten. Pete und Lesley haben die größte Herde zu bewachen. Sie dürften für ein drittes Paar Augen, ein schnelles Pferd und einen Musketenlauf Verwendung haben.«

Jessica versuchte nicht, ihn zurückzuhalten. »Ja, vermutlich. Passen Sie auf sich auf.«

»Oh, ich weiß, SEVEN HILLS braucht einen gesunden Verwalter, wenn Sie Segel gen England setzen«, sagte er bitter und verschwand um die Hausecke.
Jessica blieb noch eine Weile sitzen. Stumm liefen ihr die Tränen über das Gesicht. Es tat ihr weh, Ian so verwirrt und verletzt zu sehen. Aber wie hätte sie ihm sagen können, daß sie schwanger war und daß niemand in der Kolonie davon erfahren durfte, ganz besonders er nicht. Erfuhr er, wer der Vater des Kindes war, würde er auch wissen, was dieser ihr angetan hatte – und warum sie diese unvorstellbare Demütigung und Qual über sich hatte ergehen lassen. Und dann würde Ian ihn töten – und sich damit zwangsläufig die Schlinge des Henkers um den eigenen Hals legen. Denn sie wußte, daß niemand sie so sehr liebte wie Ian McIntosh. Für sie würde er alles tun – töten und dafür sterben eingeschlossen.

4

Sie verloren in dieser Nacht auf SEVEN HILLS vier Lämmer und drei Mutterschafe, doch nicht ein einziges Tier davon stammte von der Herde auf der Südweide. Ian erschoß acht Dingos, die sich dort in der Gegend herumgetrieben hatten. Lesley berichtete später, er hätte den Verwalter noch nie in einer so wilden mörderischen und zugleich doch eiskalt beherrschten Stimmung erlebt, was Pete nur bestätigen konnte.

»Er hat sich nicht damit begnügt, die verdammten Dingos von der Herde fernzuhalten und ihnen eine Kugel auf den Pelz zu brennen, wenn sie sich zu nahe herangewagt haben«, erzählten die beiden Weidehüter. »Er hat sie regelrecht gejagt, und zwar schon lange bevor sie auch nur in die Nähe unserer Herde kommen konnten. Wir haben ihn kaum zu Gesicht gekriegt und nur anhand der Schüsse und des Hufschlags gehört, daß er irgendwo da draußen im Busch war. Die ganze Nacht ist er nicht aus dem Sattel gekommen. Es war verrückt, nicht wahr, Pete?«

»Du sagst es, Lesley. Einen dieser räudigen Dingos hat er bis in die Nähe der Auborn-Farm verfolgt – und er hat ihn mit einem einzigen Schuß erledigt. Mitten zwischen die Augen. Und der Teufel soll mich holen, wenn das die Ausnahme war. Ich würde jede verdammte Wette eingehen, daß er auch nicht eine einzige Unze Blei in dieser Nacht verschossen hat, ohne daß dafür einer von den Dingos krepiert ist.«

»Bei der Wette gehe ich mit, Pete. Und wenn ich jetzt so darüber nachdenke, fällt mir auf, daß er überhaupt kein Wort zu uns gesprochen hat. Gut, viel zu reden gab es ja auch nicht. Wir alle wußten, was uns erwartete und warum er gekommen war, aber dennoch.«
»Ja, er tauchte einfach auf, das Gesicht wie aus Stein gemeißelt und diesen mörderischen Blick in den Augen. Heiliges Pulverfaß, ich war nicht traurig darüber, daß er nicht in unserer Nähe blieb. War mir lieber, daß er da draußen im Busch Jagd auf die Dingos machte. Der Teufel mag wissen, was den Iren in dieser Nacht getrieben hat.«
»Es war der Vollmond, Pete. Kannst mir glauben. Bei Vollmond sind schon die verrücktesten Sachen passiert. Bei manchen Menschen wird das Blut schlecht, und dann tun sie Dinge, die zu tun ihnen sonst nicht mal im Traum einfallen würden.«
»Quatsch, Lesley. Ich kenne den Iren jetzt schon elf verdammt lange Jahre. Dem schlägt der Vollmond so wenig aufs Gemüt oder auf sein Blut wie dir die Predigten eines Pfaffen. Nein, es war nicht der Vollmond. Es war was anderes, was ihn in diese mörderische Stimmung versetzt hat. Und dem Allmächtigen sei gedankt, daß das nicht einer von uns war.«
»Und ich sag, es war der Vollmond und das schlechte Blut, Pete. Noch nie hat jemand in einer Nacht acht Dingos erledigt, nicht mal der Ire. Und schon gar nicht mit so wenig Blei. Es war, als hätte ihm ein böser Geist die Hand geführt und die Kugel ins Ziel gelenkt.«
»Jetzt gehen Fantasie und Aberglaube mit dir durch, Lesley. Mir scheint, du warst zu lange draußen. Wurde wohl wirklich Zeit, daß du wieder zu deiner Frau und auf andere Gedanken kommst ...«

5

Jessica fühlte sich am nächsten Morgen wie zerschlagen. Sie hatte sich die halbe Nacht unruhig von einer Seite auf die andere gewälzt, und sich in den kurzen Schlafperioden mit Alpträumen quälen müssen. So war sie froh, als endlich der neue Tag anbrach und der Himmel über Seven Hills zu leuchten begann. An diesem Morgen wurde sie erneut von einem jener verräterischen Übelkeitsanfälle heimgesucht, die nicht selten eine Schwangerschaft begleiten. Es gelang ihr jedoch, ein Erbrechen zu verhindern und ihre Übelkeit vor Anne zu verbergen, und als sie angezogen und frisiert war, hatte sich der Brechreiz Gottlob wieder verflüchtigt.

Ian war von der Südweide noch nicht zurückgekehrt, als Lisa Reed das Frühstück servierte, und Jessica war diesmal nicht traurig darüber, daß er nicht mit an ihrem Tisch saß. Edward konnte es nicht erwarten, zu Jeremy Baker, Tim Jenkins und den anderen zu kommen, die auf dem Hof schon das Fuhrwerk beluden. Unruhig zappelte er auf seinem Stuhl hin und her und schlang dabei sein Speckbrot hinunter, als hätte er noch nie etwas von Tischmanieren gehört, auf die seine Mutter so viel Wert legte.

Jessica ließ es ihm an diesem Morgen ohne eine Ermahnung durchgehen, und als sie ihm endlich gestattete, sich vom Frühstückstisch zu erheben und sich zu den Männern auf den Hof zu begeben, da schoß er mit freudestrahlendem Gesicht wie ein Blitz aus dem Zimmer. Victoria, die mit ihrem Haferflockenbrei mehr spielte, als daß sie ihn aß, hob noch nicht einmal den Kopf.

Als sich wenig später das klobige Fuhrwerk, beladen mit Baumaterial, vier Farmarbeitern und dem jungen Master von SEVEN HILLS, in Bewegung setzte, saß Edward vorn auf dem Kutschbock zwischen dem alten Baker und dem glatzköpfigen Tim Jenkins, der die Zügel in den Händen hielt. Er blickte nicht einmal zu seiner Mutter hinüber. Vermutlich nahm er sie gar nicht wahr, so sehr war er auf die beiden Männer konzentriert. Aber auch wenn er seine Mutter bewußt gesehen hätte, hätte er ihr keinen Gruß zugerufen oder ihr zugewunken. Wozu auch? Die anderen Männer taten so etwas Kindisches doch auch nicht. Sie hatten eine Arbeit zu erledigen, und sie machten sich auf den Weg dorthin. Bei Einbruch der Dunkelheit würden sie wieder zurück sein. Das war es, nicht mehr und nicht weniger.

Jessica blickte ihm lächelnd nach. Es schmerzte sie nicht, daß er sich nicht einmal umdrehte und sie vergessen zu haben schien. Im Gegenteil. Sie war stolz auf ihren Sohn. Eines Tages würde er die Verantwortung für SEVEN HILLS übernehmen, und er würde dieser großen Herausforderung mehr als gewachsen sein. Vermutlich schon lange vor diesem Tag, und das könnte ein Problem werden. Doch das beunruhigte sie jetzt nicht. Sie würde sich dem Problem stellen, wenn es akut wurde, und bis dahin würden noch viele Jahre ins Land ziehen.

Nach kurzem Überlegen kam Jessica zu dem Ergebnis, daß es vielleicht ganz ratsam war, Ian noch eine Weile aus dem Weg zu gehen und ihm noch etwas Zeit zu geben, sich mit ihrer definitiven Entscheidung, nach England zu reisen, abzufinden. Sie beschloß, den Morgen dafür zu nutzen, nach NEW HOPE zu reiten und Lydia zu besuchen, ihre älteste und beste Freundin, die sie in der Kolonie hatte.

»Frederick, sattel mein Pferd!«

Wenig später ritt sie zum Hawkesbury hinunter, wo sich der breite Anlegesteg von SEVEN HILLS befand. Zwei ihrer Männer brachten sie mit der LADY JANE, einem eher plumpen Fährkahn, auf das Westufer des Flusses hinüber.

»Ich werde voraussichtlich am frühen Nachmittag zurückkommen. Es braucht sich für mich aber keiner bereitzuhalten. Ich werde die Glocke läuten.«

»In Ordnung, Missis Brading.« Die Männer brachten den Fährkahn auf das Ostufer des Hawkesbury zurück, während Jessica sich auf Adrians Rücken schwang und die wenigen Meilen flußaufwärts zu Lydias bescheidener Farm NEW HOPE ritt, die nach schweren, von Unglück und Verbrechen geprägten Jahren nun endlich ihrem Namen gerecht wurde.

Als Jessica die Farm erreichte, kam ihre Freundin gerade aus dem Stall. Sie hatten sich lange nicht gesehen, und die Freude war auf beiden Seiten groß.

»Komm, ich mach uns einen guten Tee!« rief Lydia aufgekratzt, nachdem sie sich um Adrian gekümmert hatte. »Und dann mußt du mir erzählen, wie es in Sydney war und wie all deine Geschäfte laufen!«

Über eine Stunde saßen sie im Schatten des Baums mit der mächtigen Krone, der gleich neben dem einfachen Farmhaus aufragte, tranken sogenannten Buschtee, weil er mit Eukalyptusblättern versetzt war, redeten über die Arbeit auf der Farm, Jessicas Geschäft in Sydney, die politische Lage in der Kolonie – und natürlich über die alten Zeiten. Sie waren mit demselben Schiff nach Australien gekommen, und sie teilten viele gemeinsame Erinnerungen.

Lydia war Jessica mehr als nur eine Freundin, der sie blindlings vertrauen konnte. Sie war ihr die Schwester, die sie sich immer gewünscht hatte.
Es ging schon auf Mittag zu, als Jessica ihr den wahren Grund ihres Besuchs sagte. »Lydia, ich werde mit dem nächsten Schiff nach England reisen.«
Die Augen ihrer Freundin wurden groß und füllten sich mit ungläubigem Schmerz. »Du gehst nach England zurück? Du gibst SEVEN HILLS und all das andere, was du erreicht hast, auf und kehrst zurück?«
Jessica schüttelte lachend den Kopf. »Nein, ich gebe hier nichts auf, Lydia. Ebensogut könntest du mich fragen, ob ich mir meinen rechten Arm abschneiden will. Ich gehe nicht wirklich zurück. Ich mache nur eine Reise nach England, weil ich dort etwas erledigen muß, was ich von hier aus nicht kann. Und sowie ich dieses ... Geschäft abgewickelt habe, werde ich mit dem nächsten Schiff, das nach Australien segelt, zurückkommen.«
»Gott sei gedankt!« rief sie unendlich erleichtert. »Du hast mir einen ganz schönen Schreck eingejagt, weißt du das? Aber eigentlich hätte ich es wissen müssen, daß dich freiwillig nichts von SEVEN HILLS und deinen anderen Geschäften wegbringen kann.«
Lydia stand Jessica zu nahe, als daß sie ihre Freundin direkt nach dem Grund ihrer Reise gefragt hätte. Sie wußte, daß sie es ihr schon noch mitteilen würde, wenn es für ihre Ohren bestimmt war. Doch sie dachte nicht daran, Jessica durch eine gezielte Frage in Verlegenheit zu bringen.
Jessica hatte auf dem Weg nach NEW HOPE angestrengt darüber nachgedacht, ob sie Lydia reinen Wein einschenken und von ihrer Schwangerschaft erzählen sollte. Sie hatte sich letztlich dagegen entschieden. Nicht, weil sie

auch nur den geringsten Zweifel an ihrer völligen Verschwiegenheit gehabt hätte. Lydias Treue und Vertrauenswürdigkeit waren über jeden Zweifel erhaben.
Nein, es war vielmehr das Mitgefühl ihrer Freundin, was Jessica fürchtete, wenn sie ihr erzählte, daß es Lieutenant Kenneth Forbes gewesen war, der sie in sein Bett gezwungen und geschwängert hatte, ihr verhaßter Halbbruder. Und sie wollte später nicht jedesmal, wenn sie Lydia in die Augen blickte, an diese entsetzliche Zeit erinnert werden. Sie hatte Angst, daß sie bei jeder Begegnung mit ihrer Freundin daran erinnert werden würde, daß Lydia wußte, warum sie nach England gereist war, und sie hatte Angst, daß dieses gegenseitige Wissen, auch wenn es unerwähnt blieb, ihre Freundschaft beeinträchtigen und dazu führen konnte, daß sie, Jessica, es vorzog, mit Lydia so selten wie möglich Kontakt zu haben. Und das durfte nicht passieren.
Es war die Rache, für die Jessica sich als Grund ihrer Reise nach England entschlossen hatten. Und wenn es auch nicht die ganze Wahrheit war, so war es doch keine Lüge, und das machte es ihr leichter, Lydia offen in die Augen zu blicken und ihr ihre Schwangerschaft zu verheimlichen.
Lydia war wie sie durch die Hölle von Newgate gegangen, deren Grausamkeiten und menschliche Abgründe niemand nachvollziehen konnte, der sie nicht selbst erlebt hatte. Sie hatte mit ihr die endlosen Monate im Zwischendeck der TRADEWIND erduldet, und sie hatten gemeinsam gegen die Gnadenlosigkeit der Natur gekämpft. Und obwohl seit ihrer Ankunft in New South Wales zehn Jahre vergangen waren, hatten ihre Erinnerungen an die Zeit als Sträfling nichts von ihrer Kraft verloren – wie auch das Verlangen, Vergeltung für all das Unrecht und

Martyrium zu üben, das man ihnen angetan hatte, in ihr nicht erloschen war.

»Du willst Rache nehmen, Jessica?« Lydias Augen sprühten ein Feuer, das eine Mischung aus unbändigem Haß und wilder Freude war. »Und du hast wirklich eine Möglichkeit gefunden, mit diesen Dreckskerlen abzurechnen, die uns das angetan und schlimmer noch als Vieh behandelt haben?«

Jessica nickte mit ernster Miene. »Ja, das habe ich, Lydia.«

»Das ist gut, das ist sehr gut!«

»Ich werde mit ihnen abrechnen, auch wenn diese Abrechnung viel zu spät kommt.«

»Nein, dafür ist es nie zu spät!« stieß Lydia hervor. »Und wenn ich hundert Jahre alt werde, noch auf dem Totenbett wird mich der Wunsch nicht verlassen, mich zu rächen. Mein Gott, ich wünschte, ich könnte mit dir kommen und dasselbe tun!« Sie biß sich auf die Unterlippe, um die Tränen zurückzuhalten.

Jessica wußte, woran ihre Freundin jetzt dachte. An ihren dreijährigen sterbenskranken Sohn Andrew, den sie, als der Tod nicht mehr abzuwenden und kein Arzt sich um ihn zu kümmern bereit gewesen war, von seinen schrecklichen Qualen erlöst hatte. Sie hatte ihm einen schnellen und gnädigen Tod verschafft, weil sie ihn zu sehr liebte, um sein Leiden noch länger mit ansehen zu können. Und sie hatte dafür in Kauf genommen, als Kindesmörderin angeklagt und gehängt zu werden. Sechzehn Jahre lag ihr »Verbrechen« nun schon zurück. Doch keine Erinnerung an die fünf Jahre im Kerker und die Deportation war verblaßt.

»Ich tue es für uns beide, Lydia. Es ist für dich und für mich!« versicherte Jessica, als ihre Freundin die Tränen nun doch nicht zurückhalten konnte.

»Ja, tu das, Jessica«, sagte Lydia mit tränenerstickter Stimme, bekam sich jedoch gleich wieder unter Kontrolle. »Aber sieh dich vor! Du mußt dir deiner Sache schon ganz sicher sein, sonst laß es besser!«

»Keine Sorge, ich habe mir einen Plan zurechtgelegt, der gar nicht schiefgehen kann«, beruhigte Jessica sie und entfernte sich dabei ein gutes Stück von der Wahrheit. Denn von einem hieb- und stichfesten Plan konnte bei ihr noch keine Rede sein. Aber sie hatte ja noch mehrere Monate, nämlich die lange Zeit der Überfahrt, um sich einen zurechtzulegen. »Und ich habe Dokumente, die mich unangreifbar machen. In einem Jahr bin ich wieder zurück – und ich werde mein Ziel erreicht haben.«

»Gott segne und beschütze dich, Jessica! Und wenn es ihn wirklich gibt, wird er zulassen, daß alles so ausgeht, wie du es geplant hast.«

»Das wird es, Lydia!« In Jessicas Ohren klangen ihre eigenen Worte jedoch weniger wie ein beruhigendes Versprechen, sondern eher wie eine von Bangen erfüllte Beschwörung.

6

Die Sonne hatte schon vor gut zwei Stunden ihren Zenit überschritten, als Jessica aus dem Wald geritten kam und Adrian zum flachen Uferstück am Hawkesbury hinunterlenkte, wo der klobige Fährkahn anlegte. Einige Dutzend Schritte oberhalb der Stelle hing eine schwere Messingglocke, die man kräftig anzuschlagen hatte, damit man drüben wußte, wann jemand mit der LADY JANE überzusetzen wünschte.

An diesem Nachmittag brauchte Jessica die Glocke jedoch nicht zum Klingen zu bringen. Ein freudiger Ruf über das Wasser reichte völlig aus, um die Aufmerksamkeit der Männer am anderen Ufer auf sich zu lenken, die damit beschäftigt waren, die SHAMROCK zu entladen. Die sechsunddreißig Fuß lange Schaluppe lag am Anlegesteg vertäut. Captain Patrick Rourke und sein Steuermann Lew Kinley waren während ihrer Abwesenheit auf SEVEN HILLS eingetroffen.

Freudige Erwartung erfaßte Jessica. Patrick brachte bestimmt Post aus Sydney mit, vielleicht sogar schon die erhoffte Nachricht von ihrem Anwalt. Sie winkte ihrem Freund und Geschäftspartner zu, der ihr Winken von Deck der Schaluppe fröhlich erwiderte.

Patrick Rourke hätte sie auch aus einer viel größeren Entfernung sofort erkannt. Der ehemalige irische Fischer war ein Bär von einem Mann. Er hatte ein Kreuz so breit wie eine Seekiste, eine muskulöse Brust wie ein Schmied in seinen besten Jahren und die Arme eines Ringers, der

noch keinen Wettkampf verloren hatte. Sein wildgelockter Haarschopf und sein dichter Bart besaßen die rotbraune Farbe alten Whiskys. Unter der ärmellosen Schaffelljacke kam seine nackte, sonnengebräunte Brust zum Vorschein, und auf dem Kopf trug er seine Mütze aus Känguruhfell, von der er sich so gut wie nie trennte.
Jessica konnte es nicht erwarten, auf die andere Seite des Flusses zu kommen. Die Männer auf der LADY JANE spürten ihre Ungeduld und legten sich mächtig ins Zeug. Endlich knirschte der Sand unter dem flachen Rumpf des Fährkahns.
Patrick erwartete sie schon auf dem Anlegesteg, ein breites Grinsen auf dem markanten, von Wind und Wetter gegerbten Gesicht. Sie ergriff seine ausgestreckte Hand, in der die ihre völlig verschwand.
»Patrick! Endlich lassen Sie sich wieder mal bei uns blikken!« rief sie in freudigem Überschwang, denn sie wußte, daß an diesem Abend für eine gute Stimmung bei Tisch gesorgt sein würde. Patrick und Ian schätzten die Gesellschaft des jeweils anderen sehr, und sie hatten mehr gemeinsam als nur die irische Herkunft. »Ich hatte schon beinahe vergessen, wie das Gesicht meines Partners aussieht.«
»Wenn ich Ihnen gleich erzähle, wie die Geschäfte gelaufen sind, werden Sie das mit Ihrer verschwommenen Erinnerung nicht mehr so wichtig nehmen. Aber als Tip für zukünftige Zeiten langer Törns: Halten Sie sich daran, daß Sie es mit einem haarigen Partner zu tun haben, Jessica. Das trifft auch auf das Gesicht zu«, scherzte er. »Doch wenn das nicht reicht, laß ich Ihnen zum nächsten Weihnachtsfest in Sydney eine hübsche Miniatur von mir malen.«
Jessica lachte. »Ja, die hat mir gerade noch gefehlt.«

»Kenne da nämlich einen Seemann, der zwar nur noch einen Arm hat, aber glatt ein zweiter Michelangelo sein könnte«, fuhr er mit einem spitzbübischen Augenzwinkern fort, »wenn er bloß nicht soviel Spaß daran hätte, Bilder zu malen, die sogar ein abgebrühter Seemann lieber ganz unten in seiner Seekiste aufbewahrt.«
Jessica hob die Augenbrauen und bedachte ihn mit einem scheinbar entrüsteten Blick. »Aber Captain Rourke! Ich glaube, ich sollte mal Ihre Seekiste unter die Lupe nehmen!« drohte sie im Scherz.
»Da finden Sie nur meinen Katechismus und ein paar Heiligenbilder«, antwortete er mit Unschuldsmiene, doch in seinen Augen blitzte der Schalk.
»Vergessen Sie die Miniatur, Patrick, da passen Sie mit Ihrem Kreuz sowieso nicht hinein«, sagte Jessica lachend. »Erzählen Sie mir lieber, was Sie an Neuigkeiten bringen.«
Patrick kratzte sich am Kinn, als müßte er seine nächsten Worte besonders gut überlegen. »Nun, die gewichtigste Neuigkeit habe ich schon oben abgeladen«, sagte er und deutete den Hügel hinauf.
»Und die wäre?«
Seine Lippen verzogen sich zu einem breiten Grinsen. »Lassen Sie sich überraschen, Jessica. Lew und ich, also wir haben ja schon die strapaziösesten Fahrten zusammen unternommen und so einiges mitgemacht. Und manche Fracht hat uns ja verdammt zugesetzt, das kann ich Ihnen sagen. Doch das alles war nichts im Vergleich zu diesen zweihundertfünfzig Pfund, die wir heil den Fluß hinaufbringen mußten.«
Jessica runzelte die Stirn. »Das verstehe ich nicht ...«
»Oh, das werden Sie schon noch, keine Sorge!« versicherte er.

»Haben Sie Post für mich?«

»Ja, einige Briefe von Freunden von Ihnen aus Sydney sowie je ein Schreiben von Mister Pickwick und Mister Hutchinson«, teilte er ihr mit. »Ich habe sie schon nach oben gebracht. Ihre Zofe, Miss Anne, hat sie für Sie in Verwahrung genommen.«

Sie strahlte ihn an. »Wunderbar. Patrick, ich überlasse Sie erst einmal wieder Ihrer Arbeit. Wir sehen uns ja spätestens nachher beim Essen. Lisa stellt bestimmt schon die Küche auf den Kopf.«

»Auch ein Grund, warum wir uns beeilt haben, noch vor dem Abend auf SEVEN HILLS einzutreffen«, rief Patrick ihr nach, der Lisa Reed anhimmelte – als Köchin.

Jessica schwang sich in den Sattel und ritt den Hügel zum Gebäudekomplex von SEVEN HILLS hinauf. Sie hatte es eilig, die Post in den Händen zu halten, ganz besonders den Brief von ihrem Anwalt, der ihre Interessen in Sydney wahrnahm, wenn sie nicht in der Stadt weilte.

Sie überließ Frederick ihr Pferd und lief ins Haus. Doch sie kam nicht dazu, zuerst nach ihrer Post zu sehen, die Anne, wie sie wußte, auf ihren Sekretär gelegt hatte. Denn kaum hatte sie das Haus betreten, als sie auch schon die Frauenstimme vernahm. Sie war dunkel, voluminös und sehr akzentuiert. Jessica hatte diese Stimme noch nie zuvor vernommen.

»Nein, nein, so einfach können wir es uns nicht machen, junge Dame!« hörte Jessica sie mit freundlichem, aber energischem Tonfall sagen. »Zeichnen ist eine wunderbare Sache, und wer dieses Talent besitzt, kann mit Fug und Recht von sich sagen, von Gott mit einer besonderen Gabe gesegnet worden zu sein. Aber wenn du aus dieser Gabe etwas machen willst, was wirkliche Anerkennung ver-

dient, dann mußt du zuerst das Handwerk erlernen, wie das in jedem Beruf der Fall ist. Und zum Handwerk gehört zuallererst, daß man mit seinem Werkzeug vertraut ist.«
»Ich weiß, was mein Werkzeug ist, Ma'am«, gab Victoria stolz zur Antwort. »Hier, meine Malstifte. Am liebsten mag ich den roten und den blauen.«
»Welches Blau meinst du denn?«
»Na, eben Blau.«
»Aber Blau ist nicht gleich Blau, junge Dame. Jedenfalls nicht für eine richtige Malerin, wie du eine werden willst, wenn ich dich recht verstanden habe. Da gibt es Indigoblau, Meerblau, Himmelblau, Königsblau, Mitternachtsblau, Marineblau und noch viele andere Variationen von Blau«, zählte die fremde Frauenstimme mit deutlichem Nachdruck auf, ohne dabei jedoch unangenehm belehrend zu klingen. »Und das ist erst der Anfang. Der Stift, den du da in der Hand hältst, malt auch nicht einfach nur rot, sondern er hat einen ganz besonderen Rotton, der sich Karmesinrot nennt.«
»Oh!« machte Victoria verwirrt, sprachlos und irgendwie auch fasziniert.
Jessica ahnte plötzlich, noch bevor sie William Hutchinsons Brief gelesen hatte, wem diese Frauenstimme gehörte. Neugierig schob sie die Tür auf, die nur angelehnt war, und trat in Victorias Zimmer.
Zweihundertfünfzig Pfund! Eine der SHAMROCK in der Tat würdige Fracht! Das war Jessicas erster spontaner Gedanke, als sie die massige Figur der Frau sah, die das Zimmer fast auszufüllen schien. Sie trug ein geblümtes Kleid in gedeckten Farben, das sie so aussehen ließ, als würde ihr üppiger Körper von wildwuchernden Gewächsen umrankt. Ihr dunkelbraunes Haar lag vorn in kurzen,

sanften Bögen um ihr Gesicht, straffte sich hinter den kleinen Ohren jedoch und fand sich auf dem Hinterkopf zu einem perfekt geformten Knoten, den drei kurze Haarspangen aus Schildpatt zusammenhielten.
Das Gesicht der Frau, die in ihren Vierzigern sein mochte, war beinahe kugelrund. Darin saßen die Augen wie zwei dicke, reife Kirschen auf einem Vanillepudding, während die Nase mehr das Aussehen einer nicht ganz ebenmäßig gewachsenen Möhre hatte. Die Mundpartie war kräftig ausgeformt.
Victoria schaute auf. »Mom, da bist du ja!« rief sie aufgeregt und hielt ihren Malstift hoch. »Hast du schon mal von Kaminrot gehört? Diese Frau behauptet das jedenfalls! Dabei ist ein Kamin doch ganz schwarz von Ruß und überhaupt nicht rot!«
»Du hast sie falsch verstanden. Sie hat nicht von Kaminrot, sondern von Karmesinrot gesprochen, mein Kind. Du hast mal wieder nicht aufmerksam hingehört. Diese Frau hat zudem doch bestimmt einen Namen, mit dem sie sich dir vorgestellt hat. Es ist unhöflich, ihn nicht zu nennen, wenn du von ihr sprichst«, sagte Jessica mit leichtem Tadel.
»Ich hab ihn vergessen, Mom«, gab Victoria kleinlaut zu.
»Aber das ist doch nicht schlimm«, sagte die Fremde und klang weder überrascht noch irgendwie angespannt, als sie sich Jessica zuwandte und sich vorstellte. »Mein Name ist Adelaide Rosebrook. Ich nehme an, Sie sind Missis Brading.«
»Ja, das bin ich, Missis Rosebrook«, bestätigte Jessica und erwartete, die Frau würde sie höflich korrigieren und darauf hinweisen, daß sie unverheiratet und deshalb das Miss vor ihrem Namen angebracht sei.

Sie irrte sich. Adelaide Rosebrook sagte nichts dergleichen. »Ich bin wegen der Stelle als Hauslehrerin hier, Missis Brading«, teilte sie ihr mit, und ihre volle Stimme verriet nicht die geringste Anspannung. In ihr lag auch nicht ein Hauch von Beflissenheit und nichts von jenem Bemühen, zu gefallen und sich ins beste Licht zu rücken, das bisher fast alle Hauslehrerinnen bei ihrem Vorstellungsgespräch gezeigt hatten.

»Das habe ich fast vermutet«, sagte Jessica mit einem höflichen Lächeln, denn sie hatte auf den ersten Blick ihre starken Zweifel, daß diese Frau für die Aufgabe, die sie auf SEVEN HILLS erwartete, die geeignete Person war. Nicht, was Victoria betraf. Ihre Tochter wurde mit jedem schnell Freund, der sich auch nur ein wenig aufs Zeichnen verstand und ihr Geschichten erzählen konnte. Doch Edward war nicht so leicht zu beeindrucken und willens, sich der Autorität einer Hauslehrerin unterzuordnen. Er war aufsässig, weil er Unterricht haßte, und wer ihn im Schulzimmer nicht nur im Zaum halten, sondern ihn gar noch zur Mitarbeit bewegen wollte, mußte schon über einige außergewöhnliche Fähigkeiten verfügen. Eine behäbige Matrone wie Adelaide Rosebrook brachte diese Befähigungen kaum mit, was mehr gegen ihren Sohn als gegen sie sprach, wie Jessica vor sich selbst einräumte. Aber so lagen die Dinge mit ihrem Edward nun mal, und da sie über ein Jahr fort sein würde, war es wichtiger denn je, eine Hauslehrerin auf SEVEN HILLS zu wissen, der auch Edward nicht auf dem Kopf herumzutanzen wagte – und die genügend Zähigkeit und Nerven besaß, um es lange genug auf der doch sehr einsam gelegenen Farm auszuhalten.

Adelaide Rosebrook machte auf sie nicht den Eindruck, als würde sie dieser schwierigen Aufgabe gewachsen sein.

Doch das konnte sie ihr schlecht schon in den ersten Minuten sagen. Und da sie bisher die einzige war, die sich für diese Anstellung interessierte, war es trotz aller Zweifel nicht ratsam, sie gleich wieder nach Sydney zurückzuschicken.

»Ich denke, wir müssen darüber nicht hier im Zimmer meiner Tochter reden, und schon gar nicht im Stehen«, sagte Jessica und bat sie in den kleinen Salon. Sie rief Nellie und ließ kalten Tee mit Zitrone bringen. Dabei beobachtete sie Adelaide Rosebrook unauffällig. Sie war verwundert, daß sie bei ihrer Körperfülle weder heftig schwitzte noch kurzatmig war.

Als Nellie den Raum verlassen hatte, wartete Adelaide Rosebrook nicht darauf, daß Jessica das Wort an sie richtete, sondern redete sofort munter los: »Ich habe mich auf eine Anzeige gemeldet, die Mister Hutchinson in Ihrem Auftrag, wie ich seinen Worten entnehmen konnte, mehrfach im *Chronicle* aufgegeben hat. Ich habe letzte Woche bei ihm vorgesprochen. Er war mit meinen Empfehlungsschreiben sehr zufrieden und bat mich, mich umgehend persönlich bei Ihnen vorzustellen, was ich hiermit tue, Missis Brading.«

»Sie sind mit der SHAMROCK gekommen, nicht wahr?« fragte Jessica überflüssigerweise.

Adelaide Rosebrook gab ein tiefes, glucksendes Lachen von sich. Dabei bebte ihr Busen unter dem geblümten Stoff. »Nun ja, ich gebe zu, daß ich vermutlich ›umgehender‹ bei Ihnen eingetroffen wäre, wenn ich statt der SHAMROCK die Mietkutsche gewählt hätte. Doch ich hatte schon immer den Wunsch, einmal den Hawkesbury hinaufzufahren, und so habe ich eben die Gelegenheit beim Schopf ergriffen.«

Das erstaunte Jessica. »Die Schaluppe ist nicht gerade

bekannt dafür, Fahrgästen auch nur bescheidenen Komfort zu gewähren, Missis Rosebrook.«
Diese lächelte. »Es kommt immer darauf an, was man unter Komfort versteht, Missis Brading. Ob ein Stück Brot und Wasser ein sehr klägliches Mahl sind oder ein Geschenk Gottes, hängt allein vom Hunger des Betrachters ab.«
Jessicas Überraschung wuchs.
»Und was die Fahrt auf der SHAMROCK angeht«, fuhr die füllige Hauslehrerin mit einem entwaffnenden Lächeln fort, »so ziehe ich die Geräumigkeit an Deck eines langsamen Bootes der qualvollen Enge einer schnellen Kutsche allemal vor.«
Jessica konnte sich eines Lächelns nicht erwehren. Diese Person, die ihr da gegenübersaß, war nicht nur sehr selbstsicher und schlagfertig, sondern besaß auch Humor. Sie wurde ihr immer sympathischer, obwohl Sympathie in diesem Fall natürlich nur ein sehr untergeordnetes Kriterium war. »Ich weiß nicht, was Mister Hutchinson Ihnen über die Bedingungen gesagt hat, die an eine Anstellung hier auf SEVEN HILLS geknüpft sind, Missis Rosebrook ...«
»Er sagte etwas von einer Verpflichtungszeit von mindestens achtzehn Monaten. Sollte die Hauslehrerin ihre Arbeit vor Ablauf dieser Zeit aufkündigen und die Farm verlassen, aus welchen Gründen auch immer, ist sie verpflichtet, den bis dahin erhaltenen Lohn bis auf den letzten Penny zurückzuzahlen. Ist das so richtig?« erkundigte sich Adelaide Rosebrook ruhig.
Jessica nickte. »Diese Regelung mag Ihnen sehr ungerecht vorkommen ...«
»Nicht, wenn sich beide Seiten darüber einig sind und wissen, worauf sie sich einlassen«, warf die Bewerberin ein.

»... aber die Umstände zwingen mich zu dieser zugegebenermaßen ungewöhnlichen ... Vertragsfessel«, fuhr Jessica fort. »Sollten wir zu einer Übereinkunft kommen und Sie die Stellung auf SEVEN HILLS antreten, werde ich Sie über die Gründe aufklären, und dann werden Sie verstehen, weshalb ich den Unterricht für meine Kinder für mindestens anderthalb Jahre gesichert wissen will. Aber soweit sind wir noch nicht.«

»Nein, natürlich nicht. Sicher wollen Sie jetzt meine Empfehlungsschreiben sehen.«

»Das hat Zeit bis später, Missis Rosebrook«, wehrte Jessica ab. Wenn William Hutchinson mit ihnen zufrieden gewesen war, würde sie ebenfalls nichts an ihnen auszusetzen haben. Und mit Sicherheit gab es auch an ihren rein fachlichen Fähigkeiten nichts zu bemängeln. Aber SEVEN HILLS war nicht Sydney oder Parramatta und Edward erst recht kein einfacher Schüler. Vor all dem gab es jedoch noch etwas Grundsätzliches zu klären, das mit der Eigenheit der Kolonie und ihren verschiedenen Bevölkerungsgruppen zu tun hatte – nämlich mit den Emanzipisten und den Freien, von denen es einige für unter ihrer Würde hielten, sich mit ehemaligen Sträflingen abzugeben, geschweige denn für sie zu arbeiten.

Deshalb faßte Jessica ihr Gegenüber scharf ins Auge und fragte: »Hat Mister Hutchinson Sie auch darauf hingewiesen, daß es sich hier um die Anstellung im Haushalt einer Emanzipistin handelt?«

»Ja, das hat er.«

»Und es stört Sie nicht?« wollte sich Jessica vergewissern.

»Nein, so wie Sie es hoffentlich auch nicht stört, daß ich dem Orden der geistigen Samariterinnen angehöre«, antwortete Adelaide Rosebrook.

Jessica fiel vor Verblüffung fast der Unterkiefer herunter.

»Sie ... Sie gehören einem Orden an? Aber daß Sie eine Nonne sind ... Ich meine, Sie haben mich vorhin nicht korrigiert, als ich Sie Missis Rosebrook nannte?« Sie war ganz durcheinander.
Adelaide Rosebrook lächelte entschuldigend. »Es handelt sich um ein kleines Mißverständnis Ihrerseits, das sich aber leicht aufklären läßt, Missis Brading«, erwiderte sie, ohne ihre Gelassenheit zu verlieren. »Ich sagte, daß ich einem *Orden* angehöre, nicht, daß ich eine Nonne sei.«
»Aber ist das nicht ein und dasselbe?«
»Meist ja, nicht jedoch bei diesem Orden, dem ich angehöre. Der Orden der geistigen Samariterinnen ist zwar dem christlichen Glauben verpflichtet und steht unserer anglikanischen Kirche sehr nahe, ist jedoch mit den klösterlichen Orden nicht zu vergleichen. Es ist ein eher weltlicher, auf das Diesseits konzentrierter Orden, der die Gelübde der Jungfräulichkeit und Keuschheit nicht kennt. Jede Frau, ob unverheiratet oder im heiligen Stand der Ehe, kann diesem Orden beitreten, sofern sie über die richtige Herzens- und Geistesbildung verfügt und sich in den Dienst der geistig Armen dieser Welt zu stellen bereit ist«, erläuterte Adelaide Rosebrook.
Jessica begann zu verstehen. »Orden der geistigen Samariterinnen. Das heißt, Ihre Sorge gilt dem geistigen Wohl der Menschen?«
Adelaide Rosebrook nickte, und ihre Augen bekamen einen noch lebhafteren Glanz. »Genauso verhält es sich, Missis Brading. Wir gehen im Auftrag des Ordens in die Kolonien unseres ruhmreichen Königreiches und in die Handelsniederlassungen, die sich beispielsweise in Afrika, auf den Westindischen Inseln oder hier in Australien befinden. Doch wir kommen nicht als Missionare, die bekehren wollen. Dazu sind andere besser gerüstet und

berufen. Wir sind Lehrerinnen, die ihr Wissen und ihr Leben in den Dienst einer anderen christlichen Barmherzigkeit stellen, denn der Mensch kann auch geistig verhungern ...«

Jessica mußte unwillkürlich an Patrick und Lew denken, die mehrere Tage lang das Vergnügen ihrer Gesellschaft gehabt hatten. Ein amüsiertes Lächeln schlich sich in ihre Gesichtszüge. Sie konnte sich lebhaft vorstellen, daß Adelaide Rosebrook die Zeit mit Sicherheit dazu genutzt hatte, diesen beiden unbelesenen und nicht gerade sehr gläubigen Männern ein wenig mehr Bildung und Bibelfestigkeit zu vermitteln. Und das Captain Rourke, der in seiner Art, was Bücherwissen und Bibellehre betraf, kein Deut besser war als ihr Sohn! Fast hätte sie laut gelacht, als sie sich vorstellte, wie Adelaide Rosebrook mit ihren zweihundertfünfzig Pfund an Deck der SHAMROCK thronte und wie die beiden rauhbeinige Männer ihr all die Tage nicht entkommen konnten, zu höflichem Interesse und Aufmerksamkeit verdammt. Patrick hatte gewiß jede Stunde mit dieser Frau an Bord verflucht und gelitten wie kaum zuvor, und Lew nicht minder. Und genauso gewiß hatten sie ihr Leiden vor ihr verborgen, denn einer Frau wie ihr über den Mund zu fahren, würde ihnen nie in den Sinn kommen.

Aber wenn sie mit Patrick und Lew fertig geworden ist, wer weiß ... ging es Jessica durch den Kopf.

Die geistige Samariterin hatte eine Pause gemacht und einen Schluck von ihrem kühlen Zitronentee genommen. Nun setzte sie ihre Erklärung fort: »Das Ziel unseres Ordens ist es vielmehr, die *geistige* Armut der Christen so fern von ihrer Heimat und der Möglichkeit, Lesen und Schreiben und das Studium der Heiligen Schrift zu erlernen, lindern zu helfen, hauptsächlich die der Kinder.

Ich bin dem Orden nach dem frühen Tod meines Mannes vor achtzehn Jahren beigetreten, und ich habe es noch nicht einen Tag bereut.«

»Das ist bewundernswert. Und wann hat man Sie nach Australien geschickt?«

»Vor fünf Jahren. Ich habe Kinder auf Farmen am Neapan River unterrichtet. Zuvor war ich sieben Jahre in Westafrika«, sagte sie, und als hätte sie Jessicas geheimste Gedanken erraten, fügte sie hinzu: »Die Hitze hat mir nie etwas ausgemacht, obwohl man bei meiner vollschlanken Figur das Gegenteil vermuten würde. Die Hitze belebt mich eher, als daß sie mich lähmt. Ich bin wohl von Natur aus ein Kaltblüter, obwohl mein seliger Mann da sicherlich widersprochen hätte, der um so besser in Schwung kam, je heißer es zuging!«

Jessica lachte. Vollschlanke Figur! Das war gut, das war sogar sehr gut. Diese Frau war rund wie eine Tonne! Aber sprach das wirklich gegen sie? Adelaide Rosebrook besaß gute Zeugnisse, Erfahrung, Intelligenz, eine gehörige Portion Humor und Selbstironie und offensichtlich auch eine Zähigkeit, die sie ihr erst nicht zugetraut hätte.

Adelaide Rosebrook stimmte in das Lachen ein, und dieses Lachen hatte etwas Verbindendes. Es schaffte eine Brücke des Vertrauens und der Zuversicht, wie Jessica zu ihrem eigenen Erstaunen feststellte.

»Ich will Sie gleich warnen, Missis Rosebrook. Es kann auf SEVEN HILLS sehr heiß zugehen, und damit meine ich nicht die Sommerglut, sondern meinen Sohn Edward. Er wird nächsten Monat erst acht, aber er kann einer Lehrerin das Leben zur Hölle machen!« warnte sie.

»Muß ich damit rechnen, daß er mir eine Ameisenkolonie in den Kleiderschrank setzt, einen Skorpion ins Bett legt oder meine Nachtkerze aushöhlt und mit Schießpulver

füllt?« erkundigte sie sich mit einer leicht hochgezogenen Augenbraue.
»Nein, um Gottes willen! Soweit würde Edward natürlich nicht gehen«, wehrte Jessica erschrocken ab. »Ich meinte damit nur, daß er sehr störrisch und unleidlich sein kann und es vermutlich darauf anlegen wird, Sie zu ignorieren und Ihnen auf die Dauer jegliches Vergnügen an Ihrer Arbeit nehmen könnte.«
Adelaide Rosebrook lächelte gelassen wie ein in sich ruhender Buddha. »Oh, wenn es nur das ist, kann ich es gar nicht erwarten, Ihren Edward kennenzulernen. Es wird geradezu eine Erholung sein, so gut erzogenen Kindern wie den Ihren Unterricht zu erteilen.«
»Edward und gut erzogen?« Jessica machte eine skeptische Miene. »Na, ich weiß nicht ...«
»Der letzte Junge, den ich unterrichtet habe, war zwölf, aber schon so kräftig wie ein kleiner Bulle und so abgebrüht wie ein Tavernenjunge in den *Rocks*. Am ersten Tag ging er mit der Forke auf mich los, am zweiten hatte ich unerwünschten Besuch von einer Giftschlange«, teilte Adelaide Rosebrook ihr im Plauderton mit. »Es hat ein paar Tage gedauert, aber dann sind wir die besten Freunde geworden.«
Jessica sah sie verblüfft und auch ein wenig ungläubig an. »Und wie haben Sie das geschafft, Missis Rosebrook?«
»Manchmal reicht einfach ein bißchen gutes Zureden«, antwortete die schwergewichtige Samariterin mit einem geheimnisvollen Lächeln.
Jessica bezweifelte, daß ein bißchen gutes Zureden wirklich das Rezept gewesen war, mit dem sie einen so gewalttätigen und hinterhältigen Jungen zur Räson gebracht hatte. Aber es war offensichtlich, daß diese ungewöhnliche Frau nicht daran dachte, sich näher darüber

auszulassen, und irgendwie gefiel ihr das. Sie war aufgeschlossen und gesprächig, nicht aber geschwätzig.
»Tja, wenn das so ist und Sie wirklich daran interessiert sind, mindestens anderthalb Jahre zu dem Lohn, den Mister Hutchinson Ihnen sicherlich genannt hat ...«
Adelaide Rosebrook nickte stumm. Der Lohn war mehr als großzügig. Wenn sie diese Stelle erhielt, würde sie ihrem Orden ansehnliche Spenden zuführen können.
»... wenn Sie also zu diesen Bedingungen die Stellung antreten wollen, dann schlage ich vor, daß Sie erst einmal eine Woche auf Probe bleiben, damit wir beide Zeit haben, herauszufinden, ob wir nicht im Begriff stehen, einen großen Fehler zu machen«, bot Jessica ihr an.
»Das ist nur fair, Missis Brading. Ich bin damit einverstanden.«
»Dann willkommen auf SEVEN HILLS, Missis Rosebrook!« Jessica streckte ihre Hand aus.
»Ich freue mich, Missis Brading. Mir wird es hier gefallen, das weiß ich schon jetzt. Uns stehen sehr fruchtbare Jahre bevor, das habe ich instinktiv gespürt, als ich von Bord gegangen bin und mich hier oben auf der Hügelkuppe umgeschaut habe«, erklärte Adelaide Rosebrook mit freudigem Ernst.
Jessica war überrascht von dem kräftigen Händedruck der Hauslehrerin auf Probe. Etwas fett mochte sie ja sein, aber bei weitem nicht kraftlos.
Sie wies Anne an, sich um Adelaide Rosebrook zu kümmern, das Zimmer für sie zu richten und sie anschließend ein wenig mit den Örtlichkeiten vertraut zu machen.
»Und nimm Victoria mit. Sie kann euch auf dem Rundgang begleiten«, fügte sie noch hinzu. Dann zog sie sich in ihr Zimmer zurück. Zuerst öffnete sie den Brief von William Hutchinson. Doch sie erwartete nicht, daß er

ihr darin die ersehnte Mitteilung machte, die Schiffspassage sei gebucht und sie könne in wenigen Tagen die Reise nach England antreten. Denn wäre in Sydney ein Schiff eingetroffen, das bald wieder mit Kurs gen England auszulaufen gedachte, hätte er diese wichtige Nachricht nicht Patrick mitgegeben, sondern einen berittenen Eilboten nach SEVEN HILLS geschickt.

Das Schreiben des Anwalts enthielt auch nur lobende Worte über Adelaide Rosebrook, über die er persönlich Erkundigungen eingezogen habe und die eine Empfehlung besagter Person nahelegten, einige interessante geschäftliche Informationen und am Schluß sein Bedauern, hinsichtlich der dringend gewünschten Überfahrt nach England noch keinen positiven Bescheid geben zu können.

Der Brief von Glenn Pickwick, dem Geschäftsführer ihres kleinen Kaufhauses, enthielt seinen monatlichen Bericht. Er war so ausführlich und präzise wie immer. Sein Ton war respektvoll, zurückhaltend und nüchtern, was die Umsätze der einzelnen Abteilungen betraf.

»Ein bißchen mehr Enthusiasmus und Stolz auf die eigene Leistung hättest du schon in deine Zeilen legen können, mein lieber Pickwick«, murmelte Jessica, erfreut über die positiven Zahlen und belustigt über den trockenen Ton ihres so talentierten und arbeitswütigen Statthalters in Sydney, wie sie Glenn Pickwick zu nennen pflegte. Es ging mit BRADING'S bergauf – und zwar steil bergauf.

Als sie jedoch daran dachte, daß sie die Kolonie bald verlassen mußte, verflog ihre Freude über die guten Nachrichten von Glenn Pickwick. Das Herz wurde ihr schwer. Tiefe Niedergeschlagenheit machte sich in ihr breit.

Sie hatte Mühe, sich beim Essen ihre gedrückte Stimmung

nicht anmerken zu lassen. Zum Glück wurde sie an diesem Abend nicht zu sehr in ihrer Rolle als Hausherrin gefordert. Ian und Patrick, dem überhaupt nie der Gesprächsstoff ausging, bestritten weite Strecken des Tischgesprächs. Adelaide Rosebrook beteiligte sich daran zurückhaltend, aber ohne Scheu, ihre Ansichten zu vertreten, und mit einem erfrischenden Sinn für Pointen.
Edward sagte kein Wort, und er aß auch kaum etwas, obwohl er mit einem Bärenhunger nach Hause zurückgekehrt war. Dumpfer Groll zog seinen Magen zusammen.
Er hatte einen wunderbaren, aufregenden Tag wie schon lange nicht mehr hinter sich. Einen Teil der Strecke zur Auborn-Farm, die nun schon seit vielen Jahren zu SEVEN HILLS gehörte, hatte Tim Jenkins ihm die Zügel überlassen, und das Gespann hatte nicht gewagt, seinen Kommandos nicht zu folgen. Später dann hatten sie Wasser gefunden, und er hatte die Wünschelrute gehalten, zumindest für eine Weile. Er hatte die Tiere versorgt, Schaufeln und Hacken verteilt und seinen Spaten so energisch in die trockene Erde gerammt wie die anderen auch, und er hatte nur dann eine Pause gemacht, wenn die anderen die Gerätschaften aus der Hand gelegt hatten.
Ach, es war ja soviel passiert, was er Ian und seiner Mutter stolz und glücklich hatte erzählen wollen. Doch dann – er war kaum vom Fuhrwerk gesprungen – hatte er diese fette Frau in ihrem unsäglichen Blümchenkleid gesehen. Und das Glück des Tages, das heiß und heftig in seiner Brust geschlagen und auf seinem Gesicht gestanden hatte, war in tausend Stücke zersprungen, als seine Mutter zu ihm gesagt hatte:
»Edward, das ist Missis Adelaide Rosebrook, eure neue Hauslehrerin. Ich erwarte von dir, daß du höflich zu ihr

bist und dich im Unterricht aufmerksam und lernfreudig zeigst.«

Jetzt, beim Essen, starrte er die Frau, die ihre neue Hauslehrerin sein sollte, kalt und abweisend an. Sie war fett, und er verabscheute jedes einzelne Pfund an ihr. Dieser fetten Kuh würde er sich niemals unterordnen, nicht einmal seiner Mutter zuliebe. Nein, niemals!

7

Fettkloß wird auf SEVEN HILLS keine Woche alt, darauf kannst du deine Malstifte verwetten, Vic!« prophezeite Edward seiner Schwester noch am selben Abend vor dem Zubettgehen. Seine grimmig entschlossene Miene verriet, daß er höchstpersönlich dafür Sorge tragen würde, daß sich seine Prophezeiung auch erfüllte. Und als Victoria den zaghaften Einwand wagte, daß sie Adelaide Rosebrook doch noch gar nicht richtig kannten, um so über sie zu urteilen, und daß doch auch eine dicke Frau nett sein könne, da schwoll bei ihrem Bruder die Zornesader. »Fette Kühe gehören in den Stall und auf die Weide, aber nicht ins Wohnhaus! Also fall mir bloß nicht in den Rücken!«

Edward dachte nicht daran, sich von Fettkloß belehren zu lassen, in welcher Art auch immer. Er war kein kleiner Junge, den man leicht einschüchtern konnte. Er war der junge Master von SEVEN HILLS! Fettkloß hatte ihm gar nichts zu sagen. Und überhaupt, was hatte er noch eine Hauslehrerin nötig? Gestern auf der Auborn-Farm hatte ihn keiner der Männer wie einen dummen Jungen behandelt, der noch die Schulbank drücken mußte. Von den Dingen, die er wissen mußte und wollte, um ein guter Farmer zu sein und SEVEN HILLS eines Tages so bewirtschaften zu können wie Ian und Mom, von diesen wichtigen und aufregenden Dingen hatte Fettkloß so viel Ahnung wie ein Butterfaß vom Kalben!

Jessica fand schon am ersten Tag ihre schlimmsten Befürchtungen bestätigt. Ihr Sohn ging zwar nicht mit der Forke auf Adelaide Rosebrook los, doch sein Verhalten war kaum weniger empörend.

Daß Edward auf das Eintreffen einer neuen Lehrkraft mit großer Verdrossenheit und Auflehnung reagierte, war wie ein Naturgesetz. Und daß es ihm besonders schwer fiel, sich wieder in den Unterricht einzufinden, wenn mehrere Monate zwischen der Abreise der alten Lehrkraft und dem Eintreffen der neuen vergangen waren, fand Jessica so verständlich, daß sie dann manche seiner Ungehörigkeiten mit milder Nachsicht behandelte.

Im Fall von Adelaide Rosebrook vermochte Jessica jedoch nicht das geringste Verständnis für das Verhalten ihres Sohnes aufzubringen. Edwards Benehmen hatte mit Lustlosigkeit und Trotz nicht mehr das geringste zu tun. Es war vielmehr gezielt destruktiv und auf eine sehr beschämende Weise verletzend.

Jessica lauschte mehrmals an der Tür zum Schulzimmer. Edward boykottierte den Unterricht nicht nur, sondern er störte ihn unablässig. Dabei legte er einen Einfallsreichtum an den Tag, der bewundernswert gewesen wäre, wenn er sich nicht in Bösartigkeiten erschöpft hätte. Aber schlimmer noch als das waren seine gehässigen, verletzenden Bemerkungen, mit denen er seine Verachtung für Adelaide Rosebrook zum Ausdruck brachte.

Wenn Jessica ihren Sohn den Unterricht stören und so unverschämte Dinge sagen hörte, dann packte sie der Zorn und das Mitleid mit Adelaide Rosebrook. Mehr als einmal war sie versucht, ins Zimmer zu stürzen, Edward an den Haaren von seinem Stuhl zu ziehen und ihm eine gehörige Tracht Prügel zu verabreichen, um ihm den nötigen Respekt einzubleuen und seinem beschämenden Treiben ein Ende zu setzen.

Sie unterließ es jedoch, denn Adelaide Rosebrook hatte sie ausdrücklich darum gebeten. »Ich gewinne nichts, wenn Sie Ihren Sohn für das, was er bei mir im Unterricht tut und nicht tut, empfindlich strafen. Ich glaube nicht an die bekehrende Macht des Schmerzes.«

»Auch ich bin kein Freund der Züchtigung, das können Sie mir glauben. Aber was er sich Ihnen gegenüber herausnimmt, ist so ... unverzeihlich ungehörig, daß man ihn nicht mit ein paar Ohrfeigen davonkommen lassen darf!« hatte Jessica voller Empörung erwidert. »Ich schäme mich ja für meinen Sohn, und das ist mir noch nie passiert. Und ich habe auch nicht die Absicht, ihm das durchgehen zu lassen. Sogar Mister McIntosh, der für Edward eine sehr große Schwäche hat und ihm viel nachsieht, ist enttäuscht und verärgert über sein Verhalten. Ich werde Edward alle Vergnügungen streichen. Keine Ausritte mehr! Und bei der nächsten Respektlosigkeit wird er zum erstenmal in seinem Leben den Stock zu spüren bekommen.«

Adelaide Rosebrook blickte sie scharf an. »Wenn das Ihr letztes Wort ist, bleibt mir nichts anderes übrig, als Ihrem Sohn zu seinem leichten Sieg zu gratulieren und meine Tätigkeit bei Ihnen schon heute einzustellen!« drohte sie.

Jessica glaubte ihren Ohren nicht zu trauen. »Ja, aber ich will Ihnen doch nur helfen, damit ...«

»Sie mögen das Richtige wollen, Missis Brading«, fiel die Lehrerin ihr ins Wort, »doch sie wählen den falschen Weg und werden deshalb auch zwangsläufig das falsche Ziel erreichen, wenn Sie das tun, was Sie gerade gesagt haben.«

Jessica war versucht, ärgerlich zu reagieren. Woher nahm diese Frau, die sich von einem kleinen Jungen tyrannisieren ließ, das Recht und den Mut, so zu ihr zu reden? Sie hatte eine scharfe Erwiderung auf der Zunge.

Adelaide Rosebrook kam ihr jedoch zuvor. »Wenn er mir nur gehorcht, weil er Angst vor Ihrer Strafe hat, dann haben wir beide verloren, Missis Brading. Ich als Lehrerin und Sie als Mutter. Mich würde Edward danach innerlich noch mehr ablehnen und verachten, als er es jetzt schon tut. Ich *könnte* damit sehr gut leben, doch ich will nicht. Denn das würde seiner Lernbereitschaft und damit seiner Bildung mit Sicherheit nicht förderlich sein. Aber genau das ist meine Aufgabe. Es geht mir nicht darum, um jeden Preis diese Stelle hier zu bekommen, um meinen Lebensunterhalt zu verdienen. Gewiß, es würde mir Freude machen, aber nur zu meinen Bedingungen, was meine Arbeit als Lehrerin betrifft!«

»Aber was, um Gottes willen, wollen Sie denn bloß tun, um meinen Sohn zur Vernunft zu bringen und seinem schändlichen Treiben ein Ende zu bereiten? Wie wollen Sie es ohne Prügel schaffen, daß er Sie respektiert und am Unterricht teilnimmt?« fragte Jessica verwirrt und ratlos. »Mit ein wenig gutem Zureden werden Sie es bei Edward ganz sicher nicht erreichen.«

»Ich kenne mich mit Jungen wie Ihrem Edward aus, und ich weiß, wie ich sie kriegen kann. Lassen Sie mir noch ein paar Tage Zeit. Er wird sein Pulver in diesen täglichen Scharmützeln bald verschossen haben und der eigenen Wiederholungen rasch müde werden. Indessen halte ich mein Pulver trocken und bereit für die eine Breitseite, die ein Junge wie Ihr Sohn braucht, um einige Dinge klarer zu sehen«, antwortete die schwergewichtige Lehrerin mit einem fast vergnügten Lächeln.

»Und woraus soll diese ... Breitseite bestehen?«

»Lassen Sie sich überraschen, Missis Brading. Eine Frau

von meinem Kaliber muß für eine ganze Menge von Überraschungen gut sein, wenn sie sich in dieser Welt behaupten will«, versicherte sie geheimnisvoll und zwinkerte ihr verschwörerisch zu.
Es war Jessica ein Rätsel, woher Adelaide Rosebrook diese fast schon aufreizende Gelassenheit und Zuversicht nahm. Entweder war sie die raffinierteste Ordensfrau, die man sich nur vorstellen konnte, oder aber sie war hoffnungslos einfältig und blind für die rauhe Wirklichkeit.
Die Tage vergingen, und Jessica war immer mehr geneigt, Adelaide Rosebrook für einfältig zu halten. Sie mußte eine Traumtänzerin sein, eine Lügnerin und Hochstaplerin ohne bösen Vorsatz, denn Edward änderte sich nicht. Sein Benehmen besserte sich nicht um ein bißchen. Von wegen Pulver bald verschossen! Was seine Gehässigkeiten anging, so schien sein Vorrat unerschöpflich zu sein.
Jessica holte sich am sechsten Tag Rat bei Ian, der seit ihrem nächtlichen Gespräch auf der hinteren Veranda kein Wort mehr über ihre beabsichtigte Reise nach England verloren hatte. Er hatte offensichtlich aufgegeben, sie davon abbringen zu wollen. Doch gleichzeitig hatte er auch die langjährige Gewohnheit aufgegeben, ihre Gesellschaft zu suchen. Er kam jetzt nur noch beim Abendessen mit ihr zusammen und wenn es etwas zu besprechen gab, was die Arbeit auf SEVEN HILLS betraf.
Es betrübte Jessica, aber sie konnte nichts dagegen tun. Sie tröstete sich damit, daß Ian sich schon mit der Reise abfinden und sie niemals im Stich lassen würde. Und um die Kluft, die sich zwischen ihnen aufgetan hatte, so schnell wie möglich zu schließen, versuchte sie seiner Zurückhaltung entgegenzuwirken, indem nun sie ihn häufiger und bewußter um Rat fragte.
»Wir müssen dem ein Ende machen, Ian. Edward führt

sich wie der schlimmste Gassenjunge auf, und Victoria wird zwischen Bruderliebe und Sympathie für Missis Rosebrook hin und her gerissen. Sie weiß schon gar nicht mehr, was richtig und was falsch ist«, klagte sie ihm ihr Leid. »Ich kann das nicht länger zulassen.«

»Ja, es ist schon eine Schande, was sich der Junge da erlaubt«, pflichtete Ian ihr knurrig bei. »Am liebsten würde ich ihn übers Knie legen und ihm den Hintern versohlen, daß er die nächsten drei Tage meint, auf eine heiße Bratpfanne geschnallt zu sein.«

»Wir könnten uns dabei abwechseln!« stieß Jessica in zorniger Verzweiflung hervor.

Ian warf einen finsteren Blick über den Hof zum Wohnhaus hinüber. »Ja, es juckt mich schon seit Tagen fast unwiderstehlich in den Fingern. Aber das werden wir wohl besser bleibenlassen, Jessica.«

»Warum? Nennen Sie mir nur einen einzigen vernünftigen Grund!«

»Weil Sie Missis Rosebrook, wie Sie mir erzählt haben, Ihr Wort gegeben haben, ihr eine Woche Zeit zu lassen und sich in dieser Woche auch nicht in ihre Angelegenheiten einzumischen«, erinnerte er sie.

Jessica verzog das Gesicht. »Es sind nicht länger ihre Angelegenheiten, Ian! Sein unverschämtes Benehmen berührt uns alle.«

Ian warf ihr einen eigenartigen Blick zu. »Tja, so ist es nun mal, wenn man einen Stein in einen Teich wirft, an dem noch andere wohnen. Auch wenn der Stein in den Teil fällt, der einem selbst gehört, sollte man nicht vergessen, daran zu denken, daß die Kreise, die er verursacht, auch das Wasser der anderen in Bewegung setzt ... oder aufwühlt, wenn es sich um einen besonders großen Stein handelt.«

Jessica verstand die Anspielung, und sie verbarg ihren aufwallenden Ärger darüber, indem sie sich zu einem Lächeln zwang. »Das mag sein, Ian. Nur sollte man nicht so unfair sein und die Übertreibung begehen, aus ein paar Wellen auf einem Teich einen ausgewachsenen Sturm zu machen.«

Die blauen Augen des Iren fixierten sie, als wollten sie in sie dringen und tief in ihre geheimsten Gedanken vorstoßen, um dort das Geheimnis zu lüften, das sie so eisern vor ihm bewahrte. Dann jedoch schien sich ein feiner Schleier über seine Augen zu legen, und seine Stimme hatte einen matten, resignierenden Ton, als er antwortete: »Sie sollten zu Ihrem Wort stehen. Es ist ja nur noch ein Tag.«

Auch Edward wußte, daß Adelaide Rosebrooks Probewoche mit diesem Tag zu Ende ging. Im Hochgefühl seines Triumphes, der für ihn außer Frage stand, da niemand seinem Treiben Einhalt geboten hatte, nicht einmal seine Mutter, begab er sich an diesem Morgen zum Unterricht. Er hatte sich noch einige besonders häßliche Bemerkungen für Fettkloß ausgedacht. Immerhin war er ihr zum Abschied doch etwas wirklich Unvergeßliches schuldig, nicht wahr?

Edward erlebte seine erste Überraschung mit Adelaide Rosebrook, als er sich weigerte, sein Geschichtsbuch aufzuschlagen, und Fettkloß ihn mit dem für sie typisch dümmlichen Lächeln, wie er fand, fragte: »So, du willst also auch heute nicht am Unterricht teilnehmen, ja? Gut, dann laß deine Bücher zu.«

Edward grinste sie frech an, antwortete ihr aber nicht, sondern wandte sich seiner Schwester zu, die ein ganz unglückliches Gesicht machte. Und laut genug, damit Fettkloß ihn auch hören konnte, tönte es: »Siehst du, ich hab dir doch gesagt, daß sie es irgendwann schon begreifen würde. Hat zwar eine ganze Woche gedauert, aber wenn man so im Fett schwimmt, ist das doch kein Wunder.«

Die nächste Überraschung folgte auf dem Fuße. »Lieber eine fette Kuh als ein dummer Esel, und du bist der einfältigste, der mir in meinem Leben begegnet ist, Edward, und ich bin sehr, sehr vielen begegnet. Das bringt meine Tätigkeit so mit sich.«

Edwards Kopf fuhr herum, und er riß den Mund auf. Die ruhige, bestimmte Art, mit der sie das zu ihm gesagt hatte, brachte ihn fast so sehr aus der Fassung wie die Tatsache, daß dies das erstemal in all den Tagen war, daß sie etwas Unfreundliches zu ihm sagte. Sie hatte ihn einen einfältigen Esel genannt. Er konnte es kaum glauben.

Victoria kicherte.

Ihm schoß das Blut ins Gesicht. »Es gibt nur einen, der in diesem Raum dumm, einfältig und zudem noch fett wie eine Kuh ist!« rief er wütend.

Adelaide Rosebrook schüttelte lächelnd den Kopf. »Nein, nein, der Dumme bist du, Edward. Und daß du das nicht einsehen willst, ist ja gerade das Zeichen deiner besonderen Einfalt. Du bist zu dumm, um jeden Tag ein paar lateinische Vokabeln zu lernen ...«

»Weil ich sie nicht brauche und nicht lernen will!«

Ihn traf ein mitleidiger Blick. »Jaja, das sagen sie alle, die soviel Grips im Schädel haben wie ein Floh. Denn es sind bei dir ja nicht allein die Vokabeln. Du bist auch in Mathematik so schlecht, daß du dich vermutlich noch dabei verrechnen würdest, wenn ich dir die Aufgabe stellte, die Hufe eines Pferdes und die eines Schafes zusammenzuzählen. Bestimmt würde dein Ergebnis die Vermu-

tung nahelegen, daß es sich bei Schaf und Pferd um dreihufige Tiere handelt.«
Victoria preßte die Hand vor den Mund, um nicht laut loszuprusten. Endlich setzte sich Missis Rosebrook gegen ihren Bruder zur Wehr, für dessen Verhalten sie sich Tag für Tag geschämt hatte, ohne aber den Mut zu finden, sich gegen ihn zu stellen. Und wie sie ihm zusetzte!
Edward wurde feuerrot vor Wut und vor Fassungslosigkeit, daß Fettkloß ihn nun mit dem beißenden Spott und der Verachtung überschüttete, die er ihr die ganze Woche entgegengebracht hatte. Von Tag zu Tag war er seiner Sache sicherer geworden und hatte geglaubt, daß sie so gutmütig dumm und hilflos war, daß sie ihm nichts entgegenzusetzen wußte und SEVEN HILLS letztlich kampflos räumen würde. Ihm dämmerte nun, daß er damit einer möglicherweise folgenschweren Fehleinschätzung von Fettkloß aufgesessen war.
Und noch bevor er die Wut, die ihm wie eine ekelhafte Kröte in der Kehle saß, hinunterschlucken und ihr etwas Gehässiges entgegnen konnte, fuhr sie auch schon zügig mit ihrer vernichtenden Beurteilung seiner Person fort: »Deine Handschrift erinnert an den Durchfall eines Huhnes und deine Rechtschreibung ist so mangelhaft wie das Pianospiel eines Ochsen. Du kannst nicht eine Zeile von Shakespeare auswendig und hältst Konstantinopel und Venedig bestimmt für die Namen von Pferden!«
»Das ist eine Lüge!« stieß Edward schrill hervor, und in seinem flammenden Gesicht funkelten die Augen beinahe haßerfüllt.
Adelaide Rosebrook schien ihn gar nicht gehört zu haben. »Also was kannst du denn schon, außer dich wie ein dummer, einfältiger Junge aus der Gosse zu benehmen? Gar nichts kannst du«, stellte sie fest und fügte gleichgültig

hinzu: »Und weil du nichts kannst, wird aus dir auch nicht viel werden.«
»Lüge! Lüge! Lüge!« schrie Edward völlig außer sich. »Ich kann tausend Sachen, Sachen, die wirklich wichtig sind und von denen *Sie* nicht die geringste Ahnung haben!«
Spöttisch zog Adelaide Rosebrook die Augenbrauen hoch. »Was du nicht sagst. Und was sollen das für Dinge sein, die du angeblich so gut beherrschst?«
»Dinge, die wirklich zählen!«
Wieder bedachte sie ihn mit einem mitleidigen Blick. »Gib dir keine Mühe, mich überzeugen zu wollen. Außerdem, was ein so dummer Junge wie du kann, kann jemand wie ich schon allemal.«
»Können Sie nicht!« widersprach er ihr mit wutverzerrtem Gesicht, tief in seiner Ehre verletzt.
Sie winkte ab, als glaubte sie ihm nichts davon. »Das sind doch bloß leere Worte«, sagte sie abschätzig.
»Ich habe schneller ein Pferd gesattelt und zwei Ochsen eingespannt, als Sie sich ihre Schürschuhe zugebunden haben«, prahlte er. »Und ich könnte Ihnen noch mehr als ein Dutzend andere Sachen aufzählen, von denen Sie nicht soviel verstehen.« Er schnippte mit den Fingern, wie er es Tim Jenkins abgeschaut hatte. »Da gehe ich jede Wette ein.«
»Jede, ja?« fragte Adelaide Rosebrook spöttisch.
»Klar!«
Ein kaum merklicher Ruck ging durch Adelaide Rosebrooks massigen Körper. »Habe ich dich richtig verstanden? Ein Jüngelchen wie du will mich zu einer Wette herausfordern?«
Edward zögerte kurz. An eine Herausforderung hatte er eigentlich nicht gedacht. Das mit der Wette war ihm einfach so herausgerutscht.

»Laß es besser. Du hast dich in den letzten Tagen schon genug blamiert. Mit einem Jüngelchen wie dir werde ich doch mit links fertig«, reizte sie ihn. »Ich wette, daß ich dreimal gegen dich antrete und dich dreimal schlagen werde!«

Victoria sah ihren Bruder aufmerksam an. »Du hast es gesagt! Du kannst jetzt nicht kneifen.«

Edward schoß ihr einen giftigen Blick zu. »Halt du dich da bloß raus, Vic!« zischte er. »Du verstehst ja überhaupt nicht, worum es geht.«

»Feigling! Wenn ich das Mom und Ian erzähle ...« drohte sie schadenfroh.

»Halt den Mund!« fuhr er sie an. »Ich bin kein Feigling. Und wenn Fett ... wenn sie so wild darauf ist, kann sie die Wette haben. Und sie wird mich nicht ein einzigesmal schlagen, damit du es nur weißt!«

Adelaide Rosebrook klatschte in die Hände, als hätten sie gerade ein harmloses Picknick beschlossen. »Gut, dann wollen wir mal damit anfangen, uns darauf zu einigen, wie dieser ... Wettstreit ablaufen soll.« Sie nagte an ihrer Unterlippe, legte den Kopf ein wenig schief, als müßte sie angestrengt nachdenken, und meinte dann: »Ich schlage vor, du machst eine Liste von ... sagen wir mal fünfzehn Tätigkeiten, in denen du meinst, besonders gut zu sein.«

»Warum fünfzehn?« wollte er mißtrauisch wissen.

Sie sah ihn verwundert an. »Wieso nicht? Du hast doch gerade erst behauptet, mehr als ein Dutzend Tätigkeiten nennen zu können, in denen du unschlagbar bist. Oder war das wieder nur Aufschneiderei?«

Sein Mund wurde schmal. »Also gut, fünfzehn«, gab er mißmutig nach. »Und was dann?«

»Dann gehe ich die Liste in aller Ruhe durch, suche mir drei aus – und trete darin gegen dich an.« Sie lächelte.

Edward überlegte, konnte aber nirgends einen Haken an ihrem Vorschlag entdecken. Wenn er die Tätigkeiten vorgeben konnte, aus denen der Wettkampf bestehen würde, konnte ihm gar nichts passieren. Worin sollte Fettkloß in der Lage sein, ihn zu schlagen? Nein, außerhalb des Schulzimmers fühlte er sich ihr haushoch überlegen. Dennoch war es ratsam, auf Nummer Sicher zu gehen, für den Fall, daß Fettkloß durch eine glückliche Fügung aus einem der Wettkämpfe siegreich hervorging. Es war natürlich auch mit Glück ein Ding der Unmöglichkeit, aber besser, er baute vor.
»Gut, Sie haben die Wahl«, gab er sich großzügig. »Aber dafür müssen Sie mich dann auch in allen drei Wettbewerben schlagen, um zu gewinnen. Verlieren Sie einen, haben Sie verloren!«
Adelaide Rosebrook machte eine bedenkliche Miene, zeigte sich dann jedoch damit einverstanden. »In Ordnung, so soll es sein.«
Edward griff zu Papier und Feder und begann mit der Liste. Victoria sah ihm dabei über die Schulter, was ihn anfangs nicht störte. Im Gegenteil. Diese Wette, die Fettkloß nie im Leben gewinnen konnte, war besser als alles, was er sich in den vergangenen Tagen an Gehässigkeiten ausgedacht hatte. Das würde einen wahnsinnigen Spaß geben. Ganz SEVEN HILLS würde dabei zusehen, wie er Fettkloß bis auf die Knochen blamierte. Und die ersten sechs, sieben Tätigkeiten gingen ihm flott von der Hand. Aber dann wurde er langsam, und er mußte schon überlegen, was er noch gut konnte – und worin Fettkloß bestimmt nicht mit ihm mitzuhalten vermochte. Bei den letzten vier geriet er sogar regelrecht ins Schwitzen. Doch er hatte eine blühende Fantasie, und so ließ er sich Sachen einfallen, die nicht gerade zum Alltagsleben auf einer

Farm gehörten – und die sie garantiert nicht aussuchen würde, es sei denn, sie wollte Selbstmord begehen.
Schließlich legte er die Feder weg und reichte ihr mit einer abrupten, arroganten Geste die Liste, als wollte er sagen: Schauen Sie es sich an – und geben Sie am besten gleich auf!
Adelaide Rosebrook las die Liste in aller Ruhe. Es zuckte dabei um ihre Mundwinkel, was Edward schon für ein erstes Zeichen von Reue hielt, auf seine Wette eingegangen zu sein.
»Mit voller Kleidung über den Hawkesbury schwimmen, eine Woche im Busch ohne Wasser und Lebensmittel durchhalten, den Old Abe hinaufklettern ...« Sie blickte stirnrunzelnd vom Blatt auf.
»Das ist der große Eukalyptus hinter der Pferdekoppel«, erklärte Edward mit einem breiten, frechen Grinsen. Das mit dem Baum war eine tolle Idee gewesen. Sie Old Abe hinaufklettern zu sehen, wäre ein Heidenspaß. Fettkloß käme nicht mal fünf Fuß vom Boden hoch!
»... mit verbundenen Augen über den Dachfirst der großen Scheune gehen«, las Adelaide Rosebrook weiter und schüttelte den Kopf. »Das ist nicht ganz das, was ich erwartet habe.«
Edward warf seiner Schwester einen triumphierenden Blick zu. »Siehst du, jetzt tut es ihr schon leid!« flüsterte er ihr ins Ohr, während Adelaide Rosebrook mit der Liste in der Hand auf und ab ging.
»So etwas aufzuschreiben, war nicht fair!«
»Es geht nicht ums Fairsein, sondern ums Gewinnen!« belehrte er sie altklug.
»Also gut, ich glaube, ich weiß jetzt, worin ich gegen dich antreten werde, Edward!« sagte die Hauslehrerin schließlich. »Wir werden um die Wette melken, einen

Pfahl vier Fuß in die Erde rammen und ein Wettrennen zu Pferd bestreiten.«

Edward nickte und grinste siegessicher. »Wie Sie wollen.«

Fettkloß würde nicht einen Wettkampf gewinnen! Nicht mal das Melken, bei dem sie vielleicht noch die größten Aussichten hatte.

»Aber Sie haben noch gar nicht gesagt, worum es bei dieser Wette geht«, erinnerte Victoria Missis Rosebrook aufgeregt. »Es muß für den Sieger doch einen Preis geben.«

Die Lehrerin nickte. »Du hast recht, das müssen wir noch klären. Aber ich glaube nicht, daß wir uns lange den Kopf darüber zu zerbrechen brauchen, worum es bei dieser Wette gehen soll. Ich schlage vor, daß der Sieger vom Verlierer etwas verlangen darf, was dieser dann ohne Widerspruch tun muß.«

»Und was werden Sie von Edward verlangen, wenn Sie gewinnen, Missis Rosebrook?« wollte Victoria wissen.

»Daß er sich fortan eines anständigen Benehmens befleißigt und so interessiert am Unterricht teilnimmt, wie man es von einem aufgeweckten Jungen erwarten kann«, stellte sie ihre Forderung.

»Und ich verlange, daß Sie sofort Ihre Sachen packen und von SEVEN HILLS verschwinden!« teilte Edward ihr unverblümt mit.

Sie sah ihm in die Augen. »Gut, abgemacht. Jetzt wissen wir, worum es bei diesem Wettkampf geht. Und du hast mein Ehrenwort, daß ich mich an unsere Abmachung halten werde. Habe ich auch dein Ehrenwort, Edward?«

»Trauen Sie mir nicht?« fragte er schnippisch.

»Dein Ehrenwort, Edward.« Ihre Stimme hatte nun jegliche Sanftmut verloren. Sie war jetzt hart und scharf wie eine frisch geschärfte Axt.

»Mein Gott, ja, Sie haben mein Ehrenwort! Für wen halten Sie mich? Ich bin ein Brading!« rief er gereizt.

»Gut, dann wollen wir den Unterricht damit für heute beenden. Wir sehen uns ja dann nachher beim Wettkampf.« Sie lächelte wieder.

»Die wird ihr blaues Wunder erleben, Vic! In ein paar Stunden ist sie schon auf dem Weg nach Sydney und schluckt den Staub der Landstraße«, sagte Edward gehässig und stürmte aus dem Zimmer.

8

Die Nachricht von dem merkwürdigen Wettstreit zwischen Edward und seiner Hauslehrerin vom Orden der geistigen Samariterinnen verbreitete sich auf SEVEN HILLS so schnell wie ein Buschfeuer im Hochsommer. Und Edward sorgte selbst dafür, daß die pikanten Details dieser Wette jedem zu Ohren kamen.

Erst wollte es niemand so recht glauben. Adelaide Rosebrook hielt sich nun schon eine volle Woche auf der Farm auf, und sosehr man ihr freundliches, angenehmes Wesen schätzte, sowenig hielt man sie für fähig, mit einem Jungen wie Edward fertig zu werden, ob nun im Schulzimmer oder anderswo.

»Zweihundertfünfzig Pfund Sanftmut gegen ein ausgefuchstes Energiebündel vom Schlage des jungen Masters? Und dann auch noch zu Pferd?« Tim Jenkins schüttelte mitleidig den Kopf. »Hat ihr denn keiner gesagt, daß der Teufelsbraten quasi im Sattel zur Welt gekommen ist? Er ist doch auf und davon, bevor sie noch den Steigbügel gefunden hat! Am besten packt sie ihre Sachen schon gleich zusammen.« Und damit brachte er so ziemlich genau zum Ausdruck, wie fast alle Adelaide Rosebrooks Chancen einschätzten.

»Verdammt, ich wollte nachher eigentlich zu NEW HOPE hinüber. Aber das muß eben bis morgen warten. Um nichts auf der Welt werde ich mir diesen Wettstreit zwischen unserem Heißsporn und der Dicken entgehen lassen!« verkündete Lesley begeistert. Und damit sprach er allen aus der Seele.

Jessica erfuhr von der verrückten Wette, als sie mit Ian von einem Kontrollgang zurückkehrte. Sie hatten die zwei Dutzend archimedischen Schrauben, die das Wasser des Hawkesbury vom Flußufer aus auf das höher gelegene Land förderten, einer eingehenden Überprüfung unterzogen. In den langen, glutheißen Sommermonaten, die das Land noch vor sich hatte, hing viel von ihnen ab.

Als Anne sie den Hang heraufkommen sah, stellte sie den Korb mit der frisch gewaschenen Wäsche, die sie gerade hatte aufhängen wollen, ins Gras und eilte ihnen entgegen. »Missis Brading . . . Mister McIntosh, Sie werden es nicht glauben, wenn Sie hören, was heute noch auf SEVEN HILLS passieren wird!« rief sie aufgeregt.

Es fiel ihnen in der Tat schwer.

Ian lachte dann. »Kein schlechter Stil für eine Ordensfrau! Immerhin zeigt sie den Willen, es mit ihm aufzunehmen. Ich wünschte, sie hätte eine Chance.«

Jessica fand die Angelegenheit dagegen ganz und gar nicht zum Lachen. Sie war enttäuscht von Adelaide Rosebrook, zornig auf Edward und wütend auf sich selbst. Sie hatte doch gleich gewußt, daß diese Frau sich nicht würde durchsetzen können. Warum nur war sie nicht ihrem ersten Gefühl gefolgt? Es wäre klüger gewesen, wenn sie Adelaide Rosebrook sofort wieder nach Sydney zurückgeschickt hätte. Dann hätten sie sich beide eine große Enttäuschung und Blamage erspart.

»Dieser Wettstreit ist einfach geschmacklos!« zürnte Jessica. »Ich werde ihr diese verrückte und völlig nutzlose Wette ausreden! Edward hat schon genug Schaden angerichtet, und ich lasse nicht zu, daß er sie nun auch noch öffentlich zum Gespött der Leute macht!«

Ian warf ihr einen Blick zu, als bezweifelte er, daß sie damit viel Erfolg haben würde, sagte jedoch nichts.

Jessica suchte die Lehrerin auf, aber es gelang ihr nicht, sie von ihrem Vorhaben abzubringen. »Sie haben mir Ihr Wort gegeben, und ich habe Ihrem Sohn mein Ehrenwort gegeben. So stehen die Dinge, und so werden wir sie denn auch zu Ende bringen«, sagte sie freundlich, doch bestimmt.

Jessica kochte innerlich fast vor Wut. Edward schien einen sehr feinen Sinn für die explosive Stimmungslage seiner Mutter zu haben, denn er ließ sich nicht einmal von Ferne blicken. Er schien wie vom Erdboden verschluckt, und das war das Klügste, was er in der ganzen Woche getan hatte.

So nahm die Wette ihren Lauf.

Wegen der Hitze fand der Wettstreit am späten Nachmittag statt. Die Vorbereitungen waren nicht sehr aufwendig. Alles, was für die einzelnen Wettkämpfe benötigt wurde, war rasch zur Hand: Milcheimer und Melkschemel, zugespitzte Zaunpfähle und Vorschlaghammer sowie eine große Anzahl von Pferden, unter denen Adelaide Rosebrook ihre Wahl treffen konnte.

Um fünf Uhr ging es los. SEVEN HILLS lag wie ausgestorben da. Jung und Alt drängte sich im Kuhstall, wo der verrückte Wettstreit mit dem Wettmelken begann. Das vergnügte Stimmengewirr machte die Tiere nervös. Wetten wurden abgeschlossen, und bei ihnen ging es fast nur darum, wie hoch der junge Master den Wettkampf gewinnen würde.

Ian hatte sich bereit erklärt, die Rolle des Schiedsrichters zu übernehmen. Jessica hatte dem, wie sie fand, peinlichen Spektakel fernbleiben wollen, stand jetzt jedoch hinter ihrem Verwalter und bemühte sich um einen Ausdruck der Gelassenheit. Es fiel ihr nicht leicht.

»Wenn sich Edward und Missis Rosebrook einfinden wür-

den, könnten wir beginnen!« rief Ian in das fröhliche Stimmengewirr und hielt nach den beiden Ausschau.
»Schon zur Stelle!« Edward sprang durch die Luke des Heubodens und landete weich im Stroh, das unter der Öffnung aufgehäuft war. Er schob sich durch die Menge der Zuschauer, die den breiten Mittelgang fast völlig verstopften, und genoß das Schulterklopfen und die vergnügten Blicke und Bemerkungen, mit denen er bedacht wurde.
»Ich habe drei zu null gewettet und einen ganzen Sixpence auf dich gesetzt«, raunte ihm Ben zu, der gleichaltrige Junge eines Weidehüters. »Laß mich also bloß nicht hängen!«
»Hast du getan, was ich dir aufgetragen habe?« fragte Edward leise.
»Klar, hätte ich sonst soviel Geld auf dich gesetzt?«
Edward grinste. »Dann ist ja alles bestens, Ben«, sagte er und ging zu Ian und seiner Mutter hinüber.
»Wir sprechen uns noch!« zischte Jessica ihrem Sohn zu.
»Sie kommt!« rief eine Frauenstimme aufgeregt vom Eingang des Kuhstalls. »Missis Rosebrook kommt über den Hof!«
Das ausgelassene Stimmengewirr erstarb Augenblicke später und wich einer erwartungsvollen, aber auch respektvollen Stille. Die Männer und Frauen von SEVEN HILLS bildeten unaufgefordert eine Gasse, die Adelaide Rosebrook mit einem gelegentlichen freundlichen Nicken hinunterschritt.
Sie trug Reitstiefel und ein um den Oberkörper und um die Beine sehr locker sitzendes Kostüm aus derbem sandfarbenem Drillichstoff. Doch als Ian näher hinblickte, bemerkte er zu seiner Überraschung, daß es sich nicht um einen Rock handelte, was sie da anhatte, sondern um ein weites Paar Hosen!

Er war nicht der einzige, der das bemerkte. »Drei Shilling auf das Weibsbild!« flüsterte der alte Baker Tim Jenkins zu, der den Stand der Wetten auf einer Schiefertafel festhielt.
»Ein deftiges Paar Hosen macht noch keinen Mann, Jeremy!« warnte Tim ihn.
»Ich erkenn 'nen Champion, wenn ich ihn seh!« nuschelte Baker zurück. »Und dieses Prachtweib weiß verdammt genau, was es tut, das kannst du mir glauben. Also schreib's schon auf. Zum Teufel, mach aus den drei Shilling fünf. Es soll sich schon lohnen.«
Ian reichte der Lehrerin einen Melkeimer. »Drei Minuten. Wer die meiste Milch im Eimer hat, hat gewonnen. Noch irgendwelche Fragen? Nein, gut. Dann ... los!«
Es standen zwei herrliche Kühe in der Abtrennung, in der sonst sechs ihren angestammten Platz hatten. Die übrigen vier hatte man auf die andere Seite gebracht, um Raum für die Zuschauer zu schaffen.
Edward hatte sich von vornherein in der Nähe der linken Kuh aufgehalten. Als Ian das Startzeichen gab, stürzte er sofort auf sie zu, kniete sich unter den mächtigen Leib des Tiers, umfaßte die Euter und ließ die Milch mit einem vollen, scharfen Strahl in den Eimer schießen.
Adelaide Rosebrook bewegte sich mit einer erstaunlichen Behendigkeit, und nur einen Augenblick nach ihm ging der erste Strahl warme Milch in ihren Eimer. Im nächsten Moment richtete sie sich jedoch wieder auf, lief mit ihrem Melkeimer quer über den Gang, rannte dabei beinahe Ian und Jessica über den Haufen, die ihr noch gerade rechtzeitig ausweichen konnten, und warf sich vor einer anderen Kuh ins Stroh.
Überraschte Rufe wurden laut, in denen auch Protest lag. Edward blickte sich verstört um.

»Weiter! Weiter!« rief Ian. »Die Zeit läuft! Melken ist melken, egal an welcher Kuh!«
»Recht hat er!« pflichtete ihm der alte Baker bei, und ein Großteil der Frauen stimmte ihm zu.
Adelaide Rosebrooks Hände gingen in einem schnellen, dabei jedoch sehr gleichmäßigen Rhythmus auf und ab. Es spritzte aus ihren Händen nur so heraus, daß die Milch im Eimer schäumte.
Edward fluchte insgeheim, versuchte schneller zu melken und ahnte doch schon, daß er diesen Wettkampf wohl verlieren würde – und Ben damit seinen Sixpence.
Ian rief die letzten zehn Sekunden laut aus. ». . . fünf . . . vier . . . drei . . . zwei . . . eins . . . Aus! Die drei Minuten sind um! Melken einstellen!«
Edward und Adelaide Rosebrook brachten ihm ihre Melkeimer. Ian griff zum Meßgefäß. Die Lehrerin gewann mit einer Vierteltasse mehr Milch in ihrem Eimer. Als er das Ergebnis verkündete, folgte darauf ein wohlwollender, anerkennender Applaus. Daß die dicke Frau diesen Wettbewerb gewonnen hatte, war eine Überraschung und würde ihr helfen, das Gesicht zu wahren. Aber eine weitere würde es nicht geben, darin waren sich die meisten einig.
Edward zuckte mit den Schultern und wich Bens vorwurfsvollem Blick aus. Es war knapp gewesen, wie er es vorausgesehen hatte. Und wenn Fettkloß nicht etwas gemerkt hätte, hätte sie nach den drei Minuten nicht halb soviel Milch in ihrem Eimer gehabt wie er.
»Warum haben Sie sich gleich nach Beginn des Wettkampfs eine andere Kuh ausgesucht, Missis Rosebrook?« wollte Ian wissen, nachdem er ihr zu ihrer ausgezeichneten Leistung gratuliert hatte.
»Ich hatte den Eindruck, daß ich ihr jeden Tropfen Milch

mühsam hätte abringen müssen«, antwortete die Lehrerin und warf Edward einen spöttischen Blick zu.

Ihm schoß das Blut ins Gesicht, und schnell wandte er sich ab, während er seine Mutter verwundert sagen hörte: »*Abringen?* Aber doch nicht bei Pam! Sie und Dora, die Kuh, die mein Sohn gemolken hat, geben von allen am meisten Milch!«

Aber nicht dreimal am Tag, dachte Adelaide Rosebrook, behielt das jedoch für sich, zuckte nur mit den Schultern, als wollte sie eine Fehleinschätzung ihrerseits nicht ausschließen, und begab sich mit den anderen hinaus auf den Hof.

Ian hatte für den zweiten Wettkampf hinter der großen Scheune eine Stelle ausgesucht, wo das Erdreich nicht so hart und steinig war. Um es zusätzlich etwas aufzulockern, hatte er die Stelle mit einigen Eimern Wasser tränken lassen. Auch danach bedurfte es noch einer Menge Kraft, einen Zaunpfahl vier Fuß zu versenken.

Die zugespitzten Hölzer steckten schon einen Fuß im Boden und standen etwa vier Schritte auseinander. Jeder Pfahl trug fünf Markierungen. Der erste Strich war gleich über dem Erdboden angebracht und markierte die Nullmarke, während der oberste genau vier Fuß darüber das Holz zeichnete. Vor jedem Pfahl lag ein Vorschlaghammer.

Die Männer, Frauen und Kinder von SEVEN HILLS bildeten einen Kreis um die beiden Pfähle. Edward und Adelaide Rosebrook traten vor. Ian verkündete noch einmal die simplen Regeln dieses zweiten Wettkampfs.

»Wer seinen Pfahl zuerst bis zur Vier-Fuß-Marke in den Boden getrieben hat, siegt. Hat nach zehn Minuten keiner das Ziel erreicht, fällt der Sieg demjenigen zu, dessen Pfahl am tiefsten in der Erde steckt.«

Edward grinste zuversichtlich und spuckte in die Hände. Wie lächerlich plump und schwerfällig sie sich doch neben ihm ausnahm! Mit dem Melken hatte sie ja noch Glück gehabt. Das war sowieso Frauenarbeit, und diesen Wettkampf gewonnen zu haben, würde ihr nichts nutzen. Denn den schweren Vorschlaghammer würde Fettkloß bestimmt nur mit größter Mühe vom Boden hochkriegen. Er dagegen war sehnig, muskulös und daran gewöhnt, sich körperlich anzustrengen.
Lautes Gejohle setzte ein, als Ian das Zeichen gab und die beiden ungleichen Widersacher zum Schlaghammer griffen. Ein erstauntes »Oh!« ging durch die Menge, als Adelaide Rosebrook den klobigen Stiel packte und den Hammer hochschwang, als wäre er so leicht wie ein Spazierstock und nicht fünfzehn Pfund schwer.
Und dann sauste der Hammer auf den Pfahl nieder. Das Holz erzitterte unter dem wuchtigen Schlag und schob sich mehrere Fingerbreit in die Erde. Und schon folgte der nächste wuchtige Schlag.
»Heiliger Funkenflug!« stieß der Schmied von SEVEN HILLS ungläubig hervor und klatschte dann begeistert in die Hände. »Wenn der junge Master sie nicht will, bei mir kann sie mit dem Schlag jederzeit anfangen!«
Breitbeinig stand Adelaide Rosebrook vor ihrem Pfahl und drosch auf ihn ein, daß die Erde unter ihr erbebte. Schweiß glänzte auf ihrem runden Gesicht, doch ihre Arme, so dick und fleischig wie eine Ochsenkeule, schwangen den Hammer hoch und runter.
Fassungslos über das, was sich da vor ihren Augen ereignete, riß Tim Jenkins den Mund auf, und er befand sich damit in allerbester Gesellschaft. Man sah fast nur fassungslose Gesichter.
»Ich werd verrückt!« murmelte er und kratzte sich seinen

kahlen Kopf. »Die drischt ja drauf, als hätte sie zehn Jahre Schwerstarbeit im Steinbruch hinter sich.«
»Ja, als Vormann«, fügte der alte Baker trocken hinzu.
Jessica schüttelte erst sprachlos den Kopf, dann schlich sich ein vorsichtiges Lächeln in ihre Augenwinkel. Orden der geistigen Samariterinnen! Adelaide Rosebrook hatte eher den mörderischen Schlag eines Henkers. Jeder Bulle wäre, von einem ihrer Schläge getroffen, vor ihr in die Knie gegangen. Es war einfach nicht zu glauben, und Jessica hätte es auch nicht geglaubt, wenn sie es nicht mit ihren eigenen Augen gesehen hätte.
Victoria drückte beide Daumen so fest, daß ihr die Knöchel schmerzten, doch das merkte sie gar nicht richtig. Ihr Herz machte bei jedem wuchtigen Hieb, den Adelaide Rosebrook auf den Pfahl niederkrachen ließ, vor Freude einen Sprung. Sie liebte und bewunderte ihren Bruder, doch in diesem Fall wünschte sie sich nichts so sehr wie seine Niederlage. Er hatte sie zehnmal verdient. Und außerdem wollte sie nicht, und das wog genauso schwer, daß Missis Rosebrook sie wieder verließ.
Edward erbleichte, als seine Widersacherin neben ihm den Vorschlaghammer so sicher und wuchtig schwang wie ein Holzfäller seine Axt. Der Schreck fuhr ihm in die Glieder, als er sah, wie ihr Pfahl tiefer und tiefer in die Erde drang. Doch er ließ sich nicht entmutigen. Er biß sich auf die Unterlippe und schlug mit wilder Entschlossenheit auf seinen Pfahl ein. Und er feuerte sich in Gedanken selbst an. Gut, er hatte sie sehr unterschätzt. Sie war clever, kräftig und gar nicht mal so behäbig für die Masse, die sie mit sich herumschleppte. Doch noch war nichts entschieden. Ihr rann ja schon der Schweiß übers Gesicht. Die ersten zwei Fuß waren leicht, aber dann ging einem jeder Inch in die Oberarme. Sie würde ermüden und ra-

pide nachlassen. Ja, er würde sie schon noch früh genug einholen und die vier Fuß vor ihr erreichen, auch wenn es knapp werden würde. Doch er würde es schaffen. Er mußte einfach! Wenn Fettkloß ihn hierbei schlug, bedeutete das eine empfindliche Niederlage. Das durfte nicht passieren!

Edward mühte sich tapfer, und die Anfeuerungsrufe von Ben und einigen anderen ließen ihn Kräfte mobilisieren, von denen er bis dahin nicht mal geahnt hatte, daß er sie besaß. Doch so verbissen er sich auch anstrengte, es gelang ihm nicht, sie einzuholen, geschweige denn zu überflügeln.

Sein Pfahl ragte noch über einen Fuß bis zur letzten Markierung aus dem Boden, als Adelaide Rosebrook ihrem Zaunpfosten mit einem letzten Schlag, der kaum weniger wuchtig war als der erste, den Rest gab.

»Vier Fuß in der Erde! Ein eindeutiger Sieg für Missis Rosebrook!« verkündete Ian, und der Beifall für diese Leistung war schon beinahe stürmisch zu nennen. Sogar Tim Jenkins und Lesley Drummond und James Parson, die Wetten auf einen hohen Sieg von Edward abgeschlossen hatten, klatschten und johlten begeistert. Sie waren Männer, die immer bereit waren, einen guten Kampf und eine ausgezeichnete Leistung anzuerkennen.

Victoria wäre ihrer Lehrerin am liebsten um den Hals gefallen, doch ihre geringe Körpergröße und Adelaide Rosebrooks walkürenhafter Umfang setzten diesem Wunsch ganz natürliche Grenzen.

Edward fühlte sich wie geohrfeigt, und auf seinem Gesicht zeigten sich rote Flecken. Ihm standen Tränen ohnmächtiger Wut in den Augen, doch er hielt sie zurück und bewahrte Haltung. Und obwohl ihm nicht bewußt war, daß man ihm seine Bemühungen um Selbstkontrolle an-

sah, brachte ihm diese Charakterstärke mehr Anerkennung ein, als wenn er seine Lehrerin in diesem Wettbewerb klar geschlagen hätte.
Jessicas Ärger auf ihren Sohn, der für dieses Spektakel verantwortlich war, verwandelte sich in Stolz. Gut, er hatte sich abscheulich benommen, aber er bewahrte im Angesicht beschämender Niederlagen Haltung. Er war ein echter Brading. Es war nicht schlimm, zu Boden zu gehen. Nur liegenbleiben war eine Schande. Und Edward blieb nicht liegen, ließ sich nicht hängen, er konzentrierte sich auf den letzten Wettkampf, der die Entscheidung bringen würde.
Alles strömte nun wieder in den Hof und stellte sich vor dem Pferdestall auf. Im Schatten des weit vorgezogenen Dachs standen die sechs schnellsten Pferde von SEVEN HILLS, gezäumt und gesattelt.
»Sie haben, wie verabredet, die freie Wahl, Missis Rosebrook! Suchen Sie sich das Pferd aus, das Sie reiten wollen«, forderte Ian sie auf. »Schnell sind sie alle. Wenn Sie einen Rat brauchen ...«
»Sehr freundlich von Ihnen, Mister McIntosh«, wehrte sie mit dem ihr eigenen Lächeln ab, das nun keiner mehr allein mit Sanftmut in Verbindung brachte. »Aber Pferde sind mir nicht ganz fremd.« Ein anerkennendes Raunen, in das sich aber auch einige erschrockene Ausrufe mischten, ging durch die Reihen, als Adelaide Rosebrook einen Grauschimmel auswählte, der nervös hin und her tänzelte.
»*Wildfire!* ... Sie will wahrhaftig Wildfire reiten!« stieß Tim Jenkins besorgt aus. »Er wird mit ihr durchgehen und sie sich den Hals brechen. Selbst der Ire hat Mühe, ihn im Zaum zu halten.«
Der alte Baker kicherte. »Sie hat 'n erstklassiges Auge für 'n erstklassiges Pferd, Tim, und ich wette, genauso

erstklassig hält sie sich auch im Sattel – sogar auf dem Rücken von so einem Teufel wie Wildfire!«

Edward wußte erst nicht recht, was er von ihrer Wahl halten sollte. Entweder verstand sie nicht das geringste von Pferden und hatte keine Ahnung, was für einen Hexentanz ein Pferd wie Wildfire sogar mit einem sehr guten Reiter veranstalten konnte, wenn ihm der Sinn danach stand – oder aber er hatte es mit einer Reiterin zu tun, die genau wußte, was sie wollte und wozu sie im Sattel fähig war, und dann mußte sie mindestens so gut sein wie Ian und er.

»Aufgesessen!« kommandierte Ian.

Adelaide Rosebrook hatte um eine Aufstiegshilfe gebeten. Einige lachten, als sie über ein dickes Vierkantholz auf einen kniehohen Hauklotz stieg und darauf wartete, daß man Wildfire längsseits führte.

Auch Edward grinste. Das Grinsen erstarb jedoch schon wenige Sekunden später, als er sah, wie sie sich in den Sattel schwang – und dem Grauschimmel mit hartem Schenkeldruck und scharfer Kandare augenblicklich zu verstehen gab, wer hier das Kommando führte und wer zu gehorchen hatte. Und ihn packte die entsetzliche Ahnung, daß er Adelaide Rosebrook nicht nur schwer unterschätzt, sondern einen geradezu fatalen Fehler begangen hatte, sie so herauszufordern. Wenn sie so gut ritt, wie sie den Vorschlaghammer zu schwingen verstand, dann war für sie das Rennen über die drei Meilen auch noch zu gewinnen – und dieser Gedanke war so erschreckend, daß ihm fast übel wurde. Eine größere Blamage, ja Erniedrigung konnte er sich gar nicht vorstellen. Es war dabei nicht die Niederlage selbst, die er so fürchtete. Es waren vielmehr seine großsprecherischen Worte, seine Siegesgewißheit und seine Geringschätzung für Adelaide

Rosebrook, mit denen er vor diesem Wettkampf überall hausieren gegangen war. Und diese seine Worte würden ihn nun einholen und auf ihn zurückfallen – wie ein Bumerang!

Die Rennstrecke ging vom Hof den Hügel hinunter und dann nach Osten hinaus in die Ebene bis zu einem kahlen, halb verkohlten Eukalyptusbaum, den ein Blitz vor Jahren gespalten hatte. Dort war der Wendepunkt. Start und Ziel war der Innenhof von SEVEN HILLS.

»Fertig?« fragte Ian.

Adelaide Rosebrook nickte. Frederick hatte ihr die Steigbügel auf die für sie richtige Länge gestellt. Sie hielt die Zügel fest in der Hand. »Von mir aus können wir uns auf den Ausritt begeben«, sagte sie mit dem unschuldigsten Lächeln der Welt, doch in ihren Augen blitzte ein Feuer unbändiger Vorfreude und Erregung.

Ausritt! In Edward krampfte sich alles zusammen, doch er nickte. Jetzt gab es kein Zurück mehr. Er würde es ihr nicht leicht machen und alles geben, und das war im Sattel seines geliebten Pferdes Fellow eine ganze Menge.

Angespannte Stille senkte sich über den Hof, als Ian die Hand hob. Er wartete noch zwei, drei Sekunden, dann schallte seine Stimme laut und klar über den Platz: »Los! ... Auf die Strecke!«

Edward gab einen gellenden Schrei von sich und preschte mit Fellow los, weit nach vorn gebeugt. Seine Widersacherin hatte einen ebenso guten Start. Fast auf gleicher Höhe jagten sie unter donnerndem Hufschlag über den staubigen Platz und dann den Hang hinunter.

Edward überlegte nicht einmal, ob er auf der ebenen Auffahrt bleiben sollte. Er wählte den direkten Kurs querfeldein. Und Adelaide Rosebrook tat es ihm gleich. Nebeneinander galoppierten sie den Hügel hinunter.

Am Fuße des Hügels lagen sie noch immer auf einer Höhe, wobei Edward leicht im Vorteil war, hatte er doch einen kleinen Vorsprung von einer halben Pferdelänge herausgeritten. Dazu kam noch, daß er links von Adelaide Rosebrook ritt und stur seinen Kurs beibehielt, als vor ihnen eine gut hundert Fuß lange und halb so breite Bodenverwerfung auftauchte. Er würde haarscharf am linken Ende dieses Grabens vorbeikommen. Doch seine Gegnerin hatte die ganze Länge vor sich. Und er würde sie an seiner Seite nicht vorbeilassen.
Der Graben war zu breit, als daß sie ihn mit einem Sprung hätte überwinden können, und quer hindurchreiten ging genausowenig, nicht im Galopp. Wildfire hätte sich die Knochen gebrochen und seine Reiterin im hohen Bogen aus dem Sattel geschleudert.
Adelaide Rosebrook riß ihr Pferd scharf nach rechts, um das Hindernis rechts zu umreiten.
Edward stieß einen triumphierenden Schrei aus. »Ja, so ist es recht, Fellow! Zeig es ihr!« rief er lachend, und die Verkrampfung fiel von ihm ab. Sein Haar wehte im Wind, und er fühlte sich so beschwingt und leicht wie eine Feder. Er würde dieses Wettrennen gewinnen – und damit hatte sie sich seiner Forderung zu beugen. Sie hatte es ihm höllisch schwer gemacht, das mußte er zugeben, und sie Fettkloß zu nennen, war vielleicht ein bißchen hart und ungerecht gewesen, denn sie hatte wirklich eine Menge mehr auf dem Kasten, als er angenommen hatte.
Das natürliche Hindernis zu umreiten, kostete Adelaide Rosebrook ein halbes Dutzend Pferdelängen. Ein Vorsprung, den Edward bis ins Ziel meinte halten zu können. Doch als er das nächstemal einen Blick zurückwarf, betrug der Abstand nur noch fünf Längen.
Sie holte auf!

Edward feuerte Fellow zu einem noch schnelleren Tempo an, doch er vermochte Adelaide Rosebrook auf Wildfire nicht auf Distanz zu halten. Sie holten zügig und scheinbar ohne die geringste Kraftanstrengung auf. Der Grauschimmel schien sich mit seiner Reiterin verschworen zu haben und sich ihrem Willen völlig unterzuordnen. Dreihundert Yards vor dem Eukalyptusbaum zog sie an ihm vorbei. Die Leichtigkeit, mit der sie an ihm vorbeiging, war wie ein Schlag in den Magen. Er erkannte in diesem Moment, daß sie eine noch bessere Reiterin war als er, wenn sie ein derart feuriges und wildes Pferd wie Wildfire so mühelos in den Griff bekam.

»Du wirst das Rennen verlieren, Edward!« rief sie ihm zu. »Und damit die Wette.«

Er preßte die Lippen zusammen und konzentrierte sich auf den Wendepunkt. Es nötigte ihm widerwillige Bewunderung ab, als er sah, wie scharf und gekonnt Adelaide Rosebrook Wildfire um den Baum führte und dabei nicht einen Inch Vorsprung verschenkte.

Sie galoppierten nun den Weg zurück.

»Wildfire ist ein wunderbares Pferd!« schrie sie ihm wieder zu. »Ich kann jederzeit mit ihm davonziehen, und du weißt es, nicht wahr?«

Ja, er wußte es, doch er gab ihr keine Antwort.

»Ich habe dir einen Handel vorzuschlagen, Edward! Ich lasse dich gewinnen, und als Gegenleistung bist du einverstanden, daß ich auf der Farm bleibe!«

»Warum sollten ... Sie das tun, da Sie doch ... das Rennen auch noch gewinnen können?« schrie Edward abgehackt und mißtrauisch zurück.

»Weil ich nicht daran interessiert bin, Wetten und Rennen zu gewinnen!« rief sie ihm zu. »Ich will nicht, daß du dein Gesicht vor deinen Leuten verlierst.«

»Und warum ... wollen Sie das nicht? Ich habe Ihnen ... doch Grund genug dafür gegeben!«

»Weil ich möchte, daß du bei mir etwas lernst ... und daß wir irgendwann einmal Freunde werden.«

Edward fühlte sich beschämt, und die Gedanken jagten sich hinter seiner Stirn.

»Entscheide dich!« drängte Adelaide Rosebrook. Sie näherten sich schon wieder dem Fuß des Hügels.

»Und es bleibt ganz unter uns?«

»Keine Menschenseele wird davon erfahren, Edward. Du hast mein Ehrenwort!«

»Einverstanden!« stieß Edward kurzatmig hervor und kapitulierte damit vor ihr. »Einverstanden! Lassen Sie mich gewinnen, und ich werde Ihnen keinen ... Grund mehr geben ... Sie wissen schon.«

»Ja, ich weiß. Und jetzt streng dich an. Du wirst dir deinen Sieg schon richtig erkämpfen müssen!«

Adelaide Rosebrook machte es ihm auch auf der letzten halben Meile nicht leicht. Von oben sah es noch immer so aus, als lieferten sich die beiden, die nun den Hang hinaufgesprengt kamen, ein zähes und erbittertes Rennen. Und nachdem die Lehrerin den größten Teil geführt hatte und scheinbar einem sicheren Sieg entgegengeritten war, machte Edward auf Fellow am Hang sichtbar Boden gut. Er schob sich immer näher an sie heran, lag dann mit ihr auf gleicher Höhe – und war auf einmal eine Halslänge vor ihr.

Bei aller Sympathie für Adelaide Rosebrook und aller Bewunderung für ihre ungewöhnlichen Leistungen in allen drei Wettbewerben, die Herzen der Männer, Frauen und Kinder auf SEVEN HILLS schlugen nun ohne jede Ausnahme für Edward. Sie wollten ihn diesmal nicht als Unterlegenen sehen, sie wollten seinen Sieg, schon um der Ehre willen. Und sie schrien sich die Kehle aus dem Leib. Der Lärm auf dem Hof war unbeschreiblich. Sie feuerten ihn an, auch auf den letzten zweihundert und dann hundert Yards nicht nachzulassen.

Jessica schrie wie die anderen. »Du schaffst es! ... Nicht nachlassen! ... Ja, du schaffst es!«

Augenblicke später galoppierte Edward über den Zielstrich im Sand hinweg – mit nur einer knappen Pferdelänge vor der Lehrerin.

Die jubelnde Menge umringte ihn. Die Ehre von SEVEN HILLS war gerettet. Niemand dachte sich was dabei, daß Edwards Siegeslächeln etwas gequält ausfiel. Nach diesem atemberaubenden Rennen, das hinter ihm lag, fand das niemand verwunderlich. Der Junge war schweißnaß und völlig außer Atem.

Jessica umarmte ihren Sohn und flüsterte ihm dabei ins Ohr: »Eigentlich sollte ich dir ja eine halbe Ewigkeit böse sein, aber ich bin stolz auf dich, mein Junge!«

»Es war Glück, Mom, nichts weiter. Sie hätte das Rennen auch noch gewinnen können«, antwortete er bescheiden, und Jessica liebte ihn für diese Antwort um so mehr.

Als sich die erste Begeisterung um Edwards knappen Sieg gelegt hatte, sparte man auch nicht mit ehrlicher Anerkennung und Komplimenten für Adelaide Rosebrook. Sie hatte auf jeden einen großen Eindruck gemacht.

Doch als Edward dann zu ihr ging, wurde es mucksmäuschenstill auf dem Hof.

Victoria machte ein trauriges Gesicht. Auch sie hatte ihren Bruder angefeuert. Nun jedoch kam ihr wieder zu Bewußtsein, was das bedeutete.

»Meinen Glückwunsch, Edward«, brach Adelaide Rosebrook, die auch völlig verschwitzt war, das betretene

Schweigen und lächelte ihn an. »Du bist wirklich ein ausgezeichneter Reiter.«
»Aber lange nicht so gut wie Sie«, antwortete er mit belegter Stimme. »Ich ... ich wäre mit Wildfire nicht mal bis zum Hang gekommen.«
»Ich habe wohl seinen sanftmütigen Tag erwischt.«
Der alte Baker lachte trocken auf. »Wildfire hat so viele sanftmütige Tage wie der Teufel Engelsflaum im Pelz!«
»Nun, da du die Wette gewonnen hast ...« begann Adelaide Rosebrook.
Edward schluckte. »Vergessen Sie unsere Wette. Das ... das war dumm von mir. Ich möchte ...« Er schluckte noch einmal. Es fiel ihm schwer, doch Ehrenwort war Ehrenwort. »Ich möchte, daß Sie auf SEVEN HILLS bleiben.«
Scheinbar erstaunt blickte sie ihn an. »Ist das wirklich dein Wunsch, Edward?«
Er nickte. »Ja, Missis Rosebrook«, bestätigte er ernst und mit erhitztem Gesicht.
Es gab spontanen Applaus. Victoria hatte Tränen in den Augen.
Ian grinste. »Da soll mich doch der Teufel holen. Der Junge ist wirklich für jede Überraschung gut«, murmelte er. »Ganz wie seine Mutter.«
Jessica lachte.
»Nun, wenn das so ist, bleibe ich natürlich gerne«, erklärte Adelaide Rosebrook zur allgemeinen Erleichterung.
»Mein Gott, Sie haben uns ganz schön an der Nase herumgeführt, Missis Rosebrook«, sagte Jessica später im Haus zu ihr.
Die Lehrerin, gewaschen und wieder in einem ihrer geblümten Kleider, lächelte feinsinnig. »Es sind häufig die eigenen Vorurteile, die den Menschen an der Nase her-

umführen und ihn Dinge erwarten lassen, die dann zu seiner Enttäuschung nicht eintreffen. Es liegt leider in der Natur des Menschen, daß er dies dann jenem zum Vorwurf zu machen pflegt, den er zuvor falsch eingeschätzt hat.«

Jessica lachte. »Ich gebe zu, daß ich Sie falsch eingeschätzt habe, wie wohl jeder auf SEVEN HILLS. Aber ich bin ganz und gar nicht enttäuscht, daß Sie nicht die sind, für die ich Sie fälschlicherweise gehalten habe. Ganz im Gegenteil. Ich hätte mir nichts Besseres wünschen können. Willkommen auf SEVEN HILLS, Missis Rosebrook!«

9

Erst nach dem Essen fand Edward Gelegenheit, allein mit ihrer Hauslehrerin zu sprechen, als diese an seiner offenstehenden Zimmertür vorbeikam. Auf seine Bitte hin trat sie ein und schloß die Tür hinter sich.

»Ja, was hast du auf dem Herzen, Edward?«

Er druckste einen Augenblick herum. »Ich ... ich wollte Ihnen nur sagen, daß es mir leid tut ... Sie wissen schon, das im Unterricht und so. Victoria hatte recht, Sie sind wirklich in Ordnung.«

Sie schmunzelte. »Und du auch, Edward. Deshalb schlage ich vor, wir ziehen einen Strich unter die vergangene Woche, vergessen, was war, und fangen ganz neu an, was hältst du davon?«

Er nickte. »Aber da ist noch etwas, Missis Rosebrook«, sagte er dann zögernd und ein wenig verlegen.

»So, was denn? Nur heraus damit.«

»Wieso können Sie so kräftig wie ein Mann den Vorschlaghammer schwingen und so fantastisch reiten, obwohl Sie doch so ... so ...« Er brach ab.

»Obwohl ich so dick bin – das wolltest du doch sagen, nicht wahr?« fragte sie lachend.

Das Blut schoß ihm ins Gesicht, doch ihr Lachen machte ihm Mut, jetzt auch zu seiner Frage mit allem Drum und Dran zu stehen. »Ja«, gab er zu.

»Oh, das ist ganz einfach zu erklären. Ich wuchs bei meinem Onkel auf, der einen Zirkus leitete, und beim Zirkus lernt man auch als kräftiges Mädchen eine gan-

ze Menge, wenn man Spaß daran hat, und den hatte ich.«
»Sie waren beim Zirkus?« rief er ungläubig.
»Ja, zeitweise als stärkste Frau der Welt, die sogar Ketten sprengt.« Sie zwinkerte ihm zu. »Nun ja, kleine Fehler hatten diese Ketten schon. Später dann habe ich mehr mit Pferden und wilden Tieren gearbeitet. Dabei habe ich auch meinen Mann, Gott hab ihn selig, kennengelernt.«
»Mit Raubtieren?« fragte Edward fasziniert.
»Ja, auch mit Raubtieren.«
»Erzählen Sie mir davon?« Er sah seine Lehrerin auf einmal mit ganz neuen Augen.
Ein schmerzlicher Ausdruck huschte über ihr Gesicht. Ihr Mann war während einer Vorstellung von einem seiner Löwen angefallen und tödlich verletzt worden. Sein schrecklicher, früher Tod war ein Schock für sie gewesen und hatte sie nach einem neuen Lebenssinn forschen lassen. Beim Orden der geistigen Samariterinnen, der sie aufs Lehrerinnenseminar geschickt hatte, hatte sie diesen Sinn gefunden.
»Vielleicht später einmal, Edward. Und jetzt wird es Zeit, daß du dich fürs Bett fertigmachst.«
»Ja, Missis Rosebrook.«
»Wie wäre es, wenn du mich Adelaide nennen würdest, jetzt, da wir nun schon so viel voneinander wissen?«
Er nickte. »Ich glaube, das geht in Ordnung.«
Sie trat zur Tür. Dort drehte sie sich noch einmal zu ihm um. »Du hast das Rennen schon richtig gewonnen, Edward.«
Er zog die Stirn in Falten. »Wie meinen Sie das?«
»Du hättest so oder so gewonnen. Ich war am Hang völlig erledigt, und ich mußte nachher alles geben, um nicht

noch weiter zurückzufallen. Du hast dir den Sieg redlich verdient.« Es war eine »weiße Lüge«, die keinem weh tat, diesen Jungen jedoch, der schon so erwachsen sein wollte, vor einer lange schmerzenden Wunde bewahrte. Ein geschenkter Sieg würde stets ein Dorn in seiner Selbstachtung sein, und wann immer er sie sah, würde er daran erinnert werden.

»Wirklich?« fragte er mit leuchtenden Augen, und zum erstenmal an diesem Tag war er richtig glücklich.

Sie nickte ernst. »Wirklich, Edward.«

»Warum haben Sie mir das verraten, Adelaide?«

»Freunde sollten zueinander ehrlich sein, findest du nicht auch?«

Er sah sie einen Augenblick schweigend an, und in diesem Moment tat er heiße Abbitte für das, was er ihr in der vergangenen Woche angetan und über sie gesagt hatte. Dann nickte er stumm. Und von Stund an ließ er nichts mehr auf Adelaide Rosebrook kommen.

Jessica war damit eine große Sorge los. Jetzt wußte sie ihre Kinder für die Dauer ihrer Abwesenheit in den allerbesten Händen.

Vier Tage später traf ein berittener Bote aus Sydney auf SEVEN HILLS ein. Er brachte einen Brief von William Hutchinson, in dem er Jessica mitteilte, daß der Ostindienfahrer SULTANA in Sydney eingetroffen sei und in zehn Tagen nach England weitersegeln werde. Und wie vereinbart habe er zwei Kabinen für sie gebucht.

Am selben Tag weihte Jessica ihre Zofe in ihr Vorhaben ein und fragte sie, ob sie bereit sei, mit ihr nach England zu reisen. Anne war völlig überrascht und erbat sich vierundzwanzig Stunden Bedenkzeit, die Jessica ihr auch gewährte. Doch schon am nächsten Morgen teilte Anne ihr mit, daß sie es sich gut überlegt habe, und wenn Missis

Brading meine, daß sie die Reise mit ihr antreten solle, dann werde sie ihre Herrin auch über das große Meer begleiten.

»Nicht sollen«, verbesserte Jessica ihre Zofe. »Ich würde es dir niemals befehlen, Anne. Und ich nehme es dir auch nicht übel, wenn du ablehnst und sagst, daß du nicht solange von hier fort sein möchtest. Ich würde das verstehen. Ich hätte dich auf dieser Reise nur gern an meiner Seite, weil ich dich schätze und weil ich während der Überfahrt und in England jemanden brauche, dem ich vertrauen kann.«

Anne war blaß im Gesicht, doch ihre Stimme hatte einen festen Klang, als sie darauf antwortete: »Ich werde die Reise mit Ihnen machen, und Sie können mir vertrauen, so wie mein Vater mir vertraut, Missis Brading.« Mit keinem einzigen Wort hatte sie sich nach dem Grund dieser monatelangen und nicht ungefährlichen Reise erkundigt.

Am Nachmittag, nach Stunden quälenden Grübelns, nahm sie all ihre Kraft zusammen und rief ihre Kinder zu sich. Den Augenblick der Wahrheit konnte und durfte sie nicht länger vor sich herschieben. Sie mußte es ihnen sagen.

Drei Tage später brach Jessica mit ihrer Zofe nach Sydney auf. Obwohl sie nicht wußte, wann sie ihre Kinder und SEVEN HILLS wiedersehen würde, blickte sie sich dennoch nicht einmal um. Es hätte auch nicht viel genützt. Die Tränen machten sie blind.

10

Parramatta lag auf halber Strecke, und dort übernachtete Jessica mit ihrer Zofe im SETTLER'S CROWN, dem besten Gasthof am Orte. Sie bekamen beide nicht viel Schlaf, wenn auch aus sehr unterschiedlichen Gründen.
Die versteinerte Miene ihres Sohnes und das herzzerreißende Schluchzen ihrer Tochter verfolgten sie, wie auch Ians Blick, aus dem tiefer Schmerz und Unverständnis gesprochen hatten. Und Tim Jenkins, James Parson, Lisa Reed und all die anderen, ihre Gesichter hatten kaum weniger betroffene und verletzte Mienen gezeigt, als sie sich zum Abschied im Hof versammelt und stumm zugesehen hatten, wie Frederick ihr Gepäck auf die Kutsche geladen und sich dabei mannhaft bemüht hatte, sich seine Verzweiflung über Annes Abreise nicht anmerken zu lassen.
Ob Ian, ihr Sohn oder die anderen, alle hatten sie ihr das Gefühl gegeben, als hätte sie sie verraten und im Stich gelassen. Und sie hatte niemandem sagen können, daß es die Verzweiflung und die Angst vor einer noch viel größeren Schuld war, die sie nach England trieb.
Und Anne? Sie lag wach, erfüllt von Angst vor der langen Seereise, dem fremden Land England und dem Ungewissen, das dieser ganzen Reise um den halben Erdball anhaftete. Was würde die Zeit aus ihren Gefühlen für Frederick machen – und was würde sie seiner Liebe zu ihr antun?
Beide waren sie froh, als der Morgen endlich heraufdämmerte und mit dem heller werdenden Licht auch die

nächtliche Beklemmung einen Gutteil ihrer niederdrückenden Kraft verlor. Sie hielten sich nicht lange am Frühstückstisch auf. Ihre Kutsche war die erste, die aus dem Hinterhof von SETTLER'S CROWN wieder auf die staubige Landstraße rollte.

Sie sprachen nicht viel, hingen ihren Gedanken nach und ließen sich vom gleichmäßigen Hufschlag und dem Rattern der Räder einlullen. Manchmal hatte Jessica das Gefühl, mit offenen Augen zu schlafen und einem Gedanken nur ganz langsam und träge folgen zu können, und irgendwann schlief sie dann auch wirklich ein.

Anne weckte sie.

Jessica richtete sich auf und schob den Vorhang zur Seite. »Wo sind wir?« Sie erhaschte noch einen Blick von einer Mauer, die ihr bekannt vorkam.

»Das war Potters Ziegelei.«

»Aber dann sind wir ja gleich da!« rief Jessica erstaunt und bemerkte erst jetzt, daß die Sonne tiefer stand und die Schatten der Bäume und Sträucher am Straßenrand länger geworden waren.

»Ja, da drüben kommt schon die Polizeibaracke.«

»Mein Gott, ich muß mehrere Stunden geschlafen haben!« folgerte Jessica erstaunt und dachte dann, daß ihre Erschöpfung nicht verwunderlich war. Die Nacht im SETTLER'S CROWN war nicht die erste gewesen, in der sie kaum ein Auge zugetan hatte. Die drei Nächte davor waren nicht viel besser gewesen.

Anne öffnete ihre Reisetasche, zog ein Fläschchen Duftwasser heraus, benetzte ein Taschentuch damit und reichte es Jessica.

Diese sah sie fragend an.

»Ihre Augen, Missis Brading. Sie haben im Schlaf geweint.«

»Ach, Anne«, seufzte Jessica und fuhr sich mit dem feuchten Tuch über das Gesicht. Der frische Duft belebte sie, und sie lächelte Anne zu, die zum erstenmal bei einer Ankunft in Sydney nicht vor Freude auf ihrem Sitz hin und her rutschte. »Es wird schon alles nicht so schlimm, wie es uns jetzt erscheint.«

»Ja, Missis Brading«, sagte Anne gottergeben.

Jessica verdrängte alle niederschmetternden Gedanken an ihre Kinder und SEVEN HILLS. Später war noch Zeit genug, um mit sich selbst zu Gericht zu gehen und sich mit Schuldgefühlen zu quälen. Jetzt mußte sie sich auf das konzentrieren, was in den wenigen Tagen, die ihnen noch blieben, zu erledigen war, und das war nicht wenig.

Die Kutsche fuhr die breite George Street hinunter, die Sydney der Länge nach von Norden nach Süden durchschnitt und die Hauptverkehrsader der Stadt darstellte. Der Strom der Fuhrwerke, Kutschen, offenen Einspänner, Reiter und Fußgänger ließ sie nur langsam vorankommen. Als der Kutscher nach rechts in die King Street einbog und an der nächsten Straßenkreuzung das Gespann scharf links in die Pitt Street lenkte, schimmerte zwischen den langgestreckten Häuserzeilen das tiefe Blau der Bucht hindurch. Jessica konnte für einen flüchtigen Moment die Masten mehrerer Schiffe ausmachen.

Als Jessica mit ihrem Architekten Arthur Talbot die Planung ihres kleinen Kaufhauses am unteren, zentralen Ende der Pitt Street in Angriff genommen hatte, hatte sie die Baupläne so ausarbeiten lassen, daß ein Großteil des oberen Stockwerks für ihre private Nutzung reserviert blieb. Es war ein gutes Gefühl zu wissen, daß in Sydney eine mit viel Liebe eingerichtete Wohnung auf sie wartete – und zwar direkt über den Geschäftsräumen von BRADING'S.

Wenig später hielt die Kutsche vor dem ersten Kaufhaus der Kolonie. Mit seiner Straßenfront von fünfundsechzig Fuß und einer Tiefe von fünfundvierzig Fuß handelte es sich für die Verhältnisse von New South Wales um ein Backsteingebäude von beeindruckender Größe. Der Name ihres Geschäfts prangte in schwungvollen Lettern aus Messing, die jeden Morgen und jeden Abend auf Hochglanz poliert wurden. Glenn Pickwick war nicht weniger stolz auf BRADING'S als seine Besitzerin. Rechts und links vom Eingang waren große, repräsentative Schaufenster in das rotbraune Mauerwerk eingelassen, und die geschickt dekorierten Auslagen gaben einen ausgezeichneten Überblick über das vielfältige Angebot, das kein anderes Geschäft auch nur annähernd erreichte.

»Es ist noch nicht zu spät, um Mister Hutchinson einen ersten Besuch abzustatten«, sagte Jessica nach einem Blick auf die kleine Uhr, die sie an einer Goldkette um den Hals trug.

»Wollen Sie warten, bis das Gepäck abgeladen ist?«

»Nein, ich gehe viel lieber zu Fuß. Nach zwei Tagen in der Kutsche steht mir der Sinn mehr nach Bewegung und Ausschreiten«, antwortete Jessica und stieß den Kutschenschlag auf. »Ich denke, ich bin in spätestens zwei Stunden zurück. Doch falls es wider Erwarten länger dauern sollte und ich es vor Einbruch der Dunkelheit nicht mehr schaffe, nehme ich mir eine Mietdroschke. Ach, und sag doch bitte Mister Pickwick, daß er heute nicht mehr auf mich warten soll. Wir treffen uns dann morgen.«

»Ich werde es ausrichten«, versprach Anne, deren Gewissenhaftigkeit sprichwörtlich war, griff dann neben sich und rief: »Warten Sie! Ihr Parasol, Missis Brading!«

Jessica drehte sich noch einmal zu ihr um, nahm den mit Spitzen besetzten Sonnenschirm entgegen und spannte ihn auf. »Was täte ich nur, wenn ich dich nicht hätte?« fragte sie mit einem dankbaren Lächeln.

»Sich einfach nicht um die Sonne kümmern«, gab Anne zur Antwort.

Jessica stellte im Vorbeigehen zufrieden fest, daß ihr Laden gut besucht war. Nun, Glenn Pickwicks regelmäßigen Berichten hatte sie ja schon entnehmen können, daß das Geschäft ausgezeichnet ging. Doch es war ein angenehmes Gefühl, das nicht nur vom Papier abzulesen, sondern es auch mit den eigenen Augen beobachten zu können.

Mit einem zufriedenen Lächeln folgte sie der Pitt Street in Richtung Hafen. Auf das Gespräch mit ihrem Geschäftsführer morgen freute sie sich schon. Ihr spukten einige neue Pläne im Kopf.

11

In der Kanzlei von William Hutchinson wurde sie sogleich in sein Büro gebeten, dessen Fenster auf die weite Bucht hinausging.

»Missis Brading! Irgendwie habe ich gespürt, daß Sie heute hier eintreffen würden! Ich freue mich, Sie wiederzusehen. Bitte nehmen Sie doch Platz.«

Jessica erwiderte die Begrüßung mit derselben Herzlichkeit und Vertrautheit. Sie kannten und schätzten sich schon seit Jahren, und Jessica war mehr als einmal froh gewesen, jemanden wie ihn als Berater zu haben.

Der Anwalt war ein hagerer Mann in den Fünfzigern von wenig ansprechendem Äußeren. Seine Gesichtshaut war blaß und schlaff, und seine herabhängenden Wangen hatten eine verblüffende Ähnlichkeit mit Hamsterbacken. Er machte einen müden, kraftlosen Eindruck, als wäre er nicht mal mehr den einfachsten Anforderungen seines Berufs gewachsen. Ein Eindruck, wie er trügerischer nicht sein konnte. Hinter der scheinbar müden Maske verbargen sich scharfe Beobachtungsgabe, ein regsamer Geist, fachliches Können und ausgezeichnete Menschenkenntnis.

Sie plauderten eine Weile über dieses und jenes, dann kam Jessica zur Sache. »Hat sich in der Zwischenzeit irgendeine Änderung ergeben, was die SULTANA betrifft?«

»Nein, die beiden Kabinen, die zu buchen Sie mich beauftragt haben, sind nicht nur verbindlich reserviert, sondern auch schon voll und ganz bezahlt. Der beste Schutz gegen einen Sinneswandel des Captains.« Er zog eine Schublade seines Schreibtischs auf. »Ich habe hier die Quittungen.«

Jessica sah ihn irritiert an. »Weshalb sollte der Captain denn nicht zu seiner Zusage stehen?«

»Einige der feinen Herren im Offiziersrock des Königs bekommen kalte Füße«, erklärte der Anwalt nicht ohne grimmige Genugtuung. »Die Zeit der Willkürherrschaft des New South Wales Corps, das im Januar letzten Jahres Gouverneur Bligh seines Amtes enthoben und die Macht über die Kolonie an sich gerissen hat, neigt sich rasant ihrem Ende zu.«

»Hoffentlich haben Sie recht. Es wäre allmählich wahrhaftig an der Zeit, daß in diese Kolonie wieder Recht und Ordnung einkehrt!«

»Das wird bald der Fall sein«, versicherte William Hutchinson. »Die Gerüchte, daß Colonel Lachlan Macquire, den der König zum neuen Gouverneur der Kolonie ernannt hat, zu uns auf dem Weg ist, haben sich bestätigt.«

»Tatsächlich?«

Der Anwalt nickte. »Colonel Macquire wird in wenigen Wochen in Sydney eintreffen, und mit ihm das 73. Regiment, bei dem es sich um kampferprobte und loyale Soldaten handelt – ganz im Gegensatz zu diesem korrupten Pack vom New South Wales Corps, das noch nie Pulverdampf gerochen hat. Und Colonel Macquire wird den Saustall der Rum-Offiziere mit dem eisernen Besen auskehren.«

»Eine Krähe hackt der anderen kein Auge aus«, meinte Jessica skeptisch.

»Macquire soll aus einem anderen Holz geschnitzt sein. Man kennt ihn. Und nicht wenige Rum-Offiziere ziehen es vor, beim Amtsantritt des neuen Gouverneurs schon nicht mehr in der Kolonie zu sein. Sie wissen, daß sie wegen des komplizierten Militärstrafrechts in England sicher sind und sich höchstens gezwungen sehen, den Offiziersrock auszuziehen. Doch mehr wird diesen Herrschaften dort nicht passieren, wie einige prominente Beispiele schon gezeigt haben. Der Einfluß von Familie und Freunden ist zudem ein weiterer Schutz. Dagegen droht ihnen hier ein Kriegsgericht, das sie zum Tode durch den Strang verurteilen kann. Sich vor einem solchen Gericht zu verantworten, dazu reicht ihr Heldenmut jedoch nicht. Und nun versuchen die Ratten, das sinkende Schiff zu verlassen.« Er lächelte hämisch. »Nur haben viele zu lange mit ihrer Entscheidung gewartet. Und jetzt werden die Kabinen rar. Das hier ist eben nicht der Hafen von Boston oder Bordeaux, wo täglich ein Dutzend Schiffe einläuft und ein anderes die Segel setzt. Deshalb bin ich sofort an Bord der SULTANA gegangen, als ich sie im Hafen einlaufen sah. Noch am selben Tag waren alle Kabinenplätze für die Passage nach England belegt.«

»Ich danke Ihnen, Mister Hutchinson. Das war wirklich sehr umsichtig von Ihnen.«

»Ich habe Ihnen mein Wort gegeben, daß ich Ihre Interessen vertrete, und es lag wohl kaum in Ihrem Interesse, durch das fette Schmiergeld eines Offiziers um Ihre Kabinen gebracht zu werden. Captain Richard Hemlock machte zwar einen seriösen, vertrauenswürdigen Eindruck auf mich.« Es folgte eine kurze Pause, dann fuhr er mit einem Lächeln fort: »Aber als Anwalt gibt mir ein ordentlich aufgesetztes und unterschriebenes Schriftstück eine größere Beruhigung als das Vertrauen auf die eigene Menschenkenntnis.«

»Ist das die SULTANA, das Schiff dort drüben am Kai?«

fragte Jessica und blickte zu einem stolzen Dreimaster hinüber.
William Hutchinson nickte. »Ja, das ist sie. Vor sieben Jahren in Bristol auf Kiel gelegt und fast ausschließlich auf der Route um das Kap der Guten Hoffnung nach Indien und China eingesetzt. Ich habe natürlich auch über Captain Hemlock Erkundigungen eingezogen. Er steht als Seemann in einem ausgezeichneten Ruf.«
»Das ist beruhigend.«
»Er läßt seiner Mannschaft keine Nachlässigkeit durchgehen und behandelt seine Passagiere mit Respekt, was unter seinesgleichen doch eher die Ausnahme ist. Auch unter Deck ist das Schiff genauso gepflegt und penibel sauber wie an Deck. Ich denke, Sie werden zufrieden sein«, beendete er seinen kurzen, aber aufschlußreichen Bericht über die SULTANA und ihren Captain.
»Und wie ist es um die Segeleigenschaften des Schiffs bestellt?« wollte Jessica wissen. Sie hatte ihn in einem ihrer Briefe ausdrücklich darum gebeten, sich um ein schnelles Schiff für sie zu bemühen.
Er hatte nicht vergessen, sich auch danach zu erkundigen. »Die SULTANA ist zwar kein rassiger Teeclipper, aber auch keine träge Kohlenbark«, teilte er ihr mit. »Sie dürften in vier Monaten in England sein, Missis Brading, gerade rechtzeitig für den Frühling.«
Jessica nickte und dachte weniger an die Jahreszeit, zu der sie in England eintreffen würde, als an das Stadium ihrer dann schon weit fortgeschrittenen Schwangerschaft. Vier Monate Überfahrt bedeuteten, daß sie im siebten Monat sein würde, wenn sie wieder von Bord ging. Dann blieben ihr noch etwa zweieinhalb Monate bis zur Niederkunft. Viel Zeit für die Arrangements, die sich unter Umständen komplizierter gestalten könnten als erhofft,

blieb da nicht. Doch irgendwie würden sie und Anne es schon schaffen, und alles würde wieder ins Lot kommen. Ja, gute zwei Monate gingen gerade noch, mit der nötigen Hilfe ...

Sie wandte ihren Blick erneut dem Anwalt zu. »Und wir laufen aus wie geplant?«

Der Anwalt nickte. »Die SULTANA sticht in drei Tagen in See.« Er erlaubte sich einen Seufzer. »Wie schade, daß Sie die Ankunft unseres neuen Gouverneurs und das große Wehklagen nicht miterleben werden.«

Jessica hörte die vorsichtige Frage heraus, die er geschickt in diese harmlose Bemerkung verpackt hatte. »Ja, ich bedaure es auch, Mister Hutchinson«, versicherte sie. »Und wenn ich eine Wahl hätte, würde ich Australien auch nicht verlassen, weder zu diesem Zeitpunkt noch zu einem anderen. Die Dringlichkeit der Geschäfte, die mich nach England zwingen, läßt jedoch leider keine andere Alternative als mein persönliches Erscheinen zu.«

William Hutchinson verstand. Er wußte, daß Jessica Brading keine Frau war, die sich von Launen und oberflächlichen Überlegungen leiten ließ. Entscheidungen von einer solchen Bedeutung wie diese Reise nach England traf sie nicht aus einer spontanen, emotionalen Regung heraus. Dafür war sie eine viel zu scharf und nüchtern kalkulierende Geschäftsfrau, die wußte, daß eine solch lange Abwesenheit ein nicht geringes Risiko für ihre diversen Unternehmen darstellte, wie gut ihre Geschäftsführer und Verwalter auch sein mochten. Daß sie dieses Risiko dennoch auf sich nahm, war für ihn ein klarer Hinweis auf den Ernst dieser Reise.

Natürlich hätte er gern den Grund gewußt, doch er dachte nicht daran, sie danach zu fragen. Wenn sie der Meinung war, daß er ihn wissen konnte oder mußte,

würde sie schon von sich aus darauf zu reden kommen. Nannte sie ihm den Grund nicht, dann ging es ihn auch nichts an.
»Haben Sie an die Vollmachten gedacht, die vorzubereiten ich Sie gebeten habe?« fragte Jessica.
William Hutchinson lächelte nachsichtig, als hätte sie gefragt, ob auch zukünftig noch jeden Morgen die Sonne aufgehe. »Ich habe die Entwürfe der Vollmachten für Mister McIntosh, Captain Rourke, Mister Pickwick und meine Wenigkeit vorbereitet«, sagte er, holte die entsprechende Mappe aus einem Aktenschrank und nahm wieder hinter seinem Schreibtisch Platz. »Mir fehlten natürlich noch einige detaillierte Angaben über die besonderen Befugnisse und Beschränkungen Ihrer Bevollmächtigten, insbesondere auch den zeitlichen Rahmen. Darf ich Sie fragen, wie lange Ihre dringenden Geschäfte Sie von der Kolonie fernhalten werden?«
»Ein Jahr, vielleicht anderthalb, falls sich Komplikationen einstellen«, schätzte Jessica.
Wieder konnte er ein schweres, sorgenvolles Seufzen nicht unterdrücken. »Eine lange Zeit, Missis Brading, eine sehr lange Zeit«, sagte er gedehnt.
»Ich werde nicht einen Tag länger bleiben als unbedingt notwendig!« In ihren Augen war für einen winzigen Moment ein gereizter Ausdruck aufgeflammt, und die Schroffheit ihres Tons verriet ihre innere Anspannung.
O nein, dies war keine Überfahrt, die Jessica Brading voller Ungeduld und fröhlichen Herzens antrat! »Natürlich, natürlich«, murmelte er begütigend, schlug schnell die Mappe auf und blätterte geschäftig durch die Papiere. »Wollen wir an die Arbeit gehen, Missis Brading?«
»Ich bitte darum, Mister Hutchinson.«
Sie besprachen die Vollmachten, und Jessica war erstaunt,

was es dabei alles zu bedenken gab. Die Seiten füllten sich mit Anmerkungen, Korrekturen und juristischen Formulierungen, die so eindeutig sein mußten, daß hinterher kein Raum für eigenwillige Auslegungen blieb. Allein dafür benötigten sie fast anderthalb Stunden.

Es war schon dunkel, als William Hutchinson sie sachlich, aber nachdrücklich darauf hinwies, daß sie eine derart lange Seereise nicht antreten könne, ohne vorher für den Fall ihres Todes Vorsorge getroffen zu haben.

»Sie müssen einen Vormund für Ihre Kinder bestimmen und sehr konkret festlegen, wie Ihre Geschäfte von wem wie lange und nach welchen Maßstäben geführt werden sollen – und wer nach welchen Kriterien einen Nachfolger bestimmt. Keiner von uns ist vor Krankheiten und Unfällen gefeit, und dazu kommt noch, daß Australien obendrein seine ganz eigenen Gefahren wie Brände und Überschwemmungen hat. Auch Mister McIntosh kann etwas zustoßen, und was wird aus BRADING'S, wenn Mister Pickwick in einer Woche vom Pferd stürzt und sich den Hals bricht oder an einer Blutvergiftung stirbt?«

»Ihre lebensfrohe, optimistische Sicht der Dinge ist wirklich ungemein aufmunternd«, sagte Jessica sarkastisch.

»Ich bin kein Mann der Kirche, der Trost spendet. Ich bin Anwalt und verkaufe mein Wissen, wie man sich und seine Erben am besten vor unliebsamen Überraschungen schützt«, erwiderte er ungerührt.

»Auch post mortem?«

»Meine Dienste reichen über den Tod hinaus, Missis Brading. Ein erstklassig aufgesetztes Testament ist manchmal der beste Nachruf.«

»Dann lassen Sie mal sehen, wie mein testamentarischer Abgesang nach Ihren Vorstellungen ausschauen soll«, forderte

sie ihn spöttisch auf. »Ich nehme doch an, daß Sie sich schon an die Arbeit gemacht haben, nicht wahr?«
Er neigte leicht den Kopf. »In der Tat, Missis Brading, Ihre Einsicht in die Notwendigkeit voraussetzend.«
In Einzelheiten darüber zu reden, was im Fall ihres Todes zu geschehen habe, mit der Erziehung ihrer Kinder und ihrem Vermögen, und die nötigen Vorkehrungen zu treffen, all das weckte sehr zwiespältige Gefühle in ihr. Wer dachte schon gern an die eigene Sterblichkeit? Aber sie sah die Notwendigkeit eines sehr ausführlichen Testaments ein und ließ sich ihre Beklommenheit nicht anmerken.
Erleichtert atmete sie auf, als William Hutchinson keine weiteren Fragen mehr hatte. »Ich werde es gleich morgen mit den anderen Dokumenten in mehreren Ausfertigungen für Sie zur Unterschrift bereithalten. Wäre Ihnen der frühe Nachmittag recht?«
Jessica nickte.
»Gut, dann sehen wir uns morgen wieder. Ich hoffe überhaupt, daß wir uns in den nächsten Tagen so oft sehen können, wie es Ihre Zeit zuläßt. Anderthalb Jahre, das ist lang, und ich weiß schon jetzt, daß mir Ihre Besuche und unsere privaten wie geschäftlichen Gespräche sehr fehlen werden«, gestand er mit trauriger Miene ein und zeigte ihr damit seine hohe persönliche Wertschätzung, die über die rein geschäftlichen Belange weit hinausging.
»Sie werden mir auch fehlen, Mister Hutchinson, in vieler Hinsicht«, versicherte Jessica mit einem von Herzen kommenden Lächeln und nahm den günstigen Augenblick wahr, ein Anliegen von ganz besonderer Art anzusprechen. »Aber vielleicht können Sie mir ja dabei helfen, für die Zeit meiner Anwesenheit in England einen würdigen Vertreter zu finden.«

William Hutchinson bemerkte sofort ihren veränderten Tonfall. Seine buschigen Augenbrauen hoben sich leicht. »Sie benötigen in England einen guten Anwalt?«

»Es würde nicht schaden, wenn er als Anwalt auch noch gut ist, sofern er ein aufrechter Mann ist, dem eine Frau wie ich vollkommen vertrauen kann – so wie Ihnen«, präzisierte Jessica ihre Vorstellungen.

»Und wie weit soll seine ... Diskretion gehen?«

»Daß er mir hilft, ein in meinen Augen gutes und gnädiges Werk zu vollbringen, ohne hinterher von seinem Wissen zu meinem Nachteil Gebrauch zu machen.«

»Täusche ich mich, wenn ich vermute, daß es sich bei diesem guten und gnädigen Werk um ein Vorhaben handelt, das von anderen nicht ganz so ... positiv eingeschätzt wird?« fragte der Anwalt scharfsinnig nach.

»Nein, Sie täuschen sich nicht.«

»Würde ich Ihnen, theoretisch gesehen, bei Ihrem Vorhaben helfen, wenn Sie mich darin einweihten?«

Jessicas Antwort kam ohne jedes Zögern und war frei von auch nur dem Hauch eines Zweifels. »Ich wäre Ihrer uneingeschränkten Zustimmung und Unterstützung sicher!«

Er sah sie nachdenklich an. »Gut, das genügt mir. Ich kann Ihnen mit den Namen von ein, zwei überaus vertrauenswürdigen Personen dienen, alten Freunden von mir. Doch keiner von ihnen lebt auch nur in der Nähe von London.«

»Ich bin nicht an bestimmte Örtlichkeiten gebunden.«

Er lächelte. »Dann empfehle ich Ihnen meinen Schulfreund und Kollegen Eugene Archer. Er hat seine Kanzlei in Davenport bei Plymouth. Ich werde Ihnen ein Empfehlungsschreiben mitgeben.«

»Das wäre gewiß sehr hilfreich.«

Der Anwalt lehnte sich zurück. »Apropos hilfreich«, sagte er nachdenklich und zupfte an seiner schlaffen Haut unter dem Kinn. »Ich kenne da noch einen Mann, der von aufrechter Gesinnung ist, es mit den Gesetzen jedoch nicht immer ganz so genau nimmt«, schränkte er ein und lächelte dabei. »Besonders dann nicht, wenn es sich um Gesetze handelt, die allein zum Wohl der Oberklasse geschaffen sind. Er fühlt sich mehr seinem eigenen Gewissen und dem verpflichtet, was er für richtig und für falsch erachtet, und das sind nicht immer die schlechtesten Prinzipien, denen er folgt. Ich denke, Sie verstehen, was ich meine.«

Es zuckte um Jessicas Mundwinkel. »Eine Beschreibung, die ebensogut auf Sie zutreffen könnte – und auf mich.«

Er quittierte ihre scherzhafte Spitze mit einem leisen Auflachen. »In der Tat, wir könnten die Kriterien für ein und denselben Club erfüllen, wenn dieser auch erst gegründet werden müßte, was jedoch eher unwahrscheinlich ist. Also wollen wir das nicht weiter verfolgen.«

»Wie heißt dieser Mann, und wo und wie kann ich mich mit ihm in Verbindung setzen?«

»Barney Gaunt ist sein Name, und zu meiner Zeit brauchte man in Davenport nur am frühen Abend ins WHITE HORSE zu gehen, wenn man Barney Gaunt treffen und ihn mit einer Aufgabe betrauen wollte.«

»Er ist also ein Tagelöhner?« folgerte Jessica.

»Das trifft es nicht ganz. Barney Gaunt ist ein Mann vieler Talente, der harter körperlicher Arbeit nicht abgeneigt ist, sein Geld aber eigentlich mehr mit dem Kopf verdient, nämlich mit Scharfsinn, Zähigkeit und Einfallsreichtum. Ich habe ihn oft eingesetzt, wenn es darum ging, Schuldner aufzustöbern, die sich ihren Zahlungsverpflichtungen durch einen heimlichen Wechsel von

Wohnort und Namen zu entziehen versuchten.« Ein wehmütiges Lächeln verklärte das Gesicht des Anwalts. »Barney Gaunt war meine Trumpfkarte. Er hat mich nicht ein einzigesmal enttäuscht, und dabei hatte er es mit gerissenen Burschen zu tun.«

»Das klingt vielversprechend. Aber Ihre Zeit in Plymouth liegt nun schon eine ganze Weile zurück«, gab sie zu bedenken. »Und wer weiß, ob es das WHITE HORSE und Barney Gaunt überhaupt noch gibt.«

»Keine Sorge, da drüben, auf der anderen Seite des Erdballs, hat sich nicht viel verändert. Sie werden das WHITE HORSE vorfinden – und Barney Gaunt. Ich gebe Ihnen auch ein Schreiben für ihn mit.«

Jessica dankte ihm und erhob sich. Sie verabredeten sich für den nächsten Tag um dieselbe Zeit, denn Jessica wußte, daß sie den ganzen Vormittag und den halben Nachmittag mit wichtigen Besorgungen beschäftigt sein würde.

Der Anwalt rief nach seinem Burschen, damit dieser zum Hafen hinunterlief und mit einer Mietdroschke für Missis Brading zurückkam.

Wenig später hielt die Kutsche vor dem Haus. William Hutchinson geleitete Jessica persönlich hinaus und gab dem Jungen, der den Schlag offenhielt, mit einer knappen Handbewegung zu verstehen, daß er nicht mehr gebraucht wurde.

Als Jessica einstieg, fiel ihr Blick auf die SULTANA. Ihre Silhouette zeichnete sich wie ein Scherenschnitt vor der weiten Bucht ab, auf die der Mond sein fahles, milchiges Licht warf. Das Schiff, das sie über mehrere Ozeane nach England bringen sollte, erschien ihr plötzlich erschreckend klein und zerbrechlich.

Vier Monate ...

Schnell wandte sie den Kopf. Der Schlag fiel zu, und die Kutsche setzte sich in Bewegung. Als sie vor BRADING'S ausstieg und den Kutscher entlohnte, zitterte ihre Hand und ihr Herz raste.
Eine ganze Weile stand sie in der Dunkelheit des Hinterhofs und wartete, bis sie den Anflug von Panik überwunden und sich wieder gefaßt hatte. Dann ging sie langsam die Treppe hinauf. Sie hatte sich noch nie so einsam gefühlt.

12

Glenn Pickwick zog den Stoffballen aus dem tiefen Fach, legte ihn auf die Verkaufstheke und wickelte drei Armlängen ab, die er dann mit einer gekonnten Handbewegung in dekorative Wellen verwandelte.

»Er wird Ihnen wunderbar zu Gesicht stehen, Miss Howard«, sagte Jessicas Geschäftsführer, ein Mann von gerade vierunddreißig Jahren, der sich sein jugendliches Aussehen bewahrt hatte und sich mit seinem Charme und seinem sicheren Urteil besonders bei der weiblichen Kundschaft größter Beliebtheit erfreute.

Anne errötete verlegen. Ganz vorsichtig und nur mit den Fingerspitzen strich sie über den dunkelblauen Taft. Sie war in diesen Stoff verliebt, das war ihrem Gesicht abzulesen. Doch sie glaubte noch nicht so recht daran, daß dieser herrliche Stoff für eines ihrer Kleider gedacht sein sollte. Unsicher sah sie daher ihre Herrin an. »Und Sie meinen wirklich, daß ich ...«

Jessica fiel ihr lachend ins Wort. »Ja, du hast mich schon richtig verstanden, Anne. Du sollst dir ausreichend Stoff für mindestens ein halbes Dutzend Kleider und zwei Capes aussuchen, und ich denke, daß dieser Taft zu diesen Stoffen gehören sollte.«

Anne legte die Hand auf den Taft. »Ich habe noch nie so etwas Edles getragen«, sagte sie mit leuchtenden Augen und einem verklärten Lächeln.

»In England nimmt man es mit der Mode ernster als hier in der Kolonie. Ich möchte, daß du mir Ehre machst.

Also wähle gute Stoffe aus!« forderte Jessica ihre Zofe auf. Die Stoffe für ihre Kleider hatte sie schon im Anschluß an ihr langes morgendliches Gespräch mit ihrem Geschäftsführer ausgesucht. Bei ihr ging es nicht allein um eine neue Garderobe für England, sondern sie brauchte in ein paar Monaten vor allem Umstandskleider. Dabei mußte die Verbindung aus teuren Stoffen und geschicktem Schnitt dafür sorgen, daß man ihr mindestens bis zum Ende des siebten Monats nicht ansah, daß sie schwanger war. Gottlob wußte Anne sehr gut mit Nadel und Faden umzugehen. Sie beide würden auf der Überfahrt viel Zeit damit verbringen, ihre Kleider zu nähen, und das war gut so. Es würde ihnen das Gefühl geben, eine Aufgabe zu haben, und sie von der scheinbar endlosen Eintönigkeit auf See ablenken.

Anne scheute die Arbeit nicht. Im Gegenteil. Sie konnte es nicht erwarten, mit der Arbeit zu beginnen und den Stoff zuzuschneiden. Jessica beschränkte ihre Großzügigkeit jedoch nicht allein darauf, ihrer Zofe freie Auswahl der Stoffe für ein halbes Dutzend Kleider und zwei Umhänge zu lassen. Annes Mut und Treue, mit ihr an Bord der SULTANA zu gehen und ihr um die Welt zu folgen, sollten belohnt werden. Auf ihrer Einkaufsliste für Anne und sich selbst standen deshalb noch über zwei Dutzend andere Positionen: Unterröcke, Hüte, Handschuhe, verschiedene Zierbänder, Leibwäsche, Haarspangen, Schminke, Duftwasser und noch vieles mehr. Der Großteil davon gehörte zum Warenangebot von BRADING'S.

Anne war überwältigt. Dies war wie ein Traum für sie. Ja, sogar mehr als ein Traum, denn nie in ihrem Leben wäre es ihr in den Sinn gekommen, so etwas zu träumen. Es war ein Wunder, ein Rausch.

Anne war gerade dabei, Bürsten und Kämme auszusuchen,

als die Doppelflügel der Eingangstür in offenbar großer Eile aufgestoßen wurden und ein Mann polternd in das Geschäft gestürzt kam.
Glenn Pickwick, der solch ein ungehobeltes Benehmen von seiner Kundschaft nicht gewöhnt war, wandte den Kopf mit einem ungehaltenen Stirnrunzeln, um zu sehen, was dieser Krawall zu bedeuten hatte.
»Ist Missis Brading im Haus?« rief der Mann aufgeregt einer Verkäuferin zu, die in der Nähe des Eingangs stand und ihn für sein unfeines Auftreten mit einem mißbilligenden Blick strafte. Er war ganz außer Atem. »Ich muß sie dringend sprechen!«
Jessica war von Annes wachsender Unschlüssigkeit ganz in Anspruch genommen worden. Als die vertraute Männerstimme jedoch vom Eingang zu ihr in die hintere Abteilung drang, fuhr sie überrascht zusammen.
Fast erschrocken drehte sie sich um. »Mister Hutchinson!« rief sie und fragte sich, was es bloß so Wichtiges gab, daß er sie unangemeldet aufsuchte – und dabei auch noch so aufgeregt war. Brachte er schlechte Nachrichten? Hatte Captain Hemlock vielleicht dem besonders üppigen Schmiergeld eines Offiziers doch nicht widerstehen können?
Der Anwalt eilte auf sie zu. Sein Gesicht war erhitzt und sein sonst stets so korrekt sitzendes Halstuch verrückt, was ihm eine komische Note gab. Er hob die Hände, die Gehstock und Hut hielten. »Mein Gott, da sind Sie ja!«
»Hiobsbotschaften?« fragte Jessica beklommen und machte sich innerlich schon auf das Schlimmste gefaßt – nämlich daß die SULTANA ohne sie auslaufen würde.
»Hiobsbotschaften? Ach was, ich habe wunderbare Nachrichten!« antwortete er und lachte. »Ganz wunderbare Nachrichten. Sie werden es nicht glauben.«

Jessica lächelte erlöst. »Versuchen Sie es.«
»Nicht hier, Missis Brading. Bitte kommen Sie mit mir nach draußen.«
»Sie tun ja sehr geheimnisvoll, Mister Hutchinson.«
»Kommen Sie, kommen Sie!« drängte er wie ein kleiner Junge, dessen Mutter ihm Süßigkeiten versprochen hatte.
»Also gut«, sagte Jessica, über sein merkwürdiges Verhalten verwundert und amüsiert zugleich. »Mister Pickwick, machen Sie mit meiner Zofe weiter.«
Dieser nickte ihr zu. Er würde schon dafür sorgen, daß Anne Howard in allem die richtige Wahl traf. Er kannte Missis Bradings diesbezügliche Wünsche.
Jessica folgte ihrem Anwalt hinaus auf die Straße. »Warum gehen wir nicht in meine Wohnung. Da wären wir ungestörter, Mister Hutchinson. Ich meine, wir brauchen unsere Gespräche doch nicht im Stehen auf der Straße zu führen.«
»Es geht mir nicht darum, mit Ihnen ungestört ein Gespräch zu führen«, erwiderte William Hutchinson und lief dabei weiter, so daß sich Jessica zu einem wenig damenhaften Tempo gezwungen sah, um an seiner Seite zu bleiben. »Ich will Ihnen etwas zeigen.«
»Um Gottes willen, was denn?« wollte Jessica wissen. »Was kann bloß derart wichtig sein, daß Sie so hereingeplatzt kommen und mich dazu bringen, mit Ihnen die Straße hinunterzurennen, als wäre der Leibhaftige hinter uns her?«
»Warten Sie, noch einen Augenblick Geduld! Sie werden es gleich sehen ... wenn wir um die Ecke biegen«, brachte er kurzatmig heraus, »... und mir dann auch nichts mehr ... übelnehmen.«
Jessica konnte sich keinen Reim auf sein Verhalten machen, das so gar nicht zu ihm paßte.

Dann bogen sie um die Straßenecke, und sie hatten einen freien Blick über einen Teil des Hafens. Schnaufend wie eine Dampfmaschine blieb der Anwalt stehen und streckte die Hand aus. »Da! ... Da ist sie! ... Können Sie sie sehen?«
»Wen?«
Er lachte. »Na, die PACIFIC!«
Ein Schauer durchlief Jessica. Der Walfänger war zurück! Eine Gänsehaut bildete sich auf ihren Armen. Und jetzt, da William Hutchinson ihr die Richtung wies, erkannte auch sie die PACIFIC.
»Sie ist zurück!« murmelte sie und schüttelte den Kopf, als könnte sie es noch nicht glauben. Doch sie lächelte dabei. »Sie ist tatsächlich zurück. Mein Gott, das ist ein Geschenk des Himmels!«
»Und was für eins!« rief der Anwalt, ganz außer sich vor Begeisterung. »Ich habe schon mit Captain Morgan gesprochen. Das Schiff liegt seit ein paar Stunden hier vor Anker, und einer seiner ersten Gänge hat ihn zu mir geführt.«
»War die Fahrt erfolgreich?«
»Und ob sie das war! Raten Sie mal, was Ihnen Ihre Beteiligung eingebracht hat?«
»Mein Gott, spannen Sie mich nicht auf die Folter!«
»Fünftausendachthundert Pfund!« flüsterte er.
Jessica riß die Augen auf. Sie erinnerte sich daran, daß er damals davon gesprochen hatte, daß ein großer Wal um die sechzig Faß Fleisch und Tran ergebe und bei einem Erlös von hundert Pfund pro Faß sechstausend Pfund Sterling einbringen würde. Die PACIFIC mußte auf eine Menge Wale gestoßen sein, wenn nach Abzug aller Kosten noch fast sechstausend Pfund auf ihre Beteiligung entfallen waren. Was für ein Profit!

»Fünftausendachthundert!« wiederholte der Anwalt, als wäre das eine magische Zahl, und in gewisser Weise war es das auch.
»Unglaublich! Sie hätten es mir doch besser an einem Ort gesagt, wo ich mich gleich hätte hinsetzen können.«
»Nehmen Sie meinen Arm.« Er genoß ihre freudige Verstörtheit und das Wissen, daß er ihr empfohlen hatte, sich mit ihm an dem Schiff zu beteiligen.
Jessica starrte zur PACIFIC hinüber. Deutlich waren die langen, schlanken Walfangboote zu erkennen. Jeweils drei hingen an Backbord und Steuerbord ein gutes Stück über der Reling an ihren Davits. Der weiße Anstrich war mittlerweile vom Salzwasser angefressen und verblaßt, bildete aber noch immer einen starken Kontrast zum Rumpf des Walfängers, der bis auf einen weißen Streifen knapp über der Wasserlinie in einem dunklen Nachtblau schimmerte.
»Fast sechstausend Pfund! Das wirft SEVEN HILLS ja nicht einmal in zwei Jahren harter Arbeit ab.«
»Ein Walfänger ist eben eine Spekulation, eine schwimmende Aktie. Für uns hat sie sich ausgezahlt. Von nun an ist jeder Penny, den die PACIFIC abwirft, reiner Gewinn!« frohlockte der Anwalt, der wie Jessica eine Fünftel-Beteiligung am Walfänger hielt. »Und sie wird noch viele, sehr viele erfolgreiche Fangfahrten hinter sich bringen. Ich sage Ihnen, dieses Schiff allein wird uns reich machen!«
»Noch reicher?« Sechstausend Pfund, das war mehr, als der Gouverneur von New South Wales in fünf Jahren bezahlt bekam.
Er warf ihr einen spöttischen Blick zu. »Ist das nicht immer Ihr Ziel gewesen, Missis Brading?«
Sie überlegte und schüttelte dann den Kopf. »Nein, es

ist nicht das Geld, das mich lockt, Mister Hutchinson. Es ist die Herausforderung, die mich reizt.«
»Und welchen Herausforderungen werden Sie mit diesen unerwarteten sechstausend Pfund den Grundstein legen?« fragte er, denn er kannte sie zu gut, um nicht zu wissen, daß sie dieses Geld nicht zur Bank tragen und dort sicher anlegen würde. Nicht Jessica Brading!
Ihre Antwort kam spontan. »Endlich ein zweites, größeres Boot für die BRADING RIVER LINE kaufen und in Parramatta eine geeignete Immobilie für einen Ableger von BRADING'S.«
»Sie sind noch gar nicht weg und haben sich für die Zeit nach Ihrer Rückkehr schon so viel vorgenommen, daß einem schwindelig werden könnte«, sagte er belustigt, aber auch mit großer Bewunderung für ihren Unternehmungsgeist, der offenbar nie ruhte. Ständig gingen ihr neue Pläne durch den Kopf. Sie hatte sogar mit ihm darüber geredet, irgendwann einmal den Weinanbau zu versuchen. Wein in Australien! Aber ihr war es zuzutrauen, daß sie es eines Tages wahr machte.
Scheinbar versonnen ruhte ihr Blick auf der PACIFIC. Doch ihre Stimme hatte ganz und gar keinen verträumten Klang, als sie ihm betont langsam antwortete: »Wer hat denn gesagt, daß ich damit bis nach meiner Rückkehr zu warten gedenke?«
Verblüfft sah er sie an. »Aber Sie können doch nicht im Ernst vorhaben, sich jetzt noch um ein Boot und ein Haus in Parramatta zu kümmern! Sie schaffen ja ganz erstaunliche, um nicht zu sagen unglaubliche Dinge, aber Wunder können auch Sie nicht vollbringen.«
Sein Einwand machte auf sie keinen Eindruck. »Die Zeit, die uns bleibt, muß reichen, um sozusagen zumindest den planerischen Grundstein zu legen. Alles weitere ist

dann Captain Rourke, Mister Pickwick und Ihnen überlassen«, erwiderte Jessica.
»Mein Gott, die SULTANA läuft in zwei Tagen aus!«
»Darum sollten wir besser keine Zeit vergeuden, finden Sie nicht auch?«
»Vielleicht tun mir die anderthalb Jahre, die Sie fern von hier sein werden, ganz gut«, brummte er, doch seine Gedanken beschäftigten sich schon mit der Abfassung der Papiere, die das Vorgehen von Glenn Pickwick und Patrick Rourke regeln sollten.
Jessica lächelte ihn an und hakte sich bei ihm ein.

13

Die Abreise der SULTANA verzögerte sich um zwei Tage, so daß ihnen noch vier Tage blieben. Dennoch vergingen auch sie so schnell, als hätten die Stunden plötzlich nur noch halb so viele Minuten wie gewöhnlich. Jessica führte tagsüber und bis spät in den Abend hinein Gespräche mit Glenn Pickwick und ihrem Anwalt. Eine gewisse Summe für den Ankauf eines zweiten Bootes mit den entsprechenden Anweisungen für Patrick Rourke zu hinterlegen, war ein verhältnismäßig geringer Aufwand an Arbeit. Die Eröffnung eines zweiten Geschäfts in Parramatta zu planen, erwies sich dagegen als bedeutend komplizierter und zeitaufwendiger, auch wenn sie sich schnell darüber einig wurden, daß es sich nicht um ein zweites Kaufhaus handeln würde. Dafür reichte ihre Finanzkraft nicht aus.

»Ein reguläres Geschäft. Geräumig, hell und mit einem ausgesuchten Warensortiment der mittleren bis oberen Preisklasse!« beschloß Jessica, und dann begannen die Diskussionen um die Details.

Annes Tage waren nicht weniger ausgefüllt. All die Besorgungen, für die Jessica nun keine Zeit mehr hatte, mußte sie erledigen. Constance, Glenn Pickwicks Frau, begleitete sie bei den meisten Gängen und beriet sie. Und wie verunsichert Anne erst auch gewesen war, so wußte sie doch das Vertrauen, das Jessica in sie setzte, überaus zu schätzen. Sie wurde sich dessen nicht bewußt, doch ihr Selbstvertrauen wuchs in dieser Zeit beträchtlich.

Und dann kam der Tag, an dem sie sich auf der SULTANA einschifften. Sie gingen am späten Nachmittag an Bord des Ostindienseglers. William Hutchinson begleitete sie. Kaum hatten sie das makellose Deck betreten, als sie auch schon auf Captain Hemlock trafen.

»Missis Brading und ihre Zofe Miss Howard ... Meine Damen, das ist Captain Hemlock, der Sie sicher und schnell nach England bringen wird«, stellte der Anwalt sie einander vor.

Captain Hemlock war ein untersetzter, stämmiger Mann Mitte Vierzig. Sein breitflächiges Gesicht war von den Jahren auf See so nachhaltig gezeichnet wie ein vom Salzwasser zerfressenes Stück Treibholz, das seit Jahrzehnten von Wind und Wellen von einem Ozean zum anderen getrieben wurde. Seine Augen waren jedoch so klar und lebendig wie die eines Seeadlers. Ein breiter Backenbart, der schon mit Grau durchsetzt war, zog sich bis zu seinem Kinn hinunter, das so kantig war wie ein Wellenbrecher.

»So Gott und das Wetter mitspielen«, schränkte Captain Hemlock trocken ein, hieß sie an Bord willkommen und zeigte sich von einer rauhen Freundlichkeit, der schmeichelhafte Worte und Allgemeinplätze fremd waren. »Crisholm! Kümmere dich um das Gepäck!«

»Aye, aye, Captain!«

Hemlock nickte ihnen mit einem sparsamen Lächeln zu, das an das Zähneblecken einer Bulldogge erinnerte.

Anne atmete tief durch. »Auwei! Da ist ja der alte Faßbinder bei uns auf SEVEN HILLS noch umgänglicher.«

»Der Captain ist in Ordnung«, beruhigte Jessica ihre Zofe. »Der hat das Herz schon auf dem rechten Fleck – und die Zunge auch!« Jessica schätzte ihn, wie auch William Hutchinson es getan hatte, als einen aufrechten und geradlinigen Mann ein. Er gehörte mit Sicherheit nicht zu jenen Schwätzern, die in ihre eigenen Worte verliebt waren und sich selbst am liebsten reden hörten.

»Ihr Wort in Gottes Ohr«, sagte Anne zweifelnd und wachte dann mit scharfem Auge darüber, daß der Matrose Crisholm ihr Gepäck mit der gebotenen Sorgfalt unter Deck brachte.

Jessica war über die Größe und ansprechende Einrichtung ihrer Kabine im Achterschiff angenehm überrascht. Für einen Moment dachte sie daran, auf welch engem Raum man sie als Deportierte im Zwischendeck der TRADEWIND zusammengepfercht hatte. Jetzt kehrte sie in einer Kabine nach England zurück, die soviel Platz einnahm wie damals die Stockbetten für ein Dutzend Sträflinge. Die Kabine ihrer Zofe grenzte an die ihre. Sie war zwar um einiges kleiner, aber Anne fand nichts an ihr auszusetzen. Auf SEVEN HILLS wäre sie überglücklich gewesen, wenn sie ein solch geräumiges Zimmer ihr eigen hätte nennen können.

»Ich glaube, wir sind hier jetzt nur im Weg, Missis Brading. Kommen Sie, gehen wir noch etwas an Deck«, schlug der Anwalt vor, als weitere Passagiere an Bord der SULTANA eintrafen und es auf dem Gang vor den Kabinen dementsprechend geschäftig hin und her ging. Überall standen Seekisten und andere Gepäckstücke herum. »Ihre Sachen scheinen mir bei Miss Howard in bester Obhut zu sein.«

»Das will ich wohl meinen!« bekräftigte Anne und reckte ihr Kinn vor. Der Matrose Crisholm setzte die Hutschachtel gleich ganz besonders achtsam ab.

Jessica und der Anwalt zwängten sich zwischen den Seekisten hindurch, die den Gang verstopften, nickten fremden Gesichtern zu, die sie neugierig musterten und abzuschätzen versuchten, welcher Art von Mitpassagier sie wohl sein mochten, und stiegen den steilen Niedergang hinauf.

Eine Weile drehte sich ihr Gespräch noch um die neuen Unternehmungen, die Jessica quasi in allerletzter Minute in Gang gebracht hatte. Dann standen sie mittschiffs an der Steuerbordreling und schauten auf die Stadt, die sich über die sanften Anhöhen zu beiden Seiten der tiefen, keilförmigen Bucht ausdehnte. Am Horizont zeichneten sich die tuchbespannten Flügel mehrerer Windmühlen ab.

Jessicas Blick ging weiter, als das Auge reichte. Sie sah das Hinterland, die weiten Ebenen, das Buschland, den Hawkesbury und die Blue Mountains, in deren zerklüfteten Tälern sich jetzt schon die tiefen Schatten des Abends eingenistet hatten, während die Sonne den Strom noch in zerflossenes Gold verwandelte.

»Missis Brading?«

Jessica hatte gar nicht gemerkt, daß William Hutchinson schon mehrmals etwas zu ihr gesagt hatte, ohne eine Antwort von ihr zu erhalten. Erst seine Hand, die sich verständnisvoll auf ihren Arm legte, ließ sie aus ihren Gedanken auffahren.

»Ich glaube, Sie waren sehr weit weg, Missis Brading. Mindestens vierzig Meilen von hier.«

»Entschuldigen Sie. Das war wirklich nicht höflich von mir, Mister Hutchinson.«

»Dies ist auch nicht die Stunde für Höflichkeiten, Missis Brading. Ich wüßte nicht, wie mir zumute wäre, wenn ich mich an Ihrer Stelle befände. Ich bin, ehrlich gesagt, auch nicht daran interessiert, das jemals herauszufinden.«

»Danke für alles, was Sie für mich getan haben – und noch tun werden, Mister Hutchinson. Ich bin mehr als

glücklich, daß ich jemanden wie Sie mit der Wahrnehmung meiner Interessen hier in Sydney weiß.«
Er lächelte. »Ein klügerer Mann als ich hat einmal gesagt, daß wir alle das bekommen, was wir verdient haben. Ich schätze, in diesen Worten steckt ein wahrer Kern.«
»Fällt Ihnen noch immer nichts ein, was ich Ihnen aus England mitbringen soll?« erkundigte sie sich zum wiederholtenmal nach einem besonderen Wunsch, den sie ihm erfüllen konnte.
»Nein«, antwortete er, und dann tastete seine Hand unwillkürlich über seine rechte Rocktasche. »Aber apropos mitbringen! Mein Gott, das hätte ich ja fast vergessen.«
»So, was denn?«
»Daß ich noch etwas für Sie habe.« Er sah ihren erstaunten Gesichtsausdruck und hob abwehrend die linke Hand. »Nein, keine Sorge. Nicht, was Sie denken. Es handelt sich dabei nicht um eine sentimentale Anwandlung von mir.«
»Nun, dann bin ich um so gespannter.«
Er hielt eine kleine, flache, dunkelrot lackierte Schachtel in der Hand, die an den Rändern schon arg abgegriffen und an einer Ecke stark beschädigt war. »Das hier habe ich James Calvert abgekauft, einem alten Bekannten von mir, der in der George Street ein Pfandhaus betreibt. Wir trafen uns gestern, und irgendwie kam unser Gespräch auch auf die SULTANA, wobei ich nicht unerwähnt lassen möchte, daß Ihr Name dabei nicht gefallen ist. Tja, und da erzählte mir James Calvert, daß ihn am Tag der Ankunft der SULTANA ein vornehm gekleideter Mann aufgesucht und ihm das hier zum Kauf angeboten habe.«
Jessica unterdrückte einen Ausruf der Überraschung, als der Anwalt den Deckel der Schachtel aufklappte – und zwei wunderbar gearbeitete Manschettenknöpfe mit ei-

nem kunstvoll eingravierten Wappen zum Vorschein kamen.
»Ungewöhnlich, nicht wahr?« fuhr William Hutchinson fort. »Aber das ist noch längst nicht alles. Mein Freund zögerte erst, diese exquisiten Schmuckstücke zu erwerben. Doch der Fremde drängte sie ihm förmlich auf und bat ihn inständig, sie zu einem halbwegs akzeptablen Preis abzukaufen. Wie sich im Verlauf des Gesprächs herausstellte, brauchte der Mann das Geld aus dem Verkauf, weil er auf der SULTANA eine Passage nach England buchen wollte, aber kaum noch fünf Shilling in der Tasche hatte.«
»Der Mann, dem diese Manschettenknöpfe gehört haben, ist mit an Bord?«
William Hutchinson nickte. »Sein Name ist Henry Thornton. Ich habe mir die Mühe gemacht, in der Bibliothek im Heraldik-Handbuch nachzuschlagen.«
»Und?« fragte sie gespannt.
»Ich bin fündig geworden«, teilte er ihr mit. »Was Sie auf den Manschettenknöpfen eingraviert sehen, ist seit 1588 das Familienwappen derer von Thornton. Sie befanden sich also in den rechtmäßigen Händen.«
»In denen eines Mannes, der einem alten Adelsgeschlecht angehört und nicht das Geld für die Überfahrt aufbringen konnte, so daß er sich von altem Familienschmuck trennen mußte. Das ist höchst merkwürdig«, meinte Jessica.
»Der Adel genießt eine Menge Privilegien, aber dem Himmel sei Dank, daß eine adlige Abstammung nicht gleich auch vor wirtschaftlichem Bankrott schützt«, bemerkte er sarkastisch. »Und wer von diesen feinen Herren mit nur fünf Shilling in der Tasche seinen Familienschmuck in Sydney versetzt, der hat mit Sicherheit eine Geschichte zu erzählen.«
»Ja, anzunehmen«, pflichtete sie ihm bei.

Er schloß den Deckel und reichte ihr die Schachtel. »Sie haben vier Monate Zeit, diese Geschichte zu erfahren, zumindest Teile davon.«
»Aber Sie können mir doch nicht so ein teures Geschenk machen!« protestierte Jessica.
»Einmal abgesehen davon, daß ich es mir leisten kann: Betrachten Sie es nicht als Geschenk, was den Wert angeht. Es soll ein Geschenk sein, das Ihnen, wie ich hoffe, von Nutzen sein wird. Das ist wenig genug, was ich zum Gelingen Ihrer Reise beisteuern kann.«
Sie nahm die alte Lackschachtel an sich und bedankte sich gerührt für seine Liebenswürdigkeit und Anteilnahme, die sich nicht allein in Worten erschöpfte.
Er leistete ihr noch eine halbe Stunde Gesellschaft. Dann wurde es Zeit, Abschied zu nehmen. Sie machten es kurz. Für gefühlsbetonte Szenen in der Öffentlichkeit, wie sie sich gerade vor der Gangway abspielten, hatten sie beide nichts übrig.
»Ich wünschte, dies wäre nicht die Zeit Ihres Aufbruchs in die Vergangenheit, sondern schon der Tag Ihrer gesunden und glücklichen Rückkehr«, sagte er mit ernster, besorgter Miene und hielt ihre Hand.
Jessica schenkte ihm ein leicht gequältes Lächeln. »Auch dieser Tag wird kommen.«
Ein letzter Dank, ein letzter Händedruck – und William Hutchinson ging ohne Eile, aber auch ohne sich noch einmal umzuschauen von Bord.
Jessica wartete nicht, bis er in seine Kutsche gestiegen war. Sie trat von der Reling zurück und begab sich unter Deck zu ihrer Zofe. Als sie den Niedergang hinunterstieg und dem immer noch mit Gepäckstücken aller Art vollgestellten Gang nach achtern folgte, begegnete ihr ein großgewachsener, attraktiver Mann. Er trat

in die Lücke zwischen zwei Schrankkoffern, um sie vorbeizulassen.
Sie schenkte ihm ein freundliches Lächeln. »Danke.«
»Mit dem allergrößten Vergnügen, Madam«, antwortete der Fremde mit einer eleganten Verbeugung.
Ihr fielen die Augen des Mannes auf. Sie hatten die ungewöhnliche Farbe von poliertem Bernstein. Daß ihr diese Augen bewundernd bis ans Ende des Gangs folgten, bemerkte sie jedoch nicht.
Im grauen Dämmerlicht des neuen Tages holte die SULTANA die Anker ein, warf die Leinen los und setzte Segel für die lange Reise nach England. Fast alle von den insgesamt sechzehn Passagieren hatten sich an Deck eingefunden.
In stummer Beklommenheit verfolgten Jessica und Anne, wie die Segel herabflatterten und der Dreimaster sich leicht überlegte und Fahrt aufnahm. Anne bewegte lautlos die Lippen. Sie betete. Jessica starrte mit tränenfeuchten Augen in die Ferne. Sie hörte weder die scharfen Kommandos, die über das Deck schallten, noch das Knarren der Masten und der Takelage über sich. Ihre Gedanken waren bei ihren Kindern, und Angst krampfte sich wie eine eiserne Faust um ihr Herz. Wann würde sie Edward und Victoria und Ian und SEVEN HILLS wiedersehen? Was hatte sie bloß getan? Was hatte man *ihr* angetan, daß ihr kein anderer Ausweg geblieben war, als diese lange, gefahrvolle Reise auf sich zu nehmen.
Jemand würde dafür bezahlen!
Der schlanke Mann mit den bernsteinfarbenen Augen, der nur drei Schritte von Jessica entfernt stand, verschwendete kaum einen Blick auf die Hafenstadt, die nun im Licht des Morgenrots lag und schnell hinter ihnen zurückfiel. New South Wales hatte ihm nicht das erhoffte

Glück gebracht. Er wünschte dieses bewegte und glücklose Kapitel seines Lebens so schnell wie möglich zu vergessen. Sein Interesse galt vielmehr der blonden Frau, die dort mit zu Fäusten geballten Händen an der Reling stand. Sie war die bei weitem jüngste und ganz sicher auch die hübscheste Frau an Bord. Und die einzige, die ohne männliche Begleitung reiste.
Henry Thornton lächelte verhalten. Vielleicht bot die lange Überfahrt doch noch diese und jene angenehme Abwechslung. Er würde sich jedenfalls darum bemühen.

14

Die erste Woche bescherte der SULTANA und ihren noch nicht seefesten Passagieren eine unruhige See. Als sie auf ihrem Weg in den Indischen Ozean die Meeresstraße zwischen Van Diemen's Land und der Südspitze von Australien passierten, lag die Mehrzahl der Passagiere seekrank in ihren Kojen und fühlte sich todelend. Jessica hatte gehofft, daß es ihr erspart bleiben würde, doch ihre Hoffnung ging nicht in Erfüllung.

Anne dagegen blieb von dem Übel verschont. Das Rollen und Schlingern des Schiffs in der unruhigen, fast schon stürmischen See vermochte ihr nicht das geringste anzuhaben. Und sie verpaßte auch nicht eine einzige Mahlzeit.

»Mein Gott, du mußt einen Magen aus Eisen haben!« stöhnte Jessica. »Sprich mir bloß nicht vom Essen!«

Anne kümmerte sich liebevoll um ihre Herrin und war insgeheim überglücklich, daß sie offenbar vor dem Fluch der Seekrankheit gefeit war. Das nahm ihr eine gewaltige Last von der Seele, und sie war überrascht, wie schnell sie sich an Bord des Schiffs einlebte. Sie schloß in diesen Tagen, da Jessica und die meisten anderen in ihren Betten darniederlagen, eine lockere Freundschaft mit Daisy Briggs. Das spindeldürre, zwanzigjährige Kindermädchen stand in den Diensten des freien Farmers Arthur Cormack und seiner Frau Elise, deren fünfjährige Tochter Agnes ein kränkliches Kind war – auch bei strahlendem Sonnenschein und spiegelglatter See. Es amüsierte Anne und

Daisy und erfüllte sie auch mit Stolz, daß sie nicht so anfällig waren wie ihre Herrschaft.

»Daisy ist recht nett, und mit ihr gibt es immer viel zu lachen, weil sie so eine spitze Zunge hat und andere so gut nachmachen kann, sogar unseren Captain«, berichtete Anne ihrer Herrin. »Aber was ich nicht an ihr mag, ist, daß sie sich auch über Mister Cormack und Missis Cormack lustig macht und allerlei indiskrete Sachen ausplaudert, die man Fremden einfach nicht erzählt, ja nicht einmal Freunden!«

Jessica brauchte ihre Zofe nicht zu ermahnen, sich an Daisy Briggs kein Beispiel zu nehmen. Auf Annes Loyalität und Verschwiegenheit konnte sie so sicher bauen wie auf soliden Fels.

Das Wetter klarte bald wieder auf, die See beruhigte sich, und in die Passagiere, die sich sterbenskrank gefühlt hatten, kehrten die Lebensgeister zurück. Die Genesung geschah über Nacht. Und zum erstenmal, seit sie in See gestochen waren, waren sämtliche Plätze in der Offiziersmesse, in der alle Passagiere mit dem Captain und seinen Offizieren die Mahlzeiten einnahmen, besetzt.

Es war eine sehr gemischte Gesellschaft, die sich an Bord der SULTANA versammelt hatte. Zu den Passagieren gehörte neben den Cormacks mit ihrem Kindermädchen ein zweites Ehepaar, das mit Kindern reiste: John und Mary Waterford. Sie hatten die Reise auf sich genommen, um ihre zwölfjährigen Zwillingssöhne Myron und Perry nach England zu bringen, wo sie eine standesgemäße Ausbildung erhalten würden, wie die dünnlippige Mutter mehr als einmal bemerkte.

Bis auf Henry Thornton und Prescott Grover, einen kleinen glatzköpfigen Mann, der auf der ganzen Überfahrt kaum mehr Worte von sich geben sollte, als auf zwei

Seiten Papier paßten, sowie Otis Seal, einen konzilianten Mann Anfang Dreißig, der im Auftrag eines großen Londoner Handelskontors mehrere Monate in der Kolonie verbracht hatte, bis auf diese drei waren alle anderen alleinreisenden Männer Offiziere des New South Wales Corps: Roger Bacon und Irving Anderson, beide im Rang eines Captain, sowie Dudley Ferguson und Waldo Lowell, die es bis zum Major gebracht hatten.
Jessica mochte keinen von ihnen. Aber auch wenn sie nicht aus ganz persönlichen Gründen eine heftige Aversion gegen jeden Rotrock im Offiziersrang gehegt hätte, wären ihr diese Männer unsympathisch gewesen. Sie waren zu laut bei Tisch und wurden in ihrer Selbstgerechtigkeit und Überheblichkeit nur noch von Mary Waterford übertroffen. Captain Anderson, der das scharfe Gesicht eines Raubvogels besaß, und Major Waldo Lowell, der am Tisch Platz für zwei einnahm, waren ihr dabei besonders zuwider. Der Major schaufelte das Essen, ganz gleich, was ihm vorgesetzt wurde, so schnell in sich hinein wie ein Heizer, der auf einem Dampfer bei voller Fahrt unablässig Kohle in den Kessel schaufeln mußte. Dabei schmatzte und rülpste er so ungeniert, als befände er sich allein in der Messe. Was Captain Anderson betraf, so hatte Jessica an seinen Tischmanieren nicht das geringste auszusetzen, dagegen um so mehr an seinen Äußerungen, die von einer unerträglichen Arroganz und Verachtung für all jene in Australien geprägt waren, die nicht dem Offizierscorps oder den freien Siedlern angehörten.
Es war Mary Waterford, die Mitte der zweiten Woche ein Gespräch in Gang setzte, in dessen Verlauf sich Jessica zum erstenmal mit Captain Anderson anlegen sollte.
»Es ist zweifellos ein großes Opfer, das mein Gatte und ich bringen, indem wir unsere geliebten Söhne nach Eng-

land zur Schule schicken«, verkündete sie allen bei Tisch. »Und von der Strapaze dieser langen Schiffsreise hin und zurück, die wir klaglos auf uns nehmen, will ich gar nicht reden. Ich möchte Ihnen ja nicht zu nahe treten, Captain Hemlock, aber der Komfort auf so einem Schiff läßt doch sehr zu wünschen übrig ...«

Jessica sah, wie die beiden Söhne sich anschauten, die Augen verdrehten und sich dann wieder dem Pudding zuwandten, den der Steward als Nachspeise serviert hatte.

Captain Hemlock hielt es offenbar für unter seiner Würde, darauf etwas zu erwidern. Er hob noch nicht einmal den Blick. Ihre Worte perlten an ihm ab wie Wassertropfen an einer Ölhaut.

Scott Duncan, der Erste Offizier der SULTANA, konnte sich eine bissige Entgegnung jedoch nicht verkneifen: »Das kommt immer auf die Wünsche an, Missis Waterford.«

Otis Seal, der umgängliche Vertreter des Londoner Handelskontors, pflichtete ihm bei. »Ich bin schon auf vielen Schiffen gefahren. Die SULTANA ist mit Abstand das gepflegteste und komfortabelste.«

Captain Hemlock schien auch das nicht gehört zu haben. Seine Miene blieb so gleichgültig wie vorher. Dagegen bedankte sich sein Erster mit einem Lächeln und der Andeutung einer Verbeugung bei Otis Seal.

Mary Waterford ließ sich von der höflichen Mißbilligung der beiden Männer nicht beirren. »Ich nehme an, man muß dazu geboren sein, einem Leben an Bord eines Schiffs einen gewissen Reiz abzugewinnen«, sagte sie von oben herab.

Captain Hemlock verzog keinen Muskel, doch sein Löffel verharrte für einen Augenblick vor seinem Mund, als sei er versucht, ihr darauf einiges zu antworten. Aber dann verschwand der Löffel zwischen seinen Lippen, und seine

Kiefer bewegten sich, als müßten sie Knochen zermalmen und nicht Pudding mühelos passieren lassen.

»Doch worauf ich eigentlich hinauswollte ...« fuhr sie dann in einem Atemzug fort.

»Ich kann es kaum erwarten«, murmelte Henry Thornton, der Jessica gegenübersaß.

»... ist der beklagenswerte moralische Zustand der Kolonie, der es verantwortungsbewußten Eltern einfach gebietet, sich der schmerzlichen Trennung von ihren Kindern zu unterziehen und sie in die Heimat zu schicken, um ihnen eine anständige Ausbildung angedeihen zu lassen«, brüstete sich Mary Waterford.

Captain Anderson nickte beipflichtend. »Sie tun recht daran, Ihre Söhne nach England zu bringen. Eine Kolonie wie New South Wales, in die sich der Abschaum unserer Gefängnisse ergießt, ist der denkbar schlechteste Ort, um Kindern ein moralisches Weltbild und Charakterbildung zu vermitteln. Ich würde meine Kinder ebenfalls nicht in eine Schule gehen lassen, in die auch das ordinäre Gesocks der Emanzipisten seine Kinder schicken kann.«

Captain Anderson hatte schon mehrfach derart pauschale, diffamierende Bemerkungen von sich gegeben, und Jessica hatte dazu geschwiegen und sich gesagt, daß es nicht ihre Aufgabe war, einen selbstherrlichen Offizier wie ihn zurechtzuweisen. Diesmal konnte sie jedoch nicht an sich halten.

»Waren Sie lange in der Kolonie, Captain?« erkundigte sich Jessica mit scheinbar freundlichem Interesse.

Anderson nickte. »Sieben Jahre und zwei Monate, um genau zu sein. Gut zwei Jahre länger, als ich verpflichtet gewesen wäre. Aber jetzt bin ich wirklich froh, diesem besseren Sträflingslager den Rücken kehren zu können.«

»Ja? Was Sie nicht sagen«, tat Jessica erstaunt. »Dabei hatte ich den Eindruck, als fühlten sich besonders die Offiziere des New South Wales Corps in der Kolonie so glücklich, als hätten sie hier ihr ganz privates Paradies gefunden.«

Captain Anderson kniff argwöhnisch die Augen zusammen, und auch die Mienen der anderen Offiziere nahmen einen wachsamen Ausdruck an. Nur um die Lippen von Henry Thornton und Otis Seal spielte ein amüsiertes Lächeln.

»Worauf wollen Sie hinaus?« fragte Captain Anderson scharf.

Jessica lächelte ihn an, doch ihre Augen blickten kühl und voller Geringschätzung. »Ich will darauf hinaus, Captain, daß viele der Männer und Frauen, die als Sträflinge nach Australien gekommen sind, ihre Strafe dort verbüßt und sich ein neues Leben mit harter Arbeit aufgebaut haben, zur Deportation verurteilt worden sind, weil sie in ihrer Not gewildert oder einen Sack Kohle oder Mehl gestohlen haben. Sie nennen diese Menschen Gesocks und Abschaum. Dann frage ich Sie, wie Sie jene nennen wollen, die jahrelang eine Kolonie brutal knechten und ausbeuten und täglich in großem Maßstab Diebstahl und Betrug begehen – und sich dabei auch noch der Rebellion schuldig gemacht haben? Nach Ihren eigenen Maßstäben müßte das doch ein noch größerer Abschaum sein als die Sträflinge und Emanzipisten, nicht wahr?«

Nicht nur Captain Anderson wurde puterrot, auch seinen Kameraden schoß das Blut ins Gesicht. Die Waterfords und Cormacks waren nicht weniger empört.

»Ich weiß nicht, wovon Sie sprechen!« zischte Captain Anderson.

»Nun, dann sind Sie vermutlich auch nicht in der Lage,

mir zu sagen, warum Sie zwei Jahre länger als nötig geblieben sind und warum ausgerechnet jetzt so viele ehrenhafte Männer«, Jessicas Stimme triefte nur so vor Hohn, »die Kolonie nicht schnell genug verlassen können?«

»Diese beleidigende Unterstellung verbitte ich mir!« rief der Captain erregt und erhielt wütende Zustimmung von seinen Kameraden.

»Das ist wirklich unerhört!« meinte Mary Waterford. »Wer ist diese unmögliche Person überhaupt?«

Jessica hob scheinbar verwundert die Augenbrauen. »Wenn Sie angeblich nicht wissen, wovon ich spreche, wie kann ich Ihnen dann etwas unterstellen, Captain? Es interessiert mich nur, warum Sie und so viele andere Offiziere sowenig Interesse haben, die Ankunft von Colonel Macquire und seinem 73. Regiment zu erleben. Ich dachte, Sie könnten eine unwissende Frau aufklären. Ich hörte mal jemanden sagen, das habe etwas mit dem Rum-Monopol und dem Sturz von Gouverneur Bligh zu tun. Und er sagte auch etwas von Plünderern im Rock des Königs, die nun wie Ratten das sinkende Schiff verlassen – mit einem zusammengeraubten Vermögen im Gepäck.«

Captain Andersons Augen funkelten vor mühsam beherrschter Wut. »Seien Sie dem Herrgott dankbar, daß Sie eine Frau sind! Sonst würde ich Ihnen meinen Sekundanten schicken!« zischte er.

»Und ich wüßte genau, wie ich als Mann darauf reagieren würde! Zu einem Duell gehören nach meinem Verständnis immer noch zwei Ehrenmänner!« konterte sie.

Captain Andersons Gesichtsfarbe wechselte von puterrot zu wachsbleich. Sein durchdringender Blick war wie eine scharfe Klinge auf sie gerichtet und schien sie durchbohren zu wollen. »Ich nehme an, das Schiff, das *Sie* nach

New South Wales gebracht hat, war ein Sträflingstransporter. Und weiterhin nehme ich an, daß Sie die Passage nicht in einer Kabine angetreten haben, sondern im Zwischendeck! Oder täusche ich mich?«

Für einen kurzen Moment herrschte Stille. Es war eine angespannte und von gegenseitiger Verachtung aufgeladene Stille, in der sich ihre Blicke kreuzten wie Messerklingen.

Und in diese Stille, auf die unausweichlich eine Explosion folgen mußte, sagte Henry Thornton ruhig: »Ich schlage vor, Sie ziehen diese Frage zurück, Captain.«

»Ich wüßte nicht, warum ich das tun sollte – und was Sie das angeht, Mister Thornton!« blaffte der Offizier ihn gereizt an.

Henry Thornton lächelte. »Ihre bewegte Diskussion mit Missis Brading hatte mit Sicherheit einige ungewöhnliche Höhepunkte. Aber ihr eine solche Frage zu stellen, verbietet die Höflichkeit und ist genauso sinnlos, als würde Missis Brading von Ihnen wissen wollen, ob Sie dem Rum-Monopol angehört und sich in der Kolonie ein Vermögen zusammengeraubt haben.« Er sagte das in einem so beiläufig verbindlichen Tonfall, als ginge es nur darum, sich darauf zu einigen, wann denn nun der Nachmittagstee serviert werden sollte.

»Ich ziehe nur die logischen Schlüsse aus ihren infamen Unterstellungen«, erwiderte Captain Anderson erregt. »Und ich sage Ihnen, sie ist mit Ketten an den Füßen nach New South Wales gekommen!«

Henry Thornton zuckte scheinbar gleichgültig mit den Schultern. »Und wenn es so wäre, Captain. Ich nehme an, daß Missis Brading für die Überfahrt auf diesem Schiff für sich und ihre Zofe denselben Preis gezahlt hat wie Sie und ich und wie jeder andere. Das ist alles, was ich *weiß*. Der Rest bewegt sich im Dunst persönlicher Mutmaßungen, und das ist wie mit stinkenden Fischköpfen um sich werfen. Man muß aufpassen, daß man hinterher nicht selbst am schlimmsten stinkt.«

Henry Thorntons Eingreifen kam für Jessica völlig überraschend. Doch eine noch größere Überraschung war, und zwar für alle an dem langen Tisch, daß sich plötzlich Captain Hemlock zu Wort meldete.

»Mir ist bekannt, daß Sie den Rang eines Captain im New South Wales Corps bekleiden und Ihren Abschied eingereicht haben«, sagte er zu Anderson mit seiner rauhen Stimme. »Und was Missis Brading angeht, so ist mir bekannt, daß sie am Hawkesbury River eine der größten Farmen der Kolonie besitzt. In Sydney gehört ihr das Kaufhaus BRADING'S. Die BRADING RIVER LINE und ein Walfänger sind zwei weitere ihrer Unternehmen.«

Trotz der ernsten Situation konnte sich Jessica nur mit großer Mühe ein amüsiertes Auflachen verbeißen. Hutchinson hatte wohl so seine Befürchtungen gehabt, sie zusammen mit vier Offizieren vom Rum-Corps mehrere Monate auf einem Schiff und an einem Tisch zu wissen, und er hatte sie bei Captain Hemlock gleich ins rechte Licht gerückt. Sie war ihm dankbar dafür.

»Das ist alles, was ich über Missis Brading und Captain Anderson weiß! Und ich wäre Ihnen dankbar, wenn auch Sie gesichertem Wissen wilder Spekulation den Vorzug geben würden, zumindest wenn wir bei Tisch sitzen. Sonst sähe ich mich gezwungen, von meinem Recht Gebrauch zu machen, gewissen Personen den Zugang zu *meiner* Messe zu verwehren und ihnen die Mahlzeiten in ihren Kabinen servieren zu lassen!« schloß Captain Hemlock mit einem grollenden, warnenden Ton in der kratzigen Stimme, der *jedem* seiner Passagiere galt. »Mahlzeit!«

Er erhob sich abrupt, und ohne eine Erwiderung abzuwarten, die auch keiner zu geben wagte, polterte er verärgert aus der Messe. Das war das Ende des verbalen Streits – und der Beginn der Feindschaft zwischen Jessica und den Offizieren vom Rum-Corps.

Jessica machte sich nichts daraus. Sie konnten ihr nichts anhaben. Es war richtig, daß sie Captain Anderson so scharf in die Parade gefahren war und damit indirekt auch Stellung zu Mary Waterfords arrogantem Betragen genommen hatte. Es war eine Erleichterung, daß sie ihre Verachtung nicht länger vor ihnen zu verbergen und nicht jede unverschämte Äußerung über den vorgeblich gesellschaftlichen Abschaum der Emanzipisten schweigend hinzunehmen brauchte. Aber dem hatte Captain Hemlock mit seiner Warnung rigoros einen Riegel vorgeschoben. Er hatte keinen darüber im unklaren gelassen, daß er persönliche Beleidigungen an seinem Tisch nicht zu dulden gedachte.

Anne war stolz auf ihre Herrin, die es den ihr ebenfalls verhaßten Offizieren so mutig gezeigt hatte. Ihren Mut lobte auch Henry Thornton, der Jessica nach dem Essen an Deck ansprach.

»Danke, Mister Thornton«, sagte sie erfreut. »Aber auf meiner Seite war mehr Wut als Mut im Spiel. Ich konnte dieses abfällige Gerede nicht länger ertragen. Mut haben eher Sie gezeigt, daß Sie mir geholfen und dadurch in Kauf genommen haben, nun an Sympathie eingebüßt zu haben.«

»Bei Ihnen?« fragte er in gespieltem Erstaunen.

Sie lachte. »Nein, bei den Rotröcken und sicherlich auch bei Mister und Missis Waterford.«

»Vielleicht liegt mir an deren Sympathie nicht soviel wie an Ihrer«, schmeichelte er ihr. »Und von Mut kann bei mir nun gar keine Rede sein. Sonst hätte ich diesen ... Herren etwas ganz anderes gesagt und jedes Wort von Ihnen über die Plünderer im Rock des Königs mit Nachdruck unterstützt. Ich habe anderthalb Jahre lang Gelegenheit gehabt, die betrügerischen und skrupellosen Geschäftsmethoden des Corps zu beobachten. Es ist wirklich ein Skandal. Aber wie Sie gemerkt haben, habe ich es doch vorgezogen, mich diplomatischer zu diesem Thema zu äußern.«

»Und gibt es dafür einen besonderen Grund?«

Er nickte. »Ich nehme es in Kauf, Major Lowell und seine Kameraden ein wenig zu verstimmen. Doch ich habe nicht die Absicht, die Brücken einzureißen, die mich zu ihren goldgefüllten Taschen führen.«

Jessica sah ihn verständnislos an. »Ich kann Ihnen leider nicht ganz folgen, Mister Thornton.«

»Mister Cormack ist Baptist, wie mir zu Ohren gekommen ist, und Mister Waterford macht auf mich den Eindruck eines Mannes, der den Zorn und die scharfe Zunge seiner Frau mehr fürchtet als die Höllenqualen der ewigen Verdammnis ...«

»Er steht ganz unter ihrer Fuchtel, da haben Sie recht«, stimmte sie ihm belustigt zu.

»Sehen Sie, deshalb kann ich es mir auch nicht erlauben, den Rotröcken unverblümt meine Meinung zu sagen, denn ich will auf dieser langen Reise mit ihnen an einem Tisch sitzen und ihnen beim Kartenspiel möglichst viel Geld abnehmen.«

»Sie lieben das Glücksspiel?«

»Es hat auf mich den unwiderstehlichen Reiz wie außergewöhnliche Frauen.«

Sie schmunzelte. Sein Charme war so verführerisch wie sein Humor erfrischend. »Und bei welchem Spiel haben

Sie das meiste Glück?« fragte sie spöttisch und dachte an die Manschettenknöpfe in ihrer Schatulle, wo sie ihre kostbarsten Besitztümer aufbewahrte.
»Das kommt immer darauf an ...«
»Worauf?« hakte Jessica nach, die das zweideutige Wortgeplänkel mit ihm genoß. Dieser Mann zog sie an, und das hatte mit den goldenen Manschettenknöpfen nichts zu tun. Er strahlte eine unverkrampfte Sinnlichkeit aus, die wie ein glühender Funke zu ihr übersprang.
Er machte eine vage Handbewegung. »Auf die Karten ... und auf die Frauen.«
Dieser Blick, mit dem er sie dabei anlächelte! Er ging ihr wie ein warmer Schauer durch und durch. Ein Blick, der reichte, um ihren Puls auf Trab zu bringen! Was würde dann erst mit ihr passieren, wenn seine Hände sie berührten und sie seine Lippen auf ihrer Haut spürte ...
Jessica bekam einen trockenen Mund und mußte sich zwingen, die Bilder der Leidenschaft zu verdrängen, die vor ihrem geistigen Auge lebendig wurden. Seit ihrer Affäre mit Allan Whitman hatte kein anderer Mann mehr ein derartiges Gefühl in ihr geweckt. Es war beängstigend – aber zugleich auch ungeheuer erregend, diesen Zauber zu erleben.
»Sie kehren nach England zurück?« wechselte Jessica das Thema.
Er nickte. »Zurück zu den Dingen, die mir vertraut sind und mehr liegen, als aus der Wildnis ein eigenes kleines Königreich zu schmieden, wie es Ihnen offenbar gelungen ist, wenn ich unseren Captain richtig verstanden habe.«
»In Australien gelten andere Maßstäbe als in England«, antwortete Jessica ausweichend.
»In der Tat. Irgendwann müssen Sie mir mal erzählen,

wie Sie das alles geschafft haben, falls Sie diese Bitte nicht als zu unverschämt empfinden.«

»Nicht bei Ihnen, Mister Thornton.«

Sein Lächeln hatte etwas unverwüstlich Jugendliches an sich, obwohl doch schon graue Strähnen sein Haar an den Schläfen durchzogen. Es war ein Lächeln, das aufregend verführerisch war.

Und so begann ihre Liebesaffäre auf hoher See.

15

Anne hatte sich vom ersten Tag an mit großer Begeisterung an die Arbeit gemacht, für sich und ihre Herrin hübsche neue Kleider zu nähen. Es war eine mühsame, zeitraubende Beschäftigung, der Jessica schon nach wenigen Stunden überdrüssig war. Im Gegensatz zu ihrer Zofe widersprach es ihrer ganzen Natur, sich tagsüber allzulange in der Kabine aufzuhalten. Sie brauchte Bewegung, frische Luft und den Himmel über sich, wenn sie sich schon nicht auf ein Pferd schwingen und über ihre Ländereien reiten konnte. Anne dagegen zog die behagliche Überschaubarkeit ihres Raums dem offenen Deck bei weitem vor. Und da Daisy dies mit ihr gemein hatte, war Anne selten an Deck anzutreffen.

Jessica beklagte sich nicht darüber. Insgeheim war sie sogar froh, denn so vermochte sie ihre wachsende Vertrautheit mit Henry Thornton ohne große Anstrengung vor ihr zu verbergen, ohne sie anlügen zu müssen. Sie genoß die Stunden, die sie in seiner Gesellschaft verbrachte. Er war ein großartiger Unterhalter mit einem Interesse für die unterschiedlichsten Dinge und einer dementsprechend umfassenden Bildung, der jedoch die gewöhnlich mit anerzogene Überheblichkeit seiner Klasse fehlte. Denn daß er adliger Abstammung war, wurde für Jessica schon nach kurzer Zeit zur Gewißheit. Es gab dafür viele Anzeichen in seinen Erzählungen, aber sie fragte ihn nicht danach, und sie hatte das Gefühl, daß er ihr das hoch anrechnete.

Henry Thornton war jedoch nicht nur unterhaltsam und amüsant, sondern er war auch ein Mann, der spürte, wann seine erotische Ausstrahlung einer Frau arg zusetzte. Ihm blieb nicht verborgen, daß sie sich so stark zu ihm hingezogen fühlte wie er zu ihr. Er wußte inzwischen, daß sie verwitwet und somit wie er frei war. Doch er bedrängte sie nicht, sondern beließ es bei Worten, Blicken und gelegentlichen Berührungen, um sie seine Verliebtheit und sein Verlangen spüren zu lassen.

Jessica fühlte sich zwischen ihrer Sehnsucht nach Liebe, Zärtlichkeit und Leidenschaft – ja, Leidenschaft! – und der Stimme ihrer Vernunft hin und her gerissen. Diese Affäre konnte zu nichts anderem als weiterem Kummer und Tränen führen. Denn Henry hatte keinen Hehl daraus gemacht, daß er für Australien nicht geschaffen war und es auch nicht wiederzusehen wünschte. Sie dagegen konnte sich ein Leben anderswo als auf SEVEN HILLS nicht mehr vorstellen.

Und doch drängte es sie danach, ihren Gefühlen zu folgen, sich ihm hinzugeben und in seinen Armen endlich wieder das sinnliche Glück zu finden, als Frau begehrt und leidenschaftlich geliebt zu werden.

Wochenlang wogte der Kampf zwischen Vernunft und Gefühl in ihr, während die SULTANA bei klarem Himmel und zahmer tiefblauer See unter voller Besegelung Meile um Meile durch den Indischen Ozean pflügte, dem Kap der Guten Hoffnung entgegen.

Von all dem ahnte Anne nicht die Spur. Doch was Jessica nicht länger vor ihr verbergen konnte, war ihre Schwangerschaft. Nicht, daß man ihr etwas hätte ansehen können. Sie befand sich gerade im vierten Monat, und ihr Leib wies noch keine verräterische Wölbung auf.

Es war die Übelkeit, die sie verriet. Wochenlang war sie

von dem morgendlichen Brechreiz verschont geblieben. Doch dann kehrte er wieder, und nicht immer gelang es ihr, das Übelkeitsgefühl in Annes Gegenwart unter Kontrolle zu halten.

»Es ist nur ein Anflug von Seekrankheit, Anne.«

»Nein, was Sie haben, ist keine Seekrankheit. Sie sind schwanger, Missis Brading, und ich habe das Gefühl, daß ich Ihnen damit nichts Neues sage.«

Jessica nahm den feuchten Lappen, den Anne ihr reichte, und wischte sich das Gesicht ab. Sie hatte gewußt, daß sie ihre Zofe früher oder später in alles würde einweihen müssen. Doch sie hatte gehofft, daß es später sein würde.

»Ja, du hast recht«, sagte Jessica mit einem schweren Seufzer. »Ich bin schwanger, und ich weiß es schon seit über zwei Monaten.«

»Und dennoch haben Sie die Seereise angetreten?« rief Anne verwundert.

»Nein, ich habe die Überfahrt gebucht, *weil* ich schwanger bin.«

»Aber das verstehe ich nicht. In Ihrem Zustand wären Sie doch auf SEVEN HILLS am besten aufgehoben. Und überhaupt, ich meine ...«

Jessica sah sie einen Moment lang stumm an, und Anne erschrak, als sie den Schmerz in den Augen ihrer Herrin bemerkte. »Gib dir keine Mühe, erraten zu wollen, wer der Vater des Kindes ist.«

Anne wurde hochrot im Gesicht, denn genau diese Überlegung hatte sie unwillkürlich angestellt. »Es geht mich nichts an, Missis Brading. Sie werden schon ...«

»O nein, es geht dich sogar eine Menge an«, fiel Jessica ihr ins Wort. »Denn der Grund dieser Reise ist dieses Kind hier, das in mir heranwächst. Ich brauche deine Hilfe und deine absolute Verschwiegenheit, und das setzt vor-

aus, daß du weißt, wer der Vater ist ... und wie es dazu gekommen ist. Ich habe diese Reise angetreten, weil ich dieses Kind nicht in New South Wales bekommen darf und weil ich es nie wiedersehen will, wenn es erst geboren ist! Und niemand darf davon erfahren!«
Anne machte ein verstörtes Gesicht. »Sie wollen das Kind in England lassen?«
»Ja, Anne.«
»Mein Gott, aber warum?«
Jessica schluckte, und ihre Stimme zitterte, als sie antwortete: »Weil Lieutenant Forbes der Vater ist, Anne. Und weil er mich gezwungen hat, mich ... mich ihm hinzugeben. Eine Vergewaltigung hätte nicht schlimmer sein können. Sie hätte auch nicht zwei Tage gedauert. Solange hat er mich nämlich auf MIRRA BOOKA festgehalten und ...« Sie brach ab. Die Erinnerung war zu stark.
»O Gott!«
»Er hat mich erpreßt. Wenn ich mich ihm verweigert hätte, hätte er Mister McIntosh und Captain Rourke den Prozeß gemacht und hängen lassen. Ich konnte nicht anders, Anne. Er wollte meinen Körper für das Leben von Ian und Patrick. Ich mußte es tun. Und ich mußte, als ich merkte, daß ich schwanger geworden war, Australien verlassen. Denn zu einer Engelmacherin konnte und wollte ich nicht gehen. Und Ian durfte von dieser Schwangerschaft nichts erfahren. Er hätte gewußt, was geschehen war, und Lieutenant Forbes getötet. Du kennst ihn, Anne, er hätte es nie hinterrücks getan, sondern in einem fairen Kampf. Und dafür hätte man ihn dann gehenkt! Ich hatte keine andere Wahl, als die Kolonie zu verlassen, so schwer es mir auch gefallen ist, um das Kind in England zu bekommen!«

Anne begann zu verstehen. »O Gott, was hat dieser ... räudige Hund von einem Offizier Ihnen nur angetan!«
Jessica sah sie mit Tränen des Hasses und der Scham in den Augen an. »Aber das ist noch nicht alles, Anne.« Sie ergriff die Hand ihrer Zofe, als brauchte sie auch noch ihre Kraft und ihren Halt, um die folgenden Worte über die Lippen zu bringen: »Dieser räudige Hund von einem Offizier ist ... er ist mein Halbbruder!«
Blankes Entsetzen erfaßte Anne und spiegelte sich in ihren weit aufgerissenen Augen wider. »Nein!« stieß sie erschüttert hervor. »Nein!«
»Es ist die Wahrheit, Anne, die grausame Wahrheit. Und es hat sogar mal eine Zeit gegeben, da habe ich Kenneth Forbes so sehr geliebt wie nichts sonst auf der Welt«, flüsterte Jessica und rang um ihre Selbstkontrolle.
»Quälen Sie sich nicht, bitte!« flehte Anne mit feuchten Augen und drückte Jessicas Hand, um ihr zu verstehen zu geben, daß ihr Geständnis nichts zwischen ihnen verändert hatte.
»Nein, du mußt es erfahren, alles mußt du erfahren, damit du verstehst, warum ich so und nicht anders handeln kann – und warum ich mir geschworen habe, für all die Schande, die Qualen und die Erniedrigung, die man mir angetan hat, Rache zu nehmen!« stieß Jessica mit verzerrter Miene hervor. »Ich werde dir alles erzählen, was damals auf TURNBURRY HALL geschehen ist.«
»TURNBURRY HALL?«
Jessica sammelte sich und trocknete ihre Tränen. »TURNBURRY HALL ist der herrschaftliche Landsitz von Sir Wesley Forbes und liegt einige Meilen außerhalb von Ravan, einer Kleinstadt vierzig Meilen von London entfernt. In Ravan bin ich aufgewachsen ...«
Anne saß in stiller Betroffenheit neben ihrer Herrin, hielt

ihre Hand und wartete, daß sie weitersprechen würde. Es dauerte eine ganze Weile.

»Meine Mutter gab Musikunterricht. Meinen Vater kannte ich nicht. Angeblich war er kurz nach meiner Geburt gestorben. Als ich vierzehn war, schickte Mutter mich nach London, wo ich in den nächsten zwei Jahren das Mädchenpensionat von Madam Blakley besuchte. Ich machte mir keine Gedanken darüber, wie teuer das war und wie sie es schaffte, das zu bezahlen. Darüber verlor sie nie ein Wort, und ich nahm es als gegeben hin, daß eine Musiklehrerin die Kosten für so ein gutes Mädchenpensionat aufbringen konnte. Doch dann, in einer kalten Februarnacht vor nun über zwölf Jahren, starb meine Mutter an einer Lungenentzündung.«

Jessica machte eine lange, gedankenvolle Pause. Ihr war, als könnte sie den stürmischen Februarwind hören, der in jener Nacht um ihr Haus geheult hatte, und das fieberheiße Gesicht ihrer im Sterben liegenden Mutter sehen.

»Und dann, ich war sechzehn, als meine Mutter starb, mußte ich zu meinem Erschrecken feststellen, daß ich plötzlich mittellos war. Das Haus gehörte uns nicht, und es gab auch keine Ersparnisse, mit denen ich meine weitere Ausbildung bei Madam Blakley hätte bezahlen können. Ich brauchte dringend eine Anstellung. Doch wer würde mir schon Arbeit geben? Und wenn, welche?«

»Wie schrecklich das für Sie gewesen sein muß«, sagte Anne mitfühlend. »Hatten Sie denn keine Verwandten, die Sie bei sich aufnehmen konnten.«

Jessica lachte bitter auf. »O doch, die hatte ich. Tante Amy, eine Schwester meiner Mutter. Sie lebte mit ihrem Mann in Bristol. Aber als sie hörten, daß meine Mutter mir so gut wie nichts hinterlassen hatte, wollten sie nichts von mir wissen. Und ich war auch zu stolz, um nach Bristol zu fahren und mich auf ihre Barmherzigkeit zu verlassen.«

»Wie kann man nur so hart sein ...«

»Ich war ratlos«, fuhr Jessica fort. »Dann fiel mir ein, daß Mutter mich noch kurz vor ihrem Tod ermahnt hat, Sir Forbes immer Dankbarkeit und Respekt zu zollen. Und als sie schon im Sterben lag, sagte sie, ich solle mich an ihn wenden, wenn ich in großer Not sei, er werde mir helfen. Nun, ich befand mich in großer Not und machte mich auf den Weg zu ihm.

Ich war eingeschüchtert von TURNBURRY HALL und von Sir Wesley Forbes, der sich anfangs sehr schroff gab und mich regelrecht ausfragte. Erst viel später verstand ich, daß er hatte herausfinden wollen, was ich über ihn und seine Beziehung zu meiner Mutter wußte. Ich wußte und ahnte nicht das geringste, und so stellte er mich schließlich, wenn auch widerstrebend, als besseres Kindermädchen und Gesellschafterin für sein jüngstes Kind ein.

Laura war neun, als ich nach TURNBURRY HALL kam, und von zarter Gesundheit. Ich gewann ihr Herz im Flug wie sie das meine. Ich trauerte um meine Mutter, doch von diesem tiefen Schmerz abgesehen war das Leben gut auf TURNBURRY HALL. Es wurde Frühling – und dann kehrte Lauras Bruder Kenneth aus Eton auf den Familiensitz zurück. Er war ein junger attraktiver Mann, wie er mir noch nie begegnet war. Und ich verliebte mich in ihn – und er sich in mich. Und damit nahm das Unglück seinen Lauf ...«

Jessica schloß die Augen. Die Bilder aus jener Zeit, die aus der Erinnerung an den schicksalhaften Sommer und Herbst auf TURNBURRY HALL in ihr emporstiegen, waren von bestürzender Klarheit.

»Kenneth hatte leichtes Spiel mit mir. Ich war ein junges Mädchen, völlig unerfahren und gutgläubig. Zudem fühlte ich mich einsam und sehnte mich nach dem Tod meiner Mutter nach Zuwendung. Ich war so verwundbar wie ein junger Vogel in seinem Nest, der noch nicht flügge ist. Was wußte ich schon von der Welt, geschweige denn von der Liebe? Nicht, daß ich mich von Schuld freisprechen will«, beteuerte Jessica. »Ich habe sehr wohl Schuld auf mich geladen, denn ich hatte mittlerweile eine Ahnung, welche Rolle Sir Wesley Forbes im Leben meiner Mutter gespielt hatte und wer somit mein Vater war.«

»Aber wie haben Sie das bloß herausbekommen?«

»Ich fand ein Tagebuch meiner Mutter, das verriet, daß sie ein Verhältnis mit ihm gehabt und mich dabei empfangen hatte. Und wenn ich weitergelesen hätte, hätte ich auch erfahren, daß Sir Forbes meine Mutter all die Jahre heimlich finanziell unterstützt hatte und für meine Ausbildungskosten aufgekommen war. Das alles stand in diesem dicken Tagebuch in der korrekten, gleichmäßigen Handschrift meiner Mutter, die ich mir als Geliebte eines reichen Mannes niemals hätte vorstellen können. Doch schon nach den ersten Eintragungen schlug ich das Buch zu und rührte es nicht mehr an, weil ich die Wahrheit nicht wissen wollte. Ich hatte panische Angst vor der Wahrheit, weil sie meinen wunderschönen Traum zerstören konnte, und das ist meine wahre Schuld, Anne. Ich war diesem Mann, der für mich wie ein junger strahlender Gott war, in meiner verklärten Liebe verfallen. Die Ahnung, daß er mein Halbbruder war, verdrängte ich. Denn ich sagte mir, daß es ohne jede Bedeutung sei. Wir hatten uns nie zuvor gesehen. Wir waren uns bis zu jenem Tag unserer ersten Begegnung im Park von TURNBURRY HALL so fremd gewesen, wie man sich nur fremd sein konnte. Blutschande? Es konnte auf unsere große

Liebe einfach nicht zutreffen. Und als ich Kenneth schließlich meine Ahnung, die eigentlich schon Wissen war, gestand, teilte er meine Ansicht. Er wollte mich so wenig aufgeben wie ich ihn. Er schwor, nur mich zu lieben und immer zu mir zu stehen, welchen Preis er dafür auch würde zahlen müssen. Es waren nichts als leere Worte. Und dann, es war an einem Tag im Oktober, überraschte uns Sir Forbes in der Bibliothek, und ein Alptraum, wie ich ihn mir in meinen schlimmsten Träumen nicht hätte vorstellen können, begann und verschlang mich wie ein Mahlstrom ...«

Jessica bat Anne um ein Glas Wasser. Ihre Hände zitterten vor innerer Erregung, als sie es entgegennahm. Sie trank gierig und preßte das kühle Glas gegen die Stirn. Zwölf Jahre waren inzwischen vergangen, und doch raste ihr Herz, als wäre ihr das alles erst gestern widerfahren.

Anne war voller Sorge und Anteilnahme. »Quälen Sie sich doch nicht, Missis Brading. Lassen Sie es gut sein! Es wühlt Sie zu sehr auf.«

»O ja, das tut es«, bestätigte Jessica. »Aber das ist nicht weiter schlimm. Ich möchte, daß du auch den Rest erfährst.« Sie nahm noch einen Schluck Wasser. »Ich flehte Sir Forbes um Gnade an und machte den Fehler, ihn daran zu erinnern, daß ich doch sein Kind sei, ein Bastard zwar, aber doch das Kind, dessen Schulgeld er all die Jahre gezahlt hatte. Ich hätte nichts Schlimmeres sagen können, denn seine Frau, Lady Catherine, hörte es auch, und von dem Moment an war mein Schicksal besiegelt. Sir Forbes begnügte sich nicht damit, mich von seinem Land zu jagen, sondern wollte mich vernichtet wissen, zumindest weit weg von England. Er brachte das Tagebuch meiner Mutter an sich, bezichtigte mich eines gemeinen Diebstahls, den ich nie begangen hatte, und ließ mich ins Gefängnis werfen. Dort suchte er mich auf und schwor mir, für meinen Tod durch Erhängen zu sorgen, falls ich auch nur ein Wort davon sagen sollte, daß ich sein illegitimes Kind sei. Wenn ich schwieg, würde ich mit einigen Jahren Kerker ein mildes Urteil erhalten.«

Das Gesicht ihrer Zofe verzog sich vor Abscheu. »Wie kann ein Mensch nur so grausam sein – zu seinem eigenen Fleisch und Blut?«

»Sir Forbes konnte es sehr gut. Er war ein einflußreicher Mann und ich nichts weiter als ein besseres Dienstmädchen«, sagte Jessica bitter und unversöhnlich. »Der Prozeß dauerte dann auch nur wenige Minuten. Das Urteil lautete auf zehn Jahre Gefängnis. Ich habe den ersten Winter im Kerker von Newgate geradeso überlebt, der zweite aber wäre bestimmt mein Tod gewesen. Und in all der Zeit habe ich nicht ein Wort von Kenneth gehört. Weder hat er mir geschrieben noch sonst etwas für mich getan. Wie ich später erfuhr, hat er gewußt, was Sir Forbes mit mir gemacht hatte. Kenneth hat es hingenommen und nicht das Geringste versucht, um mein schreckliches Los in dieser Hölle zu lindern.«

»Er soll verflucht sein!«

»Ich war die Verfluchte, Anne. Das Grauen, das an diesem Ort herrscht, kannst du dir nicht vorstellen – und ich will es dir nicht beschreiben.« Jessica erschauerte und rieb sich die Arme. »Dann wurde meine Strafe in Deportation nach New South Wales verwandelt, wo mein Schicksal sich zum Guten wandte, als Steve mich zu seiner Frau machte und mich nach SEVEN HILLS brachte.«

Anne nickte. »Ja, ich erinnere mich. Ich war damals noch klein, doch in erinnere mich ganz genau, wie Sie vom Fuhrwerk stiegen und Mister Brading uns allen mitteilte, daß er geheiratet habe und Sie nun die Herrin von SEVEN HILLS seien. Er war so stolz, und ich fand, daß Sie das schönste Haar und die grünsten Augen hätten, und daran hat sich auch bis heute nichts geändert.« Sie machte eine etwas verlegene Geste.

Jessica dankte ihr mit einem Lächeln. »Ja, es war eine harte, aber doch wunderschöne Zeit mit Steve. Ich begann ein neues Leben und dieses Land zu lieben.« Wie sie auch Steve zu lieben begann. »Ich bekam Edward und Victoria, und wenn Steve nicht so plötzlich den Tod gefunden hätte . . .« Sie führte den Satz nicht zu Ende, weil es nutzlos war, sich auszumalen, was wenn gewesen wäre, und schüttelte den Kopf.

»Aber warum ist Ihnen Lieutenant Forbes nach so vielen Jahren nach Australien gefolgt?« sprach Anne aus, was sie beschäftigte und sich nicht erklären konnte.

Jessica lachte verächtlich auf. »Er ist genausowenig freiwillig nach Australien gekommen wie ich, Anne. Er muß in Eton einen Skandal verursacht haben.«

»Affären?« vermutete Anne.

Jessica nickte. »Mit verheirateten Frauen. Schließlich ist Sir Forbes die Geduld gerissen. Er hat seinen Sohn zur Heirat gezwungen, ihm ein Offizierspatent gekauft und von ihm verlangt, daß er England mindestens fünf Jahre fernbleibt. Und da es ihn nicht drängte, sich als Offizier auch tatsächlich zu beweisen, meldete er sich freiwillig zu der Truppe, bei der ein Kriegseinsatz am allerwenigsten zu befürchten war, und das war das New South Wales Corps.«

»Das paßt sehr gut zusammen«, sagte Anne voller Verachtung.

»Kenneth ist also auch nicht ganz freiwillig nach Australien gekommen. Daß er hier auf mich treffen würde, hätte er nie gedacht. Von meiner Deportation haben er und Sir Forbes nichts gewußt. Kenneth hat sich hier in der Kolonie umgehend der korrupten Führungsclique angeschlossen und in kurzer Zeit ein Vermögen gemacht. Aber schlimmer noch als diese Charakterlosigkeit und Raffgier ist seine Besessenheit gewesen, mich ... wieder zu seiner Geliebten zu machen.« Es fiel ihr schwer, darüber zu reden, aber einmal mußte es heraus. Es war gut, daß sie sich ihre Scham und Verzweiflung mal von der Seele reden konnte.

»Das genügt, Missis Brading«, sagte Anne sanft und legte ihre Hand auf den Arm ihrer Herrin. »Ich weiß ja, was geschehen ist und welch schweres Leid er Ihnen angetan hat.«

Jessica schien sie nicht gehört zu haben. Mit leiser, angespannter Stimme fuhr sie fort: »Es war für uns beide ein schwerer Schock, als wir uns an diesem Ort, so fern von England und nach so vielen Jahren, plötzlich gegenüberstanden. Von der anhimmelnden, schwärmerischen Verliebtheit, die ich als unbedarftes Mädchen einst für Liebe gehalten hatte, war nicht mal mehr die Spur von Zuneigung in mir zurückgeblieben. Ich fühlte nur Scham und Schuld wegen meiner Verfehlungen und Verachtung und Bitterkeit, weil er nicht der Mann gewesen war, für den ich ihn gehalten und dem ich mich so bedingungslos anvertraut ... und hingegeben hatte. Doch er ...«

Der Satz hing unbeendet im Raum. Jessica ballte die Fäuste und biß sich auf die Knöchel, um Herr ihres unbändigen Zorns zu werden, der wie eine gewaltige Stichflamme in ihr aufloderte.

»Kenneth jedoch war wie besessen. Er dachte nicht daran, mich aufzugeben. Mein Nein ließ er nicht gelten. Ich zeigte ihm meine Verachtung, meinen Abscheu und versuchte alles, um ihn zur Vernunft zu bringen. Doch er wollte nicht von der wahnsinnigen Idee ablassen, daß ich ihm nur etwas vormachte und ihm in Wirklichkeit noch immer verfallen sei. Als er schließlich begriff, wie sehr ich ihn verabscheute, da beschloß er, meinen Willen zu brechen und mich so doch noch zu seiner Geliebten zu machen. Du weißt, wie er seine Macht all die Jahre eingesetzt hat, um mich in die Knie zu zwingen ...«

»Aber keiner hatte eine Ahnung, warum er es gerade auf Sie abgesehen hatte«, sagte Anne erschüttert. »Bis auf Mister McIntosh wohl.«

»Ich habe mich meinem ... Halbbruder lange, sehr lange erwehren können. Ja, ich habe ihm mit all meiner Kraft Widerstand geleistet, Anne. Und wenn ich mich nicht dazu hätte verleiten lassen, die verbotene Destillerie auf SEVEN HILLS wieder in Betrieb zu nehmen, weil ich mich in einer finanziellen Notlage befand, dann hätte uns niemand verraten können – und dann wären Ian und Patrick auch nicht mit den Rumfässern erwischt und ins Gefängnis geworfen worden.«

»Sie haben einen guten, unverpanschten Rum zu einem ehrlichen Preis geliefert – und nicht diesen versetzten und unverschämt teuren Fusel, den jeder in der Kolonie von diesem Offizierspack und seinen Komplizen jahrelang zu kaufen gezwungen war!« wandte Anne sofort und mit Nachdruck zu ihrer Verteidigung ein.

Jessica schüttelte den Kopf. »Und doch war es ein Fehler, für den ich nun einen hohen Preis zahlen muß. Ich habe mir eine Blöße gegeben, und Kenneth hat sie genutzt. Es war allein meine Schuld«, machte sie sich bittere Vorwürfe. Müde sackten ihre Schultern herab. »Kenneth hat mich erpreßt, und ich mußte die Freilassung von Ian und Patrick erkaufen, mit meinem Körper. Jetzt bin ich schwanger von ihm, erwarte ein Kind von meinem verhaßten Halbbruder, das ich niemals lieben

werde und von dem Ian und meine Kinder auf SEVEN HILLS nie erfahren dürfen, weil sie es nicht verstehen würden, wenn ich denn überhaupt die Kraft hätte, ihnen ins Gesicht zu schauen und ihnen all das zu erzählen, was ich dir erzählt habe. Ich könnte es nicht, nein, ich könnte es nicht ...« Ihre Stimme ging in ein leises, verzweifeltes Schluchzen über.
Schweigend nahm Anne sie in ihre Arme, fuhr ihr über das Haar und schenkte ihr Trost, ohne daß sie auch nur ein Wort sagen mußte.

16

Endlich lag die kalte Leere des Indischen Ozeans, der in seinen tiefen südlichen Gewässern von eisigen Strömen bestimmt wird, hinter ihnen und die SULTANA sicher im Hafen von Cape Town, der holländischen Kolonie unter dem mächtigen Tafelberg an der Südspitze Afrikas. Welch eine Wohltat war es für das Auge, wieder das abwechslungsreiche Panorama einer Küste vor sich zu haben, Berge und Bäume zu sehen und zumindest für einige Tage der räumlichen Enge des Schiffs entfliehen zu können, während dieses neu verproviantiert wurde, Frischwasser an Bord nahm und Fracht löschte.

Am dritten Tag ihres Aufenthalts in Cape Town unternahm Jessica einen Landgang nur in Begleitung von Henry Thornton. Sie kosteten jede Minute ihres romantischen Ausflugs aus.

Es war schon dunkel, als ihre Mietkutsche sie zum Hafen zurückbrachte. Sie schwiegen, doch jeder wußte, was der andere fühlte und dachte. Sie sahen sich an und lasen im Gesicht des anderen wie in einem offenen Buch.

Jessica ließ es geschehen, als er sich zu ihr beugte, ihr Gesicht in beide Hände nahm und sie küßte, so zärtlich und leidenschaftlich, daß ihr Körper in einen Aufruhr sinnlicher Gefühle versetzt wurde.

Eine Weile gab sie sich diesem herrlichen Rausch hin, schlang ihre Arme um seinen Nacken, drängte sich an ihn und erwiderte seine Küsse mit demselben Verlangen, das in seinen Küssen zum Ausdruck kam. Seine Hände

glitten liebkosend über ihren Busen. Dann fiel der Lichtschein der Hafenlaternen in das Wageninnere.
Widerstrebend löste sich Jessica aus seiner Umarmung. Ihr Atem ging so schnell, als hätte sie gerade den Tafelberg erklommen, ohne eine einzige Pause eingelegt zu haben.
»Wir dürfen unseren Gefühlen nicht die Zügel schießen lassen, Henry!« sagt sie mit beschwörender Stimme, während in ihren Augen noch ein verklärter Ausdruck stand.
»Warum nicht? Was ist an unseren Gefühlen so falsch?« fragte er.
»Du weißt es.«
»Sag es mir, Jessica.«
»Du kehrst nach England zurück, so wie ich in einem halben Jahr wieder nach Australien zurückkehren werde. Was immer wir füreinander empfinden, es ist nicht stark genug, um eine Zukunft zu haben, und wird diese Seereise höchstens um einige Monate überstehen. Wir sind zu unterschiedlich und wie zwei Schiffe, die auf hoher See zufällig für einen kurzen Zeitraum denselben Kurs steuern.«
Er schwieg einen Moment. »Du magst recht haben. Aber ändert das etwas an der Tatsache, daß ich dich *hier und jetzt* liebe und begehre? Und ich weiß und spüre genau, daß auch du nicht anders empfindest. Seit Wochen ist uns das beiden bewußt, bei jeder Begegnung, bei jedem Blick und bei jeder Berührung. Ist das nicht die Wahrheit?«
»Ja, Henry«, flüsterte sie.
»Wir sind beide frei und ungebunden. Warum nehmen wir uns nicht das Glück, das uns vergönnt ist, ohne nach dem Morgen zu fragen?« Er ergriff ihre Hand und schaute ihr in die Augen. »Ich möchte dich spüren . . . und lieben, Jessica, richtig lieben.«

»Ich dich auch, Henry. Aber es darf nicht sein«, versuchte sie standhaft zu bleiben.
Die Kutsche hielt am Pier. Henry sprang hinaus, half Jessica aus dem Wagen und entlohnte den Kutscher. Dann reichte er ihr höflich seinen Arm und führte sie über die Gangway an Bord ihres Schiffs. Er ging gemessenen Schrittes und achtete darauf, daß sich nur ihre Arme, nicht aber ihre Körper berührten. Und in seinem Benehmen lag nicht die Spur von Vertraulichkeit. Wer sie so sah, wäre nie auf die Idee gekommen, daß sie innerlich vor Verlangen nacheinander verbrannten.
Sie passierten die Deckwache, Belanglosigkeiten austauschend, wie sie es immer taten, wenn sie in Hörweite von anderen gerieten, ganz gleich ob sie zur Mannschaft oder zu den Passagieren zählten.
Henry führte sie am Großmast vorbei auf die andere Seite, wo sich die Bucht zum Meer hin öffnete. Er blickte in die Dunkelheit hinaus, und seine Stimme war wie ein warmer flüsternder Windhauch.
»Heute nacht, Jessica. Laß deine Tür unverschlossen. Ich will dich, und ich spüre mit jeder Faser, daß auch du lange genug gewartet hast. Ich komme nach Mitternacht, und dann wird es endlich geschehen, was uns Tag für Tag verrückt macht und uns nachts den Schlaf raubt. Ich werde dich in meinen Armen halten, und wir werden uns das geben, was wir uns schon so lange ersehnen.«
»Ich wünschte, ich könnte es tun«, raunte Jessica mit gequälter Stimme. »Doch du wirst die Tür verschlossen finden. Heute nacht und auch in jeder anderen.«
Er drehte sich um und sah sie mit einem Lächeln an, als hätte sie genau das Gegenteil gesagt. »Um kurz nach Mitternacht, wenn die Wache an Deck gewechselt hat.«

Jessica schüttelte heftig den Kopf, wandte sich abrupt um und hastete davon.
Henry Thornton schlich wenige Minuten nach Mitternacht über den Gang – und fand ihre Kabinentür unverschlossen vor. Auf der Frisierkommode brannte eine Öllampe mit kleiner Flamme.
Ob auf offenem Meer oder im Hafen, auf ein Schiff kehrte niemals völlige Stille ein. Immer war da das Geräusch der See, die an der Bordwand entlangrauschte oder, lag das Schiff vor Anker, gegen den Rumpf schwappte. Dazu kamen das Knarren von Masten, Rahen und Takelage, das Schlagen loser Leinen und Tauenden im Rigg und die seltsamen Laute, die das Spantenwerk von sich gab. Manchmal klang es wie ein Ächzen und Stöhnen. Die Geräusche auf einem Segelschiff waren vielfältiger Art. Sie hörten niemals auf, sie waren die Lebenszeichen wie der Atem beim Menschen. Captain Hemlock wäre nicht der einzige gewesen, der darauf geschworen hätte, daß jedes Schiff ein lebendes Wesen war.
Niemand an Bord hörte deshalb, wie Henry Thornton die fremde Kabine betrat. Nicht einmal Jessica. Es war das leichte Flackern der Flamme, das sie den Kopf heben ließ, und da hatte er die Tür auch schon wieder hinter sich geschlossen und stand vor ihr.
»O Gott, Henry«, flüsterte Jessica.
Er sank zu ihr auf das Bett, und ihre Lippen fanden sich zu einem langen Kuß.
»Laß mich dich anschauen«, bat er dann und zog die Bettdecke langsam zurück.
Jessica lag splitternackt vor ihm. »Ich muß nicht bei Sinnen sein«, raunte sie mit belegter Stimme und konnte es doch nicht erwarten, daß er sie berührte.
Sein Blick glitt voller Bewunderung und Begehren

über ihren ebenmäßig geformten Körper. »Das kommt erst noch, Jessica«, sagte er und strich über die seidenglatte Haut ihres Oberschenkels. »Das kommt erst noch ...«

Jessica bewegte sich unter seinen liebkosenden, forschenden Händen, zu denen sich bald auch noch seine Lippen und seine Zunge gesellten, wie unter einem inneren Zwang. Jede seiner Berührungen sandte himmlische Flammen sinnlichen Feuers durch ihren Körper. Als er ihre Brüste küßte und sanft an ihnen saugte, hätte sie beinahe laut aufgestöhnt. Ja, sie war bereit für ihn. Und wie sie für ihn und die Leidenschaft bereit war! Ihr ganzer Körper verlangte nach ihm. Erst jetzt wurde ihr so richtig bewußt, wie sehr ihr diese Zärtlichkeit und die körperliche Liebe gefehlt hatten.

Ihr Körper stand schon in hellen Flammen, als sie endlich dazu kam, den Gürtel seines samtenen Morgenmantels zu lösen und ihn ihm von den Schultern zu streifen. Darunter war er so nackt wie sie. Die Öllampe warf ihren schwachen Lichtschein auf seinen gutgebauten Körper und seine stolze Männlichkeit.

Ihre Vereinigung war so berauschend lustvoll und erfüllend, wie Jessica es sich all die Wochen immer wieder ausgemalt hatte. Sie barg ihren Kopf an seiner Schulter und preßte ihren Mund in sein festes Fleisch, als er sie zum Höhepunkt brachte. Sie bog sich unter ihm und erzitterte in seinen Armen.

Wenig später verriet ihr sein schneller werdender Atem, daß er sich nicht mehr länger beherrschen konnte. Als er sich aus ihr zurückziehen wollte, hielt sie ihn mit Armen und Beinen fest. »Nicht, Henry!« flüsterte sie ihm zu. »Bleib in mir!«

Er zögerte einen Moment.

Jessica küßte ihn, legte ihre Hände auf sein Gesäß und streichelte ihn, während ihr Becken ihm entgegenkam, als er seine Bewegungen mit einem leisen Stöhnen nun wieder aufnahm. Es sollte für ihn so schön sein, wie es für sie gewesen war.

Danach lagen sie eine Weile in atemlosem Schweigen und enger Umarmung Seite an Seite. Sie spürte ihn noch immer tief und stark in sich, und es war ein wunderbares Gefühl buchstäblicher Verbundenheit.

»Das war nicht richtig, was du getan hast. Und was noch schlimmer ist: Ich hätte es nicht zulassen dürfen.«

»Mach dir keine Sorgen.«

»Wenn ein Mann mit einer Frau schläft, für die er viel empfindet, die er aber nicht heiraten kann, aus welchen Gründen auch immer, hat er allen Grund, sich Sorgen zu machen. Und es ist seine gottverdammte Pflicht, das gefälligst vorher zu tun und nicht hinterher«, warf er sich vor.

Sie gab ihm einen Kuß. »Ich wünschte, du würdest Australien so lieben wie ich«, seufzte sie.

»Lenk bitte nicht ab. Das darf nie wieder passieren, Jessica!« sagte er ernst und streichelte über ihre Hüfte.

»Ich möchte dich aber so und nicht anders spüren, Henry«, erwiderte sie, erfüllt von einer Dankbarkeit und Zärtlichkeit für diesen Mann, die sie erstaunte und zugleich beglückte. Der Gedanke daran, daß sich ihre Wege in wenigen Monaten für immer trennen würden, tat ihr nicht weh.

»Aber ich möchte nicht, daß du von mir schwanger wirst und wir dann nicht wissen, was wir tun sollen. Mein Gott, eine Ehe zwischen uns beiden würde zu einer Katastrophe führen – doch wie könnte ich dich mit meinem Kind deinem eigenen Schicksal überlassen.«

»Du brauchst dir wirklich keine Sorgen zu machen, daß ich schwanger werden könnte – ich bin es schon.«
Er sah sie betroffen an, und diese Betroffenheit ehrte ihn. »Um Gottes willen, Jessica! Aber du hast mir doch erzählt, daß ...«
Sie legte ihm ihren Zeigefinger auf die Lippen und brachte ihn zum Verstummen. »Über diese Schwangerschaft möchte ich nicht reden, Henry. Ich will dir nur so viel sagen: Ich habe dieses Kind nicht gewollt, und ich werde dem Mann nie verzeihen, der mir dieses Kind gemacht hat ... und wie er es getan hat!« Ihre Stimme war leise und ruhig, aber dennoch war ihr ein kalter, beherrschter Haß anzuhören. »Und wenn du etwas für mich tun möchtest, dann frage nicht weiter, sondern sei auch morgen und übermorgen ein so wunderbarer zärtlicher Liebhaber, wie du es gerade gewesen bist. Das ist alles, was ich mir wünsche.«
Er verstand und nickte. Einen Augenblick sah er sie an. Dann streichelte er über ihre Wange und folgte mit der Kuppe seines Zeigefingers dem verführerischen Bogen ihrer Lippen.
»Es gibt keinen Wunsch, den ich dir lieber erfüllen würde. Aber bestehst du darauf, daß ich damit bis morgen warte?«
Sie spürte, wie er in ihr wuchs, und erwiderte sein warmes Lächeln. »Nicht unbedingt, mein Geliebter.«
Er zog sie auf sich, während er sich auf den Rücken drehte. »Du siehst, ich unterwerfe mich ganz deinem Willen«, flüsterte er und liebkoste ihre vollen, festen Brüste.
»Ich nehme dich, so wie du bist, Henry«, scherzte Jessica zweideutig und begann sich auf ihm zu bewegen.
»Und wie bin ich?«
»Wunderbar stark und durchdringend.«

17

Jessica und Henry wußten, daß es ein Glück auf Zeit war, das sie erlebten. Wenn sich manchmal auch Bedauern in ihnen regte, daß sich ihre Vorstellungen vom Leben nicht miteinander verschmelzen ließen und ihr leidenschaftliches Verhältnis ein Ende haben würde, sowie das Schiff England erreicht hatte, so versuchten sie sich doch nichts vorzumachen. Vermutlich war es gerade dieses Fehlen romantischer Illusionen und Erwartungen an den anderen, das ihr Glück auf Zeit so vollkommen werden ließ. Es gab keine Zukunftspläne und keine gegenseitigen Ansprüche, keine unterschiedlichen Vorstellungen darüber, wie das gemeinsame Leben gestaltet werden sollte – und daher gab es auch keine Mißklänge und keinen Streit mit unterschwelligen Machtproben. Es gab nur das Heute, die Zärtlichkeit und unbeschwerte Erfüllung dieser Nacht.

Die SULTANA hatte nach fünf Tagen in Cape Town die Anker gelichtet und die Segel für die zweite lange Etappe nach England gesetzt. Nun schnitt sie auf nordwestlichem Kurs durch die Wasserwüste des Atlantischen Ozeans. Und bis auf einige kleinere Schlechtwetterfronten, die für ein paar Tage rauhen Seegang bei dunklem Himmel und gelegentlichen warmen Regenschauern brachten, blieben sie von schweren Stürmen verschont.

Zeit wurde in diesen Monaten auf See zu einem Begriff ohne rechte Bedeutung. Stunde um Stunde, Tag um Tag, Woche um Woche zog das Schiff mit schäumender Bugwelle durch die See, die jeden Tag aufs neue von Horizont zu Horizont reichte. Es schien, als würde die SULTANA trotz allem nicht vorankommen, denn die See war so blau und endlos wie am Tag zuvor und wie in der Woche davor.

Das Leben an Bord hatte längst zu seinem eigenen Rhythmus und seinen Gesetzmäßigkeiten gefunden. Bei den Mahlzeiten in der Offiziersmesse herrschte eine Atmosphäre, die Henry einmal sehr treffend als »feindselige Höflichkeit mit mörderischen Unterströmungen in den neutralen Gewässern von Captain Hemlock« bezeichnete. Man giftete sich nicht offen an, sondern nahm Zuflucht zu raffiniert formulierten Zweideutigkeiten und Blicken, die nicht weniger scharf und giftig waren als die Giftpfeile von rachsüchtigen Kopfjägern irgendwo im Busch.

Das Gift in Wort und Blick richtete sich aber schon lange nicht mehr allein auf Jessica. Inzwischen lagen Captain Anderson und Captain Bacon im Streit miteinander. Später konnte keiner mehr sagen, was ihn ausgelöst hatte. Henry glaubte sich an einen hitzigen Wortwechsel nach einem Kartenspiel bei zuviel Portwein zwischen den beiden erinnern zu können, bei dem sie sich gegenseitig des Falschspiels bezichtigt hatten. Aber ob das der tatsächliche Anlaß gewesen war, vermochte er nicht zu sagen.

Was die Feindseligkeiten zwischen den Cormacks und den Waterfords ausgelöst hatte, war dagegen jedem an Bord bekannt. Denn es hatte sich schnell herumgesprochen, daß Mister Waterford in Cape Town ein Bordell aufgesucht hatte und dort bis auf den letzten Penny ausgeraubt worden war. Was nicht weiter schlimm gewesen und wohl auch keinem zu Ohren gekommen wäre, wenn er nicht auf der Straße so einen Krach veranstaltet und lauthals nach der Polizei geschrien hätte, was die in einer Miet-

droschke zufällig vorbeikommenden Cormacks erst auf ihn aufmerksam werden ließ. Daß auf der SULTANA die Geschichte dann wie ein Lauffeuer die Runde machte, war das zweifelhafte Verdienst von Missis Cormack. Missis Waterford nahm dafür bittere Rache, indem sie das Gerücht in Umlauf brachte, daß Mister Cormack das Bordell in Cape Town aufgesucht habe, weil das Kindermädchen Daisy ihm *nicht länger* hatte zu Willen sein wollen. Damit war eine glühende Feindschaft zwischen beiden Familien geboren, die eine Missis Brading aus dem Zentrum ihres gehässigen Interesses an den äußersten Rand der Bedeutungslosigkeit verbannte.
Jessica war es recht so, denn mit Captain Anderson und Major Ferguson wurde sie sehr gut fertig. Zudem war sie sich der Sympathie von Otis Seal und Scott Duncan, dem Ersten Offizier, sicher, von Henrys Beistand ganz zu schweigen.
Anne ahnte noch immer nichts von der leidenschaftlichen Liebesaffäre zwischen ihrer Herrin und Henry Thornton und dessen nächtlichen Besuchen in Jessicas Kabine. Sie war von den Dingen, die ihr wichtig waren, vollkommen in Anspruch genommen. Das waren vor allem ihre Kleider, denn noch nie in ihrem Leben hatte sie solch wunderbare Stoffe in der Hand gehalten, die einmal sie bekleiden sollten. Natürlich hätte sie sich am liebsten sofort an die Arbeit zu ihrer neuen Garderobe gemacht, doch ihr Pflichtgefühl ließ das nicht zu, obwohl Jessica ihr versicherte, daß sie ruhig erst ein, zwei Kleider für sich nähen könnte.
»Ich hätte keine Freude und Ruhe, wenn ich erst mit meinen anfinge, Missis Brading«, lehnte sie tapfer ab, denn die Verlockung war groß. »Ich tue es so, wie es recht ist.« Und als sie dann von der Schwangerschaft erfuhr, sah sie sich in

der Richtigkeit ihrer Entscheidung bestätigt. Sie schnitt die Stoffe so zu, daß die Kleider mehr Fülle bekamen und nicht mehr so auf Figur saßen.

»Niemand wird Ihnen Ihre Schwangerschaft ansehen, Missis Brading«, versicherte ihr Anne, und dafür zu sorgen, war eine große Herausforderung, der sie sich mit Freude und Verantwortung stellte. »Später dann brauche ich nur hier und da ein paar Nähte aufzutrennen, um die Kleider enger zu machen.«

Jessica wußte, daß es nicht allein damit getan sein würde, ein paar Nähte aufzutrennen. Es wartete schon eine Menge mehr Arbeit auf sie. Doch Anne lachte, griff wieder zu Nadel und Faden und sagte vergnügt: »Wenn mal nur alle Arbeit so angenehm und kurzweilig wäre!«

Es fiel Jessica schwer, sich stundenlanges Nähen als angenehme, geschweige denn kurzweilige Arbeit vorzustellen. Sie wäre eher daran verzweifelt. Welch ein Glück, daß sie nicht alle gleich waren und jeder dem Leben einen anderen Geschmack abgewann. Sie beglückwünschte sich mehr als einmal, Anne damals zu ihrer Zofe gemacht und sie auf die Reise mitgenommen zu haben. Sie war ihr in jeder Hinsicht eine große Hilfe und treue Gefährtin.

Und Henry war ihr Geliebter, der ihre Nächte mit Zärtlichkeit und Leidenschaft erfüllte. Es waren wunderbare Stunden, die sie in ihrem Bett verbrachten, und nicht allein wegen der Lust, die sie sich schenkten. Oftmals lagen sie auch nur da und redeten oder hielten sich in den Armen, träumten vor sich hin und lauschten den Geräuschen des Schiffs, um sich erst viel später zu lieben, wenn die Nacht sich schon ihrem Ende entgegenneigte.

Sie befanden sich nun schon seit drei Monaten auf See, und allmählich begann sich ihr Bauch zu wölben. Die

Veränderung, die mit ihrem Körper vor sich ging, war ihr in keiner ihrer früheren Schwangerschaften unangenehm gewesen. Im Gegenteil, sie war immer voller Stolz und hatte jedes Stadium mit einem wachsenden Gefühl von Glück und Liebe verfolgt, Liebe für das in ihr heranreifende neue Baby und Liebe für seinen Vater. Doch das waren Kinder gewesen, die sie auch in Liebe und wahrhaft voll freudiger Hoffnung empfangen hatte.

Diesmal empfand sie anders. Sie wollte nicht an das Kind und damit zwangsläufig auch an die entsetzlichen Umstände seiner Empfängnis erinnert werden. Und schon gar nicht wollte sie, daß ihr jemand ihren Zustand ansah. Erst recht nicht, wenn sie nackt und mit Henry zusammen war.

Sie hatten in all den Monaten die Öllampe stets auf kleiner Flamme brennen lassen. Denn ihre Augen waren bei ihrem Liebesspiel genauso beteiligt gewesen wie jeder andere Teil ihres Körpers, der Lust steigern und wahrnehmen konnte. Als er ihre Kabine nun wiederholt in völliger Dunkelheit vorfand und Jessica ihn eindringlich bat, kein Licht zu entzünden, da machte er sich so seine Gedanken. Und er ahnte, was sie beschäftigte und neuerdings ihre gemeinsamen Stunden weniger gelöst genießen ließ.

»Warum nicht, Jessica? Ich mag es, dich anzusehen.«

»Bitte nicht!«

»Warum nicht?« Er ahnte, was es war, doch er wollte, daß sie es ihm sagte. »Du siehst wunderschön aus.«

»Nicht mehr«, flüsterte sie.

Er kam zu ihr. »Ist es deswegen?« fragte er und legte seine Hand auf ihren Bauch.

»Ja«, sagte sie mit erstickter Stimme. Sie schämte sich, obwohl sie nicht wußte, welchen Grund sie dafür gehabt hätte. Aber das änderte nichts daran, daß sie so empfand.

»Ich werde rund und häßlich, Henry ... und ich möchte nicht, daß du mich so siehst ...«

»Aber Jessica!«

»... und ich ... ich möchte auch, daß du nicht mehr zu mir kommst.«

»Wenn du wüßtest, was für dummes Zeug du da von dir gibst, würdest du schallend lachen.«

»Mach dich bitte nicht über mich lustig!« Sie war den Tränen nahe.

»Ich mache mich nicht lustig. An dir ist nichts, dessen du dich zu schämen brauchst. Du siehst erregend schön aus, auch hiermit«, versicherte er und ließ seine Hand über die Wölbung ihres Leibes gleiten. »Du siehst wunderbar aus, im wahrsten Sinne des Wortes. Ich will nichts über den Vater wissen, und du willst nicht darüber reden. Das ist in Ordnung so. Aber das ändert doch nichts an der Tatsache, daß das, was da mit dir geschieht, ein Wunder ist. Das da wird einmal ein erwachsener Mensch sein, und du hast ihm das Leben geschenkt. Ich finde das ein unglaubliches Wunder. Und dich so zu sehen, ist aufregend und erregend, das kannst du mir glauben. Du wirst auch noch im neunten Monat schön sein. Spürst du denn nicht, wie sehr es mich nach dir verlangt?«

Seine Worte und seine Zärtlichkeiten vermochten tatsächlich, ihr Scham und Abscheu vor ihrem sich verändernden Körper zu nehmen. Die behutsame Leidenschaft, mit er sie gerade in diesen letzten Wochen überschüttete, war nicht nur eine ungeheure Befriedigung fleischlicher Lüste, sondern auch Balsam für die Seele.

Eines Nachts, nach einer langen wunderbaren Vereinigung, streichelte er versonnen über ihren gewölbten Leib. »Ich wünschte, das Kind wäre von mir.«

»Henry, wir haben doch beide von Anfang an gewußt, daß es keinen Sinn hat ...«
Schnell fiel er ihr ins Wort. »Nein, das habe ich auch nicht gemeint. Ich habe nur daran gedacht, daß ich jetzt zweiundvierzig bin – und noch immer Junggeselle.«
»Doch wohl aus freien Stücken. Bestimmt hat es an attraktiven und heiratswilligen Frauen in deinem Leben nicht gemangelt«, nahm sie an und dachte an seine adlige Abstammung, über die er ihr gegenüber noch kein Wort verloren hatte.
Er lachte leise auf. »Damit magst du wohl recht haben. Daß ich noch immer Junggeselle bin, liegt gewiß nur an mir. Meine Freiheit war mir stets das Wichtigste im Leben. Und ich war immer überzeugt, für das Leben allein geboren zu sein. Ich habe auch nie über Kinder nachgedacht. Doch seit ein paar Wochen geht mir der Gedanke nicht aus dem Sinn, wie schön es doch sein muß, eine Frau zu haben ... und Kinder von eigenem Fleisch und Blut«, sagte er nachdenklich.
»Ein Mann wie du sollte heiraten, Henry.«
»Aus irgendeinem bestimmten Grund?«
»Weil du ein Mann bist, der weiß, wie man eine Frau glücklich macht.«
»Ja, vielleicht als Liebhaber.«
»Sicher bist du auch ein guter Ehemann und Vater«, war Jessica überzeugt. Das lag einfach in seiner warmherzigen Natur. »Du solltest wirklich als nächstes den Hafen der Ehe ansteuern.«
»Hast du vielleicht eine Zwillingsschwester, die dir in allem gleichkommt, ausgenommen deine unselige Liebe zu dieser wilden, heißen und staubigen Kolonie?«
Jessica lachte und kuschelte sich an ihn. »Du wirst schon eine hübsche, liebenswerte und vor allem bodenständige

Frau finden, die sich glücklich schätzen wird, dich zum Mann zu haben ... und der der Regen und der Nebel und die kalten langen Wintermonate ebensowenig ausmachen wie mir die Wildheit und die Hitze und der Staub Australiens.«

»Ja, vielleicht«, murmelte er versonnen.

Einige Tage später, als sie sich nach dem Abendessen zu ihrem Rundgang an Deck trafen, machte Henry einen niedergeschlagenen Eindruck auf Jessica. Schon in der Messe war er sehr wortkarg gewesen und hatte nicht einmal über die lustige Anekdote des Ersten Offiziers gelacht, die sogar einer Mary Waterford ein beifälliges Schmunzeln entlockt hatte. Auf ihre Frage versicherte er ihr wenig überzeugend, daß mit ihm alles in Ordnung sei und ihn wohl nur dieses naßkalte Wetter ein wenig grimmig stimme.

Ein kalter Wind wehte über das Deck, und Jessica zog den warmen Umhang enger um ihre Schultern. »Nichts ist in Ordnung, Henry. Ich sehe dir doch an, daß du bedrückt bist. Und mit Sicherheit nicht wegen des Wetters. Dir macht irgend etwas anderes Sorgen!«

»Ach, verdammt, ich habe in den letzten Tagen beim Kartenspiel verloren, viel verloren sogar ...«

»Aber davon hast du mir ja gar nichts erzählt!«

»Das Glücksspiel ist keine Beschäftigung, mit der man Ehre einlegen kann«, sagte er selbstkritisch. »Und ich habe mir geschworen, keine Karten mehr in die Hand zu nehmen, wenn ich erst wieder in England bin. Und es sah auch so aus, als würde dafür dann keine finanzielle Notwendigkeit mehr bestehen.«

»So viel hast du gewonnen?« fragte Jessica erstaunt und war versucht, ihn auf die Manschettenknöpfe anzusprechen, die er hatte verkaufen müssen, um seine Passage zu

bezahlen. Viel konnte ihm danach nicht geblieben sein, was er am Kartentisch hatte einsetzen können.
Er nickte. »Ein kleines Vermögen, und ich bin sicher, du hast mir Glück gebracht. Doch dann, vor zehn Tagen, begann meine Pechsträhne. Und ich habe alles wieder verloren, weil ich einen dummen Fehler gemacht und all die Tage gegen meinen Instinkt gespielt habe, als es erst einmal abwärts mit mir ging.«
»Und du glaubst, du kannst das Glück noch einmal zu deinen Gunsten wenden?«
»Ich weiß es, denn Captain Bacon und Major Lowell setzt die lange Schiffsreise von Woche zu Woche mehr zu. Sie trinken nicht nur mehr, sondern auch härtere Sachen als zu Anfang der Reise. Port rühren sie schon gar nicht mehr an. Es muß schon Branntwein sein, und nicht zu knapp. Und der macht sie unaufmerksam und leichtsinnig. Aber was nützt mir das jetzt, da ich aus dem Spiel bin. Sie akzeptieren keine Wechsel, und ich kann es ihnen noch nicht einmal vorwerfen.«
»Warte einen Augenblick!« Jessica eilte unter Deck, bevor er sie fragen konnte, was in sie gefahren sei.
Sie kam mit einer Lederbörse zurück und drückte sie ihm in die Hand. »Versuch dein Glück ein letztesmal, Henry.«
»Was soll das? Was ist das?«
»Das da sind fünfhundert Pfund. Und das soll dich in die Lage versetzen, wieder deinen Platz am Tisch der Rum-Offiziere einzunehmen.«
»Das kommt überhaupt nicht in Frage! Da, nimm es wieder zurück! Nicht einen Penny werde ich von dir nehmen!« Er war regelrecht verärgert. Der Gedanke, daß sie ihm Geld geben könnte, war ihm nie gekommen.
»Ich will es dir nicht schenken, Henry. Betrachte es als zinsloses Darlehen.« Sie drängte ihm die fünfhundert

Pfund förmlich auf. »Ich möchte, daß du diese korrupten Rotröcke um soviel Geld wie nur möglich erleichterst.« Schließlich ließ er sich dazu überreden, das Geld als ein Darlehen anzunehmen. Und er beteiligte sich wieder an den Kartenspielen.

Bereits eine Woche später konnte er ihr die fünfhundert Pfund zurückzahlen. »Wenn diese Fettsäcke den Branntwein weiterhin so in sich hineinkippen, werde ich sie noch ausnehmen wie eine Weihnachtsgans!« Und das Glück blieb ihm treu.

Sie befanden sich auf der Höhe der Bretagne, als Henry Thornton die Kraft aufbrachte, aus der Runde der Kartenspieler auszusteigen, solange seine Glückssträhne noch anhielt.

»Nie mehr Glücksspiele!« schwor er sich. Er hatte viertausendzweihundert Pfund gewonnen. Nicht viel für einen Lord, aber doch mehr, als er bei seiner Ankunft in Australien sein eigen genannt hatte. Es mußte reichen, um in England einen neuen Anfang zu machen.

18

Land in Sicht! . . . Land querab an Steuerbord! . . . England!« schallte die Stimme des Ausgucks aus dem Mastkorb. »Die Küste von England!«

Der Ruf wurde von den Seeleuten, die sich an Deck befanden, mit Jubel aufgenommen und weitergetragen. Innerhalb weniger Augenblicke erreichte er auch alle Quartiere unter Deck. Die Freiwache und die Passagiere ließen alles liegen und stehen, womit sie gerade beschäftigt waren, und stürzten an Deck.

Jessica hatte einen Brief an Glenn Pickwick angefangen, als der Ausguck Land sichtete. Sie brach mitten im Wort ab. Was kümmerte sie der häßliche Tintenklecks, den sie durch ihre abrupte Bewegung auf dem Papier hinterließ. Sie hatte später Zeit genug, den Brief noch einmal zu beginnen. England! Endlich hatten sie England erreicht!

Auch Anne, die in ihrer Kabine über Näharbeiten saß und sich dabei von Daisy Briggs' endlosem Geplapper unterhalten ließ, reagierte wie elektrisiert. Ihr war gar nicht bewußt, wie achtlos sie den herrlichen flaschengrünen Atlasstoff von ihrem Schoß schob und zu Boden fallen ließ. Hätte sie sich in diesem Moment selbst beobachten können, sie wäre über ihre mangelnde Sorgfalt bestürzt und beschämt gewesen. Doch in diesem Moment beherrschte sie nur der Wunsch, wie die anderen an Deck zu laufen und die Küste dieses fremden Landes zu sehen, von dem Jessica und Daisy ihr in den vergangenen Monaten soviel erzählt hatten.

Daisy war schon vor ihr aus der Kabine. Überall schlugen Türen, polterten Stiefel und wurden Stimmen laut, doch es war ein fröhliches Lärmen. Im Gang traf Anne auf ihre Herrin, die sich nicht mal die Zeit genommen hatte, ihr Cape um die Schultern zu legen.
»Ihr Umhang!« rief Anne, unwillkürlich an ihre Pflichten als Zofe erinnert. »Sie brauchen Ihren Umhang! Es ist kalt und windig an Deck.«
»Für ein paar Minuten wird es auch ohne gehen.«
»Sie holen sich den Tod. Das kommt nicht in Frage, Missis Brading!« beharrte Anne. »Warten Sie! Ich bin sofort mit Ihrem Cape zurück.«
Jessica zögerte, doch dann hielt sie inne. »Du hast recht. Nach den langen Monaten kommt es auf zwei Minuten mehr wahrlich nicht an.« Sie schüttelte den Kopf. »Wie unvernünftig der Mensch doch reagiert.«
Augenblicke später kehrte Anne mit ihrem knöchellangen, warmen Umhang und einem Kopftuch zurück. Dann hasteten auch sie den Niedergang hinauf, um sich zu den anderen an der Steuerbordreling zu gesellen.
Ein grauschwarzer Himmel, der Regen verhieß, hing tief und schwer wie eine alte nasse Decke über der See, die nicht weniger grau und unfreundlich wirkte. Ein böiger, ungemütlich naßkalter Aprilwind fegte über das Deck. Jessica war Anne nun überaus dankbar, daß sie sie nicht ohne Umhang und Kopftuch hatte gehen lassen.
Die Küste war eine unregelmäßig geformte Linie, die sich wie ein Stück Treibholz zwischen See und Himmel gedrängt zu haben schien. Es war die Küste von Cornwall, die dort im trüben Licht des Nachmittags lag.
»Neuer Kurs Nordnordost!« rief Captain Hemlock dem Rudergänger zu.
»Kurs Nordnordost liegt an, Captain!« meldete der Ru-

dergänger Augenblicke später. Der Bug der SULTANA wies nun in einem spitzen Winkel auf den südwestlichen Zipfel von England. Die Küste wuchs rasch aus dem Meer und nahm deutlich an Kontur zu. Ein wild zerklüftetes Vorgebirge erstreckte sich über die Landzunge. Jeder Seemann, der sein Schiff und sein Leben liebte, hielt einen respektvollen Abstand zu dieser von messerscharfen Klippen und felsigen Untiefen verseuchten Küste, die bei Sturm und Nacht schon so manchem Schiff zum Verhängnis geworden war.

»Das da drüben muß Land's End sein!« rief Mister Waterford.

»Was ist das?« fragte Anne aufgeregt, obwohl doch gar nicht viel zu sehen war.

»Das ist der westlichste Punkt Englands«, antwortete ihr Mister Cormack, ohne den Blick vom Festland zu nehmen, als fürchtete er, es könnte dann wieder hinter dem Horizont im Meer versinken. »Ich bin einmal dort gewesen, in Penzance. Da wachsen sogar Palmen.«

»Von Palmen und Eukalyptus habe ich bis an mein Grab genug gesehen. Jetzt verlangt mein Auge nur noch nach guter britischer Eiche und nach Buchen und Weiden und grünem Rasen«, gab Captain Anderson vergnügt von sich.

»Und nach Regen«, warf Henry ein, was allgemeines Gelächter hervorrief.

Es war seltsam. Trotz des unfreundlichen Wetters sah man nur lachende, fröhliche Gesichter. Und was noch seltsamer war: Jeder sprach wieder mit jedem. Die erbitterten Feindschaften, die Woche für Woche und Monat für Monat das Zusammenleben an Bord beherrscht und die Passagiere in Parteien geteilt hatten, schienen plötzlich angesichts des bevorstehenden Endes dieser langen Seereise nicht mehr von Bedeutung. Es war, als würde man sich allgemein der Lächerlichkeit all dieser kleinlichen Fehden bewußt, zumindest jedoch ihrer Bedeutungslosigkeit für die Zeit nach dem Ausschiffen in Plymouth. Schon morgen würde man von Bord gehen und sich quasi in alle vier Winde zerstreuen, die einen nach Bristol, die anderen nach Bournemouth, Salisbury, Cheltenham, Leeds und London. Bis auf eine Ausnahme würde sich keiner der Passagiere wiedersehen, es sei denn, der Zufall fügte es so. Aber solch ein Zufall war höchst unwahrscheinlich, und niemand verschwendete daran einen Gedanken. Jeder war froh, die schrecklich lange Überfahrt endlich hinter sich gebracht zu haben.

Die SULTANA passierte zwei Stunden vor Sonnenuntergang Kap Lizard und hielt dann auf Plymouth zu. Ein Dutzend Meilen vor dem Hafen drehte der Dreimaster bei, denn bei Dunkelheit den Hafen anzulaufen, war ein zu großes Risiko.

Die letzte Nacht auf See. Von den Passagieren bekam kaum einer viel Schlaf. Die Offiziere, versöhnt, als hätte es nie Streit unter ihnen gegeben, fanden sich mit den anderen männlichen Passagieren in der Messe zu einem letzten Trinkgelage zusammen, an dem sogar Mister Waterford und Mister Cormack teilnahmen.

Jessica und Anne packten ihre Sachen, was schnell getan war, und saßen danach noch bis tief in die Nacht zusammen. Sie tranken heißen Grog, den ihnen der Steward in die Kabine brachte, und redeten mehr über SEVEN HILLS und ihre Lieben, von denen sie nun schon mehr als vier Monate getrennt waren, als über England und das, was vor ihnen lag.

Als Jessica sich schließlich ins Bett legte und doch noch ein wenig Schlaf zu finden versuchte, gingen ihre Gedanken immer wieder zu ihren Kindern zurück – und zu

Ian. Sie fehlten ihr sehr. Schuldgefühle plagten sie, daß sie sich auf eine so lange und gefährliche Reise begeben hatte. Ihr Platz war auf SEVEN HILLS. Dort war ihr Leben, dort wurde sie gebraucht. Warum nur hatte sie nicht den Mut aufgebracht, eine Engelmacherin aufzusuchen, um das Kind wegmachen zu lassen? Dann hätte sie Australien nicht den Rücken kehren müssen. Und die Frage, ob es vielleicht nicht doch besser gewesen wäre, wenn sie sich Ian anvertraut hätte, ließ sie nicht los. Ihre Vernunft sagte ihr zwar immer wieder, daß ihr Gewissen ihr keine andere Wahl gelassen hatte, als das Kind auszutragen *und* Ian den wahren Grund ihrer Reise nach England zu verschweigen. Doch ihre Gefühle waren zu aufgewühlt und zu mächtig, als daß die Stimme der Vernunft ihr inneren Frieden hätte bringen können. Ihre ganze Situation war ein einziger Alptraum, der erst von ihr weichen würde, wenn sie wieder nach Australien zurückgekehrt war. Und diesen Alptraum nahm sie auch mit in ihren kurzen Schlaf.

Am nächsten Morgen lief die SULTANA in den Hafen von Plymouth ein. Es war der 11. April des Jahres 1810. Die Überfahrt hatte vier Monate und neun Tage gedauert. Und Captain Hemlock war stolz auf sein schnelles Schiff, und mit Recht. Jessica erinnerte sich mit Grauen daran, daß die TRADEWIND, die sie und fast zweihundert weitere Deportierte nach Australien gebracht hatte, über neun Monate für dieselbe Strecke gebraucht hatte.

Henry Thornton war einer der ersten, der von Bord ging. Er reiste mit leichtem, sehr leichtem Gepäck. Doch seine Börse war prall gefüllt. Seine Mietdroschke wartete schon auf der Pier am Fuß der Gangway, als er von Jessica Abschied nahm.

Sie standen auf dem regennassen Deck, und er hielt einen

Regenschirm über sie, den er sich vom Kutscher hatte bringen lassen. Der Regen war nicht heftig, jedoch beständig.

»England weiß, was es uns als Willkommensgruß schuldig ist, nicht wahr?« fragte Jessica spöttisch.

Er nickte lächelnd. »Jedes andere Wetter wäre wie Verrat gewesen.«

»Damit hätte ich leben können.«

»Ich mit dir auch, Jessica«, erwiderte er leise.

»Nein, und du weißt es.«

Er atmete tief durch und verzog dann ein wenig zerknirscht das Gesicht. »Du hast recht. Tut mir leid, daß ich das gesagt habe.«

»Es gibt nichts, was dir leid tun müßte, Henry. So wie es auch nichts gibt, was mir leid tut. Wir sind uns nichts schuldig. Es war wunderschön, doch jetzt ist es zu Ende. Lassen wir es dabei.«

Jessica hatte vor diesem Abschied ein wenig Angst gehabt. Aber nun fühlte sie nichts dergleichen, weder Bedauern über das, was geschehen war, noch den Wunsch, es möge in einer wie auch immer gearteten Form seine Fortsetzung finden. Es war eben keine Liebe, die sie verband, sondern sie hatten Leidenschaft geteilt und einander vor der Einsamkeit bewahrt.

»Gewöhnlich sagt man, daß man eine Freundin verliert, wenn man sie zur Geliebten gewinnt. Und wenn man eine Geliebte verliert, gewinnt man eine neue Feindin. So heißt es. Doch die Vorstellung gefällt mir nicht, daß das unser Schicksal sein soll.«

»Nicht alles, was man so sagt, trifft auch zu, Henry. Man muß keine Schatten suchen, wo keine sind.«

»Dann können wir Freunde bleiben?« fragte er hoffnungsvoll.

»Wer sollte uns daran hindern?« fragte sie zurück.
»Niemand!« Er lachte erleichtert. »Dann sehen wir uns also wirklich in London?«
Jessica nickte. »O ja, ich werde meine Drohung wahrmachen und dich aufsuchen«, versicherte sie.
»Ich habe dir ja die Adresse meines Clubs und meiner Freunde in London gegeben, deren Gastfreundschaft ich erst einmal in Anspruch nehmen werde, bis ich weiß, wie es mit mir weitergehen soll.«
»Bestimmt ganz ausgezeichnet, wenn es dir gelingt, deinen Gewinn sinnvoll zu nutzen und dich auch weiterhin von jeder Art von Glücksspiel fernzuhalten.«
»Was leider auch die Börse einschließt«, seufzte er. »Ich glaube, mir bleibt wirklich keine andere Wahl, als mir eine gute Partie zu suchen und den Hafen der Ehe anzusteuern. Nun, warten wir es ab. Wann kann ich mit dir rechnen, Jessica?«
»Es wird wohl Sommer werden.«
»Sollte ich eine Einladung annehmen und einen Teil des Sommers bei Freunden auf dem Land verbringen, werde ich eine Nachricht im Club hinterlassen, wo du mich erreichen kannst.«
»Du könntest mir einen Gefallen tun, Henry.«
»Gern. Alles, was in meiner Macht steht. Worum geht es? Nur heraus damit!« forderte er sie auf.
»Sagt dir der Name Sir Wesley Forbes etwas?«
Er überlegte und schüttelte dann den Kopf. »Nein, kann mich nicht daran erinnern, diesen Namen jemals gehört zu haben.«
»Und wie sieht es mit TURNBURRY HALL aus?« wollte Jessica wissen. »Das ist das Landgut von Sir Wesley Forbes bei Ravan, einer Kleinstadt knapp vierzig Meilen westlich von London.«

Henry runzelte die Stirn. »Hm, schon möglich, daß der Name irgendwann mal in einem Gespräch gefallen ist. Kann mich aber nicht erinnern, wo und wann. Warum ist das so wichtig, Jessica?«
»Ich hätte gern möglichst viel über Sir Forbes in Erfahrung gebracht«, antwortete Jessica und bewahrte eine gelassene Miene, die nichts von ihren Gefühlen verriet. »Über seine Freunde, seine Familie, seine Verbindungen und sein Vermögen, eben alles, was man so über einen Menschen in Erfahrung bringen kann, ohne ihn selbst zu verhören.«
Er war sichtlich verwundert. »Gibt es einen besonderen Grund, weshalb du an diesem Sir Wesley Forbes ein so starkes Interesse hast?«
Jessica brachte ein geheimnisvolles Lächeln zustande. »Geschäfte, Henry. Ein paar aktuelle Informationen wären mir da recht hilfreich.«
Henry fühlte sich versucht, sie nach der Art der Geschäfte zu fragen. Er tat es aber dann doch nicht. Ihre betont vage Antwort ließ keinen Zweifel, daß sie nicht in Einzelheiten zu gehen gedachte. Er respektierte das. »Und wieso glaubst du, daß ausgerechnet ich dir diese hilfreichen Informationen beschaffen kann?« fragte er mit hochgezogenen Brauen.
Jessica wählte ihre Begründung mit Bedacht. Auch hier war eine vage gehaltene Antwort angebracht. »Ich habe einfach das Gefühl, daß dir die Kreise, zu denen Sir Forbes zählt, nicht ganz fremd sind.«
»So, du hast einfach das Gefühl«, sagte er gedehnt und sah sie forschend an.
Jessica gab sich gelassen und zuckte mit den Schultern. »Nun, wenn ich mich geirrt haben sollte, wirst du es mir wohl sagen, denke ich. Dann wird mir schon etwas anderes

einfallen, wie ich an diese Informationen gelangen kann«, erwiderte sie und wechselte das Thema, als sei es ihr gar nicht so besonders wichtig. »Du solltest den Kutscher nicht zu lange warten lassen. Außerdem hast du noch eine weite Reise vor dir.«

Er ging auf dieses Ablenkungsmanöver mit keinem Wort ein. »Mag sein, daß dich dein Gefühl nicht ganz getrogen hat, Jessica. Ich glaube schon, daß es mir nicht allzu schwer fallen sollte, gewisse Erkundigungen über diesen Sir Wesley Forbes einzuholen.«

»Das wäre, wie schon gesagt, sehr hilfreich.« Sie gab ihm einen Zettel. »Ich habe dir den Namen und den Ort sicherheitshalber aufgeschrieben.«

Er warf einen kurzen Blick auf den Zettel, bevor er ihn in seine Rocktasche steckte. »Du hast vergessen, mir deine Adresse zu notieren, unter der ich dich erreichen und dir gegebenenfalls die Ergebnisse meiner Erkundigungen schriftlich mitteilen kann.«

Ein feines Schmunzeln zeigte sich in ihren Mundwinkeln. Er war gar nicht mal so ungeschickt. Aber sie hatte gewußt, daß er sie danach fragen würde, und war dementsprechend darauf vorbereitet. »Ich habe es nicht vergessen, Henry, es gibt noch keine, die ich dir mitteilen könnte«, sagte sie und war froh, daß dies der Wahrheit entsprach und sie ihn nicht anzulügen brauchte. »Weder weiß ich, wo ich hier in Plymouth absteigen werde, noch kann ich sagen, wohin mich meine diversen Geschäfte führen werden. Lassen wir es deshalb besser dabei, daß ich dich irgendwann im Sommer in London aufsuche.«

Er sah sie bewundernd und grübelnd zugleich an, als sinne er über die Lösung eines besonders reizvollen Rätsels nach. »Weißt du, daß du nicht nur die leidenschaftlichste, son-

dern zudem auch die geheimnisvollste und außergewöhnlichste Frau bist, die mir je begegnet ist?«
Jessicas Lächeln erfaßte ihr ganzes Gesicht. »Ach Henry, das kommt zweifellos nur daher, weil du dein Interesse bisher mehr an das Kartenspiel verschleudert hast, anstatt es den Frauen zu schenken«, sagte sie amüsiert, hakte sich bei ihm ein und begleitete ihn zur Gangway.
Augenblicke später hob er unten am Pier noch einmal die Hand zum Gruß und verschwand dann im Innern der Kutsche, die sich sofort in Bewegung setzte, als glaubte der Kutscher, dem Regen entkommen zu können, wenn er die Peitsche nur knallen und seinen Schimmel in einen flotten Trab fallen ließ.
Jessica sah, wie das Wasser in den Pfützen unter den Hufen und Rädern wegspritzte, und sie dachte, daß sie eine andere Jessica sein würde, wenn sie sich in London wirklich wiedersehen sollten. Wie anders, das wußte sie selbst nicht. Sie ahnte jedoch, daß das, was jetzt vor ihr lag, nicht spurlos an ihr vorübergehen würde.

19

Anne war derart verstört, daß sie Jessica an diesem Vormittag keine große Hilfe war. Sie stand regelrecht unter Schock, und der Schock dauerte an.

Anne Howard war auf SEVEN HILLS zur Welt gekommen und dort aufgewachsen. Die ersten sechzehn Jahre ihres Lebens hatte sie nichts anderes gekannt als das, was innerhalb der Grenzen von SEVEN HILLS lag. Und wenn im Oktober die große Schafschur begann und sich einige Dutzend Wanderscherer als zusätzliche Arbeitskräfte für eine kurze Zeit bei ihnen am Hawkesbury River einfanden, dann war das für Anne, wie auch für fast alle anderen auf SEVEN HILLS, eines der ganz großen und aufregenden Ereignisse im Jahr. Die Farm schien vor Leben geradezu aus den Nähten zu platzen, denn mit den Fremden kamen alle Arten von Aufregungen: der tägliche Konkurrenzkampf zwischen den Wanderarbeitern und den Männern von der Farm, der viele spannende Wetten und auch so manche Raufereien mit sich brachte, die fröhlichen Lagerfeuer der Saisonarbeiter, die sich besser als alle anderen darauf verstanden, auch nach einem harten Arbeitstag noch zu feiern, wilde Geschichten zu erzählen und freche Lieder zu singen, die sportlichen Wettkämpfe an den freien Tagen, das großartige Fest am Ende der Scherzeit und natürlich die eingebildeten und tatsächlichen Techtelmechtel zwischen den unverheirateten Mädchen von der Farm und den Wanderarbeitern. Nicht selten geschah es, daß auch eine verheiratete Frau ein Abenteuer suchte und

fand, was dann und wann zu bösem Blut und heftigen Eifersuchtsszenen führte.
Ja, die Scherzeit war die aufregendste Zeit auf SEVEN HILLS. Für Anne war es unvorstellbar, daß ein anderer Ort als die ihr vertraute Farm noch größere Aufregungen bieten könnte. Als Jessica sie dann als ihre Zofe zum erstenmal nach Sydney mitgenommen hatte, hatte sie sich vor Staunen kaum noch halten können. Wie sehr war sie von der Stadt beeindruckt gewesen. So viele Häuser auf einem Fleck! Und dann die vielen Menschen, der dichte Verkehr auf den Straßen, das Stimmengewirr, das Hafenviertel, die *Rocks* – und all diese Geschäfte! Es war wie eine Reise in ein fremdes, faszinierendes Land gewesen, wo ihr auf Schritt und Tritt unzählige Dinge begegneten, die sie noch nie zuvor gesehen hatte und von denen sie weder den Namen noch ihren Verwendungszweck kannte. Im Laufe der Jahre, in denen Reisen nach Sydney mit ihrer Herrin für sie zur Gewohnheit geworden waren, hatte sich das ungläubige Staunen natürlich gelegt. Die Faszination dagegen war geblieben. Und wann immer Missis Brading ihr von den Städten in Europa erzählt und ihr gelegentlich Artikel aus der Zeitung vorgelesen hatte, in denen Namen von berühmten Orten wie Rom und Paris, Athen und Hamburg, New York und Boston vorgekommen waren, hatte sie sich dabei Städte vorgestellt, die so ähnlich waren wie Sydney, eben nur in einer anderen Landschaft.
Plymouth zerstörte ihr Weltbild mit einem Schlag, fegte es davon wie ein mächtiger Wind ein klägliches Sandkorn von einer polierten Marmorplatte. Und es erschütterte damit auch ihr Selbstbewußtsein.
Die SULTANA glitt schon in den Hafen, als Anne mit Jessica an Deck erschien. Fassungslos riß sie die Augen auf, gab einen erstickten Laut des Erschreckens von sich und

schlug die Hände vor den Mund. Im Hafen wimmelte es nur so von Schiffen. Sie sah sich umgeben von einem Meer von Masten. Hier lagen mehr hochseetüchtige Segler an den Piers vertäut, als Sydney innerhalb eines Jahres zu sehen bekam. An manchen Piers lagen sie drei Reihen tief gestaffelt. Und dazu kamen die unzähligen kleinen Schoner, Schaluppen, Leichter und Fischerboote, die scheinbar wie verwirrt zwischen den großen Seglern und über die große Bucht hin und her irrten.
Plymouth war nicht nur ein wichtiger Hafen für den Seehandel, sondern auch einer der bedeutendsten Häfen für die britische Kriegsmarine. Und dementsprechend beeindruckend war auch die Präsenz von kanonenstarrenden Kriegsschiffen. An diesem Morgen sah Anne zum erstenmal ein plumpes, gedrungenes Schiff, das ohne Segel und wie von Geisterhand geführt auf eine Werft auf der anderen Seite der Bucht zuhielt – und dann auch noch gegen den Wind! Es zog einen dicken, häßlich schwarzen Rauchschleier hinter sich her.
»Das Schiff brennt!« stieß Anne entsetzt hervor, obwohl das auch nicht erklärte, warum es so zielstrebig durch das Wasser glitt, hatte es doch nicht ein einziges Segel gesetzt.
Jessica lachte. »Nein, es brennt nicht. Das mit dem Rauch muß so sein. Denn das ist ein Dampfschiff, das mit Dampf angetrieben wird. Der schwarze Rauch, der da aus dem Schornstein quillt, kommt vom Kessel im Bauch des Schiffs, in den die Heizer unablässig Kohle schaufeln, damit das Feuer, das den Dampf erzeugt, nicht ausgeht.«
Anne hätte ihr kein Wort geglaubt, wenn sie es nicht mit ihren eigenen Augen gesehen hätte. Doch das unvorstellbare Gewimmel im Hafen sowie die weitläufigen Kaianlagen mit ihren angrenzenden Handelskontoren,

mehrstöckigen Lagerhallen und Werften waren erst der Anfang.
Als ihr Gepäck verladen war und sie mit der Mietdroschke aus dem Hafenviertel in die Stadt hineinfuhren, glaubte Anne, den Schock einigermaßen überwunden zu haben. Aber die Fahrt durch die Stadt erschütterte sie noch stärker, als es der Anblick des Hafens getan hatte.
Der Himmel über Plymouth war bei ihrer Ankunft verhangen gewesen. Regen und Nebel hatten einen Großteil der Stadt ihrer Sicht entzogen. Jetzt, einige Stunden später, hatte der Regen aufgehört und der Nebel sich verflüchtigt. Und sie fuhren durch belebte Straßen, von denen eine jede die geschäftigste Straße in Sydney in den Schatten stellte. In Australien gab es nirgendwo auch nur einen einzigen Straßenzug, wo die Häuser sich so nahtlos aneinanderreihten und drei, vier und mehr Stockwerke hoch waren.
Diese Stadt war ja ein Meer von Häusern! Ein Meer, das einfach kein Ende nehmen wollte. Und Straßen liefen in alle Richtungen, verzweigten sich, führten über große prächtige Plätze mit Brunnen und Statuen, vorbei an imposanten Gebäuden mit breitem Treppenaufgang und Säulenportal und herrlichen Kirchen und Parkanlagen und immer wieder durch diese breiten, endlosen Häuserschluchten, wo Balkone und Erker in schwindelerregender Höhe aus reich verzierten Fassaden hervorsprangen.
Anne starrte mit offenem Mund nach draußen und wußte nicht, wohin sie zuerst blicken sollte. Die Fahrt erschien ihr wie ein Traum. Da gab es tausend Sachen, die sie noch nie zuvor gesehen hatte und die sie erschreckten und zugleich doch auch faszinierten.
»Na, gefällt dir Plymouth?« fragte Jessica mit einer Mischung aus Belustigung und Mitgefühl. Sie konnte sich gut vorstellen, was jetzt in ihrer Zofe vorging und wie sie sich

fühlen mußte. »Ich weiß nicht«, murmelte Anne verstört. »Ich fühle mich wie benommen, Missis Brading. Ich weiß überhaupt nicht, was ich sagen soll. Erst der Hafen und dann nun das hier. All diese Menschen ... und dieses Labyrinth von Straßen und Häusern ... Ich hätte nicht geglaubt, daß es so etwas geben könnte.«

»Plymouth ist schon eine recht große Stadt. Aber Städte wie diese gibt es viele in England. London jedoch übertrifft sie alle. Es ist noch viel größer und eindrucksvoller als Plymouth.«

Anne schluckte. »Wenn das so ist, möchte ich London erst gar nicht sehen. Diese Städte hier jagen mir Angst ein«, gestand sie. »Ich komme mir richtig verloren vor. Und wenn ich jetzt da draußen auf mich allein gestellt wäre, ich wäre so hilflos, als wäre ich in einem fremden Land. Es *ist* für mich ja auch wirklich ein fremdes Land.«

»Keine Sorge, in ein paar Tagen wirst du dich daran gewöhnt haben«, versicherte Jessica. »Warte erst einmal, bis wir uns hier eingelebt haben. Dann wirst du so selbstverständlich durch die Straßen spazieren wie in Sydney.«

»Niemals!« widersprach Anne.

Jessica lächelte nur. Was diese Dinge betraf, kannte sie ihre Zofe und deren schnelle Anpassungsgabe besser als diese sich selbst.

Einige Minuten später bog die Kutsche in eine ruhigere Straße ein, die auf einer Seite von schlanken Platanen gesäumt war. Auf der anderen Seite erstreckte sich eine Reihe eindrucksvoller Bürgerhäuser. Die Straße führte zu einem kleinen Platz, dem Cobley Square, und hier lag das BELMONT COURT, ein vierstöckiges Gebäude mit einer wunderbar klassischen Fassade.

Nach ihrem Abschied von Henry Thornton hatte Jessica Captain Hemlock in seiner Kajüte aufgesucht, sich bei

ihm für die sichere und schnelle Überfahrt bedankt und sich dann erkundigt, welches Hotel er ihr in Plymouth empfehlen könne.
»Das einzige, was für Sie in Frage kommt, Missis Brading, ist das BELMONT COURT«, hatte er ihr ohne lange nachzudenken geantwortet. »Das REGENT PALACE mag zwar noch um einiges luxuriöser sein, doch die Atmosphäre dort dürfte Ihnen nicht so sehr zusagen wie die im BELMONT COURT.«
»Darf ich fragen, warum nicht?«
»Bei allem Respekt, aber die Vorstellung fällt mir schwer, daß eine Frau wie Sie Vergnügen daran finden könnte, abends mit langen Handschuhen zu speisen.«
Jessica hatte gelacht. »Ihre Menschenkenntnis ist bewundernswert.«
»Steigen Sie im BELMONT COURT ab. Es ist ein erstklassiges Hotel, jedoch nicht so anstrengend steif und förmlich wie das REGENT PALACE, das Ihnen das Gefühl gibt, einem Zeremoniell bei Hof beizuwohnen. Ich bin zwar ein überzeugter Monarchist, halte aber nichts von königlichen Preisen«, hatte er auf seine bissige Art hinzugefügt.
Die Kutsche kam unter der Säulenvorhalle zum Stehen, und ein livrierter Hotelportier öffnete ihnen den Schlag und klappte das Trittbrett herunter.
Jessica entlohnte den Kutscher, wechselte einige Worte mit dem livrierten Hotelangestellten bezüglich ihres Gepäcks und betrat dann die Eingangshalle des BELMONT COURT. Sie hörte, wie Anne neben ihr scharf die Luft einsog, als sie sich zum erstenmal in ihrem Leben von marmornen Säulen, großen Teppichen, wunderschönen Sitzgruppen und goldgerahmten Spiegeln und Gemälden umgeben sah. Noch nie zuvor hatte sie solch einen Luxus gesehen. Daß sie hier wohnen sollten, in diesem Palast, schien ihr unvorstellbar.

Sie ließ sich jedoch nichts anmerken. Der einzige Hinweis auf ihre innere Verstörtheit war ihr blasses, angespanntes Gesicht. Aber was hatte das bei einer Zofe schon groß zu besagen.

Anne bewunderte ihre Herrin, die von all dem nicht im mindesten beeindruckt schien, was jedoch nicht der Wahrheit entsprach, und mit dem elegant gekleideten Mann vom Empfang so selbstsicher und bestimmend redete, als hätte sie in ihrem Leben nie etwas anderes getan, als in solch vornehmen Hotels abzusteigen.

Wenig später führte man sie nach oben in ihre Zimmer, deren Geräumigkeit und Einrichtung dem Luxus in der Halle in keinster Weise nachstanden.

»Und hier werden wir wirklich mehrere Tage wohnen?« fragte Anne ungläubig, als sich das diensteifrige Personal endlich entfernt hatte.

Jessica lachte. »Ja, eine Woche ganz bestimmt.«

»Ja, aber ... das muß doch ein Vermögen kosten!« flüsterte Anne und glaubte zu wissen, daß sie es nicht wagen würde, von der kostbaren Einrichtung irgend etwas auch nur anzurühren. Sich allein in dieses Himmelbett mit Daunendecken und seidenen Überwürfen zu legen, würde sie all ihren Mut kosten, und gewiß würde sie die ganze Nacht wach und mit klopfendem Herzen unter dem seidenen Baldachin liegen und nicht wagen, sich auch nur auf die Seite zu drehen.

»Mach dir darüber keine Gedanken«, sagte Jessica, trat zum Fenster und schob die Gardinen ein Stück zurück. Sie schaute auf den kleinen Platz hinunter, in dessen Rasenmitte ein rosettenförmiges Beet mit blühenden Frühlingsblumen eingelassen war. »Ich kann es mir leisten, und wir haben es uns allemal verdient. Es werden auch wieder andere Zeiten kommen.«

20

Entgegen ihrer Befürchtung sank Anne in einen tiefen Schlaf, kaum daß sie sich in dem himmlischen Bett, vom Zimmermädchen mit Wärmflaschen vorgewärmt, ausgestreckt hatte. Als sie am nächsten Morgen erwachte, brannte im Kamin schon ein Feuer, ohne daß sie jemanden kommen oder gehen gehört hätte. Der duftende Morgentee, der ihr von einem Mädchen in schwarzem Kleid und aufwendiger schneeweißer Rüschenschürze mit einem freundlich respektvollen »Ihr Tee, Miss Howard, und einen schönen guten Morgen!« ans Bett serviert wurde, erschien ihr wie ein Teil ihres Traums, von dem sie nur noch wußte, daß er sehr angenehm gewesen war. Und sie nickte, unfähig, etwas zu antworten, als sie gebeten wurde, doch bloß den Klingelzug neben ihrem Bett zu betätigen, sollte sie auch nur irgendeinen Wunsch haben.

Anne rührte den Tee nicht an, sondern sprang aus dem Bett und lief ins Schlafzimmer ihrer Herrin, die aufrecht in den Kissen saß und ihren Tee sichtlich genoß.

»Was ist passiert, Anne?«

Anne sagte es ihr: das mit dem Tee, mit dem Feuer im Kamin und das mit der Klingelschnur neben dem Bett und der Aufforderung, jederzeit Gebrauch davon zu machen. »Sie müssen mich mit jemandem verwechseln, Missis Brading. Haben Sie ihnen denn nicht gesagt, daß ich nur Ihre Zofe bin?«

Jessica konnte nur mit Mühe ein schallendes Lachen unterdrücken. »Natürlich habe ich angegeben, daß du meine

Zofe bist. Aber die Zofe eines Gastes im BELMONT COURT ist nun mal nicht irgendein x-beliebiges Dienstmädchen. Das ist schon alles so in Ordnung, wie es ist. Und jetzt trink deinen Tee, bevor er kalt wird!«

Kopfschüttelnd begab sich Anne zurück in ihr Zimmer. Was war das für ein Land, in dem eine Zofe so bedient wurde wie die Herrin, die sie begleitete! Sie wußte jetzt schon, daß sie bei ihrer Rückkehr nach SEVEN HILLS von diesen Dingen ebensowenig erzählen würde wie von der Schwangerschaft ihrer Herrin. Man würde ihr ja doch kein Wort davon glauben. Aber das sollte sie nicht daran hindern, den Tee so zu genießen wie Missis Brading!

Drei Stunden später saßen sie in einer Droschke und befanden sich auf dem Weg nach Davenport. Jessica trug ein schwarzes, hochgeschlossenes Seidenkleid mit grauen Paspelierungen und darüber ein Cape aus schwarzem Samt, das die gleichen grauen Borten aufwies wie ihr Kleid. Anne hatte ausgezeichnete Arbeit geleistet. Ein schwarzer Hut mit einem gepunkteten Schleier, graue Handschuhe und schwarze Stiefeletten vervollständigten ihre Kleidung. Ihr volles blondes Haar hatte Anne auf ihre Anweisung hin streng nach hinten frisiert, im Nacken zu zwei Zöpfen geflochten und diese dann zu zwei Schnekken über den Ohren festgesteckt. Sie strahlte die kühle Eleganz einer Witwe aus, die Schwarz weniger aus Gründen der Trauer trug, sondern vielmehr weil es ihr ausgezeichnet zu Gesicht stand. Ein Eindruck, dem Jessica auch nicht entgegenzuwirken gedachte. Für ihre Zwecke war es recht nützlich, wenigstens nach außen hin kühl und beherrscht zu erscheinen. Es machte sie weniger verwundbar.

Sie war auf Eugene Archer gespannt und hoffte, daß er sich auch als der Mann erwies, als den William Hutchinson ihn

ihr in Sydney beschrieben hatte. Auf das Wort ihres Anwalts war zwar Verlaß, aber in diesem Fall war eine gewisse Portion Skepsis doch angebracht. Immerhin hatten die beiden sich seit mehr als zehn Jahren nicht mehr gesehen.
Davenport war eine ansehnliche Kleinstadt, die mit Plymouth wirtschaftlich eng verbunden war. Der rege Verkehr auf der Landstraße war ein deutlicher Hinweis. Mit der Kutsche waren es keine zwanzig Minuten. Die Kanzlei des Anwalts lag unweit des Marktplatzes.
»Vertritt dir ein wenig die Beine und schau dich ein bißchen um«, forderte Jessica ihre Zofe auf, die nicht allein im Hotel hatte bleiben wollen. »Allzulange wird es heute bestimmt nicht dauern. Nicht länger als eine halbe Stunde, schätze ich mal.«
Augenblicke später betrat Jessica die Räume von Eugene Archers Kanzlei. Alles wies darauf hin, daß die Geschäfte dieses Mannes sehr zufriedenstellend laufen mußten. Die Einrichtung machte einen sehr gediegenen Eindruck, und sie erhaschte einen Blick in einen großen Raum, wo mehrere Männer mit Ärmelschonern vor Stehpulten standen und Papiere aufsetzten oder kopierten.
Ein Sekretär in mittleren Jahren kam auf sie zu, begrüßte sie höflich und erkundigte sich nach ihrem Anliegen. Als er hörte, daß sie Mister Archer persönlich zu sprechen wünschte, aber keinen Termin vereinbart habe, bedauerte er, sie enttäuschen zu müssen. »Mister Archer wird für Sie heute vormittag leider keine Zeit haben. Er hat in einer halben Stunde einen wichtigen Termin.«
»Eine halbe Stunde reicht mir.«
Er lächelte nachsichtig. »Es ist ein Termin außer Haus. Er wird gute zwanzig Minuten unterwegs sein. Da bleibt vorher keine Zeit mehr für ein Gespräch mit einer neuen Klientin.«

Jessica zog den Brief von William Hutchinson hervor. »Wer weiß, vielleicht doch«, sagte sie und reichte ihm den versiegelten Umschlag. »Bitte geben Sie ihm das.«
Der Sekretär zögerte. »Ich bin mir nicht sicher ...«
»Es ist das Schreiben eines Kollegen und alten Schulfreunds von Mister Archer«, sagte Jessica mit sanftem Nachdruck.
Ein wenig widerstrebend nahm der Sekretär den Umschlag. »Also gut, aber bitte erhoffen Sie sich nicht zuviel«, entgegnete er und verschwand hinter einer schweren Kassettentür.
Wenige Augenblicke später bat ein sichtlich verdutzter Sekretär Missis Brading in das Büro von Eugene Archer und gab dann die Anweisung seines Arbeitgebers weiter, einen Boten zu Mister Carlton zu schicken und ihm ausrichten zu lassen, daß Mister Archer den vereinbarten Termin leider nicht wahrnehmen könne. Und er wunderte sich, was bloß in diesem Brief stehen mochte, daß Mister Archer es offensichtlich bereitwillig in Kauf nahm, einen so vermögenden und leicht reizbaren Klienten wie Mister Carlton durch diese kurzfristige Absage zu verärgern.
Indessen bot Eugene Archer seiner attraktiven Besucherin einen Sessel an und nahm ihr gegenüber Platz. »Mein Gott, aus Australien! Und William schreibt, daß er seit Jahren Ihr Anwalt ist und Sie seine treueste und wichtigste Klientin sind, der sein uneingeschränktes Vertrauen gilt.«
»Was auf Gegenseitigkeit beruht, Mister Archer«, warf Jessica ein.
»Er preist Sie in den höchsten Tönen!« Eugene Archer wedelte mit dem Brief, als präsentierte er einer Geschworenenjury vor Gericht das entscheidende Beweisstück. »Ich kann es noch gar nicht glauben, daß vor mir jemand

sitzt, der aus Australien kommt und so gut mit meinem alten Freund William Hutchinson bekannt ist! Mein Gott, Sie müssen mir so viel erzählen. Wir sollten zusammen zu Mittag essen.«

»Ich fühle mich geschmeichelt, Mister Archer, fürchte jedoch, Ihre Einladung heute leider nicht annehmen zu können«, antwortete Jessica freundlich, aber zurückhaltend. Eine vertrauensvolle Beziehung war sicherlich das, was sie erstrebte. Doch eine zu große Vertrautheit gehörte nicht zu dem, was sie zu erreichen beabsichtigte.

Eugene Archer entsprach so gar nicht der Vorstellung, die sich Jessica von ihm gemacht hatte. Irgendwie hatte sie angenommen, daß er William Hutchinson mehr oder weniger in Statur und Aussehen ähneln würde. Das jedoch war ganz und gar nicht der Fall. Sie waren so verschieden wie das BELMONT COURT in Plymouth und das SETTLER'S CROWN in Parramatta. Eugene Archer war von kleiner Gestalt und so zartgliedrig wie ein Vogel. Etwas Vogelhaftes hatte auch sein Gesicht. Es war schmal und wurde von einer scharf geschwungenen Nase, markanten Wangenknochen und einem spitzen Kinn beherrscht. Hinter den Gläsern einer Brille mit dünnem Goldrand blitzten zwei scharfe und sich lebhaft bewegende Augen. Seine Kleidung war von dezenter Eleganz und offensichtlich maßgeschneidert. Und wenn William Hutchinson den Eindruck eines müden, kraftlosen Mannes mit dem erschlafften Gesicht eines Hamsters machte, dann konnte man Eugene Archer am besten als lebhaften, energiegeladenen Mann mit dem Gesicht eines Falken beschreiben.

»Mein Schiff ist erst gestern in Plymouth eingetroffen, und die vier Monate auf See haben meiner Gesundheit doch nicht unerheblich zugesetzt. Ich scheine sehr rasch

zu ermüden«, fuhr sie entschuldigend fort und zauberte ein schwaches Lächeln auf ihr Gesicht.
»Natürlich, ich verstehe! Ich muß mich bei Ihnen entschuldigen, daß ich die Unverfrorenheit besessen habe, solch eine Einladung auszusprechen. Bitte haben Sie die Güte, mir diesen Mangel an gutem Benehmen nachzusehen«, beeilte er sich hastig zu sagen, ohne daß jedoch die Freude aus seinem Gesicht verschwand. »Vier Monate auf See! Allein die Vorstellung erfüllt mich mit Schauder. Kein Wunder, daß Sie erschöpft sind. Ich hoffe, Sie hatten während der langen Reise einen Beistand. Ihr Mann ...«
Er führte den Satz nicht zu Ende, und die Pause war eine diskrete, unausgesprochene Frage.
Jessica senkte den Blick. »Verstorben, schon vor der Reise.« Was hatte es ihn zu interessieren, daß ihr Mann bereits seit Jahren tot war.
In der Annahme, daß sie ihren Mann erst vor kurzem verloren hatte, gab Eugene Archer einige passende und wohlformulierte Worte des Beileids von sich. Ihnen war anzuhören, daß er das Kondolieren gewohnt war. Jessica vermutete, daß viele vermögende Bürger ihn mit der Vollstreckung ihres Testaments betraut hatten.
Dann räusperte er sich vernehmlich, wie um einen Schlußstrich unter die Kümmernisse zu setzen, die die Verstorbenen den Zurückgebliebenen bereiteten, und sagte mit wieder lebhafter Stimme: »Was unseren gemeinsamen Bekannten betrifft, so wird sich in Zukunft sicherlich noch die eine oder andere Gelegenheit bieten, um mein brennendes Interesse an seinem Leben in Australien mit einigen Geschichten aus erster Hand zu nähren, nicht wahr? Denn ich nehme doch nicht an, daß Sie nach der hinter Ihnen liegenden Strapaze die Absicht haben, schon bald wieder die Rückreise anzutreten.«

»Die Absicht habe ich in der Tat nicht, Mister Archer. Ich denke vielmehr daran, einige Zeit in dieser Gegend zu bleiben. Und aus diesem Grund habe ich Sie auch aufgesucht.«

»Bitte verzeihen Sie, daß ich Sie erst jetzt danach frage, womit ich Ihnen zu Diensten sein kann.«

»Zuerst einmal mit größter Diskretion, Mister Archer.«

»Sie ist Ihnen garantiert«, gab er knapp und ernst zur Antwort. »Bitte fahren Sie fort.«

»Ich möchte, daß Sie für mich ein Haus anmieten.«

»Das dürfte keine Schwierigkeit sein. Aber dafür hätten Sie nicht zu mir zu kommen brauchen«, sagte er ein wenig verwundert. »Jeder örtliche Immobilienmakler kann Ihnen eine Reihe von Häusern zeigen, und es wäre bestimmt um einiges preiswerter, als wenn Sie mich damit beauftragen, Missis Brading.«

»Es geht mir nicht darum, ein Haus möglichst preiswert zu finden. Mir geht es vielmehr darum, möglichst diskret ein akzeptables Haus anzumieten, ohne selbst in Erscheinung zu treten, weder in Person noch mit Namen auf irgendwelchen Papieren«, stellte Jessica klar.

»Ich verstehe.«

»Außerdem brauche ich zwei Häuser, die voll möbliert und mit allen Kochutensilien und anderen Gerätschaften für den Haushalt ausgestattet sein müssen«, fuhr Jessica fort. »Eines davon möchte ich so schnell wie möglich beziehen.«

»Wie schnell?« fragte der Anwalt, der zu Papier und Feder gegriffen hatte, um die Wünsche seiner Klientin genauestens zu notieren.

»In vier, fünf Tagen wäre ideal.«

»Das ist knapp, aber nicht unmöglich, wenn die Kosten eine eher untergeordnete Rolle spielen«, sagte er und fühlte vor, wie es bei ihr um die Finanzen bestellt war.

»Das tun sie«, bestätigte Jessica.
Eugene Archer nickte. »Haben Sie auch bezüglich des Personals besondere Wünsche?«
»Kein Personal für das erste Haus. Dafür ist schon gesorgt. Für das zweite benötige ich jedoch ein Zimmermädchen und eine Köchin.«
Der Anwalt runzelte leicht die Stirn, weil das keinen Sinn machte. Aber ihre Angaben kamen so präzise und bestimmt, daß er sich hütete, sie in Frage zu stellen. Doch zur Sicherheit wiederholte er ihre Anweisungen noch einmal und bekam sie von ihr bestätigt.
»Und wann benötigen Sie das zweite Haus?«
»Ab Mitte Juni. Doch der Mietvertrag sollte schon ab Anfang des Monats beginnen«, teilte sie ihm mit.
»Kein Problem.«
»Ich hoffe, das noch einmal von Ihnen zu hören, wenn ich Ihnen *alle* Bedingungen genannt habe, die beide Häuser erfüllen müssen, um meinen Erwartungen gerecht zu werden.«
Ihre Spitze quittierte er mit einem Lächeln. »Ich bin ganz Ohr, Missis Brading.«
»Beide Häuser sollten so gelegen sein, daß sie mir eine ungestörte Privatsphäre garantieren ...«
»Darf ich fragen, was Sie unter einer ungestörten Privatsphäre verstehen?« fiel er ihr ins Wort.
»Nachbarn, die sich nicht darum kümmern, wer in das Haus rechts oder links von ihnen gezogen ist.«
»Wenn ich das richtig sehe, wären Ihnen dann gar keine Nachbarn am liebsten«, folgerte er.
Sie lächelte. »Ja, das sehen Sie richtig.«
Eugene Archer nickte mit einem feinsinnigen Lächeln. »Ich werde darauf achten. Noch etwas?«
»Ja. Das erste Haus sollte in einer anderen Gegend stehen

als das zweite. Am besten wäre es, wenn Sie das erste irgendwo hier außerhalb von Davenport finden würden und das zweite in Plymouth. Halten Sie das für ein Problem?«

»Für eine Herausforderung, nicht jedoch für ein Problem, Missis Brading«, antwortete er ihr mit einem verschmitzten Augenzwinkern und ging seine Liste noch einmal Punkt für Punkt mit ihr durch.

»Wo kann ich Sie erreichen, um Sie über den Stand meiner Bemühungen für Sie auf dem laufenden zu halten?«

»Im BELMONT COURT in Plymouth.«

»Eine vorzügliche Wahl«, lobte er und machte sich eine kurze Notiz, bevor sie auf die finanziellen Aspekte dieses ungewöhnlichen Auftrags zu sprechen kamen. Daß sie schon einen Umschlag mit einer beträchtlichen Summe Geldes für ihn bereithielt, die einen Großteil der anfallenden Kosten decken würde, überraschte ihn nicht. Sie war zweifellos eine Frau, die wußte, was sie wollte. Er verstand immer besser, warum William in seinem Brief so ungewöhnliche Komplimente für sie fand, die er eher einem Mann als einer so attraktiven Frau zugeschrieben hätte.

Jessica hatte sich schon erhoben, und Eugene Archer wollte sie zur Tür begleiten, als sie sich scheinbar beiläufig bei ihm nach Barney Gaunt erkundigte. »Mister Hutchinson empfahl ihn mir. Können auch Sie sich dieser Empfehlung anschließen, Mister Archer?«

»Es kommt darauf an, womit Sie ihn zu beauftragen beabsichtigen.«

»Mit privaten Ermittlungen in einer sehr persönlichen, familiären Angelegenheit«, drückte sich Jessica sehr vage aus, »die aber nicht ganz unkompliziert ist und die von der Person, die diese Ermittlungen durchführen soll, ein

besonderes Maß an Einfallsreichtum, Fingerspitzengefühl – und natürlich Diskretion verlangt.«
»Dafür ist Barney Gaunt der beste Mann, den ich kenne.«
Jessica lächelte und verbarg vor ihm ihre große Erleichterung. »Es gibt da nur ein Problem mit ihm«, fügte Eugene Archer im nächsten Moment einschränkend hinzu.
»Ein *Problem?*«
»Ja, Barney Gaunt ist ein kauziger Bursche, Missis Brading. Er nimmt nicht jeden Auftrag an. Und wenn es etwas gibt, was er mit absoluter Sicherheit nicht tut, dann von einer Frau einen Auftrag annehmen.«
Sie schluckte. »Gibt es dafür einen besonderen Grund?«
»Ja, den gibt es. Aber auch wenn Sie den Grund kennen, wird es Ihnen nichts nützen.«
»Doch gewiß auch nicht schaden.«

21

Sie können sich die Mühe sparen. Von Frauen nehme ich grundsätzlich keine Aufträge an!« fiel Barney Gaunt ihr barsch ins Wort. »Ich denke, damit wäre alles gesagt.«

»Das sehe ich anders, Mister Gaunt«, erwiderte Jessica ruhig. Sie dachte nicht daran, sich von seiner schroffen Art, die schon an Beleidigung grenzte, abschrecken zu lassen. Gott sei Dank hatte Eugene Archer sie darauf vorbereitet, auf was für einen Mann sie im WHITE HORSE, einem ansprechenden Gasthof mit angrenzendem Pub, treffen würde.

»Das ist Ihr gutes Recht, Missis. Wie es auch mein gutes Recht ist, mir meine Gesellschaft selbst auszusuchen und Sie aufzufordern, sich nach einem anderen Tisch umzuschauen!«

Jessica wich seinem stechenden Blick nicht aus. Und sie zeigte sich nicht im mindesten eingeschüchtert, was schon eine gehörige Portion Selbstbewußtsein verlangte. Denn Barney Gaunt war ein Hüne von einem Mann mit dem Kreuz eines Bären und kaum weniger behaart. Sein Gesicht lag zum größten Teil hinter einem dichten Bart versteckt, der schwarz wie Pech war und ihm bis halb auf die Brust reichte. Augen blau und klar wie Gletschereis stachen aus dieser schwarzen Haarfülle hervor, die jedoch weder verdreckt noch verfilzt war. Eine Flut schwarzen Haars quoll auch unter seinem schwarzen Filzhut hervor, den er nicht abgenommen hatte. Sein

Alter ließ sich schwer schätzen. Er mochte um die Vierzig sein.
»Mister Hutchinson hat von Ihnen in den höchsten Tönen gesprochen. Aber er hat ganz offensichtlich versäumt, mir mitzuteilen, daß Sie ein ungehobelter Klotz sind«, erwiderte sie scharf.
Er stutzte. »Hutchinson? Von welchem Hutchinson sprechen Sie?« stieß er hervor.
»Von William Hutchinson, dem Anwalt, der Sie vor dem Galgen bewahrt hat!«
Sein Gesicht zeigte Verblüffung. »Sie kennen William? Aber der steckt doch seit einer halben Ewigkeit in dieser verdammten Kolonie!«
»Ich komme aus dieser verdammten Kolonie, Mister Gaunt«, sagte sie trocken. »Und das ist ein Brief von Mister Hutchinson an Sie.« Sie zog das Schreiben unter ihrem Umhang hervor und reichte es ihm.
Barney Gaunt schüttelte mit einem glucksenden Lachen den Kopf, brach das Siegel und las dann mit ernster Miene. Jessica wußte nicht, was in dem Brief stand, sie hoffte jedoch, daß William Hutchinson daran gedacht hatte, wie feindlich Barney Gaunt Frauen gesonnen war.
Von Eugene Archer hatte sie die traurige Lebensgeschichte dieses Mannes erfahren, der schon Kraft seiner Größe den Eindruck machte, als hätte sich nie jemand getraut, ihm etwas anzutun. Doch das war ein Irrtum. Barney Gaunts Mutter hatte ihren Sohn mit sechs Jahren an den Besitzer einer Kohlengrube verkauft und sich dann für immer aus dem Staub gemacht. Zehn Jahre schuftete er im Bergwerk. Als er bei einer Gasexplosion unter Tage als einziger seiner Schicht lebend wieder ans Tageslicht kam, legte er die Hacke und die Schaufel des Bergarbeiters für immer aus der Hand und schlug sich anschließend mit verschiedenen

Gelegenheitsarbeiten durch, bis er dann bei einem Sägewerk eine Anstellung fand. Er wollte jedoch mehr aus seinem Leben machen und lernte deshalb Lesen und Schreiben. Mit zwanzig heiratete er die bildhübsche Tochter eines Gärtners. Kein halbes Jahr nach der Hochzeit verließ sie ihn ohne ein Wort und ohne daß sie Streit gehabt hätten. Sie schloß sich einem durchziehenden Zirkus an und wurde die Geliebte des Direktors. Als er versuchte, sie zurückzuholen, ließ sie es zu, daß er von der halben männlichen Truppe brutal zusammengeschlagen wurde. Sie lachte ihn aus – und verschwand aus seinem Leben. Sieben Jahre später heiratete er erneut, und die Ehe schien glücklich. Daß seine Frau keine Kinder bekam, betrübte ihn, doch er nahm es als Gottes Wille und fand sich damit ab. Und wenn er auch häufig für ein, zwei Wochen von zu Hause fort war, so war er doch glücklich und überzeugt, daß seine Frau ihn so liebte wie er sie. Bis er eines Tages die häßliche Entdeckung machte, daß sie schon seit Jahren ein Doppelleben führte, sich von einer ganzen Reihe von Liebhabern für ihre Liebesdienste bezahlen ließ – und nur deshalb keine Kinder bekam, weil sie jedesmal einen verschwiegenen Arzt aufsuchte, um es abtreiben zu lassen. Er tötete sie im Zorn, als er sie auf frischer Tat ertappte und sie ihm ins Gesicht schrie, daß sie auch sein Kind im ersten Jahr ihrer Ehe habe abtreiben lassen, weil sie Kindergeschrei hasse und sich doch nicht die Figur ruinieren lassen wolle. Ihm war der Galgen gewiß. Doch William Hutchinson übernahm seine Verteidigung, stellte seinerseits intensive Ermittlungen an und legte dem Gericht so viele Beweise für die Verfehlungen der im Affekt Getöteten vor, daß das Urteil letztlich nicht Tod durch den Strang, sondern Freispruch lautete. Danach betraute ihn der Anwalt mit privaten Nachforschungen, anfangs weil ihm Barney Gaunt leid tat und weil er drohte, völlig aus der Bahn geworfen zu werden. Später dann, als Barney Gaunt Freude und Erfolg in dieser Tätigkeit fand, weil es einfach keinen besseren und zäheren Mann gab als ihn. Von Frauen hielt er sich jedoch fern. Wenn es ihn nach sexueller Erleichterung verlangte, suchte er ein Haus auf, wo ihm willige Frauen gegen Geld jeden Wunsch erfüllten. Das erschien ihm als die aufrichtigste Beziehung, die zwischen Mann und Frau möglich war.

Was diesen letzten Teil von Barney Gaunts Lebensgeschichte anging, so hatte Eugene Archer damit einige Probleme gehabt. Doch Jessica hatte die Andeutungen und verlegenen Umschreibungen des Anwalts schon richtig zu deuten gewußt. »Was Frauen betrifft, hat der gute Barney seitdem nun mal bedauerlicherweise ein sehr gestörtes Verhältnis. Er wird Sie nicht einmal anhören«, hatte Eugene Archer abschließend gesagt.

Jessica beobachtete nun, wie Barney Gaunt den Brief las, und hoffte sehr, daß er sich William Hutchinson auch nach all den Jahren noch verpflichtet genug fühlte, um ihr zu helfen.

Ihre Hoffnung erfüllte sich nicht. »Tut mir leid, aber auch das ändert nichts an meinem Prinzip, nicht für Frauen zu arbeiten«, sagte er, als er schließlich vom Brief aufschaute. Doch seine Stimme war nicht mehr abweisend barsch, sondern hatte einen eher milden, bedauernden Tonfall. »William weiß es, und er hätte es Ihnen sagen müssen.«

»Bittet er Sie in diesem Brief darum, mir zu helfen?«

Er nickte knapp. »Ja, und ich wünschte, ich könnte es tun, denn ich stehe in seiner Schuld. Doch es gibt Bitten, die man mir nicht zumuten kann.«

Das war für Jessica eine schwere Enttäuschung, doch sie gab noch nicht auf. Ohne es zu wissen, hatte Eugene Archer ihr einen Hinweis auf einen Trumpf gegeben, den sie noch ausspielen konnte. »Sie hassen alle Frauen für das, was Ihre Mutter und Ihre beiden Ehefrauen Ihnen angetan haben, nicht wahr?«

Sein Gesicht wurde so starr wie aus Stein gemeißelt. Einen Moment lang blickte er sie nur an. Schließlich sagte er eisig: »Ich hasse sie nicht, ich habe nur die Erfahrung gemacht, daß ich mir selbst einen großen Dienst erweise, wenn ich mit Frauen sowenig wie möglich zu tun habe.«

»Daß Ihre Mutter Sie wie ein Stück Vieh verkauft hat und Ihre zweite Frau Ihr Kind ohne Ihr Wissen hat wegmachen lassen, muß einen großen Schmerz in Ihnen ...«

»Schweigen Sie!« unterbrach er sie mit leiser, aber schneidender Stimme. Er war blaß geworden, und die Hände auf der polierten Tischplatte waren zu Fäusten geballt. »Kein Wort mehr davon! Gehen Sie endlich!«

Jessica sah ihn unverwandt an. »Gut, Sie mögen mir nicht helfen wollen. Aber wenn Sie ein Mann von Ehre sind und wissen, was Sie William Hutchinson schuldig sind, werden Sie zumindest soviel Anstand besitzen, mich zu Ende anzuhören.«

»Werden Sie dann gehen?« fragte er knapp.

»Ja, das werde ich.«

»Also dann, zum Teufel noch mal, bringen wir es hinter uns!« zischte er wütend.

Jessica atmete innerlich tief durch. »Ich bin in anderen Umständen«, begann sie.

Er zuckte nur gleichgültig mit den Schultern.

»Ich habe bereits zwei Kinder, einen Sohn und eine Tochter. Edward ist jetzt schon fast achteinhalb und Victoria sieben. Ich liebe meine Kinder, wie ich den Mann liebte, der ihr Vater und mein Ehemann war«, fuhr Jessica fort und teilte ihm ganz bewußt diese persönlichen Einzelheiten mit. »Dieses Kind, das ich jetzt erwarte, habe ich jedoch nicht gewollt. Es ... es ist das Ergebnis einer ... Vergewaltigung. Ich kann und ich will es nicht als mein Kind annehmen, denn ich weiß, daß ich niemals imstande wäre, es so zu lieben wie Edward und Victoria. Ich würde das Kind darunter leiden lassen, was sein Vater mir angetan hat, und das wäre nicht richtig ... weder für das Kind noch für mich. Es würde unser beider Leben mit Kummer und Haß erfüllen.«

Sie legte eine Pause ein in der Erwartung, er würde dazu etwas sagen, doch er bewahrte sein Schweigen und seine verkniffene, düstere Miene.

»Ich hätte das Kind natürlich wegmachen lassen können. Und ich habe jetzt die Möglichkeit, das Kind hier zu bekommen und irgendwo auszusetzen. Man wird es in ein Heim bringen, und wenn es Glück hat und dort überlebt, steht dem Kind ein sehr freudloses Dasein bevor. Es dürfte kaum besser sein, als mit sechs Jahren an einen Grubenbesitzer verkauft zu werden.« Sie ließ die Worte für einen Moment auf ihn einwirken, bevor sie fortfuhr: »Aber ich will nicht, daß dieses Kind, das in mir heranwächst, sein Leben lang für das büßen muß, was seine Eltern an Schuld auf sich geladen haben.«

»Und wie wollen Sie das verhindern?« fragte er schroff und aggressiv.

»Indem das Kind zu einem Ehepaar kommt, das sich nichts sehnlicher als ein Kind wünscht, aber keins kriegen kann, Mister Gaunt. Ein Ehepaar, das diesem unschuldigen Baby die Liebe gibt, die es verdient hat ... wie jedes andere Kind auf dieser Welt auch. Und indem ich dafür Sorge trage, daß Kind und Eltern nicht unter materiellen

Nöten zu leiden haben werden«, erklärte sie und sah ihn beschwörend an. »Aber ich bin fremd hier! Ich kenne niemanden als Sie, den ich damit beauftragen könnte, ein ehrbares Paar zu suchen, das mein Kind als das ihre annehmen möchte. Und vor allem kenne ich niemanden, dem ich vertrauen kann, daß all das keiner anderen Menschenseele jemals zu Ohren kommt.«
Barney Gaunt biß sich auf die Unterlippe. Ihm war anzusehen, wie er mit sich rang. Unruhig rutschte er auf seinem Stuhl hin und her. Sie hatte die kantige, harte Schale dieses Mannes durchbrochen und hoffte nun inständig, daß darunter ein sehr weicher, empfindsamer Kern lag.
Doch er war noch unentschlossen.
»Wenn Sie mich abweisen, bin ich gezwungen, das Kind bei Nacht und Nebel vor die Tür eines dieser entsetzlichen Waisenhäuser zu legen. Wenn Sie Kinder lieben und nicht wollen, daß einem anderen Kind das angetan wird, was man Ihnen angetan hat, dann helfen Sie mir, Mister Gaunt! ... Bitte!«
Er fuhr sich mit beiden Händen über das bärtige Gesicht, als wollte er sich die Haare raufen. »Verdammt, das ist Erpressung!«
»Nein, ich flehe Sie an, Mitleid und Nächstenliebe zu zeigen. Nicht mit mir. Ich bin stark und werde das überstehen, wie auch immer es ausgehen mag. Ich kehre nach Australien zurück und werde meine Hände in Unschuld waschen, denn was in meiner Macht stand, habe ich getan ... zumindest habe ich es versucht. Und wenn ich dann an das Kind im Waisenhaus denke, werde ich auch an Sie denken und mein Gewissen damit beruhigen, daß Sie dafür verantwortlich sind. Ja, ich komme schon zurecht, Mister Gaunt. Worum ich Sie bitte, ist, Mitleid

und Nächstenliebe für das Kind zu zeigen. Entscheiden Sie, welches Leben ihm vergönnt sein soll!«
Wütend sah Barney Gaunt sie an. »Ich weiß nicht, was so Besonderes an Ihnen ist, Missis Brading. Der alte William scheint Ihnen ja auch gehörig auf den Leim gegangen zu sein. Na, dann befinde ich mich wenigstens in bester Gesellschaft.«
Jessica sah ihn mit hoffnungsvollen, leuchtenden Augen an. »Heißt das, Sie werden mir helfen?«
»Der Teufel soll mich holen, wenn Sie mir eine andere Wahl lassen!«

22

Alles lief nach Wunsch. Eugene Archer stellte seine Zuverlässigkeit und hervorragenden Beziehungen unter Beweis, indem er Jessica innerhalb von sechs Tagen ein in jeder Hinsicht geeignetes Objekt am Rande von Davenport präsentierte.

Es war ein schmalbrüstiges, aber doch ansehnliches Haus in gutem baulichen Zustand, umgeben von einem vernachlässigten Garten mit hohen Bäumen und Hecken und ohne unmittelbare Nachbarn.

Im Innern herrschten jedoch Ordnung und Sauberkeit. Die Räume waren zwar bis auf den unteren Salon klein, aber ansprechend eingerichtet. Man merkte dem Haus an, daß ein Mann der Marine ihm seinen persönlichen Stempel aufgedrückt hatte. Fast alle Bilder zeigten stolze Kriegsschiffe, wie auch viele Zierkissen und Deckchen mit maritimen Motiven versehen waren. Überall stieß man auf Dinge, die mit der Seefahrt zu tun hatten.

»Mister Henson war Offizier auf der Fregatte ARROW. Er wurde letztes Jahr bei einem schweren Sturm in der Biskaya von einer herabstürzenden Rah erschlagen«, teilte der Anwalt ihr bei der Besichtigung mit. »Seine Witwe ist mit ihrem vierjährigen Sohn zu ihrer Schwester nach Bristol gezogen, konnte sich jedoch noch nicht zum Verkauf des Hauses durchringen. Zu viele Erinnerungen. Entspricht es Ihren Vorstellungen?«

»Es ist perfekt, Mister Archer. Unterschreiben Sie einen Mietvertrag über zwei Jahre. Haben Sie übrigens an die

Option gedacht, falls sie das Haus eines Tages doch verkaufen sollte?«

»Aber gewiß! Missis Henson ist auch damit einverstanden.«

»Gut. Wann kann ich mit meiner Zofe einziehen?«

»Wenn Sie wollen, dann bleiben Sie gleich da«, scherzte er.

»Übermorgen«, entschied Jessica. »Viel frische Luft und ein kleiner Hausputz können vorher nicht schaden.«

»Ich nehme an, Barney Gaunt wird sich um diese Details kümmern, nicht wahr?«

Jessica bestätigte das und kehrte mit ihm zur Kutsche zurück, die sie wieder ins Zentrum von Davenport brachte. Auf der Fahrt zur Kanzlei sagte der Anwalt mit bewunderndem Staunen: »Ich möchte wissen, wie Sie es bloß geschafft haben, Barney Gaunt für sich zu gewinnen, Missis Brading.«

»Ich habe ihn nicht für mich gewonnen, Mister Archer. Und er arbeitet auch nicht wirklich für mich, jedenfalls sieht er es nicht so.«

»Und wie dann?«

»Mister Gaunt zieht es vor, die Angelegenheit so zu sehen, daß er in den Diensten von Mister Hutchinson steht und diesem Mann, dem er noch etwas schuldig ist, einen Gefallen erweist.«

Eugene Archer lachte spöttisch. »Auch eine Art, wenn auch reichlich verdreht, um sein Gesicht zu wahren.«

»Ich glaube nicht, daß wir viel anders sind, Mister Archer. Wir alle bemühen uns auf die eine oder andere Weise, unser Gesicht zu wahren.«

Der Anwalt warf ihr einen überraschten Blick zu, unterließ jedoch jede weitere Bemerkung in dieser Sache. Er kam auch nie mehr darauf zu sprechen.

Anne hatte sich in diesen Tagen in Plymouth sowohl an den Luxus und die Bedienung im BELMONT COURT als auch an die ihr so neue, atemberaubende Welt einer großen englischen Stadt gewöhnt, ganz wie Jessica es vorausgesehen hatte. Dennoch war sie froh, als sie das Haus am Stadtrand von Davenport bezogen.

»Es tut mir leid, Anne, aber ein Großteil der Arbeit wird vorerst leider an dir hängenbleiben«, sagte Jessica, als sie zusammen eine Liste von all den Dingen erstellten, die Anne im Ort einkaufen mußte.

»Für mich kann es gar nicht genug Arbeit geben«, erwiderte Anne mit ungetrübter Fröhlichkeit. »Dann vergeht die Zeit auch viel schneller.«

»Ich gehe dir bei allen Dingen hier im Haus natürlich zur Hand, solange es möglich ist«, versicherte Jessica. Sie war mittlerweile im siebten Monat und konnte doch noch mit ein wenig Geschick ihre Schwangerschaft in der Öffentlichkeit verbergen. Aber sie plagten nun häufiger Rückenschmerzen, und sie ermüdete auch leichter, was sie wurmte und gelegentlich gereizt stimmte. »Wenn Mister Gaunt erst das richtige Paar gefunden hat, wird es besser werden.«

Aber der kalte, regenreiche April neigte sich seinem Ende zu, ohne daß Barney Gaunt mit der erlösenden Nachricht kam. Während Eugene Archer schon das zweite Haus für sie im Nordosten von Plymouth gefunden und samt dem Personal angemietet hatte, gab es bei dem wichtigsten Teil ihres Vorhabens keinerlei Fortschritte.

Als sie ihm bei einem Gespräch in den ersten Maitagen, die wenigstens besseres Wetter bei steigenden Temperaturen brachten, Vorhaltungen machte, antwortete er ärgerlich: »Ich hätte Ihnen schon eine ganze Kirche mit

geeigneten Ehepaaren füllen können, wenn Sie nicht auf diesen besonderen Bedingungen bestehen würden.«
»Ich bestehe aber darauf, Mister Gaunt!«
»Es ist verdammt nicht leicht, ein Ehepaar zu finden, das bereit ist, seinen Heimatort zu verlassen und mindestens zwei Jahre fortzubleiben!« hielt er ihr vor.
»Dann bedeutet ihnen das Kind, das sie sich wünschen und nicht bekommen können, auch nicht genug!« konterte Jessica. »Ich will nicht, daß irgend jemand im Ort, in dem die zukünftigen Eltern des Kindes leben, auch nur den Hauch eines Verdachts haben kann, es handle sich nicht um ihr eigenes Kind. Und innerhalb von sechs, acht Wochen kann man nicht plötzlich hochschwanger sein. Das ist lächerlich. Nein, wer immer das Kind will, muß sich lange genug von seiner vertrauten Umgebung, seinen Freunden und Nachbarn trennen, um später auch als die Eltern des Kindes ohne jeden Verdacht akzeptiert zu werden. Niemals darf jemand dem Kind nachsagen können, es sei ja bloß angenommen ... oder gar ein Bastard! Und deshalb beharre ich auf meinen Bedingungen.«
»Die Hickleys wären schon ...«
»Kommen Sie mir nicht wieder mit den Hickleys!« fuhr Jessica ihm gereizt ins Wort. »Ich habe Ihnen mehr als einmal gesagt, daß ich Fischer oder Seeleute als Eltern nicht akzeptiere! Zudem dürfen sie nicht älter als dreißig und müssen schon mindestens acht Jahre miteinander verheiratet sein – und zwar *glücklich* verheiratet! Sie mögen es zwar nicht glauben, aber hier und da gibt es schon noch anständige Frauen und auch glückliche Ehen, Mister Gaunt!«
Grimmig starrte er sie an. »Sie haben mir eine ganze Menge gesagt, Missis Brading«, knurrte er. »Und das mei-

ste davon paßt mir nicht so viel!« Er schnippte mit den Fingern. »Aber was mir am wenigsten von allem gefällt, ist die Tatsache, daß ich nicht weiß, warum ich Ihnen nicht sage, Sie sollen sich zum Teufel scheren und mit dem Balg machen, was Sie wollen!«
Der Ärger verschwand von Jessicas Gesicht und machte einem vergnügten, leicht spöttischen Lächeln Platz. »Weil Sie nicht halb so rauhbeinig und hartherzig sind, wie Sie sich geben, Barney.«
»Was Sie nicht sagen!« brummte er.
»Und wenn Sie sich noch ein wenig mehr bemühen, kann aus Ihnen wirklich noch ein vernünftiger Mann werden.«
Barney Gaunt machte ein Gesicht, als wüßte er nicht, ob er lachen oder fluchen sollte. Er entschied sich dafür, Zuflucht zu einem wortlosen Kopfschütteln zu nehmen. Und im Hinausgehen sagte er zu ihr über die Schulter hinweg: »Da fällt mir ein: Das mit der Hebamme geht in Ordnung.«
»Wunderbar. Aber denken Sie auch an die Amme!« rief sie ihm nach. »Ich habe nicht vor, das Baby auch nur einen Tag lang zu stillen! Sie wissen warum!«
»Den Teufel weiß ich«, brummte er und stiefelte hinaus, und irgendwie hätte sich Jessica nicht gewundert, wenn sie nie wieder etwas von ihm gehört oder gesehen hätte.
Zehn Tage später erlöste er sie aus ihrer Angst, ihr Plan könne scheitern. Er hatte endlich ein Paar gefunden, das alle Voraussetzungen erfüllte und auch bereit war, in einen anderen Ort zu ziehen.
»Mary und Arthur Farlow aus Bodmin. Sie ist dort geboren, er kommt aus Falmouth. Er wird nächstes Jahr dreißig, seine Frau ist drei Jahre jünger. Er hat sie an ihrem siebzehnten Geburtstag geheiratet. Der einzige Schatten über ihrer Ehe ist ihre Kinderlosigkeit.«

»Was ist er von Beruf?« fragte Jessica und zügelte ihre freudige Erregung.
»Schreiner, und dazu ein sehr guter, wie meine diskreten Ermittlungen ergeben haben. Er arbeitet in der Schreinerei seines Schwagers, und man sagt ihm nach, ein sehr umgänglicher Mann zu sein. Beide sind ohne Einschränkung bereit, von Bodmin wegzuziehen.«
»Das klingt ja vielversprechend, Barney. Wie haben Sie die Farlows gefunden?«
»Man muß nicht unbedingt ein eifriger Kirchgänger sein, um zu manchen Geistlichen ein gutes Verhältnis zu haben. Gelegentlich verbindet die Liebe zu sehr irdischen Freuden wie gutem Wein und gutem Essen nicht weniger als die zu unserem Schöpfer, dem bei einigen seiner zweibeinigen Schöpfungen doch leichte bis erhebliche Mängel unterlaufen sind«, antwortete er etwas sarkastisch. »Was meine Informationen über die Farlows betrifft, so handelt es sich bei meiner besten Quelle um den örtlichen Gottesmann.«
»Wie ist Ihr Urteil über Mary und Arthur Farlow?« wollte Jessica abschließend wissen.
»Ich hätte mir den Weg zu Ihnen gespart, wenn ich Zweifel gehabt hätte, daß sie Ihren Ansprüchen nicht gerecht werden könnten.«
Jessica lächelte ein wenig. »Das freut mich zu hören.«
»Wann wollen Sie sie treffen?«
»So bald wie möglich.«
»Wäre Ihnen morgen recht?«
Jessica konnte ihre Überraschung nicht verbergen. »Sie sind schon hier?«
Nun erlaubte er sich ein Lächeln. »Ich bin bemüht, diese Angelegenheit so schnell wie möglich hinter mich zu bringen, Missis Brading«, sagte er trocken. »Deshalb habe

ich mir die Freiheit genommen, sie gleich mitzubringen und im ALBION an der Landstraße nach Plymouth einzuquartieren. Alles weitere liegt bei Ihnen.«

»Arrangieren Sie alles für morgen mittag gegen zwölf!«

»Mit Vergnügen, Missis Brading.«

Jessica konnte vor Aufregung in der Nacht kaum schlafen. Unruhig wälzte sie sich von einer Seite auf die andere. Hatte ihre Suche endlich ein Ende gefunden? Hatte Barney Gaunt eine gute Wahl getroffen? Was war, wenn ihr die Farlows nicht gefielen? Sollte sie, ja durfte sie sich über ihre Gefühle hinwegsetzen?

Diese und andere Fragen quälten sie bis in den Morgen. Sie stand schließlich auf, machte sich einen Tee und wartete voller Ungeduld, daß der neue Tag anbrach. Wie sehr sehnte sie sich danach, daß die Wochen und Monate der Ungewißheit ein für allemal der Vergangenheit angehörten und alles klar entschieden war.

23

Barney Gaunt zeigte dem Paar die Stadt, in der sie mindestens zwei Jahre lang leben mußten, wenn sie das Baby wollten. Ihnen gefiel, was sie sahen. Um kurz vor zwölf führte er sie in das WHITE HORSE und lud sie zu einem einfachen, aber schmackhaften Mittagessen ein. Es bedurfte einiger Überredung, daß sie seine Einladung annahmen.

Mary und Arthur Farlow setzten sich an einen der hinteren Tische, auf den Barney Gaunt zielstrebig zugesteuert war.

»Hier sind wir ganz ungestört.«

»Mein Gott, das ist ja wirklich sehr freundlich von Ihnen, Mister Gaunt«, sagte Mary Farlow. »Aber ich bin viel zu aufgeregt, um auch nur einen Bissen hinunterzubekommen.«

Arthur Farlow legte seiner Frau eine Hand auf die Schulter und drückte sie sanft auf den Stuhl. »Du hast doch gehört, was Mister Gaunt gesagt hat, Mary. Noch ist nichts entschieden. Also sei bitte so gut und freu dich nicht zu früh. Die Enttäuschung ist dann auch nicht so groß«, redete er ihr auf sehr beherrschte und bedächtige Weise zu.

»Ach Arthur«, seufzte sie. »Ich wünsche es mir ja so sehr. Und du doch auch!«

»Ja, Mary, aber unsere Wünsche sind eben nicht immer das, was uns bestimmt ist«, sagte er und wandte sich Barney Gaunt zu, um ihn nach den Handwerksbetrieben hier in Davenport zu befragen.

Mary und Arthur Farlow achteten nicht auf die beiden

Frauen, die zwei Tische weiter saßen, eine verschleierte und offensichtlich vornehme Dame in Begleitung ihrer Zofe.
Das sind sie also, dachte Jessica und beobachtete die Farlows kritisch hinter ihrem Schleier. Ein eigenartiges Gefühl durchströmte sie. Es war eine Mischung aus Erleichterung und Beklemmung zugleich, aus Scham und Freude, Dankbarkeit und Mißtrauen.
Arthur Farlow war ein kräftiger, gutaussehender Mann mit dunkelbraunem Haar. Sein offener Blick, seine Bewegungen und seine Art zu reden verrieten, daß er ein bescheidener und ehrenhafter Mann war, doch nicht ohne Stolz und Selbstbewußtsein. Seine Frau war schlank und dunkelblond. Eine Schönheit konnte man sie kaum nennen. Doch sie strahlte eine frische Natürlichkeit aus. Und sie liebte ihren Mann. Die Blicke, die sie ihm im Gespräch immer wieder zuwarf, sprachen für sich.
»Sie machen einen wirklich netten Eindruck«, sagte Anne leise.
»Hier geht es nicht um Nettigkeiten, sondern um eine Entscheidung, die das ganze zukünftige Leben von mehreren Menschen bestimmt!« antwortete Jessica schroff und war über ihre gereizte Reaktion kaum weniger überrascht als Anne.
Augenblicke später verließ Jessica mit ihrer Zofe das WHITE HORSE. »Warten Sie einen Moment!« befahl sie dem Kutscher der Mietdroschke, der die ganze Zeit auf dem Platz neben dem Gasthof auf sie gewartet hatte.
»Solange Sie wollen«, sagte der Kutscher, fuhr er die verschleierte Dame doch nicht das erstemal. Er wußte, daß er von ihr stets großzügig entlohnt wurde.
Barney Gaunt ließ nicht lange auf sich warten. Er tauchte in der Tür auf und blickte scheinbar zufällig zur Kutsche hinüber.

Jessica nickte zweimal in seine Richtung. Dann rief sie dem Kutscher zu: »Fahren Sie!«
Eine gute Stunde später betraten Mary und Arthur Farlow in Begleitung von Barney Gaunt das Haus, das zu ihrem Zuhause werden sollte.
Anne führte sie in den Salon, der in Dämmerlicht getaucht war, denn Jessica hatte die Gardinen zugezogen. Sie trug ihr schwarzes Seidenkleid und auch den schwarzen Schleier, der ihr Gesicht verbarg.
»Ich möchte dieses Gespräch allein mit Mister und Missis Farlow führen«, sagte Jessica zu Barney Gaunt.
Dieser nickte verständnisvoll. »Natürlich. Ich warte draußen. Wenn Sie mich brauchen sollten ...«
»Werde ich Sie rufen. Danke, Mister Gaunt«, unterbrach Jessica ihn. »Anne ...«
Ihre Zofe und Barney Gaunt verließen den Salon. Anne hielt Tee und Gebäck bereit und führte ihn in die Küche. »Es ist eine schwere Zeit für sie, auch wenn sie alles tut, um sich das nicht anmerken zu lassen, Mister Gaunt.«
»Es ist nicht nur für sie eine schwere Zeit«, brummte er und fand Annes Gebäck unwiderstehlich.
Indessen herrschte im Salon für einen langen Augenblick ein verlegenes, ratloses Schweigen, was die Farlows betraf. Sie wußten nicht, was sie sagen und wie sie die verschleierte Frau anreden sollten, die dort steif und sehr unnahbar in dem schweren Ohrensessel saß.
Jessica brach das Schweigen und erlöste sie aus ihrem Dilemma. »Setzen Sie sich!« forderte sie sie auf und wies auf das Sofa. »Mein Name ist Missis Jakes.« Es war ihr Mädchenname.
Mit einem befreiten Seufzer sank Mary Farlow auf das Roßhaarsofa. »Wir sind ja so glücklich, endlich Ihre Bekanntschaft zu machen, Missis Jakes«, sprudelten die

Worte in ihrer Aufregung aus ihr heraus. »Arthur ... ich meine, mein Mann und ich, wir haben keinen sehnlicheren Wunsch ...«

Jessica brachte sie mit einer abrupten, herrischen Handbewegung zum Schweigen.

»Mary!« flüsterte ihr Mann bestürzt und warnend.

Jessica ließ ihre behandschuhte Hand in ihren Schoß sinken. Die Seide knisterte. »Ich möchte Sie bitten, nur auf meine Fragen zu antworten. Dies ist eine sehr ungewöhnliche Situation, für Sie wie für mich.«

»Das ist wahr, Missis Jakes«, stimmte Arthur Farlow ihr mit ernster Ruhe zu. »Bitte stellen Sie Ihre Fragen. Wir werden sie nach bestem Wissen und Gewissen beantworten.«

Jessica ging noch einmal alle Fragen durch, die Barney Gaunt ihnen sowie dem Geistlichen und anderen in Bodmin gestellt hatte. Sie wollte sehen, *wie* sie ihr darauf antworteten. Das Ergebnis fiel positiv aus. Sie würden, soweit ein Mensch das vorausschauend beurteilen konnte, ihrem Kind gute Eltern sein.

»Sie sind mit den besonderen Bedingungen vertraut?«

»Ja, Missis Jakes. Und wir sind mit allem einverstanden«, erklärte Arthur Farlow.

»Wenn wir uns einig werden, erwarte ich, daß Sie in spätestens einer Woche hier einziehen. Haben Sie sich schon Gedanken darüber gemacht, wie Sie Ihrer Familie und Ihren Freunden in Bodmin Ihr plötzliches Weggehen erklären wollen? Und haben Sie auch daran gedacht, daß Sie zumindest für den Zeitraum Ihrer angeblichen Schwangerschaft jeden Kontakt mit ihnen meiden müssen?«

»Ja, das haben wir. Und es ist uns auch etwas eingefallen, was sehr glaubhaft klingt«, versicherte Arthur Farlow, wäh-

rend seine Frau bekräftigend nickte, das Gesicht ganz angespannte Hoffnung. »Wir werden ihnen sagen ...«
»Ich will es nicht wissen, Mister Farlow!« fiel Jessica ihm ins Wort. »Ich will überhaupt von nun an über Sie und Ihr Leben nichts wissen. Und ich erwarte von Ihnen, daß Sie nichts tun, was dazu geeignet sein könnte, ein wie auch immer geartetes persönliches Verhältnis zwischen Ihnen und mir entstehen zu lassen.«
Arthur Farlows Gesicht zeigte seine tiefe Bestürzung jetzt genauso deutlich wie das seiner Frau.
»Sie werden die Verantwortung für mein Kind von der Stunde seiner Geburt an übernehmen. Und wenn ich dieses Haus verlasse, möchte ich sowenig persönliche Erinnerungen wie möglich mitnehmen«, fügte Jessica erklärend hinzu. »Je weniger ich über Sie und das, was Sie persönlich bewegt, weiß, desto weniger persönlich werden meine Erinnerungen sein. Und ich will auch nicht wissen, welchen Namen Sie dem Kind geben werden! Ich möchte ... nein, ich verlange, daß wir einander fremd bleiben!«
Mary und Arthur Farlow begriffen, daß diese Frau dies nur tat, um sich vor weiterem Schmerz und Kummer zu schützen. »Wir verstehen, Missis Jakes«, sagte Arthur Farlow mitfühlend.
»Das bezweifle ich, aber es reicht mir, wenn Sie sich an unsere Abmachungen halten«, fuhr Jessica distanziert fort. »Aus den eben genannten Gründen untersage ich Ihnen deshalb, meine privaten Räume zu betreten. Das gilt für diesen Salon und für mein Schlafzimmer. Sie haben Ihre eigenen Räume im hinteren Teil des Hauses. Sie werden hier wohnen und meiner Zofe bei allen Arbeiten tatkräftig zur Hand gehen.«
Die Farlows nickten stumm.

»Des weiteren werden Sie, wenn dieses Gespräch beendet ist, mich nicht mehr direkt anreden. Wenn es irgend etwas gibt, was ich wissen soll, teilen Sie es meiner Zofe mit. Begegnen wir uns irgendwo, nehmen Sie mich genausowenig zur Kenntnis wie ich Sie. Sie, Missis Farlow, zeigen sich nicht in Davenport. Sie gehen nicht einmal vor die Tür, bis alles vorbei ist. Nach der Geburt des Kindes bleiben Sie in diesem Haus wohnen. Ich habe es für zwei Jahre gemietet und im voraus bezahlt. Weitere geldliche Vorteile gibt es nicht. Das ist alles. Sind Sie damit einverstanden?«
Mary Farlow nickte heftig, und ihr Mann sagte: »Sie sind sehr großzügig, Missis Jakes. Aber ich finde schon Arbeit, und wir haben auch einiges gespart, so daß wir die Miete für das Haus auch selbst zahlen können.«
»Sie machen mit Ihrem Geld, was Sie wollen, Mister Farlow, so wie ich mit meinem. Das Haus ist für zwei Jahre bezahlt, und damit hat es sich!« beschied sie ihn. »Haben Sie sonst noch Fragen?«
»Nein, Missis Jakes.«
»Gut.«
»Heißt das, Sie ... Sie geben uns Ihr Baby?« Mary Farlows Stimme war kaum mehr als ein banges Flüstern.
»Ja!« Jessica sprang auf und wandte ihnen den Rücken zu. Mary und Arthur Farlow sahen sich nur an. Wortlos zogen sie sich aus dem Salon zurück, den sie erst wieder betreten durften, wenn das Baby geboren war und seine leibliche Mutter das Haus verlassen hatte.

24

Das Kind kam in der letzten Juniwoche zur Welt. Es war ein wunderbarer Sommertag, wie er im Buche stand, warm und sonnig, doch ohne drückende Hitze, und der Himmel so strahlend blau wie ein chinesisches Seidentuch, über das jemand hier und dort ein paar weiße Baumwollflocken verstreut zu haben schien. In den Bäumen, die ihr volles grünes Blätterkleid trugen, saß ein vielstimmiger Vogelchor, doch nicht jeder wartete geduldig auf seinen Einsatz. Schmetterlinge tanzten im Sonnenschein über den Hecken. Und der Garten stand in voller farbenprächtiger Blüte.

Daß der Garten wieder ein gepflegtes Aussehen erhalten hatte, war das Verdienst von Emily Sawyer, der man Freude an körperlicher Arbeit gar nicht zugetraut hätte. Denn Emily Sawyer war eine kleine, sehr mollige Person mittleren Alters, die beim Gehen leicht hin und her schwankte, wie eine leere Tonne, der man einen kräftigen Stoß versetzt hatte. Gartenarbeit war ihre Leidenschaft – und Hebamme ihr Beruf.

Mary und Arthur hielten sich strikt an die Verbote und Bestimmungen, die Jessica ihnen bei ihrem ersten und einzigen Gespräch auferlegt hatte. Nicht einmal setzte einer von ihnen seinen Fuß in einen der Räume, die Jessica für privat erklärt hatte. Und in all den folgenden Wochen ließen sich ihre zufälligen Begegnungen auf der Treppe an einer Hand abzählen.

Jessica war es recht so. Sie zog sich völlig in ihren eigenen

Kokon zurück, kapselte sich von der Außenwelt fast völlig ab und verließ das Haus nicht mehr. Sie schlief so lange, wie es ihr möglich war, denn Schlaf war Vergessen. Erst spät am Vormittag stand sie aus dem Bett auf, um dann den Rest des Tages im Salon zu verbringen, mit Lesen, Briefeschreiben und insbesondere mit grüblerischem Schweigen, und das meist bei zugezogenen Gardinen. Die Stunden und Tage sollten ohne Gesicht ineinanderschwimmen und keine konkreten Erinnerungen in ihr hinterlassen. An manchen Tagen verlor sie sich derart in ihrem Kokon, daß sie Mary und Arthur völlig vergaß. Und wenn sich das Kind in ihr nicht immer wieder bewegt und sehr nachdrücklich bemerkbar gemacht hätte, hätte sie es in manchen Stunden auch noch vergessen.

Das änderte sich erst nach der ersten Juniwoche, als Emily Sawyer ihr regelmäßige Besuche abstattete. Jessica gab sich anfangs genauso kühl und kurz angebunden, wie sie es bei Mary und Arthur getan hatte. Doch die mollige Hebamme verlor nicht einen Augenblick ihre unerschütterliche Fröhlichkeit, und einschüchtern ließ sie sich schon gar nicht.

Als erstes zog sie die Gardinen auf. »Dunkel wird es noch früh genug.«

»Ich will es aber so, Missis Sawyer!« protestierte Jessica und funkelte sie zornig an. »Anne, zieh die Gardinen sofort wieder zu!«

Die Hebamme lächelte der Zofe zu und schüttelte den Kopf. »Lassen Sie es besser bleiben, mein Kind«, sagte sie freundlich, aber bestimmt. Und zu Jessica gewandt: »Wenn ich mit Ihnen in einem Zimmer bin, Missis Jakes, dann gilt allein mein Wort. Es ist Ihre Sache, ob Sie die Gardinen nachher wieder zuziehen, wenn ich gegangen bin. Doch solange ich mich bei Ihnen aufhalte, werden meine Anweisungen befolgt. Natürlich steht es Ihnen frei, auf meine Dienste zu verzichten, sollten Sie sich mit der Art, wie ich gewisse Dinge handhabe, nicht ganz anfreunden können.«

Jessica hatte Barney Gaunt um eine Hebamme gebeten, die nicht nur verschwiegen war, sondern auch wußte, was sie tat. Er hatte ihr Emily Sawyer gebracht und gesagt, daß sie die Beste sei von allen, ob nun geschwätzig oder verschwiegen, und sich keine Frau bei ihrer Niederkunft eine bessere Hebamme wünschen konnte.

Anne blickte ihre Herrin fragend an.

Emily Sawyer wartete gelassen, wie Jessica sich entschied. Dabei strahlten ihre Augen, die in ihrem runden Gesicht wie dicke braune Rosinen in einem aufgehenden Kuchenteig saßen.

Jessica gab nach. »Laß sie so, Anne. Vielleicht sind ihre Augen nicht mehr die besten«, murmelte sie ärgerlich, daß sie sich dem Willen dieser molligen Person beugen mußte.

»Oh, sie sind noch ganz vortrefflich, Missis Jakes!« rief Emily Sawyer munter. »Und sie sagen mir nicht nur, daß Sie sich offensichtlich eine ganze Menge höchst unvernünftiger Gewohnheiten zugelegt haben, auf die ich später noch zu sprechen kommen werde ...«

»Ich kann es gar nicht erwarten«, bemerkte Jessica gallig.

»... sondern sie stellen auch mit großem Bedauern fest«, fuhr Emily Sawyer ungerührt fort, »daß dieser früher so herrliche Garten dieses Hauses immer mehr zu einer Wildnis verkommt.«

»Es gibt Wichtigeres als den Garten.«

»Sie haben niemanden, der sich darum kümmern könnte?«

»Nein!«

»Dann werde ich mich ein wenig nützlich machen.«
Jessica sah sie gereizt an. »Ich kann mich nicht erinnern, Mister Gaunt gebeten zu haben, mir einen Gärtner zu besorgen.«
Ob es Jessica nun recht war oder nicht, sie bekam in Emily Sawyer Hebamme und Gärtner in einem. Daß sie dazu noch gern und lange redete, ohne daß es irgendwelcher Fragen und Einwürfe ihres Publikums bedurfte, um ihren Redestrom in Fluß zu halten, regte sie anfangs am meisten auf. Doch Emily Sawyer hatte die Ruhe weg, und allmählich gewöhnte sich Jessica sogar an ihre Gegenwart, ja, widerwillig gestand sie sich im stillen sogar ein, daß sie sich die heiteren Geschichten, die oft viel Tiefe besaßen und die aus Emily Sawyer in einem solch lebensfrohen Überfluß herausströmten wie bunte Blumen auf einer großen Sommerwiese, mit wachsendem Vergnügen anhörte.
In der letzten Woche unterließ sie es sogar, Anne aufzufordern, doch die Gardinen wieder vorzuziehen, wenn die Hebamme ihr Zimmer verlassen hatte. In den blühenden Garten zu blicken, mit schmerzlichem Empfinden und zugleich doch auch mit der vertrauten Freude, das Wachstum der Natur zu beobachten, ersetzte tagsüber das düstere Grübeln in einem verdunkelten Zimmer.
Und dann kam der Tag der Niederkunft. Es war kurz nach zehn, und Emily Sawyer jätete Unkraut zwischen den Rosenstöcken, als bei Jessica die Wehen einsetzten.
»Anne! ... Es ist soweit!« rief Jessica ihrer Zofe zu, die neben ihr am Fenster über einer feinen Stickerei saß. »Sag Missis Sawyer Bescheid. Bei mir haben soeben die Wehen eingesetzt.«
Anne sprang erschrocken auf und ließ fast den Stickrahmen fallen. »O Gott, sind Sie sicher?« stieß sie hervor.

»Natürlich bin ich sicher. Das ist nicht das erste Kind, das ich bekomme. Mach nicht so ein erschrockenes Gesicht. Und fang jetzt bloß nicht an zu laufen, als wäre im Haus Feuer ausgebrochen. Es werden noch viele Stunden vergehen, bis das Kind endlich da ist.«
Dennoch hatte Anne größte Mühe, nicht aus dem Zimmer zu rennen und laut nach der Hebamme zu schreien. Jessica beobachtete, wie Emily Sawyer auf die Nachricht ihrer Zofe reagierte. Sie nickte, sagte etwas zu Anne und fuhr dann mit dem Jäten fort. Jessica mußte unwillkürlich lächeln.
Anne dagegen war außer sich vor Zorn, daß die Hebamme erst zwanzig Minuten später hereinkam, um sich um ihre Herrin zu kümmern.
Eine unnatürliche Stille legte sich über das Haus. Die Anspannung seiner Bewohner schien förmlich mit den Händen greifbar zu sein. Daran änderte auch Emily Sawyers gleichbleibend muntere Art nichts. Mary und Arthur saßen in der Küche, lauschten angestrengt nach oben und wagten nur im Flüsterton miteinander zu sprechen.
Als Jessica mit Edward und später dann mit Victoria niedergekommen war, hatte sich die Geburt über viele schmerzerfüllte Stunden erstreckt. Sie erinnerte sich noch so deutlich daran, als läge es erst wenige Tage zurück, wie sie bei Victorias Geburt geschrien und mit der Agonie des Schmerzes gekämpft hatte. Sie hatte geglaubt, in Stücke gerissen zu werden und diese Qualen nicht länger ertragen zu können.
Ja, beide Geburten waren schwer gewesen, und deshalb ging Jessica auch davon aus, daß es diesmal genauso sein würde. Sie fürchtete sich nicht davor. Im Gegenteil. Sie hatte Schuld auf sich geladen, und die Schmerzen waren ein Teil ihrer Strafe.

Doch die Natur hatte sich anders entschieden. Jessica brachte das Kind schnell und ohne große Schmerzen zur Welt. Vergleichsweise sanft glitt es unter Emily Sawyers Beistand um die Mittagszeit aus ihrem Leib. Und das war eine noch größere Strafe, als wenn sie sich bis in die Abendstunden unter unsäglichen Schmerzen gewunden hätte.

Das ist nicht gerecht! schrie es in ihr. Das ist nicht so, wie es hätte sein müssen!

»Ein Mädchen! Und was für ein prächtiges Erdenkind!« rief Emily Sawyer fröhlich.

Das Baby schrie, doch es war kein unangenehmes Kreischen. Es war ein eher lebensbejahendes Schreien, als würde es den Sonnenschein, der durch das Fenster fiel, freudig begrüßen.

Jessica wollte sich die Ohren zuhalten und alles ignorieren, was sie an dieses Kind später erinnern konnte. Sie wollte weder seine Stimme hören noch seinen winzigen Körper sehen oder gar seine glatte rosige Haut spüren. Es war nicht mehr ihr Kind, war es nie gewesen und würde es nie sein! Sie mußte es vergessen. Hinter der Tür wartete schon die Frau, die seine Mutter sein und es in ihren Armen wiegen würde.

Und doch verlangte alles in ihr danach, das Baby zu halten und an sich zu drücken und ihm Schutz zu geben, dieses Kind, das in ihr herangewachsen war und das sie neun Monate unter dem Herzen getragen hatte. Sie hatte geglaubt, es niemals lieben zu können und froh zu sein, wenn es endlich von ihr genommen sein würde. Nun aber erkannte sie, wie falsch, wie entsetzlich falsch diese Annahme gewesen war. Es war ihr Kind!

»Dieses Blut ...« hörte sie ihre Zofe, die Emily Sawyer mit Handreichungen zur Seite gestanden hatte, mit schwacher Stimme sagen.

»Wovon reden Sie?« fragte die Hebamme, die die Nabelschnur durchtrennt und das Baby abgewaschen hatte.
»Das viele Blut auf dem Laken. Ich glaube, mir wird schwindelig ...«
»Miss Anne!« rief die Hebamme tadelnd. Dann gab es einen dumpfen Laut, als Anne ohnmächtig wurde. »Mein Gott, diese jungen Frauen heutzutage! Hier, nehmen Sie einen Moment das Baby, Missis Jakes!«
»Nein!« schrie Jessica entsetzt auf. Doch da hatte sie es ihr schon in die Arme gedrückt.
Jessica sah in das Gesicht ihrer Tochter, das von der Geburt kaum entstellt war. Es wies ein paar rote Flecken auf, aber das war auch alles. Es schnitt ihr tief ins Herz, als ihr Blick auf die kleinen Händchen fiel, die in die Luft griffen. Es war ein winziges und doch unermeßlich großes Wunder, was sie da in ihren Armen hielt. Und es hatte nichts mehr mit Kenneth und jenen grausamen Tagen auf MIRRA BOOKA zu tun. Es war etwas ganz Eigenständiges, etwas Wunderbares. Dieses Kind war frei von jeglicher Schuld, frei von all den häßlichen Dingen, die mit den Jahren die Seele und das Herz der Menschen verhärten und vergiften. Dies war die pure Unschuld, es war frei von den Sünden seiner Eltern.
Und sie wußte jetzt, daß sie es genauso innig liebte wie Edward und Victoria, und sie wußte damit auch, was die größte Strafe war, die sie zu ertragen hatte: das Kind wegzugeben und bis an ihr Ende sowohl mit der Schuld als auch mit dem Schmerz dieses Verlustes leben zu müssen.
Als die Hebamme Anne mit Riechsalz wieder zu sich gebracht hatte, drückte Jessica ihr Neugeborenes gegen ihr Gesicht, über das ihr nur so die Tränen rannen. Sie spürte die samtigen Händchen ihrer Tochter auf ihren

Lippen und auf ihrer Wange, als wollte das Baby sie trösten.

Grenzenlose Qual verzerrte Jessicas Gesicht, als sie der Hebamme schließlich ihr Baby hinhielt und sie mit gebrochener Stimme aufforderte: »Bringen Sie es ihr. Schnell. Ich ertrage es sonst nicht länger.«

Tiefes Mitleid prägte Emily Sawyers Züge, und diesmal brachte sie keine aufmunternde Bemerkung über die Lippen. Sie nahm ihr wortlos das Baby ab und eilte damit aus dem Zimmer.

Anne stand neben dem Bett ihrer Herrin, rang die Hände, hatte Tränen in den Augen und wußte weder was sie sagen noch was sie tun sollte. Sie fühlte sich entsetzlich elend.

»Steht Barney Gaunt bereit?« fragte Jessica mit schwacher Stimme.

»Ja, Missis Brading.« Ihre Herrin hatte sie am Vormittag, gleich nach den ersten Wehen, mit einer vorbereiteten Nachricht zu ihm geschickt. »Er ist vor gut einer Stunde mit der Kutsche gekommen.«

»Und unsere Sachen?«

»Ich habe alles gepackt, wie Sie es mir aufgetragen haben.«

»Dann soll er unser Gepäck aufladen.«

Anne sah sie ungläubig an. »Aber Sie können doch jetzt noch nicht aufstehen, geschweige denn mit der Kutsche den ganzen Weg bis nach Plymouth auf sich nehmen!« rief sie erschrocken. »Das ist unmöglich!«

»Es ist nur eine Fahrt von einer knappen Stunde. Ich schaffe es schon. Nach Edwards Geburt bin ich auch gleich aufgestanden.«

»Mein Gott, was besagt das schon! Bitte seien Sie vernünftig, Missis Brading!« beschwor Anne sie.

Jessica schüttelte heftig den Kopf. »Ich kann nicht länger in diesem Haus sein, unter einem Dach mit meinem Kind und dieser ... Frau, die mein Baby nun in ihren Armen hält!« keuchte sie. »Ich ertrage es einfach nicht, Anne. Ich muß hier raus, sonst weiß ich nicht, was ich tun werde. Hier bleiben, auch nur noch eine Nacht, ist das einzige, was unmöglich ist!«
Nicht einmal Emily Sawyer gelang es, Jessica davon abzubringen. »Sie müssen sich schonen, Missis Jakes. Lassen Sie sich bloß nicht von der leichten Geburt täuschen. Sie haben viel Blut verloren und brauchen Ruhe und Pflege. In ein paar Tagen ...«
Jessica wartete nicht einmal drei Stunden ab, dann saß sie schon in der Kutsche. Sie hatte Schmerzen, mehr als während der Geburt, und eine innere Hitze jagte ihr den Schweiß auf die Stirn. Doch sie ließ sich nichts davon anmerken.
Nach nicht ganz einer Stunde hielt Barney Gaunt vor dem hübschen Backsteinhaus, das Eugene Archer für sie gefunden hatte. Es lag am Ende einer gewundenen Sackgasse in einem gutbürgerlichen Wohnviertel, wo Häuser und Gärten gleichermaßen vom Wohlstand ihrer Besitzer wie auch von deren Bedürfnis nach Ordnung und Anpassung an den allgemeinen Geschmack der Nachbarschaft ein beredtes, aber nicht unangenehmes Zeugnis ablegten.
Jessica schaffte es noch mit eigener Kraft aus der Kutsche und ins Haus, wo ein blasses und pockennarbiges, aber penibel sauberes Dienstmädchen in Annes Alter und eine korpulente Köchin, die Emily Sawyers ältere Schwester hätte sein können, schon seit Tagen voller Ungeduld auf das Eintreffen ihrer Herrschaft warteten.
Jessica fand auch noch die Kraft, sie zu begrüßen und

ihnen mit ein paar freundlichen Worten die Scheu und die Angst zu nehmen, sie könnten es schlecht getroffen haben. Doch dann verließen sie die Kräfte.
Anne und das Dienstmädchen, das auf den unglücklichen Namen Rose hörte, mußten sie fast die Treppe zum Schlafzimmer hinauftragen.
»Morgen geht es mir schon besser«, versicherte Jessica mit schwacher Stimme, als sie endlich im Bett lag. »Du wirst sehen.«
Als Anne am nächsten Morgen ans Bett ihrer Herrin trat, blickte sie in fiebrige Augen und erschrak. Und das Fieber stieg beständig. In der folgenden Nacht brannte das Fieber in Jessica mit einer Kraft, als wollte es sie von innen heraus verzehren. Und sie nahm auch nicht wahr, was die nächsten Tage um sie herum geschah.
»Das ist wirklich alles, was ich für sie tun konnte, Miss. Jetzt ist sie in Gottes Hand.«
Jessica vernahm auch diese Stimme nicht. In ihren Fieberträumen hörte sie ganz andere Stimmen – und ein leises wunderbares Schreien, das nur sie verstand und das nach ihr rief.

25

Jessica war dem Tod noch nie so nahe gewesen wie in diesen Tagen. Nichts schien dem tödlichen Verlauf des Wochenbettfiebers Einhalt gebieten zu können. Ihr Körper wehrte sich mit aller Kraft gegen den heimtückischen Feind, der sich in ihm eingenistet hatte und ihn zu vernichten drohte, doch ihre Kräfte schwanden rasch unter dem wütenden, unerbittlichen Ansturm des Fiebers.

Dann kam die Nacht, in der ihr Leben nur noch an einem seidenen Faden hing. Am ganzen Körper zitternd und in Schweiß gebadet, mit brennender Stirn und keuchendem Atem, lag sie im Bett. Doch die Nacht brachte nicht den Tod, wie der Arzt und Anne befürchtet hatten, sondern die entscheidende Wende in diesem erbitterten Kampf. Mit Anbruch des neuen Tages begann das Fieber zu sinken. Ganz langsam nur, aber es sank! Zwei Tage später hatte Jessica den drohenden Schatten des Todes abgeschüttelt.

Anne weinte vor Freude und Erlösung, als ihre Herrin endlich wieder ansprechbar war und ihre Umgebung bewußt wahrnahm.

»Wie krank bin ich gewesen?« fragte Jessica mit müder Stimme.

»Krank? Krank ist gar kein Ausdruck! Sie waren schon soweit, daß der Leichenbestatter kommen und Maß nehmen wollte! Aber ich habe Ihnen gedroht!«

»Gedroht? Mir?«

»Ja, ich habe viel mit Ihnen gesprochen, Missis Brading.

Und als es dann ganz schlimm um Sie bestellt war, da ... da habe ich Ihnen bittere Vorwürfe gemacht und Ihnen gedroht, daß ich es Ihnen niemals verzeihen würde, wenn Sie so gemein sind, einfach zu sterben, und mich hier allein in England zurücklassen. Ich glaube, ich habe Ihnen einige ganz schlimme Sachen gesagt.«

Ein schwaches Lächeln trat auf Jessicas Gesicht. »Ich kann nicht behaupten, mich daran zu erinnern, Anne. Aber vermutlich hast du mir damit solch eine Angst eingejagt, daß ich es nicht gewagt habe zu sterben. Du darfst aber keinem erzählen, daß du so leichtes Spiel mit mir hast!«

Anne lachte unter Tränen, und Jessica drückte ihre Hand und dachte an das Kind, das sie geboren und weggegeben hatte, und sie weinten beide, wenn auch aus verschiedenen Gründen.

Jessicas Genesung machte anfangs nur sehr langsame Fortschritte. Ihr Körper war sehr geschwächt, und sie hatte eine Menge an Gewicht verloren. Sie verbrachte viel Zeit in der kleinen schattigen Laube im Garten, denn es war heiß geworden. Der Juli neigte sich seinem Ende zu, ohne daß sie sich kräftig genug fühlte, einen Spaziergang von fünfzehn Minuten zu machen.

Anne sorgte sich sehr.

Anfang August brachte Eugene Archer bei einem seiner Besuche einen ganzen Stapel Briefe mit. Jessica hatte vor ihrer Abreise die Adresse der in Plymouth ansässigen Reederei, unter deren Flagge die SULTANA segelte, ihren Kindern, Ian und ihren anderen Freunden und Geschäftspartnern als Kontaktadresse genannt. Nach ihrer Ankunft in England hatte sie veranlaßt, daß man ihre Post an die Kanzlei von Eugene Archer weiterleitete. All die Wochen vor ihrer Niederkunft hatte sie sehnsüchtig auf Nachricht von ihren Lieben gewartet, doch nichts war eingetroffen.

Und nun hielt sie über ein Dutzend Briefe in ihren Händen.
Zuerst las sie die ihrer Kinder, die in Ton und Inhalt so unterschiedlich waren wie Tag und Nacht. Während Edward jeden Einblick in seine Gefühlswelt verwehrte, was er offensichtlich für sehr tapfer und männlich hielt, und sich allein darauf beschränkte, ihr von SEVEN HILLS zu erzählen, quollen Victorias Briefe von Gefühlsausbrüchen nur so über. Edwards und Victorias Briefe waren dennoch gleichermaßen Balsam für ihre Seele, und sie las sie immer und immer wieder. Es waren auch Briefe von Glenn Pickwick, William Hutchinson und Captain Rourke gekommen.
Patrick teilte ihr voller Stolz und Freude mit, daß er wie besprochen einen schmucken Schoner erworben habe, der nun unter der Flagge der BRADING RIVER LINE im Küstenhandel eingesetzt sei. Sein Schreiben war mit humorvollen Bemerkungen gespickt und mündete in dem Wunsch, sie möge doch bald zurückkommen, denn ohne den Captain sei selbst das beste Schiff nur halb soviel wert.
Dieser Wunsch fand sich auch im Schreiben des Anwalts wieder sowie in den Briefen ihrer Freunde und den beiden, die aus Glenn Pickwicks Feder stammten. Sie waren mit Abstand die längsten und zudem auch unterhaltsamsten. Man merkte ihnen an, mit welchem Vergnügen Glenn Pickwick zur Feder gegriffen hatte, nämlich nicht allein, um sie über die Geschäfte auf dem laufenden zu halten, sondern um ihr auch von den neuesten gesellschaftlichen Ereignissen und den amüsantesten Klatschgeschichten zu berichten. Es war ein Vergnügen, seine sehr ausführlichen und treffenden Schilderungen vom Leben in Sydney und Parramatta zu lesen. Alle Briefe waren auf ihre ganz eigene

Art ein Vergnügen, ja sogar ein wunderbares Geschenk. Nur von Ian war kein Brief darunter. Was es von SEVEN HILLS zu berichten gab, und das war nicht viel, hatte er ihr über William Hutchinson mitteilen lassen. Und das schmerzte.
Die Freude jedoch überwog. Besonders die Briefe ihrer Kinder wärmten ihr Herz und munterten sie auf. Anne blieb das nicht verborgen, und sie tat alles, um diese günstige Wirkung noch zu unterstützen.
»Sie müssen jetzt rasch wieder zu Kräften kommen, damit wir bald an die Rückreise denken können. Ihre Kinder und SEVEN HILLS warten auf Sie!« redete sie ihr gut zu. »Je schneller Sie richtig gesund werden, desto schneller sind wir auch wieder in Australien.«
Apathie und Depression, unter denen Jessica gelitten und die ihre völlige Genesung behindert hatten, wichen von ihr. Sie faßte erneut Mut und hatte auf einmal auch den Willen, wieder zu Kräften zu kommen.
Der August war heiß, und Anne fuhr mit Jessica häufig an die Küste, wo sie immer längere Spaziergänge machten. Es tat ihrer Herrin gut, an der frischen Luft zu sein, mit zunehmender Kraft und Lebensfreude auszuschreiten und den Blick in die Weite schweifen zu lassen. Anne freute sich, als sie sah, wie ihre Herrin mehr und mehr ihre alte Leistungsfähigkeit und Entschlossenheit zurückgewann.
Mit Einbruch der Dunkelheit kehrten zwar dann und wann die quälenden Gedanken wieder, das Grübeln und der scharfe Schmerz einer Schuld, an der sie bis an ihr Lebensende tragen würde, doch sie zogen sie nicht mehr hinunter in den Schlund tiefer Depression, aus der es kein Entkommen gab.
Sie besann sich wieder darauf, was der zweite Grund ihrer

Reise nach England gewesen war; nämlich Vergeltung für das zu üben, was Kenneth und ihr Vater ihr angetan hatten. Sie würde England nicht den Rücken kehren, bevor sie nicht dieses Vorhaben durchgeführt hatte.
In diesem Zusammenhang dachte sie auch zum erstenmal seit vielen Wochen wieder an Henry. Sie hatte noch immer seine goldenen Manschettenknöpfe und war sicher, daß er ihr helfen konnte, ihr Ziel so schnell und effektvoll wie möglich zu erreichen. Er verfügte über die richtigen Verbindungen. An seiner adligen Abstammung hegte sie nicht den geringsten Zweifel. Er war in diese vornehmen Kreise hineingeboren worden, hatte aber nicht ihre Skrupellosigkeit und menschenverachtende Arroganz angenommen. Auf ihn konnte sie zählen.
Zum erstenmal seit langer Zeit holte sie die Briefe hervor, die Sir Wesley Forbes seinem Sohn geschrieben hatte und in denen er den Versuch unternahm, sein abscheuliches Verbrechen an seiner unehelichen Tochter zu rechtfertigen. Es waren abstoßende Briefe, die einen noch abstoßenderen Charakter offenbarten – und die in ihren Händen eine gefährlichere Waffe waren als das schärfste Schwert.
»Wie sind Sie bloß in ihren Besitz gekommen?« wollte Anne einmal wissen, als sie ihrer Herrin dabei zusah, wie sie diese mehr als zehn Jahre alten Briefe Wort für Wort kopierte.
Jessica stockte und setzte die Feder ab. »Durch einen glücklichen Zufall. Als Kenneth mich damals auf MIRRA BOOKA festhielt, stieß ich in einer Kammer, die zu meinem Zimmer gehörte, auf eine alte Kiste, die eine Menge Kram aus seiner Studienzeit in Eton enthielt – wie auch diese Briefe und das Tagebuch meiner Mutter. Ich konnte das heimlich an mich nehmen, und damit war mir endlich

die Möglichkeit zur Rache gegeben!« Das war eine Lüge, aber sie hatte Rosetta, der Ehefrau ihres Halbbruders, hoch und heilig versprochen, niemals zu verraten, daß sie ihr die Briefe und das Tagebuch übergeben hatte. Und an dieses Versprechen würde sie sich halten. Rosetta hatte auch so schon genug Leid zu ertragen. Ihre Ehe mit Kenneth mußte ein schrecklicher Alptraum sein.

Anne schüttelte den Kopf. »Es ist mir unbegreiflich, daß ein gebildeter Mann so unvorsichtig sein kann, sich schriftlich über ein von ihm begangenes Verbrechen auszulassen«, sagte sie verständnislos.

»Er hat es wohl nicht so gesehen und war sich seiner Macht einfach zu sicher. Daß sein eigener Sohn sich nicht gegen ihn wenden würde, wußte er. Kenneth und er sind sich in diesen Dingen zu gleich. Beide haben nicht die geringsten Skrupel.«

Anne blickte nachdenklich auf das alte, abgegriffene Tagebuch, das neben den Briefen auf dem Tisch lag. »Und doch hat Ihre Mutter ihn geliebt«, sagte sie versonnen.

Jessicas Gesicht wurde hart und verschloß sich, daß Anne augenblicklich wünschte, sie hätte diese Bemerkung unterlassen. »Ich weiß nicht, wie der Mann beschaffen war, in den sich meine Mutter vor über dreißig Jahren verliebt hat, als sie Gesellschafterin auf TURNBURRY HALL war. Dreißig Jahre sind eine lange Zeit, in der sich Menschen verändern können, daß man sie nicht wiedererkennt. Doch ich weiß genau, daß meine Mutter den Sir Wesley Forbes, den ich kennengelernt habe, bis auf den Grund ihrer Seele hassen und verfluchen würde!« stieß sie erregt hervor.

Anne nickte nur und hielt es für ratsamer, das Thema nicht weiter zu verfolgen. Was Sir Wesley Forbes anging, so war das bei ihrer Herrin wie eine offene, schwärende Wunde. Man bohrte nicht ungestraft in ihr herum.

Jessica fragte sich selbst, wie es möglich gewesen war, daß ihre Mutter diesen Mann geliebt hatte – und zwar bis zu ihrem Tod. Was hatte er ihr denn schon gegeben? Zwei Jahre heimlicher Leidenschaft auf TURNBURRY HALL und nach ihrer Geburt dann regelmäßig ein wenig Geld. Was war das schon im Vergleich zu dem Leid, das sie dafür in Kauf genommen hatte? Obwohl er sie in den letzten zehn Jahre nur noch selten besucht hatte, und dann nicht einmal mehr als Liebhaber, hatte sie sich keinem anderen Mann zugewandt. Das verstand sie einfach nicht. Dabei hatte ihre Mutter auch in ihren reifen Jahren mehr als einmal Gelegenheit gehabt, eine Ehe einzugehen. Sie erinnerte sich noch gut daran, wie sehr sie es sogar als Kind bedauert hatte, daß ihre Mutter den Heiratsantrag des Schulvorstehers nicht angenommen hatte. Wie gern hätte sie einen Vater gehabt. Es hätte ihr nichts ausgemacht, daß er nur ihr Stiefvater gewesen wäre. Sie hatte sich einfach nach einer richtigen Familie gesehnt. Ihre Mutter hatte sie mit ihrer Liebe überschüttet, und doch hatte ihr all die Jahre etwas schmerzlich gefehlt, was für all ihre Freundinnen in Ravan und später bei Madam Blakley ganz selbstverständlich gewesen war: nämlich einen Vater zu haben. Und als der Kaufmann Walcott, ein stets freundlicher und gutaussehender Witwer, um sie geworben hatte, hatte sie ihm sofort jegliche Hoffnung genommen, freundlich, aber unmißverständlich. Sie hatte das Alleinsein vorgezogen und ihr damit den Vater oder zumindest doch den Vaterersatz vorenthalten. Hatte sie denn nicht gewußt, was sie damit sich und ihrem Kind antat?
Unwillkürlich griff Jessica zum Tagebuch. Auf der ersten Seite stand in der zierlichen, aber ausgeprägten Handschrift ihrer Mutter *Helen Jakes, Ravan.* Die ersten Ein-

tragungen stammten aus dem Jahre 1792. Es mußte noch andere Tagebücher gegeben haben, dessen war sie sich sicher. Aber ihre Mutter hatte sie wahrscheinlich schon lange vor ihrem Tod vernichtet, wohl aus Angst, das große und eigentlich doch ach so lächerlich gewöhnliche Geheimnis ihres Lebens könne nach ihrem Tod ans Tageslicht kommen. Dieses Tagebuch mußte sie übersehen haben. Jessica begann zu lesen.

17. März 1792

Wesley ist wirklich gekommen! Noch spät am Abend. Er hat den Geburtstag unserer Tochter nicht vergessen! Jessica lag schon im Bett, aber ich verstehe, daß er nicht will, daß sie uns zusammen sieht. Kinder reden oft unbedacht, und was verstehen sie schon von gesellschaftlichen Zwängen, denen wir uns alle beugen müssen? Aber er ist gekommen, und er hat mir und unserer Tochter das schönste Geschenk gemacht, das man sich nur wünschen kann: Er wird die Kosten für Jessicas Ausbildung übernehmen. Sie soll wie eine Tochter aus gutem Haus ein angesehenes Pensionat besuchen, und zwar das von Madam Blakley in London. Es wird mir schwerfallen, meinen Liebling so weit von mir zu wissen, aber ich bin gleichzeitig auch glücklich, daß sie dort zu einer richtigen Dame erzogen wird und eine Ausbildung erhält, die ich niemals hätte bezahlen können. Ich kann Sir Wesley gar nicht genug dankbar sein ...

Gar nicht genug dankbar sein! Wilder Zorn wallte in Jessica auf, und sie schlug das Tagebuch zu, daß es knallte. »Dankbar! Sie war ihm wirklich noch dankbar,

stell dir das vor. Sie hat daran geglaubt! Um Gottes willen, wie konnte meine Mutter nur so blind sein!« stieß sie hervor.
Anne zuckte bei dem Knall zusammen und sagte dann verunsichert: »Sie wissen ja, wie es heißt: ›Gegen die Macht der Liebe ...‹«
Jessica fegte das mit einer wütenden Handbewegung beiseite. »Ja, sie hat ihn geliebt. Aber er hat diese Liebe nicht verdient, Anne! Denn er hat sie nicht wirklich geliebt, sondern er hat sie von der ersten Stunde an betrogen, als er sie auf TURNBURRY HALL verführte und zu seiner Geliebten machte. Er hat von Anfang an gewußt, daß *sie* allein für diese Liebe würde bezahlen müssen. Er konnte am Ende der Liebschaft einfach davongehen und sein Leben so weiterführen, wie es ihm paßte. Leiden mußte allein meine Mutter. Er hat sie um ihr Glück betrogen, das sie mit einem anderen Mann hätte haben können, und ihr Leben aus der Bahn geworfen!«
»Ja, das hat er«, pflichtete Anne ihr bei und dachte, daß dies wohl bei jeder großen unglücklichen Liebe der Fall sei.
»Er hat sie ausgenutzt, Anne, sich ihrer bedient, wie seinesgleichen sich schon seit eh und je skrupellos ihres abhängigen Personals bedienen. Verführung ist dabei nur eine der geläufigen Spielarten!« fuhr Jessica haßerfüllt fort. »Und so hat er sie hinterher auch abgespeist, mit einem Almosen aus seiner goldgefüllten Börse! Und dann hat er sie mit dem Kind quasi vor die Tür gesetzt und sie sich selbst überlassen. Und dafür war meine Mutter ihm auch noch dankbar!«
Jessica war so erregt und zornig, daß sie sich kaum Zeit zum Atemholen nahm. Ihre Hände öffneten sich in ohnmächtiger Wut und ballten sich wieder zu Fäusten. Und

als Anne ihrem Blick begegnete, erschrak sie, denn sie sah nur haßerfüllte Unversöhnlichkeit.

»Wenn er sie dann wenigstens noch in Ruhe und ihr die Chance gelassen hätte, einen anderen Mann zu finden und mit ihm einen neuen Anfang zu machen. Aber nein, ganz wollte er sie nicht freigeben. Sie war noch immer sein Besitz, und dann und wann war er so gnädig, sich zu ihr herabzulassen und sich seines Besitzes zu versichern. Und das hat meine Mutter für ein Zeichen von tiefer Zuneigung, ja Liebe gehalten! All die Jahre hat sie Wochen, manchmal sogar Monate auf seinen nächsten Besuch gewartet. Und wenn er dann endlich für ein, zwei Stunden kam, dann fühlte sie sich ›unendlich reich beschenkt‹, ja, so steht es da in ihrem Tagebuch, Anne.« Sie lachte voller Bitterkeit und Hohn auf. »Unendlich reich beschenkt fühlt sich auch ein Verdurstender, dessen Qual man durch ein paar Tropfen Wasser auf die Zunge kurzzeitig lindert – um ihn dann wieder einige Wochen oder gar Monate leiden zu lassen. Welch ein Wahnwitz! Er hat meine Mutter benutzt, schändlich ausgenutzt. Er hat sie an sich gefesselt, ohne ihr auch nur einen Bruchteil dessen zu geben, was er ihr schuldig gewesen ist. Und sie hat sein gemeines Spiel nicht durchschaut. Mein Gott, wie konnte sich meine Mutter, die doch eine so wunderbare und sonst so selbstbewußte Frau gewesen ist, so vor ihm erniedrigen und mißbrauchen lassen? Warum hat sie nicht erkannt, was er ihr und mir angetan hat? Warum nur hat sie nicht Mister Roscoe oder Mister Walcott geheiratet? Beide waren bereit, mich an Kindes Statt anzunehmen. Ich hätte dann zwar nicht das Mädchenpensionat von Madam Blakley in London besucht, aber dafür einen Vater gehabt, was ich mir zehnmal mehr gewünscht habe. Und was hat mir diese Ausbildung nach ihrem Tod gebracht? Eine Anstellung auf TURNBURRY HALL – und eine verhängnisvolle Liebesaffäre mit meinem Halbbruder, unter der ich ein Dutzend Jahre zu leiden gehabt habe und die mich dazu gebracht hat, das Schlimmste zu tun, was eine Mutter nur tun kann – nämlich ihr eigenes Kind wegzugeben!«

Jessica war vor Erregung hochrot im Gesicht, und sie rang nach Atem. »Mein Vater hat viel mehr als nur das verpfuschte Leben meiner Mutter auf dem Gewissen, obwohl das allein schon reicht. Dank? Nein, er soll verflucht sein! Und er darf nicht ungestraft davonkommen, Anne. Das habe ich mir schon geschworen, als man mich in den Kerker von Newgate warf. Damals wußte ich nicht, wie dieser Schwur jemals Wirklichkeit werden sollte, aber ich habe ihn all die Jahre nicht vergessen. Und jetzt endlich ist es mir gegeben, Rache zu nehmen. Er wird für alles bezahlen. Für das einsame, ruinierte Leben meiner Mutter und für das Verbrechen, das er an mir begangen hat, an seinem eigenen Fleisch und Blut!«

In dieser Nacht konnte Anne lange nicht einschlafen. Der heftige Gefühlsausbruch ihrer Herrin am Nachmittag verfolgte und beschäftigte sie. Vom ersten Tag ihrer Reise an hatte sie sich dann und wann Gedanken über das gemacht, was Missis Brading nach der Geburt ihres Kindes zu tun beabsichtigte. Aber es hatte ihr wenig Sorgen bereitet, weil es noch so weit weg und so wenig konkret war. Die Schwangerschaft und all das, was damit zusammenhing, hatte noch bis vor wenigen Wochen ihr Denken und auch ihre Gespräche mit ihrer Herrin beherrscht. Nun aber stand das Verlangen nach Vergeltung im Vordergrund, und das änderte alles.

Einerseits ängstigten Anne die rachsüchtige Entschlossenheit und die Ungewißheit, was ihre Herrin mit ihrem Vorhaben möglicherweise heraufbeschwor; denn Sir Forbes war ihren eigenen Worten zufolge ein mächtiger Mann, der sich gewiß seiner Haut erwehren würde. Und daß er vor keinem Verbrechen zurückschreckte, um seine Ziele zu erreichen, hatte er ja bewiesen. An ihm Rache üben zu wollen, war demnach ein höchst gefährliches Unterfangen, das sich gegen sie selbst kehren konnte, wenn sie auch nur einen Fehler beging. Und manchmal fragte sie sich voller Bangen, ob sie Australien jemals wiedersehen würden.

Andererseits jedoch begrüßte sie das brennende Verlangen nach Vergeltung, gab es ihrer Herrin doch zusätzlichen Antrieb, wieder vollständig zu gesunden und zu ihrer alten Konstitution zurückzufinden.

Aber die Angst, daß in Ravan und auf TURNBURRY HALL das Verderben auf sie wartete, überwog. Wie ein Widerhaken, der sich tief und schmerzhaft ins Fleisch gebohrt hatte, saß die Angst in ihr. Und diese Angst verließ sie auch nicht mehr.

26

Gleichmütig und mehr wie ein Reflex nickte der Anwalt Rose zu, die den Tee servierte, während er Jessica durch seine kleinen ovalen Brillengläser mit unverhohlener Erleichterung wie auch Bewunderung betrachtete.

»Bezaubernd sehen Sie aus, Missis Brading«, machte er ihr ein von Herzen kommendes Kompliment, als Rose sie im Salon allein gelassen hatte. »Wenn man Sie so sieht, dann möchte man nicht glauben, wie todkrank Sie noch vor wenigen Wochen gewesen sind. Und Sie waren dem Tod wirklich näher als dem Leben, das können Sie mir glauben!«

»Es hat nicht sollen sein, Mister Archer«, erwiderte Jessica trocken. »Mein Glaube an eine ausgleichende Gerechtigkeit im Leben wäre auch schwer erschüttert gewesen, wenn meine Stunde schon geschlagen hätte. Zudem wäre ich Ihnen eine schöne Stange Geld schuldig geblieben. Aber ich nehme an, Sie hätten schon Mittel und Wege gefunden, um zu Ihrem Honorar zu kommen, nicht wahr?«

Er lachte und hob seine Teetasse. Beim Trinken spitzte er den Mund wie ein Vogel. Es war ein inzwischen vertrautes und liebgewonnenes Bild, denn seine Krankenbesuche waren regelmäßig und häufig und nie von der oberflächlichen Eile gewöhnlicher Krankenbesuche bestimmt gewesen. Er war in den vergangenen Monaten fast zu einem Freund geworden.

»Wie sind Sie überhaupt mit Barney Gaunt verblieben?« erkundigte er sich.
Jessica verzog das Gesicht. »Ich habe ihn nicht dazu bewegen können, von mir auch nur einen Penny anzunehmen. Von Frauen nimmt er kein Geld, das hat er mir noch einmal recht drastisch klargemacht, auch daß er das alles nicht für mich getan hat, sondern für William Hutchinson. Tja, er hat mich am Schluß genausowenig gemocht wie am Anfang. Aber es ist nicht meine Art, Rechnungen nicht zu begleichen ...«
Eugene Archer zuckte seufzend mit den Schultern. »Wer seine Nase unablässig in Misthaufen steckt, verliert leider sein Wahrnehmungsvermögen für den betörenden Duft wunderschöner Rosen.«
Sie lächelte und hob warnend den Finger. »Denken Sie an die Dornen, mein lieber Mister Archer, und noch mehr an Ihre Frau und Ihre drei Kinder!«
»Wenn ich das nicht täte, meine liebe Missis Brading, würde ich viel mehr Courage und Zielstrebigkeit an den Tag legen«, sagte er halb im Scherz, halb wehmütig, daß er genau diese Courage nicht aufbrachte. »Doch kommen wir zu unserem aufrichtigen, aber leider seelischen Krüppel Barney zurück. Ich glaube nicht, daß er das Geld, das Sie ihm zahlen wollen, von mir annehmen wird. Er weiß, von wem es ist.«
Jessica nickte. »Das habe ich mir auch gesagt. Deshalb bin ich auf eine andere Idee verfallen, wie der Gerechtigkeit Genüge getan werden kann.«
»Da bin ich aber gespannt.«
»Er mag Pferde, nicht wahr?«
»Nennen Sie ihn einen Pferdenarren, und Sie kommen der Sache schon recht nahe.«
Sie lächelte. »Ich weiß, daß er Apfelschimmel ganz be-

sonders gern mag. Einmal habe ich ein Gespräch zwischen ihm und einem Kutscher mitbekommen, in dem er von seiner ganz besonderen Liebe zu Apfelschimmeln geredet hat. Daß ich ihn hören konnte, war ihm sicher nicht bewußt. Er wäre sonst in seinen Äußerungen viel zurückhaltender, um nicht zu sagen wortkarg gewesen.«

»Ein Apfelschimmel soll es also sein«, folgerte der Anwalt. »Aber ihm den aufzudrängen, wird nicht weniger aussichtslos sein.«

Jessica erhob sich, ging zu einem Schrank und kehrte mit einer kleinen Schatulle zu der Sitzgruppe aus chintzbezogenen Sesseln zurück. Sie stellte die einfache Kassette vor Eugene Archer auf den Tisch. »Sie kaufen das Pferd in etwa einem halben Jahr, sagen wir im nächsten Frühling. Dann bringen Sie Barney Gaunt das Tier als Geschenk von William Hutchinson. Er habe erfahren, wie sehr er mir geholfen habe, und Sie beauftragt, ihm als besonderes Dankeschön ein Pferd zum Geschenk zu machen.«

Der Anwalt wiegte den Kopf skeptisch hin und her. »Auch das könnte noch ins Auge gehen, denn er wird fragen, warum William ihm denn nicht persönlich geschrieben habe?« wandte er ein.

»Keine Sorge, er wird dieses Schreiben auch bekommen. Ich habe nämlich schon vor Wochen einen dementsprechenden Brief an Mister Hutchinson abgeschickt. Aber bis dieser in Sydney ist und Mister Hutchinsons Schreiben hier eintrifft, kann ein gutes Jahr vergehen, und so lange möchte ich nicht warten. Sagen Sie ihm, der Brief an ihn sei unterwegs, und bieten Sie ihm an, das Pferd wieder zurückzunehmen, wenn es nicht stimmt, was Sie ihm erzählt haben.«

Eugene Archer schmunzelte und nickte. »Gut, so können

wir es machen«, meinte er, hob den Deckel und warf einen Blick in die Schatulle. »Warten Sie! Das ist viel zuviel Geld, Missis Brading! Dafür könnten Sie ja genug Pferde für eine Zucht kaufen!«

»Das Geld ist auch nicht allein für Barney Gaunt gedacht, Mister Archer. Ich habe seine Dienste zwar sehr zu schätzen gewußt, aber ich habe nicht die Absicht, ihm im nachhinein für jedes grimmige, unfreundliche Wort ein Goldstück zu zahlen. Und dann käme ich mit dem Geld da nicht einmal über die ersten Wochen unserer Bekanntschaft«, sagte sie sarkastisch.

»Welchem Zweck soll es dienen?«

Es soll mein Gewissen beruhigen, war Jessica versucht zu antworten, sagte dann aber mit sachlicher Geschäftsmäßigkeit: »Richten Sie ein Treuhandkonto ein und legen Sie das Geld *sicher* an. Davon zahlen Sie den Farlows im Dezember die einmalige Summe von hundert Pfund und dann jedes Jahr zur gleichen Zeit zwanzig Pfund. Die Summe reicht für die nächsten zehn Jahre.«

Eugene Archer sah sie mit einem Ausdruck der Verwunderung an. »Einmal hundert und dann jährlich zwanzig Pfund? Einfach so? Das ist sehr viel Geld.«

Es war der doppelte Jahreslohn, den ein Dienstmädchen wie Rose bekam. »Es gibt nichts, was ich einfach so tue, Mister Archer, schon gar nicht, wenn ich Geld weggebe«, erwiderte Jessica ein wenig spitz. »Ich weiß von Barney Gaunt, daß Mister Farlow ein guter Schreiner ist. Er hat Geld gespart und will sich selbständig machen. Er soll es tun. Ich möchte, daß mein ...« Sie konnte sich gerade noch rechtzeitig beherrschen, nicht »mein Kind« zu sagen. »... daß mein Geld der Familie ein gesichertes Auskommen garantiert. Wenn das Kind älter ist, soll das Geld zu zwei Dritteln für seine Ausbildung verwendet

werden. Und es wird Ihre Aufgabe sein, darüber zu wachen, daß dies dann auch geschieht.«
»Ich verstehe.«
Jessica wollte diese Angelegenheit so rasch wie möglich hinter sich bringen. Deshalb fuhr sie schnell fort. »Der Mietvertrag ist ja für zwei Jahre geschlossen und die Miete im voraus bezahlt. Stellen Sie nach Ablauf der zwei Jahre fest, ob die Farlows sich gut in Davenport etabliert und den Wunsch haben, dieses Haus auch weiterhin zu bewohnen ...«
»Davon gehe ich aus, Missis Brading. Sie können es ja kaum besser treffen.«
Jessica nickte knapp. »Gut, in dem Fall kaufen Sie das Haus und erheben eine bescheidene Miete. Zum Zeitpunkt seiner Volljährigkeit oder seiner Heirat soll das Haus in den Besitz ihres Kindes übergehen. Sie sind Anwalt, Sie wissen, wie man so etwas macht. Nur sorgen Sie dafür, daß mein Name nirgendwo zu finden ist!«
»Das ist kein Problem.«
Das ist es nie, wenn nur genug Geld im Spiel ist, dachte Jessica sarkastisch, sagte sich dann aber, daß Eugene Archer diesen Spott wahrlich nicht verdient hatte. Es war ungerecht, ihre Bitterkeit an ihm auszulassen. Deshalb schenkte sie ihm ein herzliches Lächeln. »Ich weiß, wie sehr ich mich auf Sie verlassen kann, Mister Archer. Und ich werde den Dank, den ich Ihnen schulde, nie richtig abtragen können, denn wirkliche, verläßliche Freunde kann man sich auch mit allem Geld der Welt nicht kaufen.«
Eine leichte, freudige Röte stieg in sein Gesicht, und das Leuchten seiner Augen verriet seine innere Bewegung. »Ich wünschte, ich könnte noch viel mehr für Sie tun, Missis Brading«, versicherte er ihr.

»Das können Sie auch.«
»Ich bin ganz Ohr.«
»Zahlen Sie nach meiner Abreise der armen Rose und der Köchin jeder einen halben Jahreslohn als Bonus. Sie haben sich beide sehr bemüht und gute Arbeit geleistet.«
Bedauern verdunkelte das schmale Gesicht des Anwalts. »Sie reisen ab?«
»Übermorgen, nach London. Ich habe dort noch einige Geschäfte zu erledigen.«
»Aber Sie kommen doch noch mal nach Plymouth zurück, nicht wahr?« fragte er hoffnungsvoll.
»Das hängt davon ab, ob es Ihnen gelingt, für meine Zofe und mich eine Passage nach Australien von Plymouth aus zu buchen.«
»In keinem anderen Hafen stehen die Chancen, ein Schiff zu finden, das Kurs auf die Kolonie nimmt, besser als hier!« beteuerte er. »Wann wollen Sie segeln?«
»Ende September, spätestens Anfang Oktober.«
»Ich werde mich um ein gutes Schiff für Sie kümmern.«
Oktober, das hieß Ankunft in Australien frühestens im Februar des nächsten Jahres. Noch mehr als ein halbes Jahr fern von ihren Kindern und ihrem geliebten SEVEN HILLS. »Um ein schnelles, Mister Archer«, bat Jessica eindringlich. »Es muß vor allem ein schnelles Schiff sein!«

27

Die Häuser rund um den St. James Square gehörten mit ihrer Anmut und Eleganz zu den ersten Adressen von London. Hier standen einige der prachtvollsten Stadtpaläste der englischen Aristokratie.

Die Kutsche umfuhr die große Gartenanlage in der Mitte des St. James Square. Im Frühling blühte hier der Flieder und entfalteten die Kirsch- und Mandelbäume ihre Blütenpracht. Jetzt im Spätsommer beherrschten die hohen Platanen, die sich wie Gardesoldaten um das sich aufbäumende Reiterstandbild Wilhelms III. gruppierten, mit ihrem sich verfärbenden Blätterkleid das Bild.

Wenig später hielt die Kutsche vor einem eindrucksvollen Haus mit einer Adam-Fassade. Jessica wartete, daß der Kutscher vom Bock sprang und ihr den Schlag öffnete.

»St. James Square 20, Madam«, sagte er. Aus seiner Stimme klangen Respekt und mühsam zurückgehaltene Neugier. Jeder erfahrene Kutscher kannte die Namen aller Bewohner hier am St. James Square, die zusammen eine Liste höchster Staatsmänner und adliger Titelträger ergaben. Und Haus Nr. 20 war das Stadtpalais des Grafen von Chatham. In welcher Beziehung mochte diese bildhübsche Dame zu ihm stehen?

Jessica stieg aus. »Warten Sie. Es kann sein, daß ich Sie noch brauche.«

Der Kutscher lüftete kurz seinen schwarzen Zylinder. »Sehr wohl, Madam. Stets zu Ihren Diensten.«

Daß Henry ihr die Adresse eines Grafen genannt hatte, hatte sie nicht verwundert, und sie hatte sich auch keine großen Gedanken darüber gemacht, wie es wohl sein würde, ihn im Haus seines gräflichen Freundes zu besuchen. Nun aber war sie doch beeindruckt und auch aufgeregt, aus vielerlei Gründen. Aber sie hielt diese halb freudige, halb beklommene Aufregung in sich gefangen und ließ nicht zu, daß sie sich auf ihrem Gesicht zeigte.
Selbstbewußt und zielstrebig schritt sie die Stufen hinauf und betätigte den Türklopfer aus schwerem, blank poliertem Messing.
Der Butler des Grafen öffnete ihr. Mit einem Blick erfaßte er die elegante Erscheinung und kam mit dem Erfahrungsschatz von dreißig Dienstjahren zu dem intuitiven Schluß, daß diese Dame, obschon er sie nie zuvor im Haus seines Herren gesehen und sich für diesen Tag auch kein Besuch angemeldet hatte, Anspruch auf eine höflich freundliche Begrüßung hatte.
Er neigte in Andeutung einer Verbeugung den Kopf. »Einen guten Tag, Madam. Womit kann ich Ihnen dienen?« erkundigte er sich.
»Missis Brading ist mein Name ...«
Der Butler fühlte Stolz und Genugtuung, daß ihn sein Gespür und sein Auge mal wieder nicht getrogen hatten. Sie *war* eine Person von Wichtigkeit. »Bitte treten Sie doch näher, Missis Brading«, forderte er sie auf und machte eine einladende Bewegung. »Seine Lordschaft wird sehr betrübt sein zu erfahren, daß er Sie nur um zwei Tage verpaßt hat. Er hat Sie schon vor Wochen erwartet.«
Seine Lordschaft!
Jessica lächelte kaum merklich. Sie hatte also eine leidenschaftliche Affäre mit einem Lord gehabt. Sie wollte jedoch ganz sicher gehen, daß sie auch von ein und derselben Person spra-

chen. Deshalb fragte sie, als der Butler die Tür hinter ihr wieder verriegelt hatte: »Lord Thornton ist abgereist?«
»Ja, er ist am Montag zusammen mit Graf von Chatham einer Einladung zur Jagd nach TURNBURRY HALL gefolgt«, erklärte der Butler und führte sie durch die reich mit Stuck verzierte Eingangshalle in den vorderen Besuchersalon.
Jessica wäre vor Überraschung beinahe stehengeblieben. »Auf TURNBURRY HALL, sagten Sie?«
Der Butler nickte. »Sie werden dort eine Woche zu Gast bei Sir Forbes sein, wie ich Ihnen ausrichten soll. Am Montag abend nächster Woche erwarten wir sie wieder zurück, sollte es keine Änderung ihrer Pläne geben.«
Henry mit seinem Freund, dem Grafen von Chatham, zu Gast auf TURNBURRY HALL! Damit hatte sie wirklich nicht gerechnet. Henry schien sein Versprechen sehr ernst genommen zu haben.
»Bitte nehmen Sie doch Platz, Missis Brading. Und darf ich Ihnen einen Tee servieren lassen, während ich den Brief hole?« fragte der Butler zuvorkommend.
»Sie haben einen Brief für mich?«
»Ja, von seiner Lordschaft.«
Jessica verzichtete auf den Tee und konnte nicht erwarten, Henrys Brief in Händen zu halten. Der Umschlag, den der Butler ihr wenige Minuten später überreichte, trug als Siegel dasselbe Wappen, das auch auf den goldenen Manschettenknöpfen eingraviert war.
»Wenn ich Ihnen sonst noch irgendwie behilflich sein kann, Missis Brading, so zögern Sie bitte nicht, es mich wissen zu lassen«, forderte sie der Butler auf. Er hatte von seiner Herrschaft und von Lord Thornton die Anweisung erhalten, Missis Brading jede gewünschte Unterstützung zu gewähren.
Am liebsten hätte Jessica Henrys Brief sofort geöffnet und

an Ort und Stelle gelesen. Doch sie zügelte ihre Ungeduld, bedankte sich beim Butler und kehrte zu ihrer Kutsche zurück.
»Zum Hotel bitte!«
»Sehr wohl, Madam!« Der Schlag fiel zu, und der Kutscher schwang sich wieder auf den Bock, löste die Bremse und griff zu Peitsche und Zügel.
Als die Kutsche anrollte, war das harte rotbraune Siegelwachs schon unter Jessicas Händen zerbrochen. Im Umschlag steckten zwei Briefbögen und eine bedruckte, gefaltete Karte. Ihr Interesse galt zuallererst dem Brief, der in flüssiger Handschrift zwei Seiten umfaßte.

Liebe Jessica,
ich hoffe, daß ich diesen Brief nicht ungeöffnet vorfinde, wenn ich wieder nach London zurückkehre. Das wäre dann schon der sechste, den ich im Laufe der letzten drei Monate geschrieben habe. Jedesmal, wenn ich London den Rücken gekehrt habe, habe ich einen Brief für Dich bei Jonathan, dem Butler, hinterlassen, damit Du weißt, wo Du mich finden kannst. Aber Du bist nie gekommen! Was hat Dich bloß so lange aufgehalten, Jessica? Ich habe eine Menge aufregender Neuigkeiten für Dich, doch ich werde diesmal nicht schon wieder alles lang und breit niederschreiben. Die letzten beiden Briefe, fünf Seiten lang, sind nach meiner Rückkehr jeweils ungeöffnet im Kaminfeuer gelandet. Ich erspare mir also diesmal nähere Einzelheiten. Vielleicht sehen wir uns ja dann endlich – am besten kommst Du gleich nach TURNBURRY HALL. Ja, Du hast richtig gelesen. Wenn Du diesen Brief in den Händen hältst, und gebe es Gott, daß es noch früh genug

in der Woche der Fall ist, dann weile ich mit Richard, meinem alten Schulfreund, dem Grafen von Chatham, auf TURNBURRY HALL. Möglicherweise habe ich dann auch schon Erfolg bei der Jagd gehabt, sowohl draußen im Revier als auch innerhalb der Mauern von TURNBURRY HALL ... Ich kann es nicht erwarten, Dir von allem zu berichten.
Sir Forbes schließt die Jagdwoche auf seinen Ländereien mit einem großartigen Fest ab, zu dem noch viele weitere Gäste erwartet werden – Du übrigens auch. Es war nicht schwer, dafür zu sorgen, daß auch Dein Name noch auf die Gästeliste gesetzt wurde. Eine beiläufige Erwähnung von Richard genügte. Ich habe mir dabei die Freiheit genommen, Dich in den Stand einer Lady zu versetzen. Ich denke, das wird der Wirklichkeit auch nur zu gerecht. Was unsere Beziehung betrifft, so kennen wir uns flüchtig von Bristol her, wo Dein vor drei Jahren verstorbener Mann mit Schiffen zu tun hatte. Das sollte reichen. Ich hoffe sehr, Du kommst noch früh genug nach London, um diese Einladung wahrzunehmen. Alles weitere dann mündlich.

In herzlicher Zuneigung
Henry

PS: Du wirst einem verarmten Lord sicherlich verzeihen, daß er Dich über seine adlige Herkunft im unklaren gelassen hat (obwohl ich glaube, daß Du so ahnungslos nun auch wieder nicht gewesen bist). Ein Lord ohne einen Penny in den Taschen fordert den Spott nur so heraus! Manche Episoden im Leben eines Menschen bleiben besser unerwähnt, bist Du da nicht auch meiner Ansicht? Natürlich. Ich weiß es.

Jessica konnte kaum glauben, was da im Brief stand, und sie las ihn ein zweitesmal. Dann griff sie zur Einladung. Sie war auf feinstes Büttenpapier gedruckt und trug tatsächlich ihren Namen: Lady J. Brading. Sir Wesley Forbes und Lady Catherine Forbes baten um die Ehre, sie am Freitag für einen dreitägigen Aufenthalt auf TURNBURRY HALL begrüßen zu dürfen! Es war unglaublich.
Den dichten Verkehr und den Lärm auf den Straßen nahm Jessica nicht mehr wahr. Sie starrte verstört auf die Einladung und wußte nicht, was sie davon halten sollte. All die Monate hatte sie sich Gedanken darüber gemacht, wie sie Vergeltung üben und wie sie es anstellen sollte, zu ihrem Vater vorzudringen. Und nun standen ihr alle Tore und Türen von TURNBURRY HALL himmelweit offen. Ahnungslos lud Sir Forbes sein eigenes Verhängnis zu sich ein, bat er sie, die sie ihn zu vernichten geschworen hatte, an seine Tafel!
Jessica lachte höhnisch auf. Welch eine köstliche Ironie des Schicksals. Doch dann zeigte sich eine steile Falte auf ihrer Stirn, als sie darüber sinnierte, ob sie dieses Wagnis eingehen konnte.
Als die Kutsche vor dem Hotel hielt, in dem sie mit Anne abgestiegen war, stand ihr Entschluß fest. Sie würde die Einladung annehmen!

28

Sie trafen am Donnerstag, zwei Stunden vor Sonnenuntergang, in Ravan ein. Es war ein sonniger, milder Herbsttag, wie man ihn sich nur wünschen konnte. Auf den letzten Meilen bis zur Stadt fiel Jessica in ein tiefes Schweigen, und sie blickte unverwandt auf die Landschaft, die im weichen Licht der Septembersonne an ihnen vorüberzog. Anne ahnte, was in ihrer Herrin vor sich ging, während sie sich ihrer Heimatstadt näherten, und respektierte ihren stillschweigenden Wunsch, mit ihren Erinnerungen und Gefühlen allein und ungestört zu sein.

Jessica hatte das bestürzende Gefühl, als wäre sie nicht ein Dutzend Jahre fort gewesen, sondern nur ein paar Tage. Alles war ihr so vertraut, und sie wußte, was sie nach der nächsten Wegbiegung erwartete. Die alte Holzbrücke, über die die Landstraße führte, die Mühle eine halbe Meile weiter, die armseligen Häuser einiger Pächter auf der anderen Seite, die mächtige Eiche am Ende des sichelförmigen Hohlweges und dahinter die Dalton-Farm mit ihren makellos sauberen Gebäuden – alles war da, und alles war so, wie sie es in Erinnerung gehabt hatte. Es war eine Erinnerung ganz besonderer Art. In Australien war die Erinnerung an England und speziell an Ravan verschüttet und verdrängt gewesen. Wenn sie an England gedacht hatte, was sowieso sehr selten der Fall gewesen war, dann eher in abstrakten als in konkreten und detaillierten Bildern. Sie hatte die hügelige, grüne Landschaft mit der dunklen Erde und den dichten Wäldern vor ihren

Augen gesehen, nicht aber die Eiche am Hohlweg oder die Dalton-Farm. Nun jedoch kehrte die Erinnerung an das Detail schlagartig zurück. Und als die Kutsche die letzte Meile nach Ravan unter ihre Räder nahm, wußte Jessica ganz genau, welche Häuser wo zu beiden Seiten der Straße stehen würden.

Es war ein zutiefst aufwühlendes Erlebnis. Nach zwölf Jahren in einem so anderen Land, als England es war, kehrte sie in die Stadt zurück, in der sie aufgewachsen war, ihre ersten Schritte und tausend andere Erfahrungen zum erstenmal gemacht hatte, ob es der Besuch beim knollennasigen Krämer Pecock mit seinen herrlichen Karamelbonbons war oder der Gang in die Kirche und zur Schule. Es war jedoch auch der Ort, wo ihre Mutter begraben lag – und wo sie ihre Unschuld verloren hatte, nicht nur die ihres Körpers, sondern auch die ihrer Seele.

»Mein Gott, ich fühle mich fünfzehn, zwanzig Jahre in meine Kindheit zurückversetzt«, brach Jessica das Schweigen, als die Kutsche durch die Straßen von Ravan ratterte. »Und ich weiß nicht, ob ich weinen oder lachen soll.«

Anne warf ihr einen unsicheren Blick zu. Ihr war mehr nach Weinen als nach Lachen zumute. Sie hatte schlichtweg Angst. Auf der langen Fahrt von Plymouth nach London hatte sie mehr als einmal versucht, ihre Herrin von ihrem Vorhaben abzubringen. Leider vergeblich.

Sie stiegen im FOX AND FAWN ab, das auch nach all den Jahren immer noch der beste Gasthof am Ort war, wie der Kutscher Jessica versichert hatte.

»Pack nur unsere Sachen für die Nacht und unsere Kleider für morgen früh aus, Anne«, trug Jessica ihrer Zofe auf, nachdem der kräftige Sohn des Gastwirts ihr Gepäck aufs Zimmer getragen hatte. »Wir werden morgen gleich nach

dem Frühstück nach TURNBURRY HALL weiterfahren. Dort kannst du dann auspacken.«
»Muß ich denn wirklich mit?« fragte Anne unglücklich. »Kann ich nicht hier im Gasthof bleiben?«
Jessica schüttelte ungehalten den Kopf. »Nein, und das weißt du auch ganz genau. Keine Dame von Stand reist ohne ihre eigene Zofe an, wenn sie eine solche Einladung annimmt.«
»Bitte, Missis Brading ...« begann Anne erneut.
»Nein, das kommt nicht in Frage!« schnitt Jessica ihr das Wort ab und ging zur Tür. »Laß dir nur Zeit. Es wird eine Weile dauern, bis ich zurück bin.«
Mit kummervoller Miene sank Anne auf einen Stuhl. Was konnte sie bloß tun, um das schreckliche Verhängnis abzuwenden, das ihre Herrin förmlich heraufbeschwor? TURNBURRY HALL. Allein wenn sie daran dachte, bekam sie schon eine Gänsehaut. Es konnte einfach nicht gutgehen, was ihre Herrin zu tun beabsichtigte. Sir Forbes würde sich mit all seiner Macht wehren – und Missis Brading diesmal restlos vernichten, und sie, Anne, gleich mit dazu! Doch im Stich lassen konnte sie ihre Herrin auch nicht.
Indessen ging Jessica mit heftig pochendem Herzen durch die Straßen von Ravan. Alles war ihr so vertraut, die Geschäfte, die Hausfassaden, die schmalen Seitengassen und der Marktplatz mit dem Brunnen und dem Rathaus. Gleichzeitig beherrschte sie jedoch das beängstigende Gefühl, daß jeder Schritt, den sie machte, sie tiefer in feindliches Gebiet führte. Die Angst, jeden Moment erkannt zu werden, wuchs.
Plötzlich trat ein schlanker, gutgekleideter Mann aus einer Haustür auf die Straße, keine drei Schritte vor ihr – und er wandte sich in ihre Richtung. Es war Mister Roscoe,

der Schulvorsteher, der häufig bei ihrer Mutter zu Besuch gewesen war, aus Liebe zur Musik, die ihre Mutter erwidert hatte, und aus Liebe zu ihr, die unerwidert geblieben war.

Jessica fuhr erschrocken zusammen und blieb abrupt stehen. Das Herz schlug ihr nun im Hals. Er mußte sie erkennen, so wie sie ihn wiedererkannt hatte!

Mister Roscoes Blick erfaßte sie, aber in seinen Augen zeigte sich nicht die Spur von Erkennen. Er sah jedoch ihr blasses, bestürztes Gesicht. »Stimmt irgend etwas nicht, Madam?« fragte er höflich.

»Nein, nein ... danke, es ist schon alles in Ordnung«, antwortete sie hastig.

Er zuckte mit den Schultern und ging weiter.

Jessica fühlte sich regelrecht schwach vor Erleichterung. Er hatte sie nicht wiedererkannt! Und jetzt bekam sie Mut. Zielstrebig überquerte sie die Straße und betrat das Geschäft von John Walcott. Er stand selbst hinter der Ladentheke, und sie ließ sich von ihm beraten, ohne jedoch etwas zu kaufen. Für ihn war sie ebenfalls eine völlig Fremde. Als sie das Geschäft verließ, wußte sie, daß auch auf TURNBURRY HALL sie niemand so ohne weiteres erkennen würde. Sie war ein junges Mädchen gewesen, als sie aus Ravan verschwunden war. Nun kehrte sie als reife Frau zurück.

Bis zum Friedhof, wo ihre Mutter begraben lag, war es ein Fußweg von fünfzehn Minuten. Zwei ältere Frauen, die ganz in Schwarz gekleidet waren, begegneten ihr auf dem Kirchplatz. Es waren vertraute Gesichter, die ihr jedoch nur einen flüchtigen Blick schenkten.

Jessica ging um die Kirche herum, die sie mit ihrer Mutter von Kindesbeinen an besucht hatte, und vorbei an den alten Gräbern aus den ersten Dekaden des vergangenen Jahrhunderts. Durch das schmiedeeiserne Tor, das von zwei herrlichen Weiden flankiert wurde, gelangte sie in den neueren Teil des vor gut fünfzig Jahren erweiterten Friedhofs.

Sie brauchte das Grab ihrer Mutter nicht zu suchen. Sie wußte genau, daß sie bei der sechsten Abzweigung den Hauptweg nach rechts verlassen mußte. Und dann war es das elfte Grab hinter der alten Steinbank mit dem bemoosten Sockel.

Jessica hatte erwartet, das Grab verwildert vorzufinden. Doch das Gegenteil war der Fall. Der kleine Buchsbaum, den sie noch eigenhändig rechts neben die schlichte Grabplatte gepflanzt hatte, war gewachsen und sorgfältig beschnitten. Heidekraut blühte auf der anderen Seite. Und die Erde dazwischen hatte man erst vor wenigen Tagen geharkt. War es Mister Roscoe, der sich um die letzte Ruhestätte ihrer Mutter kümmerte, oder Mister Walcott?

Wer auch immer es war, ihre Mutter war nicht vergessen. Sie lebte in den Herzen und der Erinnerung einiger Bewohner von Ravan weiter.

Ob auch Sir Forbes gelegentlich an sie dachte? Hatte er vielleicht dafür gesorgt, daß ihr Grab gepflegt und der Jahreszeit entsprechend stets mit neuen Blumen bepflanzt wurde?

Sofort regte sich in ihr heftiger Widerstand gegen diese Gedanken. »Nein, er kann es nicht sein, Mutter!« stieß sie leise und voller Haß hervor. »Nach dem, was er mir und damit auch dir angetan hat, wird er es noch nicht einmal wagen, seinen Fuß auch nur in die Nähe deines Grabes zu setzen. Er hat uns beide betrogen und verraten. Er kann dich gar nicht wirklich geliebt haben, denn dann wäre er nicht fähig gewesen, dich so lange an sich zu ketten – und mich, seine leibliche Tochter, in den Kerkern von Newgate elendig zugrunde gehen zu lassen. Denn das wäre mein Schicksal gewesen, Mutter. Einen zweiten Winter hätte ich dort nicht überlebt. Ja, er hat mehr als nur ein Verbrechen auf dem Gewissen. Er hat dein Leben zerstört, wie er auch meines zu zerstören versucht hat. Bestimmt hält er mich längst für tot und empfindet darüber Erleichterung. Um so größer wird sein Entsetzen sein, wenn er erfährt, daß ich nicht nur überlebt habe, sondern mich auch noch im Besitz von eindeutigen Dokumenten befinde, die seinen guten Ruf vernichten und ihn zum Ehebrecher stempeln werden, der keine Skrupel gehabt hat, sein eigenes Kind unschuldig dem Henker zu übereignen. Es gibt vieles, was man den Reichen und Vornehmen dieses Landes nachsieht, und ich weiß auch, daß die Gerichte nicht immer Gerechtigkeit üben, wenn sie Recht sprechen, aber solch ein Verbrechen gehört nicht zu denen, die die Justiz und seine eigene Klasse wie ein Kavaliersdelikt behandeln werden. Wir werden unsere Rache bekommen, Mutter!«

Eine ganze Weile stand Jessica vor dem Grab ihrer Mutter, und während die Sonne die herbstlich gefärbten Wälder im Westen in wunderschönen Tönen von Gelb, Gold, Braun und Rot aufleuchten ließ, erzählte sie ihr von Australien, von ihren Kindern, von SEVEN HILLS und BRADING'S, von ihrer großen Liebe zu diesem rauhen, heißen Land – und sie erzählte ihr auch von der schweren Schuld, die sie auf sich geladen hatte. Es war mehr als nur ein Monolog. Für sie war es eine Zwiesprache, denn sie hörte ihre Mutter in sich selbst antworten. Und erst jetzt kam ihr zu Bewußtsein, wie sehr sie all die Jahre darunter gelitten hatte, das Grab ihrer Mutter nicht aufsuchen zu können. Das war das einzige, was ihr von Ravan, ja von ganz England fehlen würde, wenn sie mit Anne nach Australien zurückkehrte.

Sie weinte zwischendurch, und es tat ihr gut, ihren Tränen wie ihren Worten freien Lauf lassen zu können. Sie war ganz allein mit ihrer Mutter, und es gab so vieles, was sie ihr noch sagen mußte.

Die Sonne sank schon in das Herbstlaub der Bäume, als Jessica niederkniete und fast zärtlich über die Grabplatte mit dem Namen ihrer Mutter strich – Helen Jakes. Ihre Fingerspitzen folgten jedem einzelnen Buchstaben, und es war nicht der kalte Stein, den sie unter ihrer Hand spürte, sondern die Liebe und die Wärme ihrer Mutter, die ihr Leben sechzehn wunderbare Jahre erfüllt hatten.

»Morgen fahre ich nach TURNBURRY HALL. Diesmal komme ich jedoch nicht als junge, verzweifelte Bittstellerin, wie nach deinem Tod damals, sondern ich komme mit dem Entschluß *und* der Macht, ihn zur Rechenschaft zu ziehen und für alles büßen zu lassen, was er verbrochen hat. Und er wird büßen, das schwöre ich dir! All sein Geld und sein Ansehen werden ihn nicht davor schützen. Ich weiß, daß du erst dann richtig deinen Frieden finden wirst, wenn er seine gerechte Strafe erhalten hat – und ich auch«, flüsterte sie mit tränenerstickter Stimme. »Es hat lange gedauert, Mutter, aber jetzt bin ich endlich hier. Und jetzt werden wir beide unsere Rache bekommen. Auge um Auge! So steht es in der Bibel. Und so soll es sein!«

29

Der Morgentau lag noch auf den Wiesen, als sie in die Kutsche stiegen und sich auf den Weg nach TURNBURRY HALL machten, das gute fünf Meilen vor der Stadt lag. Der Morgen war so klar und sonnig wie der Tag zuvor.

Die letzten Häuser von Ravan blieben hinter ihnen zurück. Anne saß in aufrechter, stocksteifer Haltung auf der vorderen Sitzbank, die Hände im Schoß und wie zum Gebet gefaltet. Ein starrer Ausdruck lag auf ihrem blassen Gesicht. Man hätte meinen können, sie befände sich auf dem Weg zu ihrer Hinrichtung.

Jessica versuchte die stumme Anklage zu ignorieren und sagte scherzhaft: »Es wird auch wieder Nächte geben, in denen du besser schläfst.«

»Noch können wir umkehren, Missis Brading!« sagte Anne bedeutungsvoll.

»Umkehren?« fragte Jessica scheinbar verständnislos. »Natürlich können wir umkehren, Anne. Wir können jederzeit umkehren, sogar noch unter den Fenstern von TURNBURRY HALL. Doch es gibt überhaupt keinen Grund dafür. Warum sollten wir umkehren?«

»Weil Rache üben etwas Schlechtes ist!«

»Anne, ich bitte dich!«

»O doch, das ist es, Missis Brading. Rache ist etwas Böses, und böse Taten ziehen immer wieder andere neue böse Dinge nach sich. Man kann ein Unrecht nicht dadurch aus der Welt schaffen, indem man ein anderes Unrecht begeht.«

Jessica warf ihrer Zofe einen ärgerlichen Blick zu. »Was du da sagst, gefällt mir nicht, Anne. Ich tue kein Unrecht!« erwiderte sie scharf. »Ich verhelfe der Gerechtigkeit vielmehr zum Sieg. Und meine Rache ist auch nicht Böses, sondern mein Recht! So steht es sogar in der Bibel. Auge um Auge, Zahn um Zahn!«

Anne dachte noch nicht daran, aufzugeben. »Aber in der Bibel steht auch, daß man seinen Feinden verzeihen, ja daß man sie lieben soll!« wandte sie beschwörend ein.

»Ich kenne keinen, dem das je gelungen wäre!« entgegnete Jessica kühl. »Und ich habe auch nicht die Absicht, mich als Heilige zu versuchen. Ich habe all die Jahre auf diesen Tag gewartet, und ich denke nicht daran, meine Rache so einfach zu vergessen, als handelte es sich dabei um etwas ohne besondere Bedeutung!«

»Sir Forbes wird sich wehren, und er ist ein Mann von Macht und großem Ansehen, wie Sie mir selbst erzählt haben. Er wird nichts unversucht lassen, um Sie zum Schweigen zu bringen. Er wird Sie vernichten! Tun Sie es nicht, bitte!« flehte Anne eindringlich. »Fordern Sie das Schicksal nicht heraus. Denken Sie an Ihre Kinder. Dieser Mann ist es einfach nicht wert, daß Sie sich in Gefahr begeben!«

Jessica schüttelte den Kopf. »Nicht er wird mich vernichten, sondern ich ihn!« stieß sie entschlossen hervor. »Und du wirst mich davon nicht abbringen können.«

Anne rang die Hände. Ihre Augen schimmerten feucht. Dann liefen Tränen über ihre Wangen. »Tun Sie es nicht, Missis Brading! Tun Sie es nicht! Ich habe solche Angst um Sie. Wir haben die lange Seereise gut überstanden. Sie haben gute Eltern für Ihr Kind gefunden . . . und Sie sind dem Tod noch mal um Haaresbreite entkommen. Das Schicksal hat sich Ihnen gegenüber sehr großzügig gezeigt. Noch mehr von ihm zu verlangen, bedeutet geradezu das Unglück auf sich zu ziehen. Lassen Sie es gut sein und uns nach Plymouth zurückkehren, um an Bord des nächsten Schiffes zu gehen. Ihre Rache steht unter einem schlechten Stern!«

»Red nicht so einen Unsinn!« fuhr Jessica ihre Zofe an und ärgerte sich noch mehr darüber, daß Annes Worte tatsächlich ein Gefühl der Beklemmung in ihr hervorgerufen hatten. »Du hast überhaupt keinen Grund, Angst zu haben, weder um dich noch um mich. Ich weiß schon, was ich tue. Und ich möchte nicht, daß du gleich wie ein total verängstigtes Mädchen aus der Kutsche steigst. Also reiß dich gefälligst zusammen! Oder willst du mich nach all dem, was wir gemeinsam durchgestanden haben, ausgerechnet jetzt im Stich lassen?«

Anne biß sich auf die Unterlippe und schüttelte stumm den Kopf. Sie hatte Angst, aber feige und treulos war sie nicht. Lautlos und ohne die Lippen zu bewegen, betete sie zu Gott, daß er ihrer Herrin die Kraft und die Einsicht gab, sich zu besinnen und von ihrer haßerfüllten Rache abzulassen.

Es waren fünf Meilen bis zum Herrenhaus von Sir Wesley Forbes. Die Landstraße schlängelte sich durch Felder, Wiesen und Wälder und durch ein wogendes, fruchtbares Land sanft ansteigender und abfallender Hügel.

Dann erreichten sie die hohe Mauer aus dunkelrotem Backstein, die einen Teil des Landguts umgab. Das breite Doppeltor stand offen, und der Pförtner zog den Hut, als Jessica ihre Einladung hochhielt.

Die Kutsche folgte dem breiten Weg, der durch eine gepflegte Parklandschaft führte. Schließlich tauchte das mächtige Herrenhaus mit seinen beiden langgezogenen Seitenfügeln auf. Der Sandstein von TURNBURRY HALL

leuchtete in der Morgensonne und gab einen herrlichen Hintergrund für das herbstlich bunte Efeu, das Teile der Fassade übewuchert hatte.
»Bitte sei tapfer und mach mir Ehre!« sagte Jessica eindringlich zu ihrer Zofe, als der Kies der Auffahrt unter den Rädern der Kutsche knirschte. »Es tut mir leid, wenn ich vorhin etwas schroff und unfreundlich zu dir gewesen bin, Anne. Aber dies hier ist für mich sehr, sehr wichtig. Und ich verspreche dir, daß alles gut wird.«
»Ja, Missis Brading«, erwiderte Anne, klang jedoch nicht sehr überzeugt.
Die Kutsche hielt vor der breiten Freitreppe, an deren Fuß schon vier Bedienstete warteten, zwei Dienstmädchen in dunkelblauen Kleidern und mit blendendweißen, gestärkten Schürzen und Hauben sowie zwei kräftige junge Burschen in schwarzen Hosen und mit gestreiften Westen, die zweifellos für das Gepäck der ankommenden Gäste zuständig waren.
Als die Kutsche hielt, kam ein hagerer Mann mit ergrautem, schütterem Haar und asketisch anmutenden Zügen die Treppe herunter. Jessica erkannte ihn sofort wieder. Es war der Butler Henry Tate.
»O Gott, was für ein Haus!« stöhnte Anne leise auf. »Das ist ja fast wie ein Schloß!«
»Es ist das Haus eines gewissenlosen Schurken«, antwortete ihr Jessica verächtlich und entstieg mit einem gelangweilt wirkenden Lächeln der Kutsche. Sie wußte, daß sie es in ihrem eleganten, hochgeschlossenen Kleid aus flaschengrüner und schwarzer Seide mit jeder wirklichen Lady aufnehmen konnte.
»Wie schön, Sie nach so langer Zeit einmal wiederzusehen, Henry«, flötete sie und reichte ihm scheinbar beiläufig mit behandschuhter Hand ihre Einladung, als woll-

te sie dieses unnötige Stück Papier so schnell wie möglich loswerden.
Der Butler stutzte, daß diese attraktive Dame ihn kannte, ohne daß es ihm gelang, sich ihren Namen in Erinnerung zu rufen. Aber das Gesicht sah er nicht zum erstenmal, das wußte er. Doch der Name! Der Name dieses Gastes fiel ihm einfach nicht ein. Er wurde wohl alt. Nun ja, sie hatte ja selbst gesagt, daß es schon lange her war. Und so warf er schnell einen Blick auf die Einladung.
»Willkommen auf TURNBURRY HALL ... Lady Brading«, begrüßte sie der Butler und war überzeugt, nie einen anderen Namen in Verbindung mit dieser bildhübschen Frau gehört zu haben. Sein Blick ging kurz zu Anne hinüber, und er nickte ihr als Gruß zu. »Miss ...«
»Miss Howard, meine Zofe«, sagte Jessica.
»Ich hoffe, Sie hatten eine bequeme Anreise, Lady Brading. Ihre Zimmer für Sie und Ihre Zofe sind gerichtet. Davis und Jamie werden Ihr Gepäck ins Haus bringen, und Betty wird Ihrer Zofe beim Auspacken und Einräumen zur Hand gehen.«
Eines der Mädchen machte einen Knicks.
Der Butler führte Jessica und Anne, die sich respektvoll einen Schritt hinter ihnen hielt, ins Haus. Ein flaues und zugleich seltsam taubes Gefühl breitete sich in Jessica aus, als sie in die weite Halle kam, die mit kostbaren Teppichen ausgelegt war. An den Wänden hingen dunkle Gemälde. Sie erinnerte sich an den Tag, als sie TURNBURRY HALL zum erstenmal betreten hatte. Sie war sechzehn Jahre alt gewesen, und es war zwei Tage nach der Beerdigung ihrer Mutter. Es hatte geregnet, und ihr war, als könnte sie jetzt noch den muffigen Geruch riechen, der damals ihrem klammen Umhang entströmt war, als sie oben auf einer Bank im Flur darauf gewartet hatte, von Sir Wesley

Forbes, dem angeblichen Wohltäter, empfangen zu werden.
Jessica hörte nur mit halbem Ohr auf das, was der Butler sagte, während sie die Treppe zum ersten Stockwerk hinaufgingen und anschließend einem der langen Flure folgten. Doch dann stutzte sie. Hatte er sich gerade dafür entschuldigt, daß von ihren Gastgebern im Augenblick niemand in der Lage sei, sie gebührend zu begrüßen?
»Sir Wesley ist noch nicht vom morgendlichen Ausritt zurück?« fragte sie.
Der Butler nickte. »Ja, und Lady Catherine liegt mit einer Migräne zu Bett.«
Jessica mußte an sich halten, das Gesicht nicht zu einer höhnischen Miene zu verziehen. Es schien sich in den vergangenen zwölf Jahren auf TURNBURRY HALL nicht viel verändert zu haben. Lady Catherine hatte schon damals häufig Zuflucht zu Migräneanfällen genommen, wenn das Haus voller Gäste war und sie sich überfordert und in ihrer heiligen Ruhe gestört fühlte. Was Sir Wesley nicht daran hinderte, weder damals noch heute, seinen diversen Vergnügungen ohne sie nachzugehen.
»Ich nehme an, Lord Thornton ist dann auch noch nicht wieder da«, vermutete Jessica.
Zu ihrer Freude teilte ihr der Butler jedoch mit, daß er sehr wohl schon zurück sei. »Seine Lordschaft hat den Aufbruch der Gentlemen heute früh verpaßt und dafür den Damen Gesellschaft geleistet, deren Ausritt gewöhnlich kürzer ausfällt, so auch heute«, erklärte Henry Tate und öffnete die Tür zu einem kleinen Salon, der in blassen Grün- und Blautönen gehalten war und nach hinten auf den Park hinausging. Ein ebenso wunderschönes Schlafzimmer sowie eine kleine Bedienstetenkammer schlossen sich an den Salon an.

»Sehr nett«, sagte Jessica leicht blasiert, als der Butler im Namen der Gastgeber die Hoffnung aussprach, sie werde sich in diesen Räumen wohl fühlen, und wollte dann wissen, wo sie Lord Thornton jetzt antreffen konnte.

»Seine Lordschaft wird sich wahrscheinlich noch bei den Stallungen aufhalten«, antwortete der Butler und bot ihr an, ihr einen der jungen Burschen als Begleitung mitzugeben.

»Danke, das ist nicht nötig. Ich finde mich hier noch bestens zurecht«, versicherte Jessica, denn immerhin hatte sie über ein halbes Jahr auf TURNBURRY HALL gelebt.

Anne warf ihr einen verzweifelten Blick zu.

Jessica lächelte sie aufmunternd an. »Du wirst eine Weile beschäftigt sein, Anne«, sagte sie und ließ sie mit Betty allein.

Als sie über den Hof zu den Stallungen hinüberging, sah sie zwei Kutschen die Auffahrt heraufkommen. Vermutlich brachten sie weitere Gäste. Sir Wesley Forbes war bekannt für seine großartigen Feste. Dieses hier würde vielleicht nicht seinen Gästen, ganz bestimmt aber ihm unvergeßlich bleiben, dafür würde sie schon sorgen!

30

Lord Thornton hielt sich tatsächlich noch bei den Pferden auf, ganz wie der Butler vermutet hatte. Er stand mit einem Stallknecht vor einer Box und tätschelte den Hals eines rassigen pechschwarzen Pferdes. Gut sah er aus. Der currybraune Anzug saß wie angegossen, und seine Stiefel waren aus bestem, weichem Leder gearbeitet.
Es war der Knecht, der sie bemerkte. Er sagte etwas zu Lord Thornton, der sich umdrehte, und entfernte sich dann, wie es von ihm erwartet wurde.
Mit freudestrahlendem Gesicht eilte er zu ihr. »Lady Brading! Was für eine reizende Überraschung!« rief er mit einem verschmitzten Augenzwinkern. »Wie schön, daß Sie diese Einladung wahrnehmen konnten!«
»Um nichts auf der Welt hätte ich mir dieses Erlebnis entgehen lassen, mein verehrter *Lord*!« antwortete sie.
Er lachte, ergriff ihre Hände und schaute ihr in die Augen. »Freunde?« fragte er leise.
Sie nickte und drückte seine Hände. »Freunde, Henry.«
»Es ist schön, daß du gekommen bist, Jessica. Ich habe dir so viel zu erzählen. Wenn du wüßtest, was mir alles widerfahren ist, seit ich in London bin ...« Er stockte, weil ihm etwas einfiel, und ernst fragte er: »Was ist mit deinem Kind?«
»Ich habe es verloren.«
»Das tut mir leid.«
»Ja, mir auch«, flüsterte Jessica. Dann zwang sie sich zu einem Lächeln. »Erzähl mir von deinen aufregenden Er-

lebnissen, Henry. Und wie du überhaupt die Bekanntschaft von Sir Forbes gemacht hast. Ich war einigermaßen überrascht, gelinde gesagt, als ich deinen Brief mit der Einladung las.«

»Es war ein Kinderspiel. Richard ...«

»Dein Freund, der Graf von Chatham?«

Henry nickte. »Ja, also Richard ist schon seit Jahren mit Sir Forbes bekannt. Er nahm mich einfach zu einer Gesellschaft von Sir Forbes in dessen protzigem Londoner Stadthaus mit. Und dann hat sich alles so ergeben. Ich werde dir bis an mein Lebensende dankbar sein, daß du mich gebeten hast, so viel wie möglich über Sir Forbes in Erfahrung zu bringen.«

»So? Warum?« fragte Jessica erstaunt, während sie an den Pferdeboxen vorbeigingen.

»Weil ich sonst vielleicht niemals ...« Er zögerte kurz. »... der Liebe meines Lebens begegnet wäre.«

Jessica blieb stehen und schaute ihn ein wenig spöttisch und ungläubig zugleich an. »Du hast dich *richtig* verliebt?« fragte sie fast belustigt.

Er errötete. »Bitte versteh mich nicht falsch, Jessica. Ich habe viel für dich empfunden, und wenn die Umstände anders gewesen wären ...« begann er hastig.

Lächelnd legte sie ihm ihre Hand auf die Lippen und brachte ihn zum Verstummen. »Henry, ich bitte dich! Du brauchst mir doch nichts zu erklären, und du brauchst dich schon gar nicht zu rechtfertigen. Ich weiß, daß das, was zwischen uns war, nicht die große Liebe unseres Lebens gewesen ist. Es war eine starke Zuneigung mit einer noch stärkeren Leidenschaft, was wir erlebt haben.«

»Es war eine andere Art von Liebe.«

»Vielleicht, Henry. Aber es war nichts von Dauer, das haben wir beide gewußt. Und wir wollen nicht mehr dar-

über reden. Es war nicht fair, daß ich so spöttisch reagiert habe. Es tut mir leid«, entschuldigte sie sich. »Ich bin auch nicht eifersüchtig, ganz im Gegenteil, ich freue mich für dich. Vielleicht erinnerst du dich noch an meine Worte, daß es für dich an der Zeit sei, zu heiraten und eine Familie zu gründen, und daß du einen wunderbaren Ehemann und Vater abgeben würdest.«
Die Besorgnis, sie möglicherweise verletzt zu haben, wich aus seinem Gesicht und machte einem Ausdruck verliebter Glückseligkeit Platz.
»Ich habe noch nie so etwas empfunden, Jessica. Mir ist klar, es wirkt lächerlich, wenn ein Mann meines Alters so etwas von sich gibt, aber ich fühle mich wie verwandelt, besonders seit ich weiß, daß auch sie meine Gefühle mit derselben verzehrenden Intensität erwidert. Was mir früher wichtig war, meine Freunde, der Club, das Kartenspiel und ein Leben ohne jede Verantwortung und Aufgabe, all das bedeutet mir heute gar nichts mehr, ja ich habe erkannt, wie oberflächlich mein Leben bisher gewesen ist. Jetzt will ich Verantwortung tragen und meinem Leben einen Sinn geben, mit ihr an meiner Seite. Sie hat in mir ein Tor aufgestoßen, das mir ein ganz neues Leben eröffnet hat«, sprudelte es aus ihm heraus. Und während sie in Richtung Hof gingen, schilderte er ihr mit dem ganzen glückseligen Überschwang eines rettungslos Verliebten, wie schön und rein und einmalig die Frau war, die er eher heute als morgen vor den Altar führen wollte.
»Wo liegt denn dann die Schwierigkeit, wenn sie dich so sehr liebt wie du sie?« unterbrach Jessica seinen Redeschwall. »Oder ist sie vielleicht schon verheiratet?«
Er schüttelte den Kopf. »Um Gottes willen, nein! Obwohl es so auch nicht viel schwieriger sein könnte.«
»Was ist es dann?«

»Ihr Vater weigert sich standhaft, mich als Schwiegersohn in Betracht zu ziehen«, sagte er mit düsterer Miene. »Ich habe erst gestern abend mit ihm gesprochen und ihn um die Hand seiner Tochter gebeten. Auch sie hat ihn angefleht, uns seinen Segen zu geben. Doch er hat abgelehnt. Und sie liebt ihren Vater zu sehr, um ohne seine Einwilligung zu heiraten.«

Eine schreckliche Ahnung beschlich Jessica. »Wie heißt deine große Liebe? Und wer ist ihr Vater?«

Verwundert sah er sie an. »Habe ich dir das nicht schon gesagt?«

»Nein.«

»Ihr Name ist Laura ... Sir Forbes ist ihr Vater.«

Jessica wankte wie unter einem heftigen Schlag. Laura! Laura! Das kleine kränkelnde Mädchen, dessen Gesellschafterin sie auf TURNBURRY HALL gewesen war und das sie nicht mehr in ihr Herz hätte schließen können, wenn es ihre eigene Schwester gewesen wäre. Aber das war sie ja, zumindest ihre Halbschwester! Laura, die einzige Person auf TURNBURRY HALL, die sie wirklich geliebt hatte und die von kindlicher Ahnungslosigkeit und Unschuld gewesen war. Und nun verband eine unglückliche Liebe Laura und Henry.

»Mein Gott, Jessica! Fühlst du dich nicht gut?« fragte Henry erschrocken und faßte sie am Arm.

Jessica riß sich zusammen. »Nur ein kleiner Schwächeanfall. Nichts, was dir Sorgen bereiten müßte.«

»Das tut es aber, Jessica!«

»Erzähl mir mehr von dir und Laura!« forderte sie ihn auf.

»Ich könnte dir Stunde um Stunde von ihr erzählen, aber es würde dich bestimmt nur langweilen. Ich liebe sie. Sie ist das Glück, das ich all die Jahre gesucht habe, ohne mr dessen bewußt gewesen zu sein. Jetzt habe ich mein Glück gefunden. Ich habe es vor Augen, doch Sir Forbes verwehrt es uns, weil ich kein reicher Mann bin und er mich verdächtigt, bloß hinter ihrer Mitgift herzusein. Aber das stimmt nicht. Ich würde Laura auch ohne einen Penny Mitgift heiraten und der glücklichste Mann auf Erden sein, nur er glaubt mir nicht. Er ist vom Geld wie besessen. Ich weiß nicht, warum du so daran interessiert bist, möglichst viel über seine Vermögensverhältnisse zu erfahren, und welcher Art deine Geschäfte sind, die du mit Sir Forbes im Sinn hast. Ich möchte es auch nicht wissen. Doch ich habe, wie du es gewünscht hast, Ermittlungen über ihn angestellt, und was ich über seine Geschäfte erfahren habe, ist zum Teil mehr als widerlich. Daß er neuerdings starke politische Ambitionen hegt, erfüllt mich mit Erschrecken. Denn er ist ein Mann ohne Skrupel, der am Sklavenhandel mit Amerika genauso profitiert wie am verbotenen Opiumgeschäft mit China. Aber nichts davon kann und werde ich Laura erzählen, weil ich es einfach nicht übers Herz bringe, das Bild zu zerstören, das sie sich von ihrem Vater gemacht hat. Sie liebt ihn nun mal, weil er ihr Vater und wohl auch immer gut zu ihr gewesen ist. Und deshalb kann ich es auch nicht verantworten, daß sie mit mir davonläuft und gegen den erklärten Wunsch ihres Vaters handelt«, sagte er niedergeschlagen. »Ich könnte natürlich sehr gut mit seinem Zorn leben, aber ich fürchte, Laura nicht. Sie würde ihr ganzes Leben darunter leiden, sich gegen ihn gestellt zu haben, und damit würde dann auch unsere Liebe langsam vergiftet werden ...«

Jessica war noch immer zu verstört, um darauf etwas erwidern zu können. Die Gedanken jagten sich hinter ihrer Stirn. Ihre Rache! Sie war jetzt unmöglich geworden! Wie hatte sie bloß Laura vergessen können? Unbewußt war sie wohl davon ausgegangen, daß sie längst verheiratet und aus dem Haus war. Wenn sie ihren Vater jetzt vernichtete und ihn in der Öffentlichkeit zum Verbrecher stempelte, dann traf sie damit auch Laura. Für sie würde eine Welt zusammenbrechen, wenn sie erfuhr, welche abscheulichen Taten er begangen hatte. Sie würde ihren Glauben an alles Gute im Menschen verlieren. Ja, sie würde Laura mit der Enthüllung stärker treffen als ihren Vater.

Doch Laura war unschuldig, und sie war ihre Schwester! Wie konnte sie ihr da Kummer und Leid zufügen und womöglich ihre große Liebe zerstören?

Die Erkenntnis, daß sie mit ihrer Rache auch völlig Unschuldige wie Laura und Henry treffen und ihnen schreckliche Wunden schlagen würde, war ein Schock für Jessica.

»Ich habe die Hoffnung zwar noch nicht aufgeben, aber ...« Henry brach mitten im Satz ab, und sein Gesicht hellte sich plötzlich auf. »Da ist Laura ja!«

Jessica blickte zum Herrenhaus hinüber. Eine schlanke Gestalt in einem fliederfarbenen Kleid kam auf sie zu. Es war unverkennbar ihre kleine Laura, obschon sie nicht mehr klein war, sondern eine junge Frau von zwanzig Jahren. Sie hatte Angst vor dieser Begegnung. »Bitte nenn mich nicht Jessica, sondern stell mich nur als Missis Brading vor!« raunte sie Henry hastig zu.

»Das hätte ich sowieso getan.«

Henry stellte sie einander vor, und Jessica hatte Mühe, sich den Tumult ihrer Gefühle nicht anmerken zu lassen. Am liebsten hätte sie ihre Halbschwester in die Arme genommen und ganz fest an sich gedrückt. Wie wunderbar sie sich entwickelt hatte! Ihr Lächeln und ihre liebe-

volle, natürliche Art mußten sie einfach für sie einnehmen. Und wie verliebt sie Henry anblickte. Sie liebten einander, daran gab es nicht den geringsten Zweifel.
»Ist etwas mit meiner Frisur?« fragte Laura verunsichert, als sie spürte, wie intensiv Jessica sie ansah.
»Nein, nein«, versicherte Jessica hastig. »Sie erinnern mich nur an eine Person, die ich einmal gekannt habe und die mir sehr viel bedeutet hat.«
Laura lächelte und sagte dann versonnen. »Das ist seltsam, Missis Brading. Auch Sie erinnern mich an jemanden ...«
»So?« Jessica meinte, daß jeder hören mußte, wie laut und heftig ihr Herz schlug.
»Ja, ich hatte einmal eine Gouvernante. Sie war mir wie eine Schwester. Wir haben uns wunderbar verstanden. Ich war damals häufig krank, und sie hat mich stets aufgemuntert. Es war ein wunderschöner Sommer, aber es ist schon sehr lange her.«
»Und was ist aus ihr geworden?« konnte sich Jessica nicht verkneifen zu fragen.
Es war, als fiele ein Schatten tiefer Trauer über Lauras Gesicht. »Ich weiß es nicht. Ich wünschte, ich wüßte, was aus ihr geworden ist. Sie hat TURNBURRY HALL ganz plötzlich verlassen. Ich habe nie verstanden, warum sie gegangen ist, ohne sich von mir zu verabschieden. Ich fürchte, sie hatte keine andere Wahl. Ich glaube, ihr ist ein großes Unrecht zugefügt worden ...«
Alles in Jessica schrie danach, sich ihr zu erkennen zu geben und ihr zu sagen: Ja, es stimmt. Man hat mir keine andere Wahl gelassen. Ja, und man hat mir ein großes Unrecht angetan, Laura. Doch jetzt bin ich zurück, Laura. Und ich weiß nicht, was ich tun soll. Ich will dir kein Leid zufügen, aber ich kann auch den Gedanken nicht ertragen, daß Vater doch

noch ungestraft davonkommen soll. Sag du mir, was ich tun soll! Sag mir, was jetzt Gerechtigkeit ist!

Doch nichts davon kam Jessica über die Lippen, sondern sie stand nur mit einem erzwungenen Lächeln zwischen Laura und Henry und war den Tränen der Verzweiflung nahe.

»Das klingt ja sehr mysteriös«, meinte Henry fröhlich.

Eine Gruppe Reiter, die aus dem Wald gesprengt kam und quer über die Wiese galoppierte, erlöste Jessica vom Zwang, etwas sagen zu müssen, denn die Reiter zogen sofort die Aufmerksamkeit von Laura und Henry auf sich.

»Das ist mein Vater!« rief Laura stolz und deutete auf den Mann, der an der Spitze ritt und mit seinem Rotfuchs in einem eleganten Sprung über den Zaun setzte, obwohl das Gatter nur fünf Pfostenlängen weiter unten offenstand. »Er ist immer noch einer der besten Reiter!«

Henry verzog nur das Gesicht.

»Es war reizend, Sie kennengelernt zu haben, Miss Laura«, sagte Jessica. »Ich werde mich wohl mal wieder ins Haus begeben. Wir sehen uns ja später noch.«

»Ich freue mich schon darauf, Sie besser kennenzulernen, Missis Brading«, versicherte Laura.

Henry begleitete Jessica zum Herrenhaus hinüber, während Laura vor den Stallungen auf ihren Vater wartete.

»Nun, ist sie nicht eine Frau, die man einfach lieben muß?« fragte er, begierig auf ihre Meinung.

Jessica lächelte. »Ihr gehört zusammen, das sieht man.«

Er lachte bitter auf. »Dann muß ihr Vater mit Blindheit geschlagen sein!«

Jessica blieb stehen. »Ich werde ihm die Augen öffnen und dafür sorgen, daß er eurem Glück nicht länger im Wege steht.«

Ungläubig sah er sie an. »Du?«

»Ja. Und jetzt gib mir dein heiliges Versprechen, daß du gleich keine Fragen stellst und alles so nimmst, wie es kommt, ohne nach dem Wie und dem Warum zu forschen.«

»Was soll denn kommen?« fragte er verwirrt. »Ich meine, du kennst ihn doch gar nicht. Aber auch dann wäre es zwecklos. Sogar Graf von Chatham, der ihm politisch doch von enormem Nutzen sein könnte, hat bei ihm nichts bewirkt. Er hat ihm sogar ziemlich rüde zu verstehen gegeben, daß er sich nicht in Angelegenheiten einmischen solle, die ihn nichts angingen.«

»Gib mir dein Versprechen!« verlangte Jessica. »Bei deiner Liebe für Laura!«

Er schüttelte verständnislos den Kopf, lachte dann aber und sagte: »Du sprichst zwar in Rätseln, Jessica, aber gut, du hast mein heiliges Versprechen, bei meiner Liebe für Laura, daß ich nichts fragen und keine Nachforschungen nach dem Wie und dem Warum anstellen werde!« Er hob dabei die Hand zum Schwur.

»Sir Forbes wird euch noch heute seinen Segen geben!« versprach sie ihm.

»Nie, Jessica!« erwiderte er spontan.

»O ja, er wird eure baldige Hochzeit heute vor seinen Gästen verkünden und dich mit Freuden als seinen Schwiegersohn in seiner Familie willkommen heißen!« versicherte sie und fügte einschränkend und voller Sarkasmus hinzu: »Zumindest wird er sich die größte Mühe geben, diesen Eindruck zu erwecken und seine wahren Gefühle vor allen Leuten zu verbergen.«

»Ja, aber ...« begann er verdutzt.

Jessica hob die flache Hand. »Denk an dein Versprechen, Henry. Und nun kehre bitte zu Laura zurück. Ich möchte jetzt allein sein.«

Verstört und ratlos, was er von alldem bloß halten sollte, blickte er ihr nach. Gleichzeitig aber flammte neue Zuversicht in ihm auf. Er hatte all die Wochen auf ein kleines Wunder gehofft. Wer weiß, vielleicht ging sein Wunsch nun wirklich in Erfüllung. Aber wie, um alles in der Welt, wollte Jessica bei Sir Forbes so eine Kehrtwendung erreichen?
Jessica ging ins Haus und schickte ein Dienstmädchen, das ihr im Flur begegnete, nach dem Butler. Sie wartete auf ihn auf dem Treppenabsatz. Als er kam und sie nach ihren Wünschen fragte, sagte sie: »Bitte teilen Sie Sir Forbes mit, daß ich ihn in einer dringenden persönlichen Angelegenheit zu sprechen wünsche. Wenn es ihm recht ist, erwarte ich ihn in einer Stunde in der Bibliothek.«
Der Butler neigte knapp den Kopf. »Sehr wohl, Lady Brading, ich werde es der Herrschaft ausrichten.«
Jessica fühlte sich kraftlos und elend, als die Tür des kleinen Salons hinter ihr zufiel und sie erschöpft in einen der Sessel sank.
»Um Gottes willen, was ist passiert, Missis Brading!« rief Anne zu Tode erschrocken und war sofort an ihrer Seite. »Sie sind ja so weiß im Gesicht wie ein Leichentuch!«
»Es wird schon wieder«, murmelte Jessica.
»Ich habe gleich gewußt, daß dies kein gutes Ende nimmt«, jammerte Anne.
»Nein, ganz im Gegenteil, Anne. Es wird alles ein gutes Ende nehmen. Es wird keine Rache geben«, sagte sie mit müder, resignierter Stimme.
Anne stieß einen lauten Seufzer der Erleichterung aus. »Dem Herrgott sei Dank, daß er meine Gebete erhört hat!« rief sie erlöst und preßte die gefalteten Hände gegen die Stirn.

»Vielleicht hat er das wirklich. Aber ob nun Vorsehung oder Zufall, ich werde von den Dokumenten jedenfalls nicht so Gebrauch machen, wie ich es erst vorgehabt hatte«, teilte Jessica ihr mit. »Es mag sein Gutes haben ...« Sie dachte daran, daß sie mit ihrer Rache wirklich Unheil angerichtet und ein neues Unrecht in die Welt gesetzt hätte, so wie ihre Zofe es vorausgesagt hatte.

»Und wann reisen wir ab, Missis Brading?« fragte Anne mit freudiger Erwartung.

»Fang schon mal damit an, unsere Sachen zusammenzupacken. Wir werden nicht eine Nacht auf TURNBURRY HALL verbringen«, sagte Jessica und lächelte, als Anne ihr mit einem Freudenschrei um den Hals fiel.

31

Die Bibliothek von TURNBURRY HALL bestand aus drei hohen, miteinander verbundenen Räumen. Bücherregale aus dunklem Kirschholz reichten vom Boden bis zur Decke und waren vollgestellt mit Büchern, die in teuerstes Leder gebunden und auf ihren Rücken mit Goldlettern beschriftet waren. Kleine Treppchen mit geschnitzten Handläufen standen hier und da vor den Regalen. An einigen freien Stellen hingen kolorierte Stiche. Vorhänge aus schwerem rotbraunem Brokatstoff umrahmten die breiten Fenster. Orientteppiche bedeckten den Boden. Bequeme Sitzmöbel aus dunklem, poliertem Holz sowie ein Schreibtisch mit messingbeschlagenen Kanten und einer Schreibfläche aus Leder vervollständigten die Einrichtung. Im Kamin unweit des Schreibtischs brannte ein Feuer.

Jessica war froh, gut zehn Minuten früher gekommen zu sein. Als sie auf TURNBURRY HALL in Stellung gewesen war, war dies ihr liebster Raum gewesen. Hierher hatte sie sich, mit der Erlaubnis von Sir Forbes, anfangs oft zurückgezogen, wenn sie sich einsam und unglücklich gefühlt hatte. Später dann hatte sie mit bangem Herzen darauf gewartet, hier scheinbar zufällig Kenneth zu begegnen und ein paar Minuten mit ihm im selben Raum zu sein. Und genau an diesem Ort hatte ihr Vater sie auch in leidenschaftlicher Umarmung überrascht.

Die Erinnerungen waren fast übermächtig. Jessica zitterte am ganzen Körper, als die Vergangenheit zur Gegenwart

wurde. Und ihr war, als erlebte sie noch einmal, wie Kenneth sie gegen das Bücherregal drückte, ihr Kleid hochhob und seine Hände an ihren Oberschenkeln hinaufgleiten ließ, während er ihren Protest mit seinem Mund erstickte, der sich fordernd auf ihre Lippen preßte.
Und im nächsten Moment hörte sie die zornige Stimme ihres Vaters, die wie ein Peitschenschlag durch den Raum schnitt: »Auseinander!«
Und sie erinnerte sich noch ganz genau der Schmähungen, mit denen Lady Catherine sie bedacht hatte: »Du bist ein schmutziges Flittchen, eine Hure!« Und er hatte seine Vaterschaft abgestritten und ihr zugestimmt: »Du hast recht, Catherine, sie ist verdorben bis auf den Grund ihrer Seele. Bei Gott, sie wird die ganze Härte des Gesetzes zu spüren bekommen!«
Ein eisiger Schauer durchlief Jessica, und sie schüttelte den Kopf, als könnte sie auf diese Weise den Alptraum loswerden, von ihrem eigenen Vater so grausam verraten worden zu sein, ein Alptraum, der sie all die Jahre geplagt hatte.
Sie trat an eines der Fenster, preßte ihre Stirn gegen das kalte Glas und schloß die Augen. Ein, zwei Minuten verharrte sie so. Dann kehrte langsam die Ruhe in ihr zurück. Sie würde tun, was zu tun war, und damit endgültig einen Schlußstrich unter dieses düstere Kapitel ihrer Vergangenheit ziehen.
Als Sir Wesley Forbes fünf Minuten später die Bibliothek betrat, fand er eine Missis Brading vor, die sich wieder völlig unter Kontrolle hatte.
Ihr Vater hatte sich nicht sehr verändert. Obwohl er jetzt schon in den Sechzigern sein mußte, war er noch immer ein Mann von großer, stattlicher Gestalt. Er hatte vielleicht an Gewicht zugenommen, und sein braunes Haar war lichter

geworden und mit Grau durchsetzt, aber sonst hatten die zwölf Jahre kaum Spuren des Alters hinterlassen. Sein Gesicht besaß noch immer diese gewinnenden Züge, die so viele über seinen wahren Charakter täuschten.

Jessica war überrascht, wie gefaßt sie war. Wann immer sie sich diesen Moment auszumalen versucht hatte, waren ihre Gefühle von brennendem Haß, ohnmächtiger Wut und auch von Angst bestimmt gewesen. Sie hatte sich gefragt, ob sie überhaupt in der Lage war, ihm gegenüberzutreten und ihm in die Augen zu sehen, ohne die Kontrolle über sich selbst zu verlieren. Doch nun war alles ganz anders. Eine kalte Ruhe und Selbstsicherheit breiteten sich in ihr aus. Und sie wußte plötzlich, daß sie diesen Moment der Rache und des Triumphes nicht so genießen würde, wie sie es bis zu diesem Tag gedacht hatte.

Ihr Vater kam mit einem gewinnenden Lächeln zu ihr, nahm ihre gnädig dargebotene Hand und führte sie in einem vollendeten Handkuß zu seinen Lippen. »Verehrte Lady Brading! Es ist mir ein Vergnügen, Sie als meinen Gast auf TURNBURRY HALL begrüßen zu dürfen«, sagte er galant und ganz der selbstsichere Herr von TURNBURRY HALL, während er sie unverwandt anblickte. »Ich bitte Sie untertänigst, mir meine Erinnerungsschwäche nachzusehen, und ich weiß, daß es geradezu unverzeihlich ist, sich an eine so bezaubernde Frau wie Sie nicht mehr entsinnen zu können, aber ich muß zu meiner Schande gestehen, daß mich mein Erinnerungsvermögen doch in der Tat grausam im Stich läßt.« Sein Lächeln bat sie um Entschuldigung.

»Es überrascht mich nicht, daß Sie sich nicht an mich erinnern, Sir Forbes«, entgegnete Jessica, ohne sein Lächeln zu erwidern. Sie hatte nicht das geringste Vergnügen an ihrer Rache. »Es ist nur zu menschlich, daß man seine eigenen Verbrechen aus der Erinnerung zu streichen versucht.«

Er hielt ihre Antwort für einen Scherz und lachte. »Eine Frau von Ihrer Schönheit ist wahrlich jedes Verbrechen wert, wenn Sie mir diese Bemerkung erlauben, Missis Brading. Aber ich habe wohl leider noch nicht die Gelegenheit gehabt, dies unter Beweis zu stellen.«

Jessica sah ihn kalt an. »Doch, die Gelegenheit hast du sehr wohl gehabt – und du hast sie auch ohne jede Gnade zu einem der schändlichsten Verbrechen genutzt, die man sich denken kann!«

Das Lächeln verschwand jäh von seinem Gesicht und machte einem schockierten Ausdruck Platz. »Missis Brading!« protestierte er. »Ich weiß nicht, was in Sie gefahren ist. Und ich weiß erst recht nicht, wovon Sie sprechen!«

»Ich spreche von deinem Bastard Jessica Jakes!« stieß sie mit schneidender Stimme hervor. »Von deiner Tochter, die du nicht nur verleugnest, sondern auch noch hast unschuldig verurteilen lassen! Ich spreche davon, daß du dein eigen Fleisch und Blut im Kerker von Newgate dem Tod übereignet hast ... Vater!«

Seine Augen wurden groß und weit vor Entsetzen. Er stieß einen unterdrückten Schrei aus, wankte einen Schritt zurück und starrte sie an. »Nein!« kam es dann krächzend aus seiner Kehle, als er sie nun wiedererkannte.

»O ja, ich bin es, Vater!« fuhr sie mit kalter Verachtung fort. »Ich bin es, Jessica, deine Tochter. Ich weiß, du hast mich vermutlich schon längst für tot gehalten. Aber das Schicksal wollte es anders.«

Das Blut wich aus seinem Gesicht, und er suchte Halt an der Rückenlehne eines Sessels. »Ich kenne dich nicht! ... Die einzige Tochter, die ich habe, ist Laura!

Geh mir aus den Augen! Ich kenne keine Jessica!« stieß er gehetzt hervor, und sein Blick flog zur Tür, als müßte er sich seines Fluchtweges versichern.

»Du bist schon immer ein Feigling gewesen, ein charakterloser Mistkerl, Vater!« schleuderte Jessica ihm voller Abscheu entgegen. »Du hast nicht nur das Leben meiner Mutter ruiniert, sondern mich auch ohne mit der Wimper zu zucken dem Henker übergeben. Aber ich habe dir den Gefallen, zu sterben, nicht getan, weder im Kerker noch auf der langen und schrecklichen Überfahrt nach Australien, die so vielen Sträflingen das Leben gekostet hat. Ich bin am Leben geblieben, *Vater*, und ich habe dort einen neuen Anfang gemacht. Und jetzt stehe ich als freie und vermögende Frau vor dir, Vater ...« Sie machte eine kurze Pause. »Und ich befinde mich im Besitz von Dokumenten, die dein Verbrechen an mir eindeutig beweisen: die Falschaussagen, die Bestechung des Konstablers und deines befreundeten Richters sowie meine Herkunft!«

Ein flackernder Blick trat in seine Augen. »Beweise? Das ist lächerlich!« keuchte er. »Es gibt keine Beweise, hat nie welche gegeben.«

Jessica lächelte geringschätzig. »Du irrst, Vater ...«

»Nenn mich nicht Vater!« schrie er.

»Du bist mein Vater, auch wenn du grausamer zu mir gewesen bist als mein schlimmster Feind!« schrie sie zurück, senkte ihre Stimme dann und fuhr beherrscht fort: »Du hast die Briefe vergessen, die du Kenneth geschrieben und in denen du dein Verbrechen an mir zu rechtfertigen versucht hast.«

»Die Briefe!« Seine Stimme war ein entsetztes Flüstern. »Nein! ... Unmöglich ... Kenneth hat sie gleich vernichtet. Das hat er mir versprochen.«

»Er hat dich belogen. Er hat die Briefe nicht vernichtet.

Auch nicht das Tagebuch meiner Mutter. Es ist alles noch da. Wenn du dich davon überzeugen willst, bitte!« Jessica deutete auf den Schreibtisch, wo sie die Abschriften der Briefe säuberlich nebeneinandergelegt hatte. Es waren sieben an der Zahl, einige davon mehrere Seiten lang.
Ihr Vater stürzte zum Schreibtisch. Sein Blick sprang von einem Bogen zum nächsten. Dann lachte er höhnisch auf, und aus seinem Lachen klang die Erlösung von einer qualvollen Angst. »Sie sind wertlos! ... Es sind nicht die Originale! ... Sie sind nicht mal das Papier wert, auf dem sie geschrieben stehen.«
»Es sind wortwörtliche Abschriften.«
»Ja, aber keine Beweise!« rief er schrill und triumphierend. Er wirbelte zu ihr herum, einen Ausdruck erbarmungsloser Grausamkeit in den funkelnden Augen. »Und wenn du es wagen solltest, auch nur ein Wort davon gegen mich zu verwenden, werde ich dich ...«
»Gar nichts wirst du, Vater!« unterbrach sie ihn scharf. »Ich habe die Originale, doch ich bin nicht so einfältig gewesen, sie mitzubringen, denn ich weiß, daß du zu allem fähig bist. Ich habe die Briefe bei einem Anwalt hinterlegt. Sollte mir etwas geschehen, wird er die Briefe, das Tagebuch und den langen, detaillierten Bericht aus meiner Feder der Justiz *und* der Öffentlichkeit zugänglich machen. Und dann bist du ruiniert, Vater. Kein Hund wird dann noch etwas mit dir zu tun haben wollen.«
Die Angst kehrte wieder zurück, doch noch wehrte er sich gegen die Einsicht, daß er gefangen war. »Du bluffst!«
Jessica zog das offizielle Schreiben des Anwalts hervor, das bestätigte, was sie ihm gerade gesagt hatte: »Lies!« befahl sie.
Er las, und sein Gesicht wurde nun grau wie Asche. Seine

Hände zitterten. Der Brief entglitt ihm und flatterte zu Boden. Von einer Sekunde auf die andere war er plötzlich ein gebrochener Mann. Jeder Stolz war dahin. Ihm war, als spürte er eine Schlinge um seinen Hals, die sich unaufhaltsam zuzog. Ein wilder, verzweifelter Aufschrei entrang sich wie ein letztes Aufbäumen seiner Kehle, während er mit einer Hand die Abschriften seiner Briefe vom Schreibtisch fegte, die ihm nun zum Verderben geworden waren. Dann sank er wie ein Häufchen Elend in einen der Sessel.

»Was willst du von mir?« Seine Stimme war ein jämmerliches Flehen um Gnade.

Jessica spürte keine Genugtuung, sondern nichts als Abscheu – und Enttäuschung, denn er war und blieb ihr Vater. »Ich kam mit dem festen Vorsatz nach TURNBURRY HALL, Rache zu üben und dich zu vernichten, Vater. Ich wollte mich nicht mit weniger zufriedengeben. Doch ich habe erkannt, daß ich nicht in der Lage bin, Böses mit Bösem zu vergelten ... schon weil ich es nicht verantworten kann, daß Unschuldige in Mitleidenschaft gezogen werden. Laura zum Beispiel. Ich habe sie immer wie meine eigene Schwester geliebt, und ich will sie glücklich sehen – als Ehefrau von Lord Thornton!«

»Er ist ein Nichts«, wandte er ohne jede Kraft in der Stimme ein.

»Er ist ein Ehrenmann, der Laura aufrichtig liebt, und sie liebt ihn, und du wirst ihnen deinen Segen geben und nachher vor deinen Gästen ihre Verlobung und baldige Hochzeit verkünden!« verlangte Jessica.

Er nickte nur, denn er wußte, daß er sich nicht in der Position befand, ihr auch nur irgendeine Forderung abzuschlagen. Und als sie als zweite und letzte Forderung fünftausend Pfund für sich verlangte, da setzte er sich

ebenso wortlos an seinen Schreibtisch und stellte ihr einen Kreditbrief über diese Summe aus, den sie bei seiner Londoner Bank nur vorzulegen brauchte, um das Geld ausgezahlt zu bekommen.
Jessica steckte den Kreditbrief ein. »Du kommst sehr billig davon, Vater. Die fünftausend Pfund schmerzen dich nicht, und Laura mit Lord Thornton zu verheiraten, kann man auch kaum eine Strafe nennen. Vermutlich wird es sogar deinem Ansehen und deinen politischen Ambitionen sehr förderlich sein. Doch ich kann nicht anders. Vielleicht ist es falsch, aber gleichzeitig bin ich doch froh, daß ich nicht dir, sondern wohl mehr meiner Mutter nachgeraten bin.«
»Wann bekomme ich die Briefe?«
»Du wirst sie nicht bekommen.«
»Und wer garantiert mir, daß du mich nicht bis an mein Lebensende erpreßt?«
»Du hast keine Garantien verdient, sondern Alpträume und ein Gewissen, das dich Tag für Tag quält!«
Er starrte sie haßerfüllt an. »Du bist ein Bastard, Jessica Jakes. Nichts weiter als ein lausiger Bastard. Abschaum!« Er zitterte vor Wut und Ohnmacht.
»Schau in den Spiegel, dann weißt du, was Abschaum ist, Vater«, erwiderte Jessica mehr traurig als zornig und ließ ihn allein mit dem Gefühl völliger Erniedrigung und Hilflosigkeit.
Er hielt sein Versprechen, weil er gar keine andere Wahl hatte. Am Nachmittag bat er alle Gäste in den Salon und verkündete die Verlobung seiner Tochter mit Lord Thornton und ihre Hochzeit, die noch vor Weihnachten stattfinden sollte. Bis auf die Tatsache, daß er sehr blaß im Gesicht war, machte er eine hervorragende Figur. Er hatte sich innerlich offenbar nicht nur damit abgefunden, son-

dern sich schon damit arrangiert. Männer wie er hatten es seit eh und je verstanden, auch noch aus Niederlagen Nutzen zu ziehen und sie nach außen hin als Triumphe zu verkaufen.
Jessica beobachtete die Ankündigung von der Tür aus. Sie freute sich über das Glück, das die Gesichter von Laura und Henry erstrahlen ließ. Und sie war glücklich, daß aus ihrer Rache letztlich doch etwas Gutes entsprungen war, anstatt Kummer und Leid und noch mehr Haß zu bringen.
Die Champagnerkorken knallten schon, als Henrys Augen sie suchten und bei der Tür fanden. Sein Blick drückte gleichermaßen Nichtverstehen und unendliche Dankbarkeit aus. Und er wollte ganz offensichtlich zu ihr.
Jessica hob die Hand und schüttelte leicht den Kopf.
Er blieb stehen.
Sie warf ihm verstohlen eine Kußhand zu. Dies war ein Abschied für immer, und er fiel ihr nicht im geringsten schwer. Und jedes Wort war überflüssig.
Henry verstand und lächelte.
Jessica wandte sich um und schlüpfte durch die Tür nach draußen. Anne wartete schon ungeduldig in der Kutsche auf sie. Erst wenn sie jenseits des großen schmiedeeisernen Tores waren, würde sie glauben, daß alles noch mal gutgegangen war.
Jessica stieg zu ihr und blickte sich nicht ein einziges mal um, als sie TURNBURRY HALL verließen. Wolken zogen auf, und die ersten Regentropfen klatschten auf das Dach, als sie das Pförtnerhaus passierten und auf die Landstraße gelangten. Sie fühlte sich leicht und unbeschwert, befreit von Haß und innerer Zerrissenheit, erlöst von der niederdrückenden Last ihrer Vergangenheit. Alle Rechnungen waren beglichen. Nun galt es, das eigene Leben

so zu gestalten, daß sie später ohne Reue, sondern mit Zufriedenheit und Stolz auf das zurückblicken konnte, was sie getan und was sie nicht getan hatte.

»Und wohin geht es jetzt?« fragte Anne und brachte zum erstenmal an diesem Tag so etwas wie einen fröhlichen Gesichtsausdruck zustande.

Nach Ravan und dann über London zurück nach Plymouth, wo wir das nächste Schiff nach Australien nehmen werden, hätte Jessica antworten können. Doch das wäre nicht die richtige Antwort gewesen, und so sagte sie mit einem versonnenen Lächeln: »Nach Hause, Anne, jetzt geht es nach Hause.«

Knaur

Romane von Ashley Carrington

(2834)

(2835)

(2836)

(2837)

(2920)

Weitere »Jessica«-Romane von Ashley Carrington bei Knaur:

Jessica oder Das Ziel aller Sehnsucht (1388)

Jessica oder In der Ferne lockt das Glück (1537)

Jessica oder Was bleibt ist die Hoffnung (1653)